Cao Wenxuan
Bronze und Sonnenblume

Aus dem Chinesischen von Nora Frisch

Titel der Originalausgabe: Qīngtóng Kuíhuā 青铜葵花
© 2005 Cao Wenxuan 曹文轩
Aus dem Chinesischen von Nora Frisch

Covergestaltung: Greta Brumme und Julika Neuweiler / www.diekreatur.net
Layout und Satz: Konstanze Kitt / www.grafik-studio-kitt.de
Redaktion und
Lektorat: Susanne Heimburger

Bibliografische Information der Deutschen Nationalbibliothek:
Die Deutsche Nationalbibliothek verzeichnet diese Publikation in der Deutschen Nationalbibliografie; detaillierte bibliografische Daten sind im Internet unter http://dnb.dnb.de abrufbar.

© 2014 Drachenhaus Verlag, Esslingen
Dieses Werk einschließlich aller seiner Teile ist urheberrechtlich geschützt. Jede Verwertung außerhalb der engen Grenzen des Urheberrechtsgesetzes ist ohne Zustimmung des Verlags unzulässig und strafbar. Das gilt insbesondere für Vervielfältigungen, Übersetzungen, Mikroverfilmungen und die Einspeicherung und Verarbeitung in elektronischen Systemen.

Gedruckt in Tschechien auf FSC®-Papier.

ISBN: 978-3-943314-09-0

 Besuchen Sie uns auf unserer Homepage:
www.drachenhaus-verlag.com

INHALT

Das kleine Holzboot 小木船   5

Das Sonnenblumenfeld 葵花田   23

Der alte Perlschnurbaum 老槐树   45

Die Schilfblütenschuhe 芦花鞋   63

Goldenes Schilfgras 金茅草   89

Die Halskette aus Eis 冰项链   115

Die Märzheuschrecken 三月蝗   147

Die Papierlaterne 纸灯笼   183

Der große Heuhaufen 大草垛   215

Nachwort – Süßer Schmerz 美丽的痛苦   235

Glossar   239

Über den Autor   243

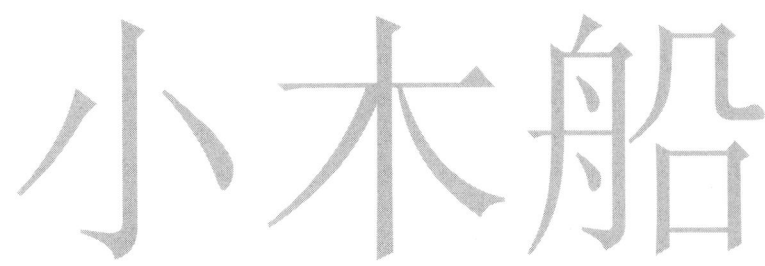

DAS KLEINE HOLZBOOT

Als das siebenjährige Mädchen namens Sonnenblume zum großen Fluss ging, war die Regenzeit bereits vorüber. Das Sonnenlicht, das tagelang nicht zu sehen gewesen war, sah aus wie klares, fließendes Wasser, das sich langsam plätschernd in den Himmel ergoss, in einen tief mit Wolken verhangenen Himmel, der mit einem Mal aufriss und hoch und klar wurde. Das Gras, die Blumen, die Windmühlen, die Häuser, die Rinder, die Vögel – einfach alles war nass.

Sonnenblume ging durch die feuchte Luft und war innerhalb kürzester Zeit ebenfalls von Kopf bis Fuß durchnässt. Ihr ohnehin schon dünnes Haar klebte an ihrer Kopfhaut. Sie wirkte noch zerbrechlicher als gewöhnlich, doch die Feuchtigkeit hatte ihrem sonst so bleichen Gesicht etwas Farbe verliehen.

An jedem Grashalm entlang des Weges hingen Wassertropfen. Schon bald waren Sonnenblumes Hosenbeine schwer vor Nässe. Die Straße war schlammig, und nachdem sie mit ihren Schuhen mehrmals steckengeblieben war, zog sie sie aus und ging, in jeder Hand einen Schuh, barfuß durch den kühlen Morast.

Gerade als sie unter einem Ahornbaum durchging, kam ein Windstoß und schüttelte zahllose Wassertropfen von den Blättern. Einige davon fielen ihr in den Kragen und sie erschauerte. Sie zog den Kopf ein und blickte nach oben in den Baumwipfel. Jedes einzelne Blatt glänzte vom tagelangen Regen, Sonnenblume freute sich über den schönen Anblick.

Das Plätschern des Wassers vom nahegelegenen großen Fluss erregte ihre Aufmerksamkeit. Sie lief ans Ufer. Fast täglich zog es sie hierher, denn auf der anderen Seite befand sich ein Dorf, das den schönen Namen *Gerstenfeld* trug.

Auf dieser Seite des großen Flusses war Sonnenblume das einzige Kind. Sie war einsam. Es war die Einsamkeit eines Vogels, der den riesigen Himmel durchstreift, ohne einen seiner Leidensgenossen finden zu können. Wenn dieser Vogel in der Weite des Himmels seine Kreise zieht, hört er nur das einsame Geräusch des Luftstroms, den sein Flügelschlag erzeugt. Unermesslich, grenzenlos. Um ihn herum ziehen die Wolken in allen erdenklichen Formationen dahin. Manchmal ist der Himmel klar und blank und frei von jeglichen Spuren, er gleicht dann einer gewaltigen blauen Schiefertafel. Wenn er sich richtig einsam fühlt, stößt der Vogel zuweilen einen Schrei aus, doch werden dadurch die Weite des Himmels und die Einsamkeit des Vogels nur noch größer.

Diese Seite des Flusses hatte immer schon aus endlosem Schilf bestanden und sie bestand immer noch aus endlosem Schilf.

In diesem Frühjahr war ein Schwarm Reiher aufgescheucht worden. Mit lauten Flügelschlägen hatten sich die Vögel aus dem Schilf erhoben, aus dem jahrhundertelang kein Laut gedrungen war. Dann kreisten sie über dem Sumpfland und schließlich laut schnatternd direkt über Gerstenfeld, als hätten sie den Menschen dort etwas zu sagen. Sie landeten nicht mehr dort, von wo sie aufgeflogen waren, denn da waren nun Menschen – sehr viele Menschen.

Die vielen fremden Menschen standen da und schauten zu ihnen nach oben. Die Fremden unterschieden sich deutlich von den Menschen aus Gerstenfeld. Sie waren Städter. Sie wollten hier Häuser bauen, das Land bestellen und Fischteiche anlegen. Sie sangen Lieder, wie sie die Menschen aus den Städten sangen, und sie sangen sie nach der Art der Städter. Die Lieder erklangen laut und klar, und die Städter sangen, bis jeder einzelne Bewohner Gerstenfelds die Ohren spitzte und zuhörte.

Nach wenigen Monaten standen sieben bis acht Reihen mit glänzend roten Dachziegeln bedeckte Häuser im Sumpfland. Kurz darauf wurde ein hoher Fahnenmast errichtet und eines Morgens wehte eine rote Fahne hoch oben in der Luft, sie sah aus wie eine Flamme, die leise im Himmel über dem Schilf brannte. Die Neuankömmlinge schienen sich den Menschen aus Gerstenfeld anschließen zu wollen, und auch wieder nicht. Sie wirkten wie ein Schwarm fremder Vögel, die von irgendwoher gekommen waren, um sich hier niederzulassen. Scheu und neugierig beäugten sie die Dorfbewohner, und ebenso scheu und neugierig beäugten die Menschen aus Gerstenfeld die Städter. Sie hatten ihren eigenen Bereich, ihre eigene Sprache, ihr eigenes Leben, und alle Aufgaben und Abläufe waren eigens festgelegt. Tagsüber gingen sie zur Arbeit, abends hielten sie Versammlungen ab. Bis tief in die Nacht hinein konnten die Menschen aus Gerstenfeld in der Ferne die Lichter brennen sehen, diese kleinen Lichtpunkte in der Dunkelheit, die wie die Lichter der Fischerboote auf dem Fluss und auf dem Meer geheimnisvoll flackerten. Es war wie eine eigene, fast unabhängige Parallelwelt. Bald hatten die Dorfbewohner für sie eine Bezeichnung: Kaderschule Siebter Mai. Von da an hieß es nur noch »Kaderschule dies und Kaderschule das«: »Eure Enten sind zur Kaderschule hinübergeschwommen«, »Dein Büffel hat einem aus der Kaderschule das Getreide weggefressen und ist dafür bestraft worden«, »Die Fische aus dem Teich der Kaderschule wiegen schon mindestens ein Jin« oder »Die Kaderschule veranstaltet heute einen Kinoabend« …

Damals gab es innerhalb des 300 Li weiten Schilfgebiets viele Kaderschulen. Die Menschen, die dort lebten, kamen alle aus großen Städten, die zum Teil sehr weit entfernt lagen. Auch waren nicht alle von ihnen Kader, einige waren Schriftsteller oder Künstler. Vor allem aber waren sie Arbeiter. Für die Menschen aus Gerstenfeld waren sie alle Kader, doch wozu man Kader brauchte, war ihnen nicht ganz klar. Und es interessierte sie auch nicht allzu sehr.

Die Ankunft dieser Menschen schien für das Sumpfland keinerlei Unannehmlichkeiten mit sich zu bringen. Im Gegenteil, das Leben der Menschen aus Gerstenfeld wurde dadurch nur interessanter. Manchmal gingen die Leute aus den Kaderschulen auf den Feldern spazieren. Dann kamen die Kinder Gerstenfelds angelaufen, eines nach dem anderen, oder sie standen in den Gassen und starrten die Fremden unverwandt an oder sie folgten ihnen einfach. Die Fremden drehten sich dann um und lächelten den Kindern zu – und versteckten sich manchmal plötzlich hinter einem Heuhaufen oder einem Baum. Die Leute aus den Kaderschulen fanden die Kinder aus Gerstenfeld lustig und liebenswert und winkten sie gerne herbei. Wer mutig war, ging zu ihnen hin. Einer der Fremden streckte dann seine Hand aus und strich dem Kind sanft über den Kopf. Manchmal holten die Leute aus der Kaderschule auch Süßigkeiten aus ihren Taschen. Das waren Süßigkeiten aus der Stadt, in schönes Papier eingewickelt. Wenn die Kinder die Süßigkeiten aufgegessen hatten, warfen sie das Papier nicht weg, sondern strichen es glatt und bewahrten es wie einen Schatz in ihren Schulbüchern auf.

Manchmal kauften die Leute aus den Kaderschulen von den Menschen aus Gerstenfeld Melonen und Früchte, Gemüse oder Tausendjährige Eier und ähnliche Dinge. Und die Menschen aus Gerstenfeld gingen manchmal ein wenig zum Fluss hinunter, um die Leute dabei zu beobachten, wie sie dort Fische züchteten. Rund um die Felder war überall Wasser. Und wo Wasser ist, sind auch Fische. Die Menschen aus Gerstenfeld hatten Fisch zur Genüge. Natürlich wären sie nie auf die Idee gekommen, Fische zu züchten. Sie konnten gar nicht züchten. Aber diese sanften und ruhigen Stadtmenschen, die konnten Fische züchten. Sie impften die Fische. Die geimpften Fische waren sehr aufgeregt, sie flitzten durch den Teich und sorgten für Aufruhr. Die männlichen und weiblichen Fische vereinten sich, dass das Wasser im Teich Wellen schlug und spritzte. Dann warteten die Stadtmenschen, bis sich die Tiere wieder beruhigt hatten, und fischten die Weibchen mit Netzen aus dem Wasser heraus. Die prallen, runden Bäuche der Fischweibchen waren schon voller Eier. Mit der Hand strichen ihnen die Männer leicht über den Bauch. Es schien, als sei die Schwellung der Bäuche für diese Fischweibchen schon unerträglich geworden und als empfänden sie das Streicheln als angenehm. Widerstandslos ließen sie alles geschehen. Die herausgestrichenen Fischeier kamen in ein großes Becken, das man mit Wasser füllte. Zuerst schwammen darin unzählige glitzernde weiße Pünktchen, aus denen nach und nach unzählige glitzernde schwarze Pünktchen wurden. Nach wenigen Tagen wurden diese glitzernden schwarzen Pünktchen zu winzigen Fischchen mit winzigen Fischschwänzchen. Das alles rief bei den Menschen Gerstenfelds, die dabei zuschauten, bei Groß und Klein, großes Erstaunen hervor.

In den Augen der Menschen aus Gerstenfeld waren die Leute aus der Kaderschule so etwas wie Zauberer. Die Kaderschule machte die Kinder der Bauern neugierig – vor allem auch deshalb, weil es in der Kaderschule ein kleines Mädchen gab. Alle kannten sie ausnahmslos seinen Namen: Sonnenblume.

Das war der Name eines Mädchens vom Lande. Die Bauernkinder konnten das nicht verstehen: Wie konnte ein Mädchen aus der Stadt nur den Namen eines Landmädchens tragen? Es war ein ordentliches und adrettes

Mädchen. Es war ein ruhiges und zartes Mädchen. Das Mädchen hatte keine Mutter. Die war vor zwei Jahren an einer Krankheit gestorben. Als ihr Vater zur Kaderschule gekommen war, hatte er sie mitnehmen müssen. Gemeinsam waren sie aus der Stadt hierher nach Gerstenfeld gekommen. Außer ihrem Vater hatte Sonnenblume keinerlei Verwandte mehr, da ihre Eltern Waisen waren. Egal wohin ihr Vater nun ging, überallhin musste er sie mitnehmen. Sonnenblume war noch klein, sie ahnte noch nicht, welches Schicksal die Zukunft für sie bereithalten, welche Beziehung sie zu den Bauern am anderen Ufer aufbauen würde.

Am Tag ihrer Ankunft war alles in dieser Gegend völlig neu für sie. Wie groß das Sumpfland war! Die ganze Welt schien ein einziges Sumpfland zu sein. Weil sie klein war und nicht über das Schilf hinwegsehen konnte, öffnete sie die Arme und wollte von ihrem Vater hochgehoben werden. Der Vater bückte sich, nahm sie auf und hob sie hoch über seinen Kopf: »Kannst du sehen, wo das Schilf endet?« Doch es war nirgends ein Ende in Sicht.

Es war Sommeranfang. Das Schilf streckte seine Blätter, lang wie Schwerter und von einem satten Grün, in den Himmel. Der Vater hatte sie einmal ans Meer mitgenommen. Jetzt erblickte sie eine andere Art von Meer, ein durch und durch grünes, wogendes Meer. Dieses Meer sandte einen betörend frischen Duft aus. In der Stadt hatte sie einmal in Schilfblatt eingewickelte Zongzi gegessen, sie erinnerte sich an diesen Duft. Doch war der Duft damals nur schwach gewesen und mit dem, den sie hier roch, nicht zu vergleichen. Dieser Duft hier umschloss die Feuchtigkeit des Wassers, er umhüllte sie komplett und sie sog den Geruch mit aller Kraft ein.

»Siehst du das Ende des Schilfs?« Sie schüttelte den Kopf.

Wind kam auf und das Schilf schien sich mit einem Mal in ein Schlachtfeld zu verwandeln. Tausende von Soldaten schwangen grüne Langschwerter, mit denen sie rhythmisch durch die Luft schnitten. Überall raschelte es.

Ein Schwarm Wasservögel flog erschrocken auf. Sonnenblume zuckte zusammen und umklammerte mit beiden Armen den Hals ihres Vaters.

So sehr das große Sumpfland Sonnenblume faszinierte, so sehr jagte es ihr auch eine unerklärliche Angst ein. Sie wich ihrem Vater keinen Schritt von der Seite, als habe sie Angst, vom großen Schilf gefressen zu werden. Besonders an windigen Tagen, wenn das Schilf rundherum in wildem Aufruhr von der Kaderschule bis zum Horizont hin- und herwogte, fasste sie ihren Vater fest an der Hand oder hielt sich an seiner Kleidung fest, und ihre tiefschwarzen Augen waren voller Sorge.

Aber ihr Vater konnte nicht immer bei ihr sein. Ihr Vater war zum Arbeiten hier, er hatte schwere körperliche Arbeit zu verrichten. Er musste Schilf schneiden, mit vielen anderen gemeinsam den Sumpf in Ackerland und in kleine Fischteiche verwandeln.

Sobald es hell wurde, erwachten die Schilfbewohner. Zu diesem Zeitpunkt schlief Sonnenblume noch tief und fest. Der Vater wusste, dass sich Sonnenblume ängstigen und dass sie bestimmt weinen würde, wenn sie aufwachte und er nicht da war. Doch er brachte es auch nie über sich, sie aus ihren Träumen zu reißen. Mit seiner von der Arbeit rauen Hand streichelte er ihr dann sanft über ihre zarte, warme Wange, seufzte, nahm sein Werkzeug, schloss leise die Tür und ging, in Gedanken bei seiner Tochter, zusammen mit vielen anderen durch die diesige Morgendämmerung zur Baustelle.

Abends nach der Arbeit war das Schilf oft schon in Mondlicht getaucht. Den ganzen Tag über musste sich Sonnenblume alleine beschäftigen. Sie ging zum Fischteich, um die Fische zu beobachten, sie ging in die Kantine, wo sie dem Küchenpersonal beim Kochen zusah, sie ging von einer Häuserreihe zur nächsten. Die meisten Türen waren verschlossen, ab und zu stand ein Türflügel offen, dann war jemand entweder krank oder aber er arbeitete auf dem Campus der Kaderschule. Wenn Sonnenblume zur Türe ging und hineinlugte, dann hörte sie manchmal eine schwache, aber freundliche Stimme, die ihr zurief: »Sonnenblume, komm herein!« Doch Sonnenblume blieb an der Türe stehen und schüttelte den Kopf, und nach einer Weile ging sie weiter.

Immer wieder konnte man Sonnenblume mit einer goldfarbenen Chrysantheme sprechen hören, mit einer Krähe, die sich auf einem Baum niedergelassen hatte, oder mit ein paar hübschen Marienkäfern, die auf einem Blatt herumkrochen.

Abends, im dämmrigen Licht der Lampe, wenn Sonnenblume endlich wieder mit ihrem Vater zusammen war, war der Vater oft traurig.

Auch nach dem gemeinsamen Abendessen musste ihr Vater sie häufig allein im Zimmer lassen, er musste dann zu Versammlungen, immer zu Versammlungen. Das konnte Sonnenblume nicht verstehen. Diese Erwachsenen waren doch alle müde von der Arbeit des Tages, warum mussten sie dann am Abend noch Versammlungen abhalten?

Wenn der Vater nicht zu Versammlungen musste, ging er mit ihr gemeinsam schlafen, ihr Kopf ruhte auf seinem Arm, und er erzählte ihr Geschichten. Draußen herrschte dann entweder absolute Stille oder aber das Schilf pfiff und raschelte, vom Wind bewegt, vor sich hin.

War sie auch nur einen Tag von ihrem Vater getrennt, war sie besonders anhänglich und klammerte sich in einem fort an ihn. Der Vater umarmte sie dann immer ganz fest, das gefiel ihr.

Wenn das Licht gelöscht war, unterhielten sich Vater und Tochter, das waren die schönsten und glücklichsten Momente des Tages. Aber nach einer Weile wurde der Vater immer von seiner Müdigkeit übermannt, stammelte noch ein paar Sätze, gab dann seiner Erschöpfung nach und schlief schnarchend ein. Und Sonnenblume wartete vergeblich darauf, dass der Vater die Geschichte weitererzählte. Doch sie war ein braves Mädchen. Sie wollte ihren Vater nicht stören, verdrehte dann nur die Augen und bettete ihren Kopf leise auf seinen Arm. Sie roch den Schweiß auf seinem Körper und wartete auf das Schlafwürmchen.

Während sie wartete, streckte sie manchmal ihre kleine Hand aus und strich sanft über das stoppelbärtige Gesicht des Vaters. In der Ferne hörte man schwach das Bellen eines Hundes, es schien von den Feldern auf der anderen Seite des großen Flusses zu ihnen herüberzudringen, dann wiederum schien es aus der Stadt Ölhanffeld oder dem noch weiter entfernt gelegenen Reisduftfurt zu kommen.

So vergingen die Tage, einer nach dem anderen. Der Ort, an dem sich Sonnenblume am liebsten aufhielt, war das Ufer des großen Flusses. Die meiste Zeit des Tages verbrachte sie damit, Gerstenfeld zu beobachten. Gerstenfeld war ein großes Dorf und rundherum von Schilf umgeben. Der Rauch, der aus den Häusern emporstieg, das Gebrüll der Rinder, das Hundegebell, die fröhlichen Rufe, all das faszinierte das Mädchen Sonnenblume, vor allem die Silhouetten der Kinder und ihr vergnügtes Gelächter. Das war eine fröhliche Welt, ohne Stille und Einsamkeit. Und dann war da noch der große Fluss, ein Fluss, dessen Anfang und Ende nicht zu sehen waren. Man wusste nicht, woher das Wasser kam und wohin es floss. Es floss Tag und Nacht, dunkles, blaues Wasser. An beiden Ufern wuchs Schilf, es begleitete das Wasser, von Ost nach West, den ganzen Weg entlang. Das Gurgeln des Wassers und das Rascheln des Schilfs klangen wie unaufhörliches Liebesgeflüster. Es schien, als wären beide, Schilf und Wasser, seit alten Zeiten enge Vertraute. Letztendlich aber floss das Wasser doch fort – vorne floss es fort, hinten floss es nach, so ging das endlos. Das Wasser schien das zitternde Schilf mit schelmischen Fingern zu kitzeln.

Unermüdlich, Tag für Tag, Monat für Monat und Jahr für Jahr neckten sich Schilf und Wasser.

Auch Sonnenblume mochte diesen großen Fluss. Sie beobachtete ihn, sah seinen Bewegungen zu, sah, wie er sich kräuselte und sprühte, sah, wie er Wildenten oder Blätter mit sich trug. Sie sah, wie die verschiedensten Schiffe auf seinem Rücken dahinfuhren, sie sah, wie ihn die Strahlen der Mittagssonne golden färbten, und sie sah, wie ihn die untergehende Abendsonne in rotes Licht tauchte. Sie sah, wie unendlich viele Regentropfen auf seine Oberfläche prasselten und wie jeder einzelne beim Aufprall eine kleine, silberne Wasserblume erzeugte. Sie sah, wie Fische aus seinen grünen Wellen sprangen, wunderschöne Bögen in die blaue Luft zeichneten und sich dann wieder hineinfallen ließen.

Auf der anderen Seite des Flusses lag Gerstenfeld. Sonnenblume saß am Ufer unter einer alten Ulme und beobachtete es still aus der Ferne.

Die Menschen an Bord der vorüberziehenden Schiffe, die das kleine Mädchen an diesem endlos langen Ufer sitzen sahen, mögen bei sich gedacht haben, dass Himmel und Erde zu groß seien und dass es zwischen dem zu großen Himmel und der zu großen Erde zu viel Leere gebe.

Gerstenfeld glich einem riesigen Schiff, das am anderen Ufer inmitten des Schilfs vor Anker lag. Sie sah die hohen Heuhaufen, sie glichen kleinen Bergen, hier einer und da einer. Sie sah den Flieder, der gerade seine kleinen, blassblauen Blüten öffnete. Sie konnte die Blüten nicht genau erkennen, sie sah nur lauter rundliche, hellblaue Flecken, die die Baumkrone sanft wie Wolken bedeckten. Sie sah Rauch aus den Schornsteinen aufsteigen, milchigen

Rauch. Er kam aus den Häusern im Osten und aus den Häusern im Westen, mal war er dicht, mal war er blass. Er stieg in den Himmel. Nach und nach vermischten sich die Rauchsäulen miteinander und schwebten über dem Sumpf. Hunde liefen durch die Gassen des Dorfes. Ein Hahn flog in einen Maulbeerbaum und krähte. Überall hörte man das Lachen der Kinder.

Sonnenblume wollte sich Gerstenfeld ansehen.

An der alten Ulme war ein kleines Boot angebunden. Sie hatte es gleich bemerkt, als sie an den Fluss gekommen war. Sanft schaukelte es auf der Wasseroberfläche, als wollte es Sonnenblume auf sich aufmerksam machen. Sonnenblume hatte nur noch Augen für das Boot, der Fluss und Gerstenfeld waren vergessen.

In ihrem Herzen keimte eine Idee, wie ein junger Grashalm, der in der feuchten Erde austreibt. Er wuchs in die Höhe und bald schwang der Halm im Frühlingswind. Die Idee füllte Sonnenblumes Herz nun gänzlich aus: »Ich will ins Boot steigen und Gerstenfeld besuchen!« Sie wagte es nicht, trotzdem wollte sie es so sehr. Sie blickte zur Kaderschule zurück, die sie weit hinter sich gelassen hatte. Ängstlich und doch voller Freude ging sie auf das kleine Boot zu. Es gab keinen Steg, nur eine steile, aber nicht allzu steile Böschung. Sie wusste nicht, ob sie dem Fluss oder der Böschung zugewandt zum Wasser hinabrutschen sollte. Sie zögerte einen Augenblick und entschied sich schließlich, das Gesicht der Böschung zuzuwenden. Mit beiden Händen klammerte sie sich, nach Halt suchend, am Ufergras fest und stemmte beide Füße in den Abhang. Auch am Abhang wuchs Gras und sie dachte: »Ich kann mich an den Grasbüscheln festhalten und so nach und nach zum Fluss hinunterrutschen.« Ihre Bewegungen waren langsam, aber fließend, und es dauerte nicht lange und ihr Kopf war hinter der Uferkante verschwunden.

Boote fuhren auf dem Fluss vorbei, und die Menschen darauf, die diese Szene beobachteten, waren ein wenig besorgt. Doch sahen sie das Ganze nur am Rande geschehen. Einerseits sorgten sie sich, andererseits waren sie aber damit beschäftigt, ihr Boot mit dem Wind auf Kurs zu halten.

Als sich Sonnenblume langsam der Mitte des Abhangs näherte, war sie bereits schweißüberströmt. Direkt unter ihren Füßen gurgelte das Flusswasser. Sie hatte Angst und hielt sich mit beiden Händen am Gras der Böschung fest.

Ein Segelboot fuhr vorüber. Der Mann am Steuer sah das Kind, das wie ein Gecko an der Böschung klebte, und rief ihm laut zu: »Wessen Kind bist du?«

Dann fiel ihm ein, dass er es besser nicht erschrecken sollte, und er wagte nicht, ein zweites Mal zu rufen. Besorgt beobachtete er es, bis er es nicht mehr sehen konnte, und fuhr mit etwas bangem Herzen weiter.

Dort am großen Fluss brüllte ein Rind, es klang wie der schleppende Ton der Dampfpfeifen aus den Fabriken der Stadt. Genau in diesem Moment löste sich die Erde unter Sonnenblumes Füßen, und mit einem Mal rutschte sie abwärts. Wenn sie versuchte, sich an den Grasbüscheln festzuhalten, riss sie sie einfach aus der losen Erde. Voller Angst schloss sie beide Augen, doch schon bald bemerkte sie, wie sie auf dem Abhang zum Halten kam und ihr Fuß auf einem kurzen Baum, der aus der Böschung wuchs, landete. Lange lehnte sie am Hang und wagte nicht, sich zu rühren. Das Geräusch des Wassers, das unter ihr vorbeifloss, war deutlich lauter geworden. Sie hob den Kopf und blickte nach oben, die Uferkante war bereits hoch über ihr. Sie wusste nicht, ob sie nach oben oder weiter nach unten klettern sollte. Sie wollte nur, dass jetzt am Ufer irgendjemand auftauchte, am besten ihr Vater. Sie versteckte ihr Gesicht im dichten Gras, rührte sich nicht und dachte an ihren Vater.

Die Sonne stand hoch, sie fühlte die angenehme Wärme auf ihrem Rücken. Eine leichte Brise wehte die Böschung herauf und klang in ihren Ohren wie leises Wassergeplätscher. Sie begann zu singen. Es war keines der Lieder, das sie aus der Stadt mitgebracht hatte, sie hatte es von den Mädchen am Fluss gelernt. Damals war sie am Flussufer gesessen und hatte gehört, wie Mädchen im Schilf am gegenüberliegenden Ufer sangen. Das Lied hatte ihr gefallen. Sie hatte versucht, die Mädchen zu sehen, aber es war ihr nicht gelungen, sie waren vom Schilf verdeckt gewesen. Gelegentlich hatte sie erkennen können, wie sich ihre Silhouetten bewegten und ihre roten oder grünen Kleider ab und zu zwischen den Halmen hindurchblitzten. Es schien, als würden sie die Schilfblätter schälen. Es dauerte nicht lange und Sonnenblume hatte das Lied auswendig gelernt. Sie war hier, die Mädchen drüben. Gemeinsam hatte sie mit ihnen gesungen.

Mit zitternder Stimme begann sie nun wieder zu singen:

Der Duft der Zongzi schwebt durch die Küche.
Beifußduft erfüllt die Halle,
Pfirsichzweigwerk über der Tür.

*Tritt man hinaus,
Breitet das Gelb des Weizens sich aus.
Hier wie dort,
An jedem Ort,
Ist Drachenbootfest, ist Drachenbootfest.*

Ihre Stimme war sehr leise, der feuchte Schlamm schluckte alles. Immer noch wollte sie mit dem Boot nach Gerstenfeld fahren. Erneut versuchte sie, nach unten zu rutschen, und plötzlich fühlte sie den weichen Sandboden des Flussufers unter ihren Füßen. Als sie sich umdrehte, stand sie direkt am Wasser. Sie machte ein paar Schritte nach vorne. Ein bisschen Wasser trat über das Ufer und umspülte ihre Füße. Ein Schauer lief über ihren ganzen Körper und sie musste die Zunge herausstrecken. Gleichmäßig schaukelte das kleine Boot. Sie kletterte hinein. Nun hatte sie es nicht mehr eilig, nach Gerstenfeld zu kommen, sie wollte ein wenig in dem kleinen Boot sitzen bleiben. Wie schön das war! Sie saß auf dem Querbalken im Boot, ließ sich schaukeln und fühlte sich glücklich. Gerstenfeld rief nach ihr, Gerstenfeld würde ein Leben lang nach ihr rufen.

Als sie sich schließlich auf den Weg nach Gerstenfeld machen wollte, bemerkte sie, dass es in dem kleinen Boot weder Stocherstangen noch Ruder gab. Sie hob den Kopf und sah ein dickes Seil: Fest war es um die alte Ulme geschlungen. Sie atmete auf: Zum Glück war das Boot noch angebunden! Hätte sie es gleich losgemacht, wer weiß, wohin es sonst getrieben wäre!

Heute würde sie es nicht mehr nach Gerstenfeld schaffen. Sie sah hinüber ans andere Ufer. Dann wiederum schaute sie in das leere Boot ohne Stange und Ruder und bedauerte, dass sie nur tatenlos in dem Boot sitzen und den Rauch über Gerstenfeld betrachten und das Lärmen der Kinder mitanhören konnte, das aus den Gassen des Dorfes zu ihr herüberdrang. Sie wusste nicht mehr genau, wann sie es bemerkt hatte, aber mit einem Mal hatte Sonnenblume das Gefühl, das Boot würde sich vorwärtsbewegen. Sie erschrak und schaute auf. Das Seil musste sich irgendwann von der alten Ulme gelöst haben. Das Boot trieb schon einige Meter weit vom Ufer entfernt und zog das Seil wie einen langen dünnen Schweif hinter sich her. Nervös lief Sonnenblume ans Heck des Bootes und holte das Seil ein. Als ihr auffiel, dass sie gar nicht wusste, wozu sie das tat, ließ sie es los und zurück ins Wasser gleiten, und innerhalb weniger Sekunden verwandelte es sich wieder in den langen, dünnen Schweif.

In diesem Moment erblickte sie einen Knaben, der am Ufer stand.

Es war ein elf- oder zwölfjähriger Junge, der boshaft zu Sonnenblume herüberlachte. Am Ende dieses Tages sollte Sonnenblume seinen Namen kennen: Quakfisch. Quakfisch war aus Gerstenfeld. Seine Familie züchtete seit Generationen Enten. Sonnenblume sah, wie sich ein Schwarm Enten soeben wie eine Flutwelle aus dem Schilfgras erhob und zu Quakfischs Füßen hin ergoss, mit den Flügeln schlug und quakte – und wie sich die ganze Szene mit einem Mal wieder beruhigte.

Sie wollte ihn fragen: »Warum hast du das Seil losgemacht?« Doch sie fragte nicht, sondern sah ihn nur hilflos an. Quakfisch reagierte nicht auf das Flehen in ihrem Blick, vielmehr verleitete es ihn zu noch fröhlicherem und lauterem Gelächter. Von seinem Lachen aufgescheucht, flohen die Hunderten von Enten, die er hütete, torkelnd und watschelnd das Steilufer entlang in den Fluss hinein, die Klügeren unter ihnen flogen in die Mitte des Flusses, wo sie mit ihren Flügeln schlugen, dass sich die Wasseroberfläche kräuselte.

Durch den Regen war der Fluss voller Wasser, das schnell dahinströmte, unkontrolliert trieb das kleine Boot auf dem Fluss. Sonnenblume schaute Quakfisch an und weinte. Quakfisch stand mit überkreuzten Beinen da, die verschränkten Arme hatte er auf den Griff einer Schaufel, die er zum Ententreiben benutzte, gestützt, das Kinn ruhte auf den Handrücken, mit der Zunge leckte er sich unentwegt die sonnenverbrannten Lippen. So sah er das kleine Boot mit Sonnenblume gleichgültig an. Schließlich waren es die Enten, die in guter Absicht schnell zu dem kleinen Boot hinschwammen.

Als Quakfisch das sah, hob er mit seinem kleinen Eisenspaten ein wenig Schlamm aus, griff mit beiden Händen den langen Stiel, hob die Schaufel hoch in die Luft, beugte sich nach hinten und ließ sie dann blitzartig vorwärtsschnellen. Der Schlammbatzen sauste durch die Luft und landete direkt vor der vordersten Ente. Diese erschrak, drehte sich ruckartig um, schlug mit den Flügeln, quakte ängstlich und schwamm zurück. Die anderen Enten folgten ihr, ebenfalls laut quakend und mit den Flügeln schlagend. Sonnenblume blickte um sich. Nicht eine Menschenseele war zu sehen. Sie begann zu weinen.

Quakfisch ging zurück ins Schilf. Er holte eine lange Bambusstange hervor. Es musste die Stocherstange sein, die der Bootsbesitzer wohl aus Angst, dass jemand mit dem Boot wegfahren könnte, im Schilf versteckt hatte. Quakfisch folgte dem Boot und tat, als wollte er Sonnenblume die Stange reichen. Sonnenblume sah ihn, blind vor Tränen, dankbar an.

Als Quakfisch die Stelle erreicht hatte, an der er dem Boot am nächsten war, rutschte er die Uferböschung zum Fluss hinab. Er watete ins Wasser und legte die Bambusstange auf die Wasseroberfläche. Vorsichtig schob er sie vorwärts, bis sie das kleine Boot fast berührte. Als Sonnenblume das sah, lehnte sie sich über die Bordwand und streckte die Hand aus, um die Stange zu erreichen. Gerade als Sonnenblumes Hand die Stange greifen wollte, lachte Quakfisch auf und zog sie leicht zurück.

Mit leeren Händen sah Sonnenblume Quakfisch an, kleine Wasserperlen tropften von ihren Fingerspitzen. Quakfisch gab vor, Sonnenblume nun tatsächlich helfen zu wollen, nahm die Bambusstange und folgte dem kleinen Boot im seichten Wasser. Er wählte die passende Entfernung und wiederum schob er die Stange zum kleinen Boot hin. Sonnenblume lehnte sich über den Bootsrand und streckte erneut die Hand aus.

Jedes Mal, wenn nun Sonnenblume nach der Stange griff, zog sie Quakfisch ein Stück zurück. Er zog sie nicht ganz weg, sondern immer nur ein wenig, so dass Sonnenblumes Finger den Bambusstab fast berühren konnten, aber eben nur fast. Als Sonnenblume aufhörte, nach der Stange zu greifen, schob Quakfisch sie wieder zum Boot hinüber – so weit, dass das eine Ende fast den Sitz des kleinen Bootes berührte. Sonnenblume weinte unaufhörlich.

Quakfisch gab sich nun ganz ernsthaft den Anschein, Sonnenblume die Stange geben zu wollen. Erneut glaubte ihm Sonnenblume. Als sie sah, wie er den Bambusstab herüberreichte, beugte sie sich so weit es ging über den Bootsrand und versuchte ihn zu erwischen. Mit einem Ruck zog Quakfisch den Stab zurück und Sonnenblume wäre um ein Haar ins Wasser gefallen. Quakfisch sah Sonnenblume an. Ein ums andere Mal hatte er sie hereingelegt und er musste laut lachen. Sonnenblume saß auf dem Querbalken des Bootes und weinte.

Als Quakfisch bemerkte, dass seine Enten schon weit fortgeschwommen waren, holte er die Bambusstange ein, stützte sich mit dem einen Ende auf der Sandbank ab und stieg die Böschung hinauf. Den langen Stab als Steighilfe nutzend, war er flink ans Ufer geklettert. Er blickte noch einmal zu Sonnenblume zurück, zog die Stange zu sich herauf, warf sie wieder ins Schilf und folgte, ohne sich noch einmal umzudrehen, seiner Entenschar.

Das kleine Boot lag quer im Fluss, unaufhörlich trieb es nach Osten. Sonnenblume sah, wie die alte Ulme immer kleiner wurde. Auch das rote, ziegelgedeckte Haus der Kaderschule verschwand nach und nach hinter den Tausenden und Abertausenden von Schilfhalmen. Noch nie in ihrem Leben hatte sie solch eine Angst verspürt, sie saß im Boot und weinte lautlos. Vor ihren Augen war nur verschwommenes Grün, es war, als würde Wasser vom Himmel herabstürzen. Mit einem Mal weitete sich die Wasseroberfläche und wurde neblig. »Wie weit werde ich noch treiben?«, dachte Sonnenblume. Gelegentlich fuhr ein Boot vorbei. Doch Sonnenblume war wie gelähmt. Statt aufzustehen, um zu den anderen Booten hinüberzuwinken oder zu rufen, blieb sie einfach still sitzen und winkte den Leuten mit nur kleinen Bewegungen zu, so dass diese dachten, das Kind würde zum Vergnügen Boot fahren. Sie beachteten es nicht weiter, dachten sich nichts dabei und fuhren ihrer Wege. Sonnenblume weinte und rief leise nach ihrem Vater.

Ein einzelner weißer Vogel flog aus dem Schilf auf und schwebte über dem Wasser. Er schien etwas zu spüren. Nicht weit vom Boot zog er tief und langsam seine Kreise. Sonnenblume sah seine langen Flügel, sah, wie der Wind über dem Fluss den feinen Flaum auf seiner Brust kräuselte, sah seinen langen, schlanken Hals, den goldgelben Schnabel und ein Paar leuchtend rote Klauen. Immer wieder legte der Vogel seinen Kopf schief und sah sie aus braunen Augen an.

Das Boot trieb auf dem Wasser, der Vogel flog in der Luft. Die Welt war unendlich friedlich und verlassen. Dann landete der Vogel plötzlich auf dem Bug des Bootes. Es war ein großer Vogel mit langen Beinen, eine stolze, unnahbare Erscheinung.

Sonnenblume weinte nicht mehr und sah den Vogel an. Sie war gar nicht erstaunt, als wären sie alte Bekannte. Ein Mädchen und ein Vogel unter der Weite des Himmels. Wortlos sahen sie einander an, keiner wollte den anderen erschrecken. Nur das Geräusch des dahinfließenden Wassers war zu vernehmen.

Dann machte sich der Vogel wieder auf den Weg, er konnte sie ja nicht ewig begleiten. Grazil neigte er seinen Kopf, schlug mit den Flügeln, beugte sich vor und flog nach Süden davon. Sonnenblume sah ihm nach, dann drehte sie sich um und sah nach Osten: ringsum nichts als Wasser.

Sie hatte das Gefühl, weinen zu müssen, und so begann sie erneut zu weinen.

Auf dem Grasland in der Nähe des Flussufers ließ ein Junge seinen Büffel weiden. Der Büffel fraß, der Junge mähte. Er hatte das kleine Boot, das auf dem Wasser angetrieben kam, bereits bemerkt. Er hörte auf zu mähen, packte seine Sichel und stand nun inmitten der hohen Wiese, um es aus der Ferne in aller Ruhe zu betrachten. Auch Sonnenblume hatte den Büffel und den Jungen inzwischen entdeckt. Obwohl sie sein Gesicht nicht genau erkennen konnte, schien er ihr aus irgendeinem Grund vertraut, und Hoffnung stieg in ihr auf. Sie stand auf und schaute ihn wortlos an. Der Wind, der vom Fluss her wehte, zerzauste dem Jungen das wirre schwarze Haar. Seine intelligenten Augen blitzten unter den dunklen Haarsträhnen hervor, die ihm unaufhörlich ins Gesicht fielen. Je näher das kleine Boot kam, desto unruhiger wurde er. Der Büffel mit den langen Hörnern hörte auf zu grasen und schaute gemeinsam mit seinem Herrn auf das kleine Boot mit dem Mädchen. Der Junge hatte auf den ersten Blick erkannt, dass da etwas passiert war. Während das kleine Boot immer näher kam, hob er einen Strick vom Boden auf und führte damit den Büffel langsam zum Wasser. Sonnenblume weinte nicht mehr. Der Wind hatte ihre Tränenspuren bereits getrocknet, ihr ganzes Gesicht fühlte sich straff und gespannt an.

Der Junge griff nach dem langen Haar auf dem Rücken des Büffels, sprang plötzlich in die Höhe und saß mit einem Satz rittlings auf dem Tier. Er blickte über den Fluss, auf das Boot und das Mädchen, das nun zu ihm hinaufschauen musste. Seine Umrisse hoben sich vom blauen Himmel ab, weiße Wolkenfetzen zogen hinter ihm vorbei. Sonnenblume konnte seine Augen nicht deutlich erkennen, aber sie hatte den Eindruck, dass sie unglaublich leuchteten, wie die Sterne am Nachthimmel.

Sonnenblume war davon überzeugt, dass dieser Junge sie retten würde, obwohl sie ihn mit keinem Ton und mit keiner Geste um Hilfe gebeten hatte. Sie war nur im Boot gestanden und hatte ihn mit herzerweichendem Blick aufmerksam angesehen.

Der Junge versetzte dem Büffel einen kräftigen Klaps aufs Hinterteil und gehorsam ging das Tier ins Wasser. Sonnenblume schaute zu. Sie sah, wie der

Büffel mit dem Jungen auf dem Rücken immer tiefer ins Wasser hineinwatete. Schon bald war der ganze Körper des Tieres im Wasser, nur noch Ohren, Nase, Augen und ein schmaler Streifen vom Rücken waren zu sehen. Mit dem Strick in der Hand saß der Junge auf dem Büffel, seine Hose war schon komplett durchweicht.

Büffel und Boot, Junge und Mädchen kamen einander immer näher.

Die Augen des Jungen waren groß und leuchteten ungewöhnlich. Ein Leben lang würde sich Sonnenblume an diese Augen erinnern.

Als der Büffel schon ganz nahe am Boot war, wedelte er mit seinen großen Ohren und spritzte Sonnenblume Wasser ins Gesicht. Sonnenblume kniff schnell die Augen zusammen und hielt ihre Hand schützend vor das Gesicht. Als sie die Hand wieder wegnahm und ihre Augen öffnete, war der Junge auf dem Büffel bereits bis ans Heck des Bootes gelangt. Er beugte sich vor und mit einer geschickten Bewegung fischte er das im Wasser treibende Anlegeseil heraus. Das kleine Boot schwankte leicht und hörte auf zu treiben. Der Junge befestigte das Seil an den Hörnern des Büffels, drehte sich zu Sonnenblume um und bedeutete ihr, sich ordentlich hinzusetzen. Dann klopfte er ein paarmal sachte auf den Kopf des Büffels. Das Tier begann, das kleine Boot stromaufwärts zu ziehen, während der Junge bequem auf seinem Rücken saß. Sonnenblume saß artig auf dem Querbalken im Boot. Sie konnte nur den Rücken und den Hinterkopf des Jungen sehen. Einen runden, glatten und schön geformten Hinterkopf. Der Junge hielt seinen Rücken sehr gerade, er war eine kräftige Erscheinung. Das Wasser teilte sich zu beiden Seiten des Büffelkopfes und floss hinter dem Jungen wieder zusammen. Nachdem es den Schwanz des Büffels passiert hatte, schlug es sanft gegen das kleine Boot und machte dabei ein blubberndes Geräusch. Gleichmäßig zog der Büffel das Boot vorwärts, immer weiter in Richtung der alten Ulme.

Sonnenblume hatte keine Angst mehr. Sie saß da und betrachtete nun aufmerksam die Flusslandschaft: Die Sonne schien auf den großen Fluss und das Wasser glitzerte tausendfach. Die Lichtreflexe folgten dem Auf und Ab der Wellen, und kaum blitzen sie auf, waren sie auch schon wieder verschwunden. Das Schilf auf beiden Seiten des Ufers stand im einen Moment im vollen Licht der Sonne, und schon im nächsten lag es im Schatten der dahinziehenden Wolken. Die Wolkenmassen waren mal groß, mal klein, mal nah oder fern, manchmal verdeckten sie die Sonne zur Gänze. Dann wurde der Himmel plötzlich düster, die Lichtreflexe auf dem Wasser verschwanden schlagartig und vom Fluss blieb nur ein blassblauer Streifen. Doch es dauerte nicht lange und die Wolken zogen weiter, die Sonne kam hervor und die Lichtreflexe schienen jetzt umso stärker und leuchtender. Sie blendeten so sehr, dass man die Augen kaum öffnen konnte. Es gab aber auch Wolken, die nur einen kleinen Teil der Sonne bedeckten, dann waren die Schilfbüschel teils hell beleuchtet, teils lagen sie im Schatten. Der beleuchtete Teil war von einem intensiven Smaragdgrün, der schattige Teil hingegen dunkelgrün und in weiterer Entfernung fast schwarz. So weit man blickte, veränderten sich Wolken, Sonne, Wasser und Schilf fortwährend, und Sonnenblume war davon ganz benommen.

Erst das Grunzen des Büffels ließ sie wieder zu sich kommen. Im Wasser trieb ein langer Schilfhalm mit seinem Blütenbüschel vorbei. Der Junge beugte sich zur Seite, schnappte ihn und hielt ihn in die Höhe. Das nasse Büschel von Schilfblüten sah zunächst aus wie ein riesiger Pinsel, der in den blauen Himmel zeigte, dann, als es der Wind getrocknet hatte, wurde es zunehmend flauschiger. Die Sonne schien, die silbernen Strahlen funkelten. Der Junge sah aus, als würde er ein Banner hoch erhoben vor sich hertragen.

Als sie fast schon bei der alten Ulme waren, tauchte Quakfisch mit seiner Entenschar auf. Er fuhr in einem kleinen Stocherkahn, der speziell für das Entenhüten gedacht war. Nach Lust und Laune fuhr er damit auf dem Wasser umher. Als er den Büffel und das kleine Boot erblickte, bog er sich vor Lachen. Es war ein kehliges Lachen und ähnelte dem Quaken, das ein Enterich inmitten seiner Entenschar von sich gibt. Dann fiel er zur Seite und blieb im Kahn liegen, hob den Kopf und schaute wortlos auf das Boot, den Büffel, den Jungen und das Mädchen.

Der Junge sah Quakfisch überhaupt nicht an, sondern ritt beständig auf seinem Büffel dahin, trieb ihn an und zog das kleine Boot weiter in Richtung der alten Ulme. Unter der alten Ulme wartete Sonnenblumes Vater. Ungeduldig sah er ihnen entgegen.

Der Junge stand nun auf dem Rücken des Büffels und band das kleine Boot an der alten Ulme fest. Dann sprang er herunter, packte das kleine Boot von der Seite und zog es vorsichtig ans Ufer. Sonnenblume stieg aus und kletterte die Uferböschung hinauf. Ihr Vater beugte sich zu ihr hinab und streckte ihr seine Arme entgegen.

Die Böschung war voller Sand und Sonnenblume schaffte es nicht, bis nach oben zu klettern. Der Junge kam herbei und schob sie mit aller Kraft an ihrem Hinterteil nach oben, bis sie die große Hand ihres Vaters ergreifen konnte. Dieser zog sie mit einem Ruck nach oben. Fest nahm sie die Hand ihres Vaters, drehte sich nach dem Jungen um, nach dem Büffel und dem Boot, und weinte, dass ihr die Tränen nur so über das Gesicht liefen. Der Vater ging in die Hocke, nahm sie in die Arme und tätschelte ihr den Rücken. In diesem Moment sah er den Jungen, der zu ihnen nach oben schaute.

Der Junge drehte sich um und ging zu seinem Büffel. Sonnenblumes Vater fragte:»Kind, wie heißt du?« Der Junge wandte den Kopf, sah Vater und Tochter an, sagte aber nichts. »Wie heißt du?«, fragte Sonnenblumes Vater abermals. Unerklärlicherweise wurde der Junge plötzlich rot im Gesicht und senkte den Kopf. Quakfisch, der seine Enten hütete, rief laut: »Er heißt Bronze, er kann nicht sprechen, er ist stumm!« Der Junge kletterte auf seinen Büffel und ritt mit ihm in den Fluss hinein. Sonnenblume und ihr Vater sahen ihm lange nach.

Zurück auf der Straße zur Kaderschule schien Sonnenblumes Vater unentwegt an etwas zu denken. Als sie fast an der Kaderschule angekommen waren, griff er erneut nach Sonnenblumes Hand und ging schnellen Schrittes zum Fluss zurück. Aber der Junge und sein Büffel waren bereits spurlos verschwunden. Auch Quakfisch und seine Entenschar waren nicht mehr zu sehen, da war nur mehr der verlassene Fluss.

Als er am Abend das Licht löschte, sagte der Vater zu Sonnenblume: »Wie kommt es, dass dieser Junge deinem Bruder so ähnlich sieht?« Sonnenblume hatte einmal von ihrem Vater gehört, dass sie einst einen Bruder gehabt hatte. Mit drei Jahren war er an einer Hirnhautentzündung gestorben. Sie hatte diesen Bruder nie gesehen. Sie bettete ihren Kopf auf den Arm ihres Vaters und starrte noch lange ins Dunkel. In der Ferne war das dumpfe Rauschen des Flusses und das Bellen der Hunde aus Gerstenfeld zu hören …

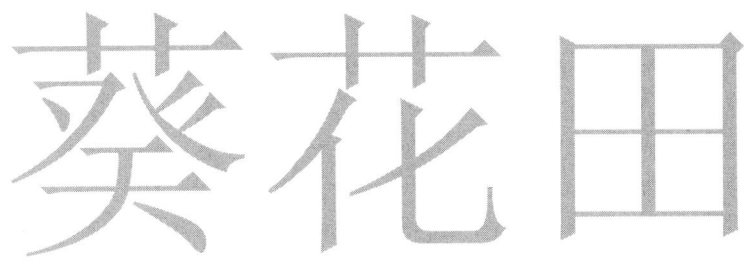

DAS SONNENBLUMENFELD

Bronze war fünf Jahre alt, als er eines Nachts mitten im Tiefschlaf plötzlich von seiner Mutter aus dem Bett gehoben wurde. Während er in ihren Armen um sich trat, vernahm er, noch ganz benommen, ihre hastigen Atemzüge. Es war Spätherbst, die Nacht draußen war kalt und undurchdringlich, und schließlich wachte er – immer noch in den Armen der Mutter – vollends auf. Von allen Seiten her waren unheimliche Rufe zu hören. Bronze sah, dass der Himmel rot war, wie ein alles überflutender Sonnenuntergang. Überall bellten die Hunde, sie schienen nervös und schrecklich aufgeregt zu sein.

Kinder schrien nach ihren Müttern. Ihr Weinen mischte sich in die hektischen Geräusche wild umherhastender Schritte und zerriss den Frieden dieser Herbstnacht. Einige Leute brüllten: »Das Schilf brennt! Das Schilf brennt!«

Einer nach dem anderen kamen die Leute aus ihren Häusern gelaufen und flohen in Richtung Fluss. Erwachsene trugen kleine Kinder, ältere Kinder zogen jüngere mit sich, junge, kräftige Leute stützten alte Menschen oder trugen sie auf dem Rücken. So rannten und stolperten sie den ganzen Weg entlang.

Als sie aus Gerstenfeld hinausrannten, sah Bronze das furchterregende Feuer. Die Flammen sahen aus wie unzählige wilde rote Tiere, die schreiend um die Wette rannten und sich zuckend auf Gerstenfeld warfen. Schnell versteckte er sein Gesicht an der Brust seiner Mutter. Die Mutter spürte, wie Bronze in ihren Armen zitterte. Während sie lief, tätschelte sie unablässig seinen Rücken: »Keine Angst, mein Liebling, keine Angst ...«

Überall weinten Kinder. Einige Bauern hatten es nicht mehr geschafft, ihre Rinder von dem Pflock, an dem sie angebunden waren, loszumachen. Beim

Anblick des Feuers begannen die Tiere, außer sich vor Todesangst, um ihr Leben zu kämpfen – einige zogen dabei die Pflöcke aus der Erde, andere rissen sich die Nasenringe, an denen sie festgebunden waren, heraus. Unter dem vom Feuer hell erleuchteten Himmel liefen überall wild gewordene Rinder umher, die sich gewaltsam ihren Weg bahnten. Hühner flogen frei durch die Nacht. Schweine grunzten und stupsten wie irr mit ihren Nasen. Schafe und Ziegen rannten entweder mit den Menschenmassen hinab zum großen Fluss oder aber sie stoben auf den Feldern in alle Richtungen auseinander. Zwei von ihnen rannten gar mitten in das große Feuer hinein. Ein Kind, das dachte, es seien die Ziegen seiner Familie, wollte umkehren, um ihnen nachzulaufen. Da wurde es von einem Erwachsenen gepackt und festgehalten. Er schimpfte: »Möchtest du umkommen?« Das Kind hatte keine Wahl, weinend sah es zu, wie seine Ziegen dem Feuer entgegenliefen.

Bronzes Vater hatte auf dieser Flucht nichts von zu Hause mitgenommen, nur den Büffel führte er mit sich. Es war ein robuster und gelehriger Büffel. Als Kalb war er zu Bronzes Familie gekommen. Damals war sein ganzer Körper von Geschwüren bedeckt gewesen. Bronzes Familie hatte sich gut um ihn gekümmert. Sie hatten ihm nur das saftigste und grünste Gras zu fressen gegeben und ihn täglich mit frischem Flusswasser gewaschen. Und sie hatten seine Geschwüre mit einem Sud aus zerstoßenen Heilkräutern behandelt. Nach kurzer Zeit waren die Wunden verheilt gewesen. Nun war er ein glatt glänzender Büffel. Er rannte nicht wie die anderen Rinder völlig wild geworden durch die Gegend, sondern folgte ruhig seinem Herrn. Sie waren eine Familie, die auch in schwierigen Zeiten zusammenhalten musste. Bronzes Großmutter ging etwas langsamer, der Büffel blieb immer wieder stehen, um auf sie zu warten. Alle fünf Familienmitglieder gingen eng beisammen, weder die Menschen noch die Schafe oder die Rinder, die blindlings durcheinanderrannten, konnten sie trennen.

Irgendwann wandte Bronze, der sich tief in die Arme seiner Mutter verkrochen hatte, den Kopf und riskierte einen Blick. Er sah, dass das Feuer bereits den Rand des Dorfes erreicht hatte. Schon glichen die ersten Häuser golden lodernden Palästen. Das spätherbstliche Schilfgras war sehr trocken und brannte lichterloh. Es knisterte und krachte, als explodierten Tausende und Abertausende von Feuerwerkskörpern, das Geräusch machte einen ganz verrückt. Einige Hühner flogen in das Feuer, flammten wie ein goldener Feuerball auf, um gleich darauf zu Asche zu zerfallen. Ein Hase rannte vor den Flammen, die ihre langen Zungen nach ihm ausstreckten und ihn ins Feuer hineinziehen wollten, davon. Er sprang und rannte, und im Feuerschein wurde sein Schatten plötzlich groß wie der eines Pferdes, das über die schwarzen Felder galoppiert. Schließlich wurde er doch vom Feuer verschlungen. Die Menschen konnten seinen Todesschrei nicht wirklich hören, aber sie spürten ihn, es war ein leidvoller, herzzerreißender Schrei. Und schon im nächsten Moment war der Hase für immer von dieser Erde verschwunden. Ein paar Schafe rannten auf das Feuer zu. Jemand sagte: »Wie blöd diese Schafe sind!«

Die Häuser am Dorfrand standen in Flammen. Eine Entenschar flog auf, ein paar Enten konnten dem Feuer nicht mehr entkommen, andere flogen in den schwarz-grauen Himmel. Abermals versteckte Bronze sein Gesicht an der Brust seiner Mutter.

Alle Bewohner Gerstenfelds liefen zum Fluss. Einige Boote fuhren auf dem Wasser hin und her, um die Menschen ans andere Ufer zu bringen – über den Fluss würde das Feuer nicht kommen. Alle wollten in die Boote klettern, und immer wieder fielen Menschen ins Wasser. Rufe, Flüche und Weinen schallten durch die Nacht. Diejenigen, die schwimmen konnten und auf die Boote nicht angewiesen waren, zogen ihre Kleider aus, hielten sie über den Kopf und schwammen ans andere Ufer. Darunter war auch ein Vater, der seinen vier- bis fünfjährigen Jungen auf seine Schultern nahm.

Als der Junge das wilde Flusswasser sah, umklammerte er laut schreiend den Kopf seines Vaters. Der Vater kümmerte sich nicht um sein Weinen, sondern schwamm in gleichmäßigen Zügen ans andere Ufer. Dort angekommen, glitt der Junge von seinen Schultern herunter. Er weinte und schrie nicht mehr. Teilnahmslos stand er da, zu Tode erschrocken.

Das Feuer glich einer gewaltigen Flut, die sich, Gasse um Gasse, durch Gerstenfeld hindurchwälzte. Nach kurzer Zeit war das ganze Dorf in einem Feuermeer versunken.

Mit großer Mühe konnte Bronzes Vater ein Boot für die Großmutter organisieren. Dann führte er den Büffel in den Fluss. Der Büffel wusste in diesem Moment genau, was er zu tun hatte. Ohne die Anweisungen seines Herrn abzuwarten, ging er von alleine ins Wasser. Die Mutter hielt ihr Kind fest und der Vater half beiden, auf den Rücken des Büffels zu klettern. Sich fest an das

Halfter klammernd, schwammen sie so mit dem Büffel ans andere Ufer. Bronze zitterte in den Armen der Mutter.

In der Dunkelheit hörte man, wie ein Kind ins Wasser fiel – ein Angstschrei und dann ein Hilferuf klangen durch die Nacht. Die Dunkelheit war undurchdringlich, wo sollte man da nach diesem Kind suchen? Vielleicht war es noch ein paarmal aufgetaucht, doch gesehen hatte es niemand. Weil das Feuer langsam näher kam, wollte jeder so schnell wie möglich den Fluss überqueren. Nervös seufzend warteten die Leute auf das nächste freie Boot, kaum jemand sprang ins Wasser, um nach dem Kind zu suchen. Und diejenigen, die gerade in ein Boot stiegen, kümmerten sich erst recht nicht darum. Die Mutter des Kindes schrie hysterisch. Ihr Schreien schien den Himmel zu zerreißen.

Gegen Morgen sahen die Menschen aus Gerstenfeld, wie die Flammen, die das Flussufer komplett kahlgebrannt hatten, endlich kleiner wurden. Gerstenfeld war nun zu einem unheimlichen Schwarz erstarrt. Zunächst hatte Bronze noch entsetzlich gefroren, dann, als das Feuer erloschen war, wurde er heiß und fiebrig. Das Fieber hielt fünf Tage lang an. Als sich die Körpertemperatur wieder normalisiert hatte, sah Bronze aus wie immer – zwar war er dünner geworden und die ohnehin großen Augen schienen noch größer als gewöhnlich, aber sonst war nichts Auffälliges an ihm zu bemerken. Doch seine Familie erkannte sofort, dass das Kind, das einst unaufhörlich geplappert hatte, nun schlagartig verstummt war.

Von da an veränderte sich Bronzes Welt. Als alle anderen Kinder seines Alters eingeschult wurden, blieb er zu Hause. Nicht, dass er nicht gerne in die Schule gegangen wäre, aber die Schule nahm ihn nicht auf. Immer wenn alle anderen Kinder aus Gerstenfeld ihre Ranzen schulterten und freudestrahlend in die Schule liefen, konnte Bronze nur aus der Ferne zuschauen. In diesen Augenblicken strich ihm immer eine Hand sanft über den Kopf – das war die Hand der Großmutter. Die Großmutter sagte nichts. Sie wusste, was in ihrem Enkel vorging. Sie strich ihm nur mit ihrer faltigen, etwas steifen Hand wieder und wieder über den Kopf. Irgendwann streckte Bronze dann seine Hand nach der Großmutter aus. Sie ergriff sie und führte ihn zurück zum Haus oder auf die Felder. Sie ging mit ihm die Frösche in den Rinnsalen beobachten und

Mutter Spinne auf den Schilfblättern beim Fluss. Sie betrachteten die langbeinigen Vögel in den Reisfeldern, die Dschunken auf dem Fluss und die Windmühlen am Ufer, die sich unablässig drehten. Die Großmutter und Bronze waren unzertrennlich. Wohin die Großmutter auch ging, nahm sie Bronze mit. Sie wollte ihren Enkel, der immer so einsam war, nicht gerne alleine lassen. Manchmal sah ihr Enkel so verlassen aus, dass sich die Großmutter insgeheim die Tränen fortwischte, wenn sie ihn auf dem Rücken trug. Doch wenn sie ihren Enkel ansah, zeigte sie sich immer von ihrer fröhlichsten Seite, als wäre die Welt von Heiterkeit erfüllt.

Der Vater und die Mutter arbeiteten den ganzen Tag auf dem Feld, sie hatten überhaupt keine Zeit, sich um Bronze zu kümmern.

Nach der Großmutter war der Büffel Bronzes engster Begleiter. Immer wenn der Vater mit dem Büffel nach Hause kam, nahm Bronze ihm den Strick aus der Hand und führte das Tier dorthin, wo das schönste und saftigste Gras wuchs. Gehorsam folgte ihm der Büffel, wohin er auch ging.

Die Bewohner Gerstenfelds sahen also immerzu sowohl die Großmutter, die nie ohne Bronze unterwegs war, als auch Bronze, wie er seinen Büffel zum Grasen führte. Bronze und der Büffel waren ein Teil der Landschaft um Gerstenfeld herum geworden. Wenn die Dorfbewohner die beiden sahen, hielten sie inne, und Wehmut und Traurigkeit ergriffen ihre Herzen.

Wenn der Büffel fraß, sah ihm Bronze beim Grasen zu. Der Büffel hatte eine lange Zunge, die er geschickt einsetzte, unentwegt schob er sich Gras ins Maul. Während er fraß, wedelte er in einem fort rhythmisch mit dem Schwanz. Anfänglich ließ Bronze den Büffel selbst fressen, als dieser aber älter wurde, fing er an, das Gras für ihn zu mähen und ihn damit zu füttern. Das Gras, das er mähte, war äußerst zart. Der Büffel war in ganz Gerstenfeld der gesündeste und der schönste aller Büffel. Die Menschen sagten, das komme davon, dass Bronze ihn so gut füttere, oder aber sie sagten, das komme davon, dass ihn der Stumme so gut füttere. Vor Bronze sprachen sie jedoch nie von dem *Stummen*, ihm gegenüber nannten sie ihn Bronze. Wenn sie ihn Bronze nannten, lachte er sie an, es war ein unverfälschtes Lachen, ein ehrliches, einfaches und freundliches Lachen, bei dem den Menschen aus Gerstenfeld klamm ums Herz wurde.

Wenn Bronze den Büffel hütete, drang manchmal das Gemurmel der Schüler, die ihre Texte vorlasen, aus der Schule zu ihm herüber. Dann hielt er die

Luft an und lauschte aufmerksam. Das anhaltende Gemurmel schwebte über den Feldern. Für ihn war es das schönste Geräusch der Welt. Gebannt starrte er zur Schule hinüber. Der Büffel hörte dann auf zu grasen und leckte Bronze mit seiner weichen Zunge sanft über die Hand. Manchmal umschlang Bronze plötzlich den Hals des Büffels und fing an zu weinen und seine Tränen fielen in die Mähne des Tieres.

Oft senkte dann der Büffel seinen Kopf, um Bronze dazu aufzufordern, seine Hörner zu ergreifen und ihm über seinen Kopf hinweg auf den Rücken zu klettern. Er wollte, dass Bronze hoch erhoben und würdevoll über die Felder schritt, vorbei an den Augen der vielen Kinder aus Gerstenfeld. In diesen Augenblicken war Bronze sehr stolz. Sicher und erhobenen Hauptes ritt er auf dem Rücken des Büffels und blickte weder nach links noch nach rechts. In seinen Augen gab es dann nur den Himmel, das wie Wellen hin und her wogende Schilf und die in der Ferne hoch aufragenden Windmühlen.

Waren jedoch keine Blicke auf ihn gerichtet, sackte Bronzes kerzengerader Rücken plötzlich zusammen, bis sein ganzer Körper kraftlos auf dem Rücken des Büffels hing und er ihm erlaubte, ihn einfach irgendwohin zu tragen. Bronze war sehr einsam. Er glich einem einsamen Vogel in der Weite des Himmels, einem einsamen Fisch in einem großen Fluss, einem einsamen Pferd in der unendlichen Steppe.

Jetzt aber war ein Mädchen aufgetaucht. Der Anblick Sonnenblumes hatte Bronze eines bewusst gemacht: Er war nicht das einsamste Kind auf dieser Welt. Von nun an lenkte Bronze seinen Büffel fast täglich ans Flussufer. Und Sonnenblumes Vater sagte immer wieder: »Lass uns zum Fluss spielen gehen!«

Bronze und Sonnenblume hatten beide einen Kameraden gefunden, auch wenn sich dieser jeweils auf der anderen Uferseite befand. Sonnenblume saß unter der alten Ulme und blickte, die Beine zu sich herangezogen und das Kinn auf die Knie gelegt, still zur anderen Seite des Flusses hinüber. Bronze gab vor, seinen Büffel wie gewöhnlich grasen zu lassen, wie immer mähte er Gras für ihn, wie immer zeigte er dem Büffel, wo er fressen sollte und wo nicht. Doch hob er zwischendurch immer wieder den Kopf und sah zum anderen Ufer hinüber. Die Welt war still. Nur die Blicke der beiden Kinder bekamen einen Klang, sobald sie das Wasser überquerten.

Die Tage vergingen und Bronze hatte das Gefühl, dass er Sonnenblume, die am anderen Ufer saß, etwas mehr bieten sollte. Er sollte für Sonnenblume ein Lied singen, das Lied der Kinder aus Gerstenfeld, doch er konnte nicht singen. Er sollte Sonnenblume fragen: »Möchtest du zum Sumpf gehen und Wildenteneier sammeln?«, doch er wusste nicht, wie er sich ausdrücken sollte. Letztendlich beschloss er, seine Uferseite in eine große Bühne zu verwandeln. Auf dieser großen Bühne würde er spielen. Das Publikum bestand aus nur einem Zuschauer. Dieser Zuschauer schien stets in derselben Haltung zu verharren: das Kinn auf die Knie der angezogenen Beine gelegt.

Bronze ritt auf dem Rücken des Büffels. Dann zog er die Zügel an, stieß mit seiner Ferse den Büffel fest in die Seite – und schon trabte das Tier das Flussufer entlang. Die Hufe flogen und kleine Erdbrocken stoben durch die Luft.

Sonnenblume saß immer noch da wie zuvor, doch der Kopf folgte ihrem Blick und drehte sich langsam. Der Büffel galoppierte durch das Schilf, rauschend bogen sich die Halme zu beiden Seiten auseinander. Gerade als Sonnenblume Bronze und seinen Büffel aus den Augen zu verlieren drohte, zog Bronze mit den Zügeln den Kopf des Büffels herum, und schon sah man das Tier wieder laut stampfend zurückgaloppieren. Es war ein imposanter und atemberaubender Anblick.

Ab und zu brüllte der Büffel und das Wasser des Flusses schien zu erzittern. Wieder zurück, schwang sich Bronze von seinem Büffel, warf die Leine beiseite und legte sich ins dichte Gras. Der Büffel schnaubte, wackelte mit seinen großen Ohren, senkte dann den Kopf und begann friedlich zu grasen.

In der Stille hörte Sonnenblume plötzlich einen Ton, wie sie ihn noch nie gehört hatte. Das war Bronze, der auf einem Schilfblatt blies – es war ein langgezogener Pfiff. Sonnenblume hob den Kopf und sah in den Himmel. Eine Entenschar flog nach Westen. Wieder kletterte Bronze auf den Büffel. Er stellte sich auf seinen Rücken und pfiff weiter auf dem Blatt. Der Büffel bewegte sich vorwärts. Sonnenblume fürchtete, Bronze könnte abrutschen, doch Bronze stand sicher auf dem Rücken des Tieres. Dann warf Bronze seine Schilfpfeife weg und machte urplötzlich einen Handstand auf dem Büffelkopf. Seine Beine, die in die Luft ragten, machte er dabei auf und zu.

Sonnenblume sah fasziniert zu. Plötzlich rutschte Bronze ab und fiel zu Boden. Erschrocken sprang Sonnenblume auf. Nach einer Weile tauchte Bronze wieder auf – er war von Kopf bis Fuß voller Schlamm. Er war in den

Sumpf gefallen. Auch sein ganzes Gesicht war schlammverschmiert, nur die beiden Augen schauten hervor. Das sah so lustig aus, dass Sonnenblume lachen musste.

Der Tag verging, und als die Sonne schließlich hinter dem Fluss am Horizont verschwand, gingen die beiden Kinder nach Hause. Sonnenblume hüpfte und sang. Auch Bronze sang, er sang in seinem Herzen.

An diesem Sommerabend wehte ein lauer Wind, und Sonnenblumes Vater konnte den Duft von Sonnenblumen riechen. Der Duft wurde von der anderen Seite des Flusses, aus Gerstenfeld, zu ihm herübergetragen. Von allen Pflanzen liebte der Vater die Sonnenblumen am meisten. Ihren Duft erkannte er sofort. Keine andere Pflanze hatte diesen besonderen Geruch, der den Duft der Sonne umschloss und den Menschen ein Gefühl von Wärme vermittelte, sie berauschte und ihre Sinne weckte. Der Vater und die Sonnenblumen waren durch ein besonderes, ein untrennbares Band miteinander verbunden.

Das, womit der Vater, ein Bildhauer, sein Leben lang immer am meisten Erfolg gehabt hatte, waren Sonnenblumen gewesen, aus Bronze gefertigte Sonnenblumen. Er fand, dass Bronze das Material sei, mit dem man Sonnenblumen am besten zur Geltung bringen könne. Es strahlte diesen frischen und urtümlichen Glanz aus, der eine tiefere Bedeutung in sich trug. Die Wärme der Sonnenblume und die kühle Bronze, diese Kombination faszinierte den Vater: Sie war von unendlichem Charme und schlicht und lebendig zugleich.

Die berühmteste Skulptur der Stadt, aus der der Vater kam, war eine Sonnenblume aus Bronze. Sie stand mitten auf einem Platz im Zentrum. Der Name der Stadt und die bronzene Sonnenblume waren aufs Engste miteinander verbunden. Sonnenblumen aus Bronze waren das Symbol dieser Stadt.

Fast alle Werke des Vaters waren Sonnenblumen aus Bronze, die großen waren oft über ein Zhang hoch, die kleinen nur wenige Cun – manche waren sogar nur einen Cun breit hoch. Es gab einzelne oder paarweise angeordnete Blumen, Arrangements aus drei oder fünf Blumen oder ganze Sträuße. Perspektive und Gestaltung waren immer unterschiedlich.

Irgendwann hatten die Sonnenblumen des Vaters die ganze Stadt geschmückt. Man fand sie auf den Eingangstüren der Hotels, auf den Mauern großer Gebäude und auf den Säulen oder den Geländern in den Parks.

Später waren die Sonnenblumen zum wichtigsten Artikel geworden, den das Kunstgewerbe dieser Stadt produzierte. Sie wurden in großen und kleinen Werkstätten gefertigt, in allen möglichen Varianten, jedoch ausnahmslos aus Bronze. Dann kamen sie in die Ladentheken der Geschäfte und Touristen konnten so ein für die Stadt typisches Souvenir kaufen. Der Vater hatte das schon immer ziemlich übertrieben gefunden, sich aber nicht weiter darum gekümmert.

Aus Liebe zu den Sonnenblumen hatte er schließlich für seine Tochter den Namen eines Mädchens vom Land gewählt. Das war für ihn einer der schönsten Namen. Wenn er ihn rief, klang er vertraut, er hatte Wärme und Glanz. Auch seine Tochter schien den Namen sehr zu mögen. Immer wenn der Vater sie beim Namen rief, antwortete sie laut: »Vater, hier bin ich!« Manchmal nannte sie sich auch selbst beim Namen: »Vater, hier ist Sonnenblume!« Die Sonnenblumen waren zu einem Teil seiner Seele geworden.

Jetzt, in dieser gottverlassenen Gegend, vernahm der Vater erneut den Duft von Sonnenblumen. An jenem Sommerabend war alles rund um Gerstenfeld vom Tau durchnässt, in der Luft lagen die Gerüche der verschiedensten Gräser und Pflanzen. Und dennoch konnte der Vater aus diesem verwirrenden Duftgemisch ganz genau den Geruch der Sonnenblumen herausfiltern. Er sagte zu seiner Tochter: »Da ist nicht nur eine Sonnenblume oder zwei, das sind Hunderte oder Tausende!« Sonnenblume schnupperte und schnupperte, doch sie konnte keine Sonnenblumen riechen. Der Vater lachte, dann nahm er Sonnenblume an die Hand: »Wir gehen zum Fluss.«

Friedlich floss der Fluss durch die Nacht. Der Mond hing am Himmel und das Wasser glitzerte, als wäre es mit Silbersplittern übersät. Die Lichter der Laternen auf den Fischerbooten, die auf dem Fluss vor Anker lagen, schaukelten hin und her. Wenn man lange auf die Laternen blickte, bekam man das Gefühl, dass es nicht diese Lichter waren, die schaukelten, sondern Himmel und Erde, Schilf und Fluss. Der Sommer in Gerstenfeld war voller Magie.

Der Vater schnupperte. Der Duft der Sonnenblumen, der vom Fluss zu ihnen herüberwehte, war nun noch deutlicher wahrzunehmen. Auch Sonnenblume glaubte ihn jetzt zu riechen. Lange saßen sie am Fluss. Erst als der Mond nach Westen wanderte, gingen sie zurück. Alles war nun voller Tau und die Luft wurde schwer von den Gerüchen. Sie wussten nicht, ob es die Müdigkeit war oder ob sie die Düfte betörten, aber beide fühlten sie sich schwindlig. Sie hatten das Gefühl, als sei alles um sie herum verschwommen und nebelig.

Früh am Morgen des nächsten Tages, als Sonnenblume erwachte, war der Vater bereits aufgestanden und weggegangen, ohne dass sie wusste, wohin.

Die Sonne war noch nicht aufgegangen. Der Vater war ganz leise aufgestanden, hatte seine Mappe und alle Utensilien, die er zum Zeichnen brauchte, genommen, war dem Duft gefolgt, den die Sonnenblumen bereits in der Nacht ausgesandt hatten, hatte den Fluss überquert und war nach Gerstenfeld gegangen. Kurz bevor er die Kaderschule verlassen hatte, hatte er Onkel Ding, den Torwächter, gebeten, auf Sonnenblume aufzupassen. Der Torwächter war ein guter Freund des Vaters.

Als der Vater erst Gerstenfeld und dann das Schilf durchquert hatte, sah er plötzlich ein ganzes Feld voller Sonnenblumen. Es war unglaublich groß. Der Vater hatte schon unzählige Sonnenblumenfelder gesehen, doch noch nie eines von solchen Ausmaßen. Er stieg auf eine kleine Anhöhe, um dieses Feld, das bis zum Horizont zu reichen schien, besser zu überblicken, und fühlte, wie ihm ein Schauer über den Rücken lief. Er hatte gerade eine gute Perspektive ausgewählt, seine Staffelei und den faltbaren Stuhl aufgestellt, als in diesem Moment die Sonne aufging – ein rotes Halbrund, das wie ein gewaltiger goldroter Pilz am Horizont aus der Erde hervorzubrechen schien.

Das waren schon eigenartige Pflanzen, diese Sonnenblumen, mit ihren kerzengeraden, kantigen Stängeln, auf denen ein kreisrunder Blütenteller saß. Die Blüten neigten sich entweder herab oder schauten nach oben, wie lachende Gesichter. Bei Einbruch der Nacht, wenn das Mondlicht die Sicht verschleierte, stand das Sonnenblumenfeld in feierlicher Stille, dann konnte man meinen, dort würden Menschen stehen – ein Feld voller Soldaten.

Dieses Sonnenblumenfeld hier war ursprünglich aus urbar gemachtem Sumpfland entstanden, die Erde war extrem fruchtbar, die Sonnenblumen waren alle sehr kräftig und gesund gewachsen. Der Vater hatte noch nie so hohe und so dicke Stängel gesehen und auch noch nie so große, volle Blütenköpfe. Sie hatten alle die Größe kleiner Waschschüsseln. Es war ein richtiger Wald aus Sonnenblumen. Jetzt, wo die Sonne noch nicht jeden Winkel mit ihren Strahlen ausgeleuchtet hatte, schienen die Stämme dieses Waldes vor Nässe zu triefen. Von den herzförmigen Blättern und den hängenden Köpfen der Sonnenblumen hingen glitzernde Tautropfen und ließen jede einzelne Blume als etwas überaus Kostbares erscheinen. Die Sonne stieg höher.

Auf Erden gilt die Sonnenblume wohl als die intelligenteste aller Pflanzen, denn sie kann Menschen sogar den Eindruck vermitteln, sie verfüge über eine ausgeprägte Wahrnehmung, als sei sie voller Leben und Willen. Stets blickt sie zur Sonne. Als Kind der Sonne wendet sie ihr Gesicht auch im Verlauf des Tages nie von ihr ab, sondern folgt kaum wahrnehmbar deren Lauf. Ganz still, treu und unbemerkt bringt sie ihre Liebe zur Sonne zur höchsten Entfaltung.

Der Vater versank völlig in seinen Betrachtungen. Er sah, wie die hängenden Köpfe der Sonnenblumen zum Leben erwachten, wie sie sich nach und nach hoben, je höher die Sonne stieg.

Die Sonne schwebte am Himmel. Die Sonnenblumen streckten ihre Köpfe empor. Die gerade noch schlaff und kraftlos herabhängenden Blütenblätter entfalteten sich. Die Sonne spendete ihnen die nötige Kraft und ihre Farbe schien noch intensiver zu werden. Der Anblick all dieser Blütenköpfe berührte den Vater zutiefst.

Die Sonne glich einem goldenen Rad. Knisternd ergossen sich die Sonnenstrahlen in das Sonnenblumenfeld, und die Sonnenblumen leuchteten in goldenem Glanz. Am Himmel hing eine Sonne so groß wie ein Rad, während es hier unten unzählige kleine Sonnen gab, eine Schar kleiner Sonnen, die ihre Blütenblätter bewegten. Die große und die vielen kleinen Sonnen, die einander ansahen, waren, wenn auch stumm, doch voller Zuneigung zueinander. Die Sonnenblumen waren von einer Aufrichtigkeit und Kindlichkeit, von einer Eigenwilligkeit und Standhaftigkeit, die ihresgleichen suchte. Der Vater liebte sie von ganzem Herzen.

Wenn er an die Stadt zurückdachte, dachte er an seine Sonnenblumen aus Bronze. Er glaubte, er allein wäre in der Lage das Wesen und die Eigenschaften der Sonnenblumen wirklich zu verstehen. Und dennoch berührte ihn nun der Anblick der Sonnenblumen vor seinen Augen erneut aufs Heftigste. Er schien immer mehr Dinge zu entdecken, die nicht in Worte zu fassen waren. Er wollte sie mit seinem Herzen begreifen, um den Menschen, wenn er eines fernen Tages in die Stadt zurückkehre, noch elegantere, noch bezauberndere Sonnenblumen aus Bronze zeigen zu können.

Die Sonnenstrahlen wurden kräftiger und auch die Sonnenblumen gewannen an Lebenskraft. Die Sonne brannte, die Blütenblätter pulsierten wie Flammen.

Der Vater skizzierte auf seinem Zeichenblock. Immer wieder war er von dem, was vor seinen Augen lag, so gebannt, dass er für eine Weile ganz vergaß weiterzuzeichnen. Dieses Sonnenblumenfeld war voller Magie.

Um die Mittagszeit versprühte die Sonne ihre goldensten Strahlen. Die Sonnenblumen hatten sich zur Gänze entfaltet, man sah nur noch ein Meer von Blütenköpfen, die sich der Sonne zuwandten, in die Höhe streben, und die langen Stängel schienen noch länger zu werden. Die Blumen brannten wie runde Feuerbälle unter dem blauen Himmel. Rundherum wuchsen weiße Schilfblüten und vor ihrem Hintergrund leuchteten diese Feuerkugeln umso heller.

Über dem Sonnenblumenfeld flirrte die Luft blasslila in der Hitze, und wenn der Wind ging, erschien alles wie eine Illusion. Die vorbeifliegenden Vögel wirkten, als wären sie einem Traumbild entsprungen.

Der Vater skizzierte unablässig, ein Blatt nach dem anderen. Er wollte weniger das Ebenbild der Sonnenblumen festhalten, als vielmehr all das einfangen, was in seinem Inneren brannte. Er vergaß seine Tochter, vergaß, dass es Zeit war, zu Mittag zu essen, vergaß einfach alles. In seinen Augen und seinem Herzen gab es nur noch dieses unendlich große Sonnenblumenfeld.

Schließlich wurde er müde und entspannte seine Augen, die rastlos umherschweifend alles aufzunehmen versuchten. Da blieb sein Blick an einer einzelnen Sonnenblume hängen. Er betrachtete sie aufmerksam und machte eine unerwartete Entdeckung: Der Blütenkopf war graziös und reich gefüllt, die Rückseite sah beinahe grün aus, doch bei genauerem Hinsehen stellte sich heraus, dass der mittlere Bereich ins Weißliche ging, wie menschliche Haut, weiche, glatte Haut. Jedes einzelne Blütenblatt wurde von einem zarteren Blütenblatt gestützt, das von einer leicht dreieckigen Form und etwas kürzer war als das eigentliche Blütenblatt. So aneinandergereiht sahen diese kleinen Blätter aus wie winzige Zähnchen, wie feinste Spitze. Der Blütenkopf war keine flache Scheibe, sondern vertiefte sich zur Mitte hin, auch die Farbe wurde intensiver, im Zentrum war sie von einem satten Braun. Es war zwar nur eine Sonnenblume, und dennoch hatte man das Gefühl, ihr Wesen niemals vollkommen erfassen zu können. »Himmel!«, stieß der Vater aus. Sein Leben lang mit dieser Pflanze verbunden zu sein, war wirklich ein Segen. Wenn er so darüber nachdachte, fühlte er sich glücklich und reich. Ihm war, als sähe er seine Stadt, wie sie unter den Strahlen der bronzenen Sonnenblumen vor Lebensfreude überfloss.

Gerade als er das Sonnenblumenfeld verlassen wollte, kam ihm plötzlich eine Idee. Er stellte seine Staffelei ab und ging – immer tiefer – in das Feld hinein. Jede einzelne Sonnenblume überragte ihn, nur wenn er den Kopf hob, konnte er die Blütenköpfe sehen. Er befand sich nun inmitten des Feldes und war von Sonnenblumen überflutet. Lange ging er so dahin, und als er schließlich wieder aus dem Feld heraustrat, war er von Kopf bis Fuß voll mit goldgelbem Blütenstaub, auch seine Augenbrauen waren golden. Einige Bienen umkreisten summend seinen Kopf und ihm wurde etwas schwindlig davon.

Als der Vater durch Gerstenfeld ging, verlangsamte er seine Schritte. Es war bereits Nachmittag, die Menschen arbeiteten auf den Feldern, die Gassen waren fast menschenleer, nur einige Hunde streiften müßig umher.

Der Vater hatte ein seltsames Gefühl, es war, als klebten seine Füße am Boden Gerstenfelds fest, als wollte ihn eine magische Kraft zum Anhalten zwingen, damit er sich das Dorf genauer ansah.

Es war ein großes Dorf mit zahllosen Gassen. Die Eingänge der Häuser waren alle nach Süden ausgerichtet. Es schien ein armes Dorf zu sein, denn nur wenige Häuser waren mit Ziegeln gedeckt, die meisten Dächer waren aus Gras. In diesem hellen Sommerlicht trotzten die grasgedeckten Häuser der blassblauen Hitze. Es gab einige neue Häuser, deren Giebel mit Weizenstroh verkleidet waren, das jetzt wie goldene Seidenfäden leuchtete. Im Sonnenlicht sandte es ein flirrendes Glitzern aus, das einen ganz schwindlig machte. Die Gassen waren nicht breit, aber lang, und alle waren sie mit schwarzem Stein gepflastert. Das Straßenpflaster schien schon sehr alt zu sein, es war uneben und sehr glatt. Es war ein einfaches, bescheidenes Dorf.

Das Dorf wirkte auf den Vater fremd und doch vertraut. Ihm war, als wollte er dem Dorf etwas sagen, als wäre da etwas Wichtiges, das er dem Dorf übermitteln sollte. Doch blieb das Gefühl nur vage und verschwommen. Als er ging, hob ein Hund seinen Kopf und sah ihn mit sanftem Blick an, mit einem

Blick, der gar nicht dem eines Hundes glich. Er nickte ihm zu und der Hund schien zurückzunicken. Innerlich musste er lachen.

Ein Taubenschwarm flog über das Dorf, ein schwarzer Schatten nach dem anderen huschte über die Dachgiebel. Über dem Kopf des Vaters zogen sie ein paar Kreise, unschlüssig, auf welchem Giebel sie landen sollten. Als er endlich aus dem Dorf herauskam, war ihm, als wäre er schon unendlich lang unterwegs gewesen. Er blickte zurück und hatte immer noch das unbestimmte Gefühl, diesem Dorf etwas anvertrauen zu müssen. Dennoch konnte er beim besten Willen nicht sagen, was es war. Er fand dieses Gefühl selbst sehr sonderbar. Erst als er den Schilfgürtel durchquert hatte, verflüchtigte es sich.

Er kam an den großen Fluss. Er hatte erwartet, seine Tochter am gegenüberliegenden Ufer unter der alten Ulme sitzen zu sehen, doch war von ihr keine Spur zu sehen. Vielleicht hatte sie dieser Junge, Bronze, irgendwohin zum Spielen mitgenommen. Er fühlte eine Leere in sich. Er wusste auch nicht, warum er es plötzlich so eilig hatte, seine Tochter zu sehen, und schimpfte mit sich selbst: Er verbrachte einfach zu wenig Zeit mit ihr, und kaum hatte er etwas Zeit, dachte er nur an Sonnenblumen aus Bronze. Er fand, dass er sich seiner Tochter gegenüber ungerecht benahm. Väterliche Liebe stieg in ihm auf und durchströmte ihn wie ein Bergbach, der sanft in seinem Herzen plätscherte.

Während er am Ufer saß und auf das Boot wartete, um den Fluss zu überqueren, dachte er an seine Tochter. Als sie drei Jahre alt gewesen war, war ihre Mutter gestorben, seitdem hatte er sie alleine großgezogen. In seinem Leben schien es nur zwei Dinge zu geben: bronzene Sonnenblumen und seine Tochter. Sie war so ein kluges, hübsches und liebenswertes Mädchen! Kaum dachte er an sie, zerfloss sein Herz zu einer kleinen Pfütze voller Frühlingswasser. Vor seinem inneren Auge tauchten Bilder auf und verschmolzen mit dieser sommerlichen Landschaft:

Es war schon spät am Tag gewesen, immer noch war er dabei gewesen, bronzene Sonnenblumen zu fertigen. Seine Tochter war müde gewesen. Er hatte sie ins Bett gebracht und zugedeckt, dann hatte er sie getätschelt und ein Lied angestimmt: »Sonnenblume ist brav, Sonnenblume schläft, Sonnenblume ist brav, Sonnenblume schläft ...« In Gedanken war er jedoch bereits bei einer Sonnenblume aus Bronze gewesen, die er noch hatte fertigstellen wollen. Das

Mädchen aber hatte nicht schlafen wollen, die Augen geöffnet und ihn angeblinzelt. Weil es ihm einfach nicht gelungen war, sie in den Schlaf zu singen, hatte er nach einer Weile aufgegeben und gesagt: »Vater muss noch arbeiten, Sonnenblume muss alleine einschlafen.« Dann hatte er sich an die Arbeit gemacht. Sonnenblume hatte nicht geweint. Unvermittelt hatte er dann doch noch einmal nach ihr sehen wollen und war leise zu ihrem Zimmer geschlichen. Schon an der Türe hatte er ihre Stimme gehört: »Sonnenblume ist brav, Sonnenblume schläft, Vater muss noch arbeiten, Sonnenblume schläft ...« Dann hatte er seinen Kopf zur Tür hereingesteckt und zu ihr hinübergesehen. Seine Tochter hatte sich ihr Schlaflied selbst gesungen und sich dabei mit ihrer kleinen Hand getätschelt. Nach und nach war ihre Stimme leiser und undeutlicher geworden und ihre kleine Hand, die auf ihrer Brust zur Ruhe gekommen war, hatte ausgesehen wie ein sehr müder kleiner Vogel, der sich auf einem Zweig niedergelassen hatte. Sonnenblume hatte sich in den Schlaf gesungen. Zurück in seiner Werkstatt hatte er sich wieder an die Arbeit gemacht. Er hatte an seine Tochter gedacht und lachen müssen.

Seine Tochter schlief oft einfach ein, egal wo sie war, oft sogar mitten beim Spielen. Wenn er sie umarmte, fand er, dass sie so weiche Arme und Beine hatte wie ein Lämmchen. Wenn er sie ins Bett brachte, sah er oft, wie ihre Mundwinkel ein süßes Lächeln formten, ein Lächeln, das sich wie Wellen kräuselte. Dann fand er, dass das Gesicht seiner Tochter wie eine Blume aussah, wie eine friedliche Blume.

Ein andermal, draußen hatte es unaufhörlich gedonnert und gekracht, hatte sich das Mädchen hilfesuchend in seine Arme gekuschelt. Er hatte seine Wange an ihren Kopf gedrückt und ihr mit seiner großen Hand beruhigend auf den zitternden Rücken geklopft: »Keine Angst, Sonnenblume, das ist ein Gewitter, der Frühling ist da. Das Gras wird grün, die Blumen fangen an zu blühen, Bienen und Schmetterlinge kehren zurück ...« Langsam hatte sich das Mädchen beruhigt. Immer noch in seinen Armen hatte sie langsam den Kopf gedreht und aus dem Fenster gesehen. In diesem Augenblick hatte ein blauer Blitz den Himmel gespalten. Sie hatte gesehen, wie ein Baum vor dem Fenster im Sturm schwankte, und ihr Gesicht erneut an seine Brust gedrückt. Wiederum hatte er sie beruhigen müssen, bis sie aufgehört hatte, sich vor Blitz und Donner zu fürchten, sie ihr Gesicht dem Fenster zugewandt und bebend das Spektakel aus Blitz und Donner, Regen und Sturm, verfolgt hatte.

So war Sonnenblume Tag für Tag herangewachsen. Noch besser als sich selbst, kannte er seine Tochter. Er kannte ihr Gesicht, ihre Arme und Beine, kannte ihre Wärme und ihren Geruch.

Noch heute verströmte ihr Körper einen leichten Milchgeruch. Vor allem wenn sie tief schlief, glich der Duft, den sie verbreitete, dem einer vom nächtlichen Tau benetzten Pflanze. Dann schnupperte er manchmal vorsichtig an ihrem Gesicht, das unter der Bettdecke hervorlugte, und an ihren Armen. Ganz behutsam steckte er ihre Arme unter die Bettdecke. Ihre Haut war so zart wie warme Seide.

Wenn er in seinem Bett lag, dachte er zuerst an seine Sonnenblumen aus Bronze. Doch dann überkam ihn zuweilen ganz plötzlich eine solche Zuneigung, dass er nicht anders konnte, als seine Tochter in Gedanken ganz fest zu umarmen und seine Nasenspitze an ihrer Porzellanwange zu reiben, und ein Gefühl unendlichen Glücks durchströmte ihn.

Wenn er seine Tochter badete und ihren unversehrten Körper sah, fühlte er eine unaussprechliche Rührung. Seine Tochter glich einem Stück reiner, weißer, makelloser Jade. Er würde nicht zulassen, dass dieses Stück Jade Kratzer bekam. Seine Tochter ging mit sich selbst jedoch nicht besonders sorgsam um, sie folgte oft nicht, manchmal war sie sogar richtig schlimm. Bisweilen hatte sie zerkratzte Arme, Schnitte in den Fingern, aufgeschlagene Knie. Einmal hatte sie nicht aufgepasst und war hingefallen. Sie hatte sich an einem Stück Ziegel das Gesicht aufgeschlagen und dunkelrotes Blut war geflossen. Er war einerseits wütend gewesen, andererseits hatte es ihm das Herz gebrochen. Er hatte befürchtet, dass in ihrem Gesicht Narben zurückbleiben würden, ein unerträglicher Gedanke. Mit größter Sorgfalt hatte er die Wunden des Mädchens behandelt und sich täglich Sorgen gemacht. Erst als die Wunden verheilt und die Narben blasser geworden waren und das Gesicht schließlich glatt wie immer war, hatte er sich wieder beruhigt.

❁

Er konnte sich nicht erklären, warum es ihn nun gerade in diesem Moment so nach seiner Tochter verlangte. Er war so ungeduldig, als fürchtete er, sie nie mehr wieder zu sehen. Er hatte das Gefühl, ihr etwas sagen zu müssen. Doch Sonnenblume war nirgends zu sehen. Sie war tatsächlich mit Bronze zum Spielen gegangen. Der Vater hatte Bronze sehr gerne. Er hoffte, er würde seine Tochter nun öfters zum Spielen mitnehmen. Wenn er die beiden zusammen sah, war er beruhigt und erleichtert. Doch in diesem Moment wollte er Sonnenblume bei sich haben.

Er sah ein kleines Boot am Fluss. Er hatte es bereits gesehen, als er an den Fluss gekommen war, hatte aber damit nicht übersetzen wollen. Es war allzu klein und er traute ihm nicht so recht. Er hatte auf ein größeres Boot warten wollen. Doch allmählich war es spät geworden und noch immer war kein größeres Boot vorbeigekommen. Die Sonne stand bereits im Westen und er beschloss, es nun doch mit dem kleinen Boot zu versuchen.

Alles lief glatt, das kleine Boot bot keinerlei Anlass zur Sorge, es trug ihn, seine Staffelei und die anderen Dinge, und schwamm gleichmäßig über den Fluss. Es war das erste Mal, dass er ein Boot steuerte, es fühlte sich nicht schlecht an. Sanft glitt das Boot über das Wasser. Er wusste zwar nicht richtig mit der Ruderstange umzugehen, doch schaffte er es, das Boot mit ihrer Hilfe einigermaßen auf Kurs zu halten.

Er sah das hohe Ufer. Ein Schwarm Krähen flog darüber hinweg. Direkt über seinem Kopf fingen sie plötzlich an laut zu krächzen. Es klang so klagend, dass er erschrak. Als er den Kopf hob, um ihnen nachzublicken, ließ eine Krähe ihre Exkremente fallen. Noch bevor er reagieren konnte, war der weiße Batzen direkt in seinem Gesicht gelandet. Er legte die Bambusstange weg, kniete sich vorsichtig nieder und schöpfte mit beiden Händen klares Wasser, um sich das Gesicht zu waschen. Gerade als er sich mit dem Ärmel das Gesicht trocknen wollte, sah er etwas Schreckliches: Von flussaufwärts her kam ein Wirbelsturm geradewegs auf ihn zu! Er hatte die Form eines Kegels. Vermutlich war er von den Feldern her auf den Fluss zugerast, denn im Inneren dieses Kegels drehte sich mit rasender Geschwindigkeit eine ganze Menge an toten Zweigen, Blättern und staubiger Erde. Der Windkegel schien alles anzusaugen und zu schlucken, was ihm im Weg war. Ein gewaltiger Vogel, der vorbeiflog, wurde blitzschnell in sein Inneres gezogen und gemeinsam mit den Blättern und Zweigen wild umhergeschleudert. Dieses seltsame kegelförmige Untier senkte sich langsam zum Wasser herab, und kaum hatte seine Spitze die Oberfläche des Flusses berührt, riss es einen tiefen Krater ins Wasser. Gurgelnd spritzte Flusswasser in die Höhe und formte einen hohen Wasservorhang, der nun ebenfalls eine kegelförmige Gestalt annahm. Im Zentrum des Kegels spritzte das Wasser wie Lava bei einem Vulkanausbruch mehrere Meter hoch in die Luft.

Das Untier drehte sich unentwegt, während es sich vorwärtsbewegte. Dabei riss es eine enge Schlucht in die Wasseroberfläche.

Der Vater zitterte vor Angst. Schon war das Untier bis zu seinem kleinen Boot herangekommen. Zum Glück ergriff es das Boot nicht in der Mitte, sondern erfasste nur den Bug. Mit einem Mal schleuderte es die Zeichenmappe, die dort gelegen hatte, hoch in die Luft. Die Mappe wurde nicht in den Kegel hineingezogen, sondern von dem kräftigen Luftstoß abrupt aufgerissen.

Das Untier kroch weiter, die Zeichenmappe wirbelte hoch in den Himmel und öffnete sich, wie ein großer Vogel seine Schwingen öffnet. Gleichzeitig fielen die zahlreichen Skizzen aus der Mappe heraus und flogen durch die Luft. Alles war voll von schwebenden Sonnenblumen. Die Skizzen flatterten noch kurz umher, dann fielen sie, eine nach der anderen, auf das Wasser. Es war unglaublich, doch von den Skizzen, die so auf der Wasseroberfläche schwammen, waren tatsächlich alle mit der Vorderseite des Blattes nach oben auf dem Wasser gelandet. Lauter Sonnenblumen blühten in verzückender Weise auf den kleinen Wellen, die das Wasser schlug.

Eine riesige Sonne leuchtete am Himmel.

Der Vater vergaß, dass er sich auf einem kleinen Boot befand. Er vergaß auch, dass er kein geübter Schwimmer war. Er ging in die Hocke, streckte die Hand aus und lehnte sich so weit wie möglich über den Bootsrand hinaus, um das Bild, das dem Boot am nächsten war, zu erwischen – da kippte das kleine Boot plötzlich um.

Der Vater strampelte, kämpfte sich mit dem Kopf aus dem Wasser heraus. Er sah das Ufer. Er wollte unbedingt seine Tochter sehen, doch dort am Ufer stand nur die alte Ulme.

Die Sonnenblumen schaukelten im Licht der Sonne auf dem Wasser.

Von einem vorbeifahrenden Schiff aus war aus der Ferne alles beobachtet worden. Die Menschen auf dem Schiff holten die Segel dicht und taten alles, um so schnell wie möglich an den Unglücksort zu gelangen. Jedoch trieben dort nur mehr das umgekippte Boot, das halb unter Wasser dahindümpelte, die Skizzenmappe, die Sonnenblumen und die Zeichenutensilien in der Strömung, Bewegung war keine zu erkennen. Bemüht, etwas zu entdecken, suchten die Leute mit den Augen die ganze Wasseroberfläche in alle Richtungen ab.

Der große Fluss strömte ostwärts, einige Wasservögel kreisten tief. Die Leute auf dem Schiff schrien nun so laut sie konnten zum Ufer hinüber: »Da ist jemand ins Wasser gefallen! Da ist jemand ins Wasser gefallen!« Der Ruf war auf beiden Seiten des Ufers zu hören, auf der Seite der Kaderschule wie auf der Seite Gerstenfelds. Die Nachricht verbreitete sich wie ein Lauffeuer und erreichte immer mehr Menschen. Innerhalb kürzester Zeit hallte von beiden Uferseiten das Geschrei unzähliger Menschen, die aus allen Richtungen zu der Unglücksstelle gelaufen kamen, über den Fluss: »Wer ist ins Wasser gefallen?« – »Wer ist ins Wasser gefallen?« Niemand wusste, wer ins Wasser gefallen war. Da entdeckte jemand aus der Kaderschule die Zeichenmappe und die Skizzen mit den Sonnenblumen. In diesem Moment war klar, wer der Verunglückte war.

Zu diesem Zeitpunkt war Sonnenblume gerade am Fischteich der Kaderschule, wo sie Bronze dabei zuschaute, wie er die Muscheln im Wasser befühlte. Als sie sahen, wie die Erwachsenen alle zum Fluss liefen, rannten sie mit. Sonnenblume konnte nicht so schnell laufen, Bronze blieb immer wieder stehen, um auf sie zu warten, und wenn sie ihn eingeholt hatte, lief er wieder voraus. Als sie am Fluss ankamen, war das Ufer bereits voller Menschen, viele sprangen auch in den Fluss und tauchten unter, um nach dem Verunglückten zu suchen.

Plötzlich sah Sonnenblume die Skizzen auf dem Wasser schwimmen und schrie auf: »Vater!« Sie bahnte sich einen Weg durch die Menschenmenge, lief hin und her, immer wieder blickte sie auf, erschrocken die Gesichter der Erwachsenen musternd. »Vater!« Als die Leute aus der Kaderschule sie entdeckten, kam sofort jemand zu ihr und nahm sie in den Arm. Sie strampelte mit aller Kraft, ihre Arme fuchtelten wild durch die Luft: »Vater! Vater!« ...

Doch sie würde keine Antwort mehr bekommen. Ein paar Frauen aus der Kaderschule umringten den Mann, der Sonnenblume hielt, führten die beiden vom Fluss weg und hin zur Kaderschule. Sie wollten nicht, dass das Kind das alles mitansehen musste. Den ganzen Weg über redeten sie auf Sonnenblume ein – doch sie konnten nichts bewirken. Sonnenblume schrie und weinte, die Tränen liefen ihr über das Gesicht. Bronze folgte ihnen in einiger Entfernung. Nach einer Weile wurde Sonnenblumes Stimme heiser vom Schreien, bis sie schließlich keinen Ton mehr herausbrachte. Eiskalte Tränen liefen ihr die Nase entlang, flossen still in die Mundwinkel und den Hals hinab. Sie streckte ihre Hand in Richtung des Flusses aus, unaufhörlich schluchzend.

Bronze stand reglos im Schatten der Mauer, die die Kaderschule umgab. Ein Dutzend Boote, große und kleine, war draußen auf dem Fluss unterwegs, zahllose Menschen standen am Ufer. Man versuchte alles, um Sonnenblumes Vater zu finden, doch bei Einbruch der Dunkelheit musste man die Suche abbrechen. Die Sucharbeiten gingen noch eine Woche lang weiter, doch die Leiche wurde nie gefunden. Das kam den Menschen zu beiden Seiten des Flusses seltsam vor.

❀

In diesen Tagen kümmerten sich die Frauen in der Kaderschule abwechselnd um Sonnenblume. Sonnenblume weinte nicht mehr, ihr Gesicht war kreideweiß, ihre Augen stumpf und sorgenvoll. Immer wenn Sonnenblume nachts im Traum nach ihrem Vater schrie, trieb es die Frauen, die sie in ihrer Obhut hatten, die Tränen in die Augen. Eine Woche nachdem der Vater ertrunken war, war Sonnenblume plötzlich verschwunden.

Die gesamte Kaderschule wurde mobilisiert, jeder Winkel durchsucht, aber sie blieb verschwunden. Und selbst im Umfeld von zwei Li rund um die Kaderschule fand man sie nicht.

Jemand fragte: »Kann es sein, dass sie nach Gerstenfeld gegangen ist?« Also ging jemand nach Gerstenfeld. Als die Leute in Gerstenfeld hörten, dass das Mädchen verschwunden war, setzten sie ebenfalls alles in Bewegung, um bei der Suche zu helfen. Sie suchten innerhalb und außerhalb des Dorfes, konnten sie jedoch auch hier nirgends finden.

Gerade als die Leute jegliche Hoffnung aufgeben wollten, hatte Bronze plötzlich eine Eingebung. Mit einem Satz schwang er sich auf den Rücken des Büffels, bahnte sich seinen Weg durch die Menge und galoppierte die große Straße entlang aus dem Dorf hinaus. Als er den Schilfgürtel passiert hatte, sah er das Sonnenblumenfeld. Die Mittagssonne brannte vom Himmel herab. Das Sonnenblumenfeld lag im Licht der goldenen Strahlen. Zahllose Bienen schwirrten in dem Feld.

Bronze sprang von seinem Büffel herab, warf die Zügel beiseite und lief in das Sonnenblumenfeld hinein. Im Dickicht der Sonnenblumen konnte er kaum etwas sehen. Er lief ohne stehenzubleiben, keuchte, und seine Stirn war schweißüberströmt. Tief im Inneren des Feldes sah er endlich Sonnenblume. Sie lag auf der Seite, auf einer kleinen Lichtung zwischen den Sonnenblumenstängeln, und schien zu schlafen.

Bronze lief aus dem Feld, kletterte auf eine Anhöhe und winkte in Richtung Gerstenfeld. Einige sahen das und sagten: »Kann es sein, dass er sie gefunden hat?« Dann liefen sie alle zum Sonnenblumenfeld.

Bronze führte die Leute zu dem kleinen Mädchen. Keiner störte sie, alle standen nur um sie herum und betrachteten sie schweigend. Niemand wusste, wie Sonnenblume den Fluss überquert hatte und zu dem Sonnenblumenfeld gelangt war.

Sonnenblume war fest davon überzeugt gewesen, dass ihr Vater nirgendwo anders sein konnte als hier in diesem Feld. Jemand hob sie vom Boden auf. Sie öffnete ein wenig die Augen und murmelte: »Ich habe Vater gesehen, er ist im Sonnenblumenfeld ...« Ihre Wangen glühten. Derjenige, der sie im Arm hielt, befühlte ihre Stirn. Erschrocken rief er aus: »Das Kind hat Fieber!« Laut knirschten die Schritte der vielen Begleiter auf der staubigen Straße, die zum Krankenhaus führte.

Am Nachmittag dieses Tages wurde die Sonne von dicken, dunklen Wolken verdeckt, wenig später zog ein Sturm auf und mit ihm kam ein Wolkenbruch. Als sich der Sturm gegen Abend gelegt und der Regen aufgehört hatte, lagen überall auf dem Boden verstreut Blütenblätter, die Sonnenblumen hatten alle ihre goldgelben Blätter fallengelassen, die Blütenköpfe hatten ihre Leuchtkraft verloren und hingen herunter, das Gesicht dem blütenübersäten Boden zugewandt.

老槐树

DER ALTE PERLSCHNURBAUM

Die Leute aus der Kaderschule kamen von weit her in das Sumpfland, um dort zu arbeiten – noch dazu war es schwere körperliche Arbeit, die sie leisteten. Die Menschen aus Gerstenfeld, die diese harte Arbeit schon seit Generationen verrichteten, konnten die Städter nicht verstehen: Warum blieben sie nicht schön bequem in der Stadt, sondern kamen an diesen gottverlassenen Flecken Erde, um hier schwere Zeiten zu erleben? Die Menschen aus Gerstenfeld arbeiteten seit Generationen hart, und seit Generationen träumten sie davon, nicht mehr so schuften zu müssen. Doch hatten sie keine Wahl, sie waren ihr ganzes Leben lang an dieses Stück Land gebunden.

Die Städter waren ja keine schlechten Menschen. Dass sie aber ausschließlich zum Arbeiten gekommen waren, war äußerst seltsam. Sehr oft sahen die Menschen aus Gerstenfeld, dass die Leute aus der Kaderschule immer noch arbeiteten, wenn sie selbst ihr Tagewerk längst beendet hatten.

Des Öfteren kam es vor, dass die Dorfbewohner bereits im Reich der Träume waren und von den Gesängen und den Rufen der Leute aus der Kaderschule, die Nachtschicht hatten, aufgeweckt wurden. »Die spinnen doch!«, murmelten sie dann, drehten sich um und schliefen wieder ein.

Je schlechter das Wetter war, desto mehr Energie entwickelten diese Sonderlinge. Während die Menschen aus Gerstenfeld auf Reinlichkeit achteten, sahen die Leute aus der Kaderschule drüben oft aus, als wären sie dem Morast entstiegen, so voller Schlamm waren sie.

Die Menschen aus der Kaderschule wurden zum Arbeiten gezwungen.

Was also sollte man mit Sonnenblume, die fortwährend zu dem Sonnenblumenfeld laufen wollte, tun? Man konnte ja nicht ständig jemanden abberufen, der sich ausschließlich um sie kümmerte. Ihre Eltern waren ebenfalls Waisen gewesen, sie hatte auf dieser Welt keinen einzigen Angehörigen, der sie in seine Obhut hätte nehmen können. So vergingen gut zwei Wochen, bis die Leute der Kaderschule mit dem Dorf Kontakt aufnahmen, um herauszufinden, ob es dort vielleicht eine Familie gab, die das Mädchen adoptieren wollte. Die Dorfbewohner fanden, dass die Leute aus der Kaderschule immer sehr nett zu ihnen gewesen waren. Mit ihrem Traktor hatten sie ihnen beim Pflügen geholfen, außerdem hatten sie Geld bezahlt, damit man in Gerstenfeld eine Brücke bauen konnte, und sie hatten jemanden nach Gerstenfeld geschickt, der dort einer Familie half, die Hausmauern zu streichen. Jetzt waren sie in Schwierigkeiten, also musste man ihnen helfen, und deshalb sagten sie: »Das geht schon, wir werden es versuchen.«

Die Leute der Kaderschule fürchteten, dass die Verantwortung für die Menschen aus Gerstenfeld zu groß sein könnte, und sagten: »Vielleicht kann sie jemand erst einmal vorübergehend aufnehmen.« Einer aus der Kaderschule hatte auch vorgeschlagen, Sonnenblume in die Stadt zu schicken und sie dort von irgendeiner Familie aufziehen zu lassen. Doch einige Freunde des Vaters waren nicht einverstanden gewesen: »Das ist nicht das Gleiche, wie wenn wir sie zu den Menschen aus Gerstenfeld geben. Wenn dort, gleich auf der anderen Seite des Flusses, je irgendetwas sein sollte, sind wir auch da, um nach dem Kind zu schauen.«

Am Abend bevor man Sonnenblume nach Gerstenfeld hinüberschicken wollte schallte dort der Lautsprecher durch die Dunkelheit und der Dorfvorsteher erklärte den Bewohnern mit ernsten Worten die Angelegenheit. Dreimal wiederholte er: »Morgen früh um halb neun schicken sie von drüben ein kleines Mädchen herüber, Treffpunkt ist der alte Perlschnurbaum vor dem Dorf.« Der Dorfvorsteher bat alle Bewohner Gerstenfelds inständig darum, zu kommen und zu schauen. Und zuletzt sagte er: »Es ist wirklich ein liebenswertes Mädchen!«

Bronze war zwar stumm, doch seine Ohren funktionierten einwandfrei. Obwohl er sich im Haus aufhielt, konnte er jedes Wort, das draußen durch den Lautsprecher schallte, verstehen. Er ließ die Hälfte seines Abendessens stehen, ging aus der Tür, stieg auf seinen Büffel und ritt davon. Sein Vater rief ihm nach: »Wo reitest du jetzt am Abend noch hin?« Doch Bronze wandte sich nicht um.

In den Augen der Menschen aus Gerstenfeld war der stumme Bronze ein hochintelligenter, aber auch ein höchst merkwürdiger Junge. Er war wie alle anderen Kinder, kannte alle Gefühlsregungen, doch drückte er sie anders aus. Vor einigen Jahren war er einmal gekränkt worden. Immer wieder war er dann ganz allein an eine Stelle tief im Sumpfland gegangen, und so sehr man auch nach ihm gerufen hatte, er hatte nicht herauskommen wollen. Einmal hatte er es ganze drei Tage am Stück im Sumpfland ausgehalten. Als er wieder herausgekommen war, war er schon so dünn wie ein Äffchen gewesen. Die Großmutter hatte sich fast die Augen ausgeweint.

Wenn er glücklich war, kletterte er manchmal auf das Dach der Windmühle und lachte dem Himmel entgegen.

Bis er etwa zehn Jahre alt war, hatte er die Angewohnheit gehabt, sich komplett auszuziehen und dann splitternackt durch die Gegend zu rennen, wenn er wegen irgendeiner Sache sehr aufgeregt war. Noch immer erinnerten sich die Menschen aus Gerstenfeld an den Winter, als er neun Jahre alt gewesen war und ihn irgendetwas sehr aufgebracht hatte. (Meistens war es für die Menschen aus Gerstenfeld nur schwierig zu erkennen, was diese Aufregung jeweils verursachte.) Er hatte sich bis auf die Unterhose ausgezogen und war aus dem Haus gerannt. Damals lag schon etwa ein Chi hoch Schnee und es schneite noch weiter. Fast alle Dorfbewohner liefen hinaus, um zu sehen, was da geschah. Als ihm so viele Menschen zusahen, rannte Bronze nur umso fröhlicher herum. Der Vater, die Mutter und die Großmutter liefen schreiend hinter ihm her. Er hörte überhaupt nicht auf sie. Als er ein paar Runden gedreht hatte, zog er sich plötzlich auch noch seine Unterhose aus, warf sie in den Schnee und sauste davon. Unter den herabfallenden Schneeflocken glichen seine Bewegungen denen eines Fohlens. Einige kräftige Männer liefen ihm nach, doch es war nicht leicht, ihn einzufangen. Während ihn die Mutter wieder anzog, weinte sie, doch Bronze versuchte dauernd, sich loszureißen, um wieder hinauszulaufen.

Die Dinge, die Bronze glücklich machten und ihn so aufregten, waren in den Augen der Menschen aus Gerstenfeld komplett unbedeutend. Zum Beispiel hatte er einmal, als er seinen Büffel grasen ließ, auf einem Maulbeerbaum ein Nest voller grüner, glänzender Vogeleier entdeckt. Daraufhin hatte er sich jeden Tag hinter Schilfbüscheln versteckt und zwei Vögel mit prächtigem Gefieder dabei beobachtet, wie sie abwechselnd brüteten. Eines Tages, als er wieder hingegangen war, um nachzusehen, hatte er bemerkt, dass beide Vögel ausgeflogen waren. Besorgt hatte er nach dem Vogelnest gesehen und entdeckt, dass aus dem Nest voller Eier nun ein Nest voller kleiner, nackter Vögel geworden war. Damals war er sehr aufgeregt und sehr glücklich gewesen.

Ein andermal war am Flussufer ein Weidenbaum abgestorben. Er war über viele Jahre hinweg eingegangen, doch eines Tages, als Bronze seinen Büffel am Flussufer grasen ließ, hatte er gesehen, dass an einem seiner Zweige plötzlich zwei winzige grüne Blättchen wuchsen, die zaghaft im kalten Wind zitterten. Auch damals war Bronze sehr aufgeregt und sehr glücklich gewesen.

Die Menschen aus Gerstenfeld wussten also nie, was es letztendlich war, das ihn aufregte und glücklich machte.

Er beschäftigte sich immer alleine, seine Welt und die Welt der Kinder aus Gerstenfeld schienen nichts miteinander zu tun zu haben. Er konnte Stunden damit zubringen, auf den Grund des klaren Wassers zu starren und dort eine Flussmuschel zu beobachten, wie sie sich, für andere Menschen gar nicht wahrnehmbar, vorwärtsbewegte. Er konnte am Stück Dutzende kleiner Boote aus Schilfblatt falten und sie dann, eines nach dem anderen, in den Fluss setzen und ihnen zusehen, wie sie im Wind um die Wette fuhren. Waren welche darunter, die von Wind und Wellen zum Kentern gebracht wurden, war er deswegen immer eine ganze Weile lang traurig.

Er hatte sogar ein bisschen etwas Geheimnisvolles an sich, etwas, das die Leute nicht so recht begreifen konnten. Jemand hatte ihn gesehen, wie er in einem Teich, in dem es, so glaubten die Leute, gar keine Fische geben konnte, mit den Händen Fische fing – ein paar richtig große Fische sogar.

Manche hatten auch beobachtet, wie er oft in das Sumpfland hineinlief, bei einer kleinen Wasserstelle immer wieder in die Hände klatschte, bis ein paar Vögel aus dem Sumpf aufflogen und, nachdem sie einmal über seinem Kopf gekreist waren, an der Wasserstelle landeten. Diese Vögel hatten die Leute aus Gerstenfeld noch nie gesehen, sie waren alle wunderschön gewesen.

Er schien nicht besonders gerne mit den Kindern aus Gerstenfeld zu spielen und es kümmerte ihn auch nicht, ob die Kinder aus Gerstenfeld mit ihm spielen wollten oder nicht. Er hatte ja den Fluss, den Sumpf, den Büffel, unzählige Blumen und Gräser, deren Namen er nicht kannte, Vögel und Insekten.

Ein Kind aus Gerstenfeld hatte einmal berichtet, es habe Bronze gesehen, wie er auf einer verdorrten Wiese hin und her gegangen sei, die Gräser leicht mit seinen Handflächen gestreift habe, und wie diese sich, eines nach dem anderen, durch seine Berührung wieder aufgerichtet hätten. Die Erwachsenen glaubten ihm nicht, auch die Kinder nicht, doch das Kind meinte: »Ich schwöre es!« Das tat es dann auch wirklich. Doch auch nach dem Schwur glaubten ihm die Leute nicht. Das Kind sagte: »Wenn ihr mir nicht glaubt, vergesst es!«

Doch nachdem die Menschen aus Gerstenfeld Bronze immer ganz allein über die Felder hin und her, hin und her hatten gehen sehen, in der Hand ein paar auf Weidenzweige aufgespießte Fische, waren auch sie zu dem Schluss gekommen, dass dieser Stumme ein bisschen außergewöhnlich war.

Jetzt war es Abend und Bronze erschien auf dem Rücken seines Büffels in den langen Gassen des Dorfes. »Der Stumme hat etwas auf dem Herzen«, sagten die Menschen, die ihn sahen.

Tack, Tack, Tack – so klangen die Hufe des Büffels auf dem schwarzen Ziegelpflaster. Gedankenverloren ritt Bronze auf seinem Büffel, ohne es überhaupt zu bemerken, auch kümmerte er sich nicht um die ganzen Gesichter, die nach und nach in den Türen auftauchten und ihm neugierig nachsahen.

Der Büffel trottete gemächlich dahin, Bronzes Körper schaukelte im Rhythmus der Bewegungen des Tieres mit wie ein Boot auf den Wellen. Er blickte über das Dorf hinweg, und was er sah, war ein spätsommerlich-frühherbstlicher Nachthimmel. Es war ein tiefblauer Himmel und in der endlosen Milchstraße hingen Tausende und Abertausende blinkender Sterne.

Der Anblick des Himmels schien das Kind zu verzaubern. Tack, Tack ... Das Stampfen der Büffelhufe hallte durch die hohlen Gassen. Niemand wusste, wohin der stumme Bronze auf seinem Büffel reiten wollte. Nicht einmal Bronze selbst wusste das. Er verließ sich ganz auf seinen Büffel. Wohin ihn der Büffel auch trug, dorthin trug er ihn eben. Er wollte einfach unter dem nächtlichen Himmel umherspazieren, nur nicht zu Hause bleiben.

Der Büffel ging aus dem Dorf hinaus und an den Feldern vorbei. Bronze konnte den großen Fluss sehen. In der Nacht schien der Fluss noch größer als tagsüber. Der ohnehin schon breite Fluss wirkte nun unendlich groß. Er sah die Kaderschule auf der anderen Seite, ihre Lichter konnte man durch das Schilf hindurchflackern sehen.

Auf der anderen Seite des Flusses war ein Mädchen, das am nächsten Morgen zum alten Perlschnurbaum herüberkommen würde.

Das Mondlicht schien sich wie ein großer Fluss auf die Erde zu ergießen. In den Wiesen zirpten die Insekten des Herbstes. Aus dem Schilf flatterte plötzlich ein Vogel auf, der sich in seiner Ruhe gestört fühlte, und flog davon. Der Himmel war der Erde so fern. Die Tage wurden bereits kühler. Es war schon sehr herbstlich.

Bronze sprang von seinem Büffel herunter, barfuß stand er im Gras, das nass vom Herbsttau war. Der Büffel hob den Kopf und sah den Mond an. Seine Augen glänzten dunkel, wie zwei schwarze Edelsteine. Auch Bronze schaute zum Mond hinauf, heute Abend war er ganz weiß und strahlte sanft.

Als der Büffel den Kopf senkte und zu grasen begann, kniete sich Bronze ins Gras, sah den Büffel an und begann zu gestikulieren. Er war davon überzeugt, dass der Büffel seine Sprache verstand. Er unterhielt sich immer mit dem Büffel, mit Mimik und Gestik.

Er fragte ihn: »Magst du Sonnenblume?«

Der Büffel kaute.

Trotzdem konnte Bronze seine Antwort hören: »Ich mag sie.«

»Wir nehmen sie zu Hause auf, ja?«

Der Büffel hob seinen Kopf.

Wiederum konnte Bronze die Antwort des Büffels verstehen: »Gut.«

Er tätschelte ihm den Kopf und umarmte ihn. Das war kein Büffel, noch nie hatte ihn Bronze für einen Büffel gehalten. Alle in Bronzes Familie betrachteten ihn als ein Mitglied der Familie. Nicht nur Bronze sprach oft mit ihm, auch die Großmutter, der Vater und die Mutter. Manchmal tadelten und schimpften sie ihn auch, genau so, wie man ein Kind tadelt und schimpft. Der Büffel sah sie dann immer mit seinem sanften Blick an.

»Also, ist das abgemacht?« Erneut tätschelte Bronze dem Büffel den Kopf, dann kletterte er wieder auf seinen Rücken. Der Büffel trug Bronze in das Dorf zurück.

Am Dorfeingang blieb er unter dem alten Perlschnurbaum stehen. Unter dem Baum lag Schotter. Morgen würde Sonnenblume auf diesem Schotter sitzen und darauf warten, dass eine Familie aus Gerstenfeld sie aufnahm. Bronze konnte förmlich sehen, wie sie da auf dem Schotter sitzen würde, ein Bündel neben sich und mit gesenktem Kopf. Immer mit gesenktem Kopf.

Als der Mond hoch über den alten Perlschnurbaum wanderte, verschwammen ringsum die Konturen.

❁

Am nächsten Morgen um halb neun wurde Sonnenblume pünktlich von den Leuten aus der Kaderschule zum alten Perlschnurbaum gebracht. Ein paar Frauen aus der Kaderschule hatten das Mädchen sorgfältig gekleidet. Ihr Haar war tadellos frisiert, an ihren Zöpfchen prangten leuchtend rote Schleifen. Ihr Gesicht war schmal, die Augen schienen etwas groß. Unter feinen und doch ausdrucksstarken Lidern blickten zwei blanke, schwarze Augen scheu hervor. Reglos saß sie auf dem Schotterboden, neben ihr lag ein Bündel. Die Erwachsenen aus der Kaderschule hatten sich in den letzten Tagen sehr viel mit ihr beschäftigt und ihr alles genau erklärt. Sie weinte nicht. Sie sagte zu sich selbst: »Sonnenblume weint nicht.«

Einige Frauen blieben die ganze Zeit über bei ihr, um mit ihr zu warten. Sie klopften ihr vorsichtig den Staub ab, der sich auf ihre Kleider gelegt hatte, oder sie strichen ihr über den Kopf. Eine der Frauen entdeckte leichte Tränenspuren neben ihrem Ohrläppchen. Sie ging zum Fluss, tauchte ihr Taschentuch in das klare Wasser und wischte sie Sonnenblume behutsam ab. Den Menschen aus Gerstenfeld schienen einige der Frauen mit ihren Blicken sagen zu wollen: »So ein gutes Kind!«

Unter dem alten Perlschnurbaum hatten sich schon früh am Morgen viele Menschen versammelt. »Wo ist sie? Wo ist sie? ...« Immer noch strömten Leute herbei und machten dabei einen Höllenlärm. Doch kaum waren sie beim alten Perlschnurbaum angekommen und hatten Sonnenblumes kleine Gestalt erblickt, schien es, als hätte sie irgendetwas zum Schweigen gebracht. Mit einem Mal war es mucksmäuschenstill.

Immer mehr Menschen kamen, Männer, Frauen, Alt und Jung, alle standen sie dicht gedrängt beisammen, als wären sie auf dem Markt. Anders als auf einem Markt jedoch gab es hier keinen Tumult und kein Geschrei, allenfalls leises Gemurmel.

Als Sonnenblume all diese Menschen sah und in ihre aufrichtigen und gütigen Gesichter blickte, vergaß sie für einen Augenblick ihr Schicksal und freute sich über die lebhafte Stimmung. Sie hob den Kopf und sah die Leute schüchtern an. Für einen Augenblick war sie es, die die anderen betrachtete.

Doch dann fiel ihr mit einem Mal wieder ein, warum sie hier auf dem Schotterboden saß. Da senkte sie den Kopf und sah auf ihre Füße. Sie steckten in den neuen Schuhen und den neuen Strümpfen, die die Frauen aus der Kaderschule für sie gekauft hatten.

Die Blätter des alten Perlschnurbaumes hatte der Herbstwind bereits gelb gefärbt. Wehte der Wind etwas stärker, fielen immer wieder ein paar Blätter zu Boden. Eines davon landete in Sonnenblumes Haar. Eine der Frauen, die neben ihr stand, blies es weg. Durch den kleinen Luftstrom wirbelten ihre Haare durcheinander. Sonnenblume wusste nicht, was auf ihrem Kopf gelandet war, doch als es die Frau wegblies, zog sie ihren Kopf ein.

Die umstehenden Menschen waren von dieser Geste ganz gerührt.

Als sie so auf dem Boden saß, vergaß sie für ein paar Momente die vielen Menschen um sich herum und dachte an ihren Vater. Wieder sah sie das Sonnenblumenfeld. Sie sah ihren Vater in dem Sonnenblumenfeld stehen. In diesem Moment musste sie blinzeln, als würde die Sonne sie blenden. Niemand sagte ein Wort.

Sie Sonne stieg immer höher, eine große, strahlende Herbstsonne.

Bisher hatte sich keine einzige Familie gemeldet, die Sonnenblume adoptieren wollte. Die meisten Familien aus Gerstenfeld litten keinen Kindermangel. Die frische Luft, die hellen Sonnenstrahlen, frischer Fisch und frische Garnelen und der Reis von bester Qualität machten die Frauen in der Gegend äußerst fruchtbar. Sie bekamen ein Kind nach dem anderen. Wenn diese Kinder dann der Größe nach aus dem Haus gingen, sah das aus wie bei einem Zug.

»Zhu Guo ist schon seit einigen Jahren verheiratet und hat noch keine Kinder, seine Familie sollte das Mädchen adoptieren.« – »Wer sagt denn sowas? Seine Frau ist schwanger, sie hat schon einen ganz dicken Bauch!« – »Welche Familie hat nur einen Jungen und kein Mädchen?« So gingen sie einen Haushalt nach dem anderen durch. Darunter war auch die Familie von Quakfisch. Die hatte nur Quakfisch als einziges Kind, und es sah nicht so aus, als würde seine Mutter noch einmal eines bekommen. Außerdem war Quakfischs Familie die wohlhabendste im ganzen Dorf. Seit Generationen schon züchtete sie Enten und hatte mehr Besitz als jede andere Familie in Gerstenfeld. Dennoch war Quakfischs Familie nicht unter dem alten Perlschnurbaum erschienen.

Die Leute erblickten Bronzes Familie. Bronze war ihr einziges Kind, noch dazu war er stumm. Aber niemand war der Gedanke gekommen, dass seine Familie Sonnenblume möglicherweise adoptieren könnte. Denn sie waren sehr arm. Bronzes ganze Familie sah Sonnenblume an. Die Großmutter, deren Kopf mit silbernem Haar bedeckt war, mochte das Kind auf den ersten Blick. Die Leute drängten und schubsten, es war schwierig, ruhig stehenzubleiben, doch die Großmutter stand da, auf ihren Stock gestützt, und rührte sich nicht. Sonnenblume bemerkte die Großmutter. Sie hatte Bronzes Großmutter noch nie zuvor gesehen, sie sah sie jetzt zum ersten Mal, und doch war ihr, als würde sie sie bereits kennen. Die Großmutter sah sie an und sie sah die Großmutter an. Besonders gefiel Sonnenblume ihr Haar. Noch nie hatte sie so schönes Haar gesehen, es sah aus wie silberne Seidenfäden. Wenn der Wind ging, flirrten die Seidenfäden und glitzerten im Sonnenlicht. Der gütige, liebevolle Blick der Großmutter streifte Sonnenblumes Wangen. Sie glaubte, deren zittrige Stimme zu hören. »Keine Angst, mein Kind!« Allein der Blick der Großmutter zog sie so an, dass kein Wort nötig war. Irgendwann drehte sich die Großmutter um und ging. Sie wollte in der Menge ihren Sohn, die Schwiegertochter und den Enkel suchen. Offenbar hatte sie ihnen etwas zu sagen.

Es war schon fast Mittag und noch immer hatte sich keine Familie gefunden, die Sonnenblume aufnehmen wollte. Der Dorfvorsteher wurde etwas nervös, er ging in der Menge hin und her und sagte dabei: »So ein gutes Mädchen!« Erst später sollte er erfahren, dass die Bewohner Gerstenfelds, gerade weil sie fanden, dass das Mädchen zu gut war, Bedenken hatten, sich zu melden.

Eine Familie, die sehr gerne ein Kind aufgenommen hätte, seufzte im Weggehen, nachdem sie Sonnenblume gesehen hatte: »So gesegnet sind wir nicht!« Sie meinte damit, dass man so einem guten Kind gerecht werden musste. Und Gerstenfeld war ein armer Ort, keine Familie lebte im Überfluss. Jeder mochte dieses Mädchen – allzu gern sogar! Und gerade deshalb gab es keine einzige Familie in Gerstenfeld, die es wagte, Sonnenblume zu adoptieren. Sie hatten Angst, am Ende etwas falsch zu machen.

Die Frauen, die Sonnenblume begleiteten, warteten ängstlich darauf, dass eine Familie vortrat. Als sie sahen, dass die Sonne bereits hoch am Himmel stand, wandten sich einige von ihnen ab und sagten weinend: »Wir gehen, wir werden sie abwechselnd betreuen. Welche Familie auch immer sie haben möchte, sie bekommt sie nicht.« Doch sie gingen nicht. Ein wenig wollten sie noch warten. Sonnenblumes Kopf senkte sich noch ein wenig tiefer.

Als der Dorfvorsteher Bronzes Familie erblickte, ging er zu ihnen und sagte: »Ihr seid gute Menschen, doch auch wenn das Mädchen bei euch am besten aufgehoben wäre, so seid ihr doch ...« Er sprach die beiden Worte »zu arm« nicht aus, schüttelte den Kopf und ging. Als er an Bronze vorbeiging, strich er ihm mit seiner großen Hand ein paarmal bedauernd über den Kopf.

Der Vater, der die ganze Zeit über am Boden gehockt war, stand auf und sagte: »Gehen wir zurück.« Keiner erwiderte etwas. Die Großmutter dachte an die Worte des Dorfvorstehers und wandte sich nicht ein einziges Mal mehr zu Sonnenblume um. Bis auf Bronze wollte die ganze Familie so schnell wie möglich fort von dem alten Perlschnurbaum. Als der Vater sah, dass Bronze reglos dastand, ging er zu ihm und nahm ihn an die Hand. Der Büffel schnaubte. Alle unter dem alten Perlschnurbaum versammelten Menschen verstummten. Als sie sich umwandten, sahen sie, wie Bronzes Familie aufbrach. Diese Szene, die sich hier im mittäglichen Sonnenlicht abspielte, hinterließ bei den Bewohnern Gerstenfelds einen tiefen Eindruck: Auf wackeligen Beinen ging die Großmutter voran, danach kam die Mutter, dann der Vater. Der Vater zog Bronze, der offensichtlich den alten Perlschnurbaum nicht verlassen wollte, mit Mühe an einem Arm hinter sich her. Und Bronze, der als Letzter ging, führte den Büffel. Der Büffel weigerte sich zu gehen, immer wieder stemmte er den Vorderhuf in den Boden und lehnte sich mit seinem ganzen Gewicht nach hinten.

Als Sonnenblume sah, dass Bronzes Familie wegging, rannen ihr die Tränen über das Gesicht.

Während sich die Leute nach und nach entfernten, erschien Quakfischs Familie unter dem alten Perlschnurbaum. Den ganzen Vormittag über hatten Vater und Sohn in der Ferne Enten gehütet. Die ganze Familie stand nun in einer Entfernung von etwa einem Zhang vor dem Kiesplatz.

Quakfisch, von der Sonne braun gebrannt, schaute immer wieder zu seinen Eltern, um ihre Blicke und Mimik zu deuten. Er glaubte zu erkennen, dass seine Eltern Gefallen an Sonnenblume fanden, sie schienen bewegt zu sein. Er verspürte eine unbestimmte Aufregung und lächelte Sonnenblume zu.

Quakfischs Vater hob den Kopf und sah zur Sonne, dann flüsterte er Quakfisch etwas ins Ohr. Der drehte sich um und lief davon. Kurz darauf kam er zurück, in jeder Hand hielt er ein gekochtes Entenei. Die Mutter bedeutete ihm, Sonnenblume die beiden Enteneier anzubieten. Doch Quakfisch traute sich nicht und gab die Eier seiner Mutter. Die Mutter ging hinüber, bückte sich zu Sonnenblume hinunter und sagte: »Mädchen, es ist schon Mittag, du hast bestimmt Hunger! Iss schnell diese beiden Enteneier!«

Sonnenblume wollte sie nicht annehmen, versteckte ihre Hände hinter dem Rücken und schüttelte den Kopf. Die Mutter steckte Sonnenblume je ein Ei in ihre beiden Kleidertaschen. Dann stand Quakfischs Familie die ganze Zeit über einfach nur da, unter dem alten Perlschnurbaum. Gelegentlich kamen ein paar Leute vorüber und Quakfischs Vater flüsterte ein wenig mit ihnen. Dann stand er wiederum da und betrachtete Sonnenblume. Unbemerkt kam die Familie Sonnenblume immer näher. Die Frauen um Sonnenblume, die die ganze Zeit über gestanden waren, saßen nun ebenfalls auf dem Schotter. Sie wollten noch ein wenig warten.

Als Bronzes Familie nach Hause kam, sprach niemand ein Wort. Die Mutter stellte das Essen auf den Tisch, doch als sich niemand setzten wollte, seufzte sie und ging hinaus.

Plötzlich war Bronze verschwunden. Die Mutter ging ihn suchen. Auf der Straße traf sie ein Kind und fragte: »Hast du Bronze gesehen?« Das Kind zeigte auf den Fluss östlich von Bronzes Haus und sagte: »Ist das nicht Bronze?« Die Mutter schaute hinüber und sah Bronze, der mitten im Fluss auf einem Betonpfeiler saß. Vor einigen Jahren hatte man hier eine Brücke bauen wollen, doch kaum hatte man den ersten Betonpfeiler gesetzt, hatte man beschlossen, das Projekt aus finanziellen Gründen einzustellen. Den bereits gesetzten Pfeiler hatte man nicht wieder herausgezogen, und so war er einsam mitten im Wasser stehen geblieben. Wasservögel, die müde vom Fliegen waren, ließen sich oft auf dem Pfeiler zu einer kurzen Rast nieder, weshalb der Pfosten von den Hinterlassenschaften der Vögel schon ganz weiß war.

Bronze war mit einem kleinen Boot in die Nähe des Pfostens gefahren, hatte ihn mit den Armen umfasst und war dann an ihm emporgeklettert. Er hatte das kleine Boot absichtlich nicht festgebunden. Bis er oben auf dem Pfeiler angekommen war, war das kleine Boot bereits weit davongetrieben.

Ringsherum um den hohen Betonpfeiler war nur Wasser. Wie ein großer Vogel saß Bronze oben drauf.

Die Mutter lief zurück, um den Vater zu rufen. Der Vater stieg in das Boot, das inzwischen ans Ufer getrieben war, stakte an den Fuß des Pfeilers, schaute nach oben und rief: »Komm herunter!« Bronze rührte sich nicht. »Komm herunter!« Der Vater erhob die Stimme. Bronze würdigte den Vater keines Blickes. Er saß in unveränderter Haltung auf der äußerst begrenzten Fläche oben auf dem Pfeiler, den Blick stur auf das Wasser gerichtet.

Innerhalb kürzester Zeit hatte sich eine ganze Schar an Zuschauern versammelt. Es war gerade Mittagszeit und viele von ihnen hielten noch ihre Essschalen in den Händen. Das war vielleicht ein Spektakel, das sich da zu Herbstbeginn in Gerstenfeld abspielte, eine seltsame Szene! Bronze lieferte Gerstenfeld häufig solche Szenen.

Das Flusswasser wogte und Bronzes Schatten, der auf das Wasser fiel, war wie ein Traumbild einmal groß und dann wieder klein. Der Vater war wütend. Er hob die Bambusstange und drohte: »Trau dich nur herunter, dann verhaue ich dich mit dem Bambusstock!« Bronze beachtete den Vater überhaupt nicht. Vom Ufer aus rief die Mutter: »Bronze, komm herunter!«

Als der Vater merkte, dass sich Bronze trotz mehrmaligen Aufforderns hartnäckig weigerte herunterzukommen, stieß er ihn mit der Bambusstange in sein Hinterteil, um ihn in den Fluss zu schubsen. Doch Bronze war vorbereitet, er hielt sich mit beiden Händen fest und umklammerte mit seinen Beinen den Pfosten. Es sah aus, als wäre er auf dem Pfeiler festgewachsen. Jemand am Ufer seufzte: »Das kann dauern! Der Junge hält sich gut. Jeder andere wäre schon längst heruntergefallen!«

»Dann stirb doch da oben!« Der Vater konnte nichts machen, er musste das Boot wieder zurück ans Ufer staken. Wutschnaubend kletterte er an Land und führte den Büffel aufs Feld zum Pflügen.

Die Leute hatten genug gesehen, einer nach dem anderen verließen sie das Ufer. »Dann bleib doch da oben sitzen! Von uns aus kannst du da oben verschimmeln!«

Auch die Mutter kümmerte sich nicht mehr um ihn und ging zurück ins Haus.

Bronze fand, dass die Welt plötzlich sehr ruhig geworden war. Er saß da, ließ die Beine baumeln und stützte sein Kinn auf die Handflächen. Der Wind blies über den Fluss und bewegte sein Haar und seine Kleidung.

Wieder zuhause machte sich die Mutter ans Aufräumen und dachte dabei sorgenvoll an Bronze, der auf dem Betonpfeiler saß. Sie räumte und räumte, dann hielt sie auf einmal inne. Sie hatte plötzlich bemerkt, dass sie unbegreifliche Dinge tat: Warum hatte sie ein kleines Bett hervorgeräumt? Warum hatte sie das Moskitonetz über Bronzes Bett abgenommen und in die Waschschüssel gelegt? Warum hatte sie eine saubere Decke aus dem Schrank geholt? Und warum hatte sie ein Kissen herausgenommen? Sie setzte sich neben das blitzsaubere Bettchen, das sie eben hervorgeholt hatte, und sah es zögerlich an.

Zur gleichen Zeit ärgerte sich Bronzes Vater über den Büffel. Der Büffel, der sonst so gehorsam war, machte heute nur Ärger. Er kackte, im nächsten Moment musste er pinkeln, und wenn er weitergehen sollte, ließ er sich Zeit und fraß nebenbei noch heimlich das Getreide, an dem er vorbeiging.

Endlich am Feld angelangt, wollte ihm der Vater gerade das Geschirr um den Hals legen, da warf der Büffel seinen Kopf zurück und riss den Vater zu Boden. Der Vater schwang ein paarmal die Peitsche, um ihn zu schlagen, doch das Tier hielt weiterhin den Kopf hoch erhoben, grunzte den Vater an und schnaubte unentwegt durch die Nase.

Endlich war das Geschirr befestigt, der Vater wollte gerade nach dem Pflug greifen, als der Büffel urplötzlich vorwärtslief. Der Pflug kippte um und wurde von ihm mitgeschleift. Schnell hatte der Vater ihn wieder eingeholt. Er kochte vor Wut, holte mit der Peitsche aus und ließ sie unbarmherzig auf den Kopf des Büffels niedersausen.

Der Vater benutzte die Peitsche äußerst selten. Der Büffel wehrte sich nicht, er gab auch keinen Laut von sich, sondern senkte nur den Kopf. Der Vater bereute sofort, was er getan hatte, und ging nach vorne, um den Büffel anzusehen. Es sah aus, als hätte der Büffel Tränen in den Augen. Das Herz tat dem Vater weh, als er zu ihm sagte: »Du brauchst nicht mir die Schuld zu geben, du warst ungehorsam!« Er ließ ihn nun nicht mehr arbeiten, sondern nahm ihm das Geschirr ab und wand ihm die Leine um die Hörner, das sollte bedeuten: »Gehen wir wohin du willst.« Doch der Büffel stand da und rührte sich nicht. Der Vater setzte sich an den Feldrand und rauchte.

Seitdem die Großmutter vom alten Perlschnurbaum zurückgekommen war, stand sie am Bambuszaun vor der Haustüre und blickte, auf ihren Gehstock gestützt, unentwegt zum alten Perlschnurbaums zurück. Als die Mutter abermals zum Fluss lief, um Bronze zuzurufen, dass er von dem Betonpfeiler herunterkommen solle, kam die Großmutter mit. Sie sah ihren Enkel, doch rief sie ihn nicht gleich. Von allen Mitgliedern dieser Familie liebte die Großmutter Bronze am meisten, und sie war auch diejenige, die ihn am besten verstand. Da der Vater und die Mutter immer aufs Feld mussten, um zu arbeiten, war Bronze eigentlich nur von der Großmutter aufgezogen worden. Bis er fünf Jahre alt war, hatte er sich mit der Großmutter ein Bett geteilt, er hatte am Fußende geschlafen. Wenn die Füße der Großmutter dieses warme, weiche Menschlein berührt hatten, war sie unbeschreiblich glücklich gewesen. Und wenn in Winternächten die eisigen Stürme getobt hatten, hatte die Großmutter das Gefühl gehabt, das Enkelkind zu ihren Füßen wäre ein Kohlenbecken.

Wohin sie auch ging, überall sahen die Menschen aus Gerstenfeld die Großmutter zusammen mit Bronze. Sie sahen auch, dass sich die beiden endlos unterhalten konnten. Bronze benutzte Mimik und Gestik, und die Großmutter verstand ihn problemlos. Selbst höchst komplizierte, hintergründige Gedanken konnte die Großmutter mühelos verstehen. Zu Bronzes Welt hatte als einziger Mensch nur die Großmutter Zugang, und die Großmutter liebte es, sich in seiner wunderbaren Welt aufzuhalten.

Die Großmutter sagte zu Bronze, der hoch oben auf dem Betonpfeiler saß: »Was nutzt es, wenn du einfach da oben sitzt? Wenn du etwas auf dem Herzen hast, musst du mit deinem Vater sprechen, er ist der Familienvorstand. Wenn du nichts sagst, kannst du dein Leben lang da oben sitzen und es wird nichts bringen. Aber überlege es dir gut! Du kannst dann nicht mehr die ganze Zeit nur spielen, dann musst du auch Geld verdienen. Wenn du nicht herunterkommen willst, wird ein anderer Anspruch auf sie erheben. Du musst gut zu ihr sein und darfst sie nicht ärgern. Wenn du sie ärgerst, dann verzeihe ich dir das nicht! Komm schnell herunter und geh deinen Vater suchen, ich habe gesehen, dass er das Mädchen mag, er hat nur Angst, dass unsere Familie zu arm ist ... Komm herunter, komm herunter!« Schwankend ging die Großmutter ans Ufer. Mit der Bambusstange schob sie das Boot vorsichtig in Richtung des Betonpfeilers. Bronze hörte, was die Großmutter sagte, sah das Boot näherkommen, umfasste den Pfeiler und rutschte daran hinab ins Boot.

Unerwartet früh kam der Vater zurück, den Büffel hinter sich herführend. Zunächst hatte er den Büffel noch pflügen lassen, doch nach einer Weile hatte er es aufgegeben, das Geschirr abgenommen, den Büffel am Halfter gepackt und war zurückgekommen. Die Mutter fragte: »Wieso bist du schon wieder zurück?« Der Vater sagte kein Wort.

Bronze trat vor ihn hin und mit der Mimik und Gestik, die nur seine Familie verstehen konnte, erklärte er ihm ungeduldig: »Sie ist ein gutes Mädchen, ein sehr, sehr gutes Mädchen. Nimm sie in unsere Familie auf, nimm sie auf! Ich werde ab jetzt fleißig arbeiten, ganz bestimmt werde ich fleißig arbeiten! Zu Neujahr werde ich keine neuen Kleider anziehen. Ab jetzt werde ich auch beim Fleischessen nicht mehr schmatzen, nie mehr! Ich will, dass sie meine kleine Schwester wird, das wünsche ich mir so sehr!« Tränen standen ihm in den Augen. Auch die Großmutter und die Mutter hatten Tränen in den Augen. Der Vater hockte sich auf den Boden und legte die Hände auf den Kopf. Die Großmutter sagte: »Arm ist arm, doch ich glaube nicht, dass wir es nicht schaffen, das Mädchen durchzufüttern. Wenn sich jeder einen Bissen vom Mund abspart, können wir sie ernähren. Mir fehlt eine Enkeltochter!«

Bronze nahm die Großmutter an der Hand und ging mit ihr zum alten Perlschnurbaum. Der Vater wollte sie aufhalten, doch er seufzte nur. Die Mutter folgte ihnen, und nach einer Weile kam auch der Vater hinterher. Tack, Tack, klangen die Hufe des Büffels, als er voraus lief.

Als sie durch die Gassen des Dorfes kamen, fragten die Leute, wohin sie gingen. Sie antworteten nicht, sondern gingen geradewegs weiter zum alten Perlschnurbaum. Die Sonne stand bereits im Westen. Nur wenige waren noch da, doch die Frauen aus der Kaderschule saßen noch immer mit Sonnenblume auf dem Schotterboden.

Quakfischs gesamte Familie war dem Mädchen inzwischen ziemlich nahe gekommen, Quakfischs Mutter saß sogar schon neben ihr auf dem Schotterboden und hatte ihre Hand auf Sonnenblumes Schulter gelegt. Sie hatte ihr das Gesicht zugewandt und schien mit ihr zu sprechen. Die Sache hatte sich offenbar so gut wie erledigt. Das Gesicht des Dorfvorstehers war besorgt, aber auch froh.

Quakfischs Vater hockte am Boden und kratzte mit einem dünnen Zweig in den Sand, als würde er etwas berechnen. Tatsächlich rechnete er in diesem Moment gerade aus, wie viele zusätzliche Eier seine Enten in einem Jahr legen müssten, um so ein Mädchen zu ernähren. Er rechnete eine ganze Weile herum, kam aber zu keinem eindeutigen Ergebnis. Quakfisch und seine Mutter verloren langsam die Geduld. Auch der Dorfvorsteher und die anderen Leute am Platz verloren die Geduld. Doch Quakfischs Vater rechnete immer noch in aller Ruhe, ohne Eile. Manchmal hielt er inne, hob den Kopf und sah Sonnenblume an. Er mochte sie wirklich. Beim Weiterrechnen lächelte er.

In diesem Moment kam Bronzes Familie an. Der Dorfvorsteher fragte: »Warum kommt ihr schon wieder?« Bronzes Vater fragte: »Wurde dieses Kind schon jemandem zugesprochen?« Die Frauen, die neben Sonnenblume saßen, sagten zum Dorfvorsteher: »Es wurde noch nichts endgültig beschlossen.« Bronzes Vater stieß einen Seufzer aus und sagte: »Das ist gut.«

Quakfischs Vater hatte das alles gehört, zeigte jedoch keine Reaktion. Er konnte sich nicht vorstellen, dass Bronzes Familie Sonnenblume adoptieren wollte: Womit wollten sie das Mädchen ernähren? In Gerstenfeld gab es niemanden, der sich finanziell mit ihm messen konnte. Er warf Bronzes Familie einen flüchtigen Blick zu. Quakfisch musterte Bronze kurz, fand, dass es mit der ganzen Sache nicht zum Besten stand, und stupste seinen Vater mit der Fußspitze in den Hintern. Quakfischs Mutter witterte Gefahr und sagte zu Quakfischs Vater: »Jetzt triff doch endlich eine Entscheidung!«

Bronzes Vater sagte klar und deutlich: »Unsere Familie möchte dieses Mädchen aufnehmen.« Quakfischs Vater hob den Kopf, sah Bronzes Vater an und sagte: »Eure Familie will sie?« – »Unsere Familie will sie!«, sagte Bronzes Vater. »Unsere Familie will sie!«, sagte Bronzes Mutter. Bronzes Großmutter klopfte mit ihrem Gehstock auf den Boden: »Unsere Familie will sie!« Der Büffel sandte ein so herzergreifendes Heulen gen Himmel, dass ein paar Blätter herabfielen. Gackerfischs Vater stand auf: »Eure Familie will sie?« Er schnaubte ein wenig durch die Nase: »Tut mir leid, aber ihr kommt zu spät, unsere Familie hatte sich bereits für sie entschieden.« – »Der Dorfvorsteher hat aber gerade gesagt, es sei noch keine Entscheidung gefallen. Wir kommen nicht zu spät. Wir haben vor euch gesagt, dass wir das Mädchen adoptieren wollen«, sagte Bronzes Vater. Quakfischs Vater erwiderte: »Niemand wird dieses Mädchen mitnehmen.« Dann fügte er noch hinzu: »Eure Familie will sie? Könnt ihr sie überhaupt ernähren?« Als Bronzes Großmutter das hörte, trat sie vor ihn hin und sagte: »Es stimmt, wir sind arm. Aber selbst wenn wir unser Haus dafür auseinandernehmen und verkaufen müssen, wollen wir dieses Mädchen aufziehen. Wie dem auch sei, das Mädchen wollen wir unbedingt.«

Bronzes Großmutter war eine Alte, die vom ganzen Dorf Gerstenfeld respektiert wurde. Als der Dorfvorsteher sah, wie sich die Greisin ärgerte, sprang er hastig herbei und stützte sie: »Ihr seid alt, regt Euch nicht auf, wir werden darüber reden!« Dann zeigte er auf Quakfischs Vater: »Rechnest du immer noch? Rechnen! Wenn ein Jahr vorbei ist, wirst du schon sehen, wie viele Eier deine Enten letztendlich legen sollten!«

Keine der beiden Familien wollte nachgeben. Quakfischs Vater, der zunächst noch gezögert hatte, wollte das Mädchen nun auf jeden Fall haben. Die beiden Familien begannen laut zu streiten, viele, die das hörten, kamen eilig herbeigelaufen und sahen zu. Der Dorfvorsteher wusste auch nicht, was das Beste wäre. Da hatte jemand eine Idee: »Wenn das so ist, lasst doch das Kind selbst entscheiden!« Alle Anwesenden fanden die Idee gut. Der Dorfvorsteher fragte Quakfischs Vater: »Ist das für dich akzeptabel?« – »Ja!«, rief Quakfischs Vater, denn er meinte, dass er auf diese Weise im Vorteil wäre. Er zeigte auf das einzige Haus mit Ziegeldach im Westen des Dorfes und sagte: »Da, das ist unser Haus!« Der Dorfvorsteher fragte Bronzes Vater: »Ist das für dich akzeptabel?« Die Großmutter sagte: »Wir wollen das Kind nicht bedrängen.« – »Also gut.« Der Dorfvorsteher trat nach vorne und sagte zu Sonnenblume: »Mädchen, alle Familien aus unserem Dorf Gerstenfeld mögen dich. Aber sie haben Angst, dir nicht gerecht zu werden. Alle Menschen hier aus Gerstenfeld sind gute Menschen. Egal in welche Familie du gehst, sie werden alle gut zu dir sein. Jetzt wähle du selbst.«

Bronze stand da, die Zügel in der Hand, und sah Sonnenblume an. Quakfisch grinste. Sonnenblume warf Bronze einen Blick zu und stand auf. Da wurde es still unter dem alten Perlschnurbaum, keiner gab einen Laut von sich. Schweigend schauten sie auf Sonnenblume, schauten, zu welcher Familie sie gehen würde.

Hier im Osten stand Bronzes Familie, und ihr gegenüber, im Westen, stand Quakfischs Familie. Sonnenblume hob ihr Bündel auf. Einige der Frauen weinten. Sonnenblume warf Bronze einen Blick zu und ging vor den Augen der versammelten Menge Schritt für Schritt nach Westen.

Bronze senkte den Kopf. Quakfisch sah zu Bronze hinüber und zeigte ein breites Grinsen. Sonnenblume ging zu Quakfischs Mutter. Dankbar sah sie sie an, dann holte sie mit jeder Hand je ein Ei aus ihren Taschen hervor und steckte sie Quakfischs Mutter zu. Dann ging sie ein paar Schritte rückwärts und ließ dabei Quakfischs Familie nicht aus den Augen. Schließlich drehte sie sich um und ging in die Richtung, in der Bronzes Familie stand. Die Menge verfolgte jede einzelne ihrer Bewegungen.

Bronzes Großmutter klopfte Bronze leicht auf den immer noch tief herabhängenden Kopf. Als Bronze den Kopf hob, war Sonnenblume nur noch wenige Schritte von ihm entfernt. Die Großmutter breitete beide Arme aus. In ihren Augen war das kleine Mädchen, das da, sein Bündel in der Hand, langsam auf sie zukam, ihre eigene Enkeltochter. Diese Enkeltochter war vor einigen Jahren fortgegangen und jetzt, weil sie sie so sehr mit ihrem Herzen herbeigerufen hatte, wieder nach Hause zurückgekehrt

An diesem Nachmittag konnten die Menschen aus Gerstenfeld in feierlicher Stille eine kleine Prozession erleben: Bronze, der den Büffel führte, ging voran, auf dem Büffel ritt Sonnenblume. Die Mutter trug das kleine Bündel, die Großmutter und der Vater gingen, einer nach dem anderen, hinter dem Büffel her. Klar und deutlich war das Geräusch der Büffelhufe auf dem schwarzen Ziegelpflaster zu vernehmen.

芦花鞋

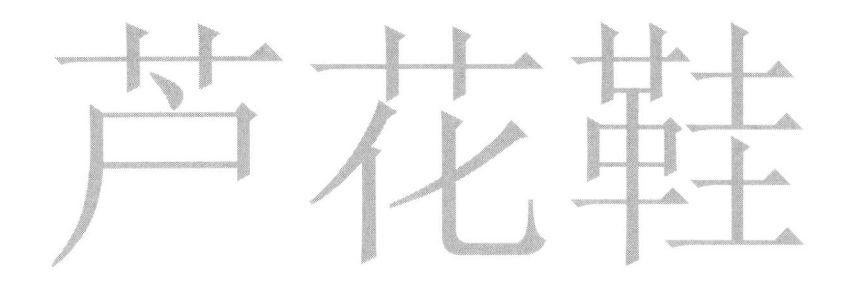

DIE SCHILFBLÜTENSCHUHE

Die Menschen aus Gerstenfeld waren erstaunt, wie sich das kleine Mädchen Sonnenblume praktisch über Nacht in diese Familie eingelebt hatte. Eigentlich hatte sie nicht einmal eine Nacht gebraucht, denn schon in dem Moment, in dem sie die Türschwelle des Hauses von Bronzes Familie überschritten hatte, war sie die Enkelin der Großmutter, die Tochter des Vaters und der Mutter und Bronzes kleine Schwester gewesen.

So wie Bronze und die Großmutter ein Herz und eine Seele waren, so unzertrennbar waren nun auch Sonnenblume und Bronze. Wohin Bronze auch ging, dahin ging auch Sonnenblume. Innerhalb kürzester Zeit konnte sich Sonnenblume mit Bronze über alles verständigen, auch über die tiefgründigsten Gedanken, die sie in ihrem Innersten bewegten. So glatt wie Wasser über die Ebene fließt, so problemlos tauschten sie ihre Gedanken aus.

Die Menschen aus Gerstenfeld, ob beschäftigt oder nicht, beobachteten die beiden häufig: Bei strahlendem Wetter nahm Bronze Sonnenblume mit hinaus auf die Felder, wo sie Wildkräuter sammelten, Ackerfurche für Ackerfurche schritten sie die Felder ab. Ab und zu setzten oder legten sie sich für eine Weile in eine der Furchen. Auf dem Rückweg trug Bronze eine große Rückentrage voller Wildkräuter und Sonnenblume hatte einen kleinen Bambuskorb am Arm, in dem ebenfalls Wildkräuter lagen.

❁

Über Nacht hatte es lange sehr stark geregnet, alles war voller Wasser. Bronze und Sonnenblume kamen aus dem Haus – Bronze mit einem aus

Schilf gefertigten Regenumhang, Sonnenblume mit einem Bambushut, Bronze trug ein Fischernetz, Sonnenblume einen Korb für die Fische.

Es nieselte unaufhörlich, so entstand ein fein gewebter Silbervorhang. Auf den unendlich weiten Feldern waren nur sie beide unterwegs. Eine feuchte Stille lag in der Luft. Sie gingen über die Felder und blieben dabei immer wieder stehen und hielten inne. Auf einmal war Bronze verschwunden, er war in einen Tümpel gestiegen, um mit dem Netz einen Fisch herauszuholen. Es war nur noch Sonnenblume zu sehen, sie hockte da mit dem Korb in den Armen. Im nächsten Moment tauchte Bronze wieder auf und zog das Netz herauf. Was die beiden da mit gebeugten Rücken so einsammelten! Es waren Fische in allen Größen. Das war wirklich eine gute Ausbeute, und die beiden wurden so übermütig, dass sie auf dem regennassen Feld wie verrückt herumrannten. Bronze ließ sich mit Absicht fallen. Als Sonnenblume das sah, ließ auch sie sich sofort zu Boden fallen. Als sie zurückkamen, war der Korb voller glänzender Fische.

Die beiden gingen oft zum Sonnenblumenfeld. Die Sonnenblumen dort hatten bereits alle ihre Blätter und Blüten verloren, das Feld war karg geworden. Die Blütenköpfe waren alle voll mit prallen Sonnenblumenkernen. Vielleicht weil ihre Köpfe zu schwer waren, vielleicht weil sie im Grunde genommen bereits tot waren, ließen alle Blumen ihr Köpfe hängen, und wie stark die Sonne auch strahlte, sie hoben ihre Gesichter nicht mehr, um dem Lauf der Sonne zu folgen.

Einmal, als Bronze Sonnenblume, die das Sonnenblumenfeld sehen wollte, wieder einmal begleitete, saßen sie lange auf der Anhöhe neben dem Feld. Sie schauten und schauten, bis Sonnenblume plötzlich aufstand, weil sie ihren Vater gesehen hatte – ihren Vater, der unter einer Sonnenblume stand. Auch Bronze stand auf und folgte ihrem Blick – er sah nur eine Sonnenblume neben der anderen stehen. In seinem Innersten aber war er fest davon überzeugt, dass Sonnenblume tatsächlich ihren Vater gesehen hatte.

Jemand aus Gerstenfeld hatte ebenfalls einmal behauptet, bei Mondschein Sonnenblumes Vater im Sonnenblumenfeld gesehen zu haben. Niemand glaubte ihm – außer Bronze. Jedes Mal, wenn er in Sonnenblumes Augen las, dass sie gerne zum Sonnenblumenfeld gehen wollte, ließ er alles stehen und liegen und begleitete sie dorthin.

Ob tagsüber oder abends, an sonnigen oder bewölkten Tagen, immer konnte man die beiden zusammen sehen. War Bronze schlammbedeckt, war auch Sonnenblume schlammbedeckt. Wie die beiden kleinen Menschen so über die Felder gingen oder fröhlich herumtollten, passierte es nicht selten, dass sie in den Menschen aus Gerstenfeld kleine Wellen der Rührung auslösten. Diese Wellen schwappten über, eine nach der anderen, und erwärmten die Herzen der Menschen, machten sie rein und sanft.

❊

Es wurde Herbst, die Tage waren klar, die Erde rein.

Den Kindern, die den Sommer über ein ausgelassenes Leben geführt hatten, fiel plötzlich ein, dass in ein paar Tagen die Schule wieder anfing, und so spielten sie ihre Spiele noch wilder als sonst.

Die Erwachsenen begannen bereits gedanklich die Kosten zu überschlagen, die mit dem Schulbeginn der Kinder anfallen würden. Doch obwohl es keine großen Summen waren, so waren diese Ausgaben doch für die meisten Familien aus Gerstenfeld keine Kleinigkeit. Unter den Dorfkindern gab es solche, die pünktlich eingeschult worden waren, sobald sie das schulreife Alter erreicht hatten, aber es gab auch solche, die sich immer noch außerhalb der Schule herumtrieben, obwohl sie bereits schulreif waren. Dann konnten es sich die Familien gerade nicht leisten, ihre Kinder einzuschulen, und die Erwachsenen dachten: »Warten wir noch ein Jahr, es geht sowieso nur darum, ein paar Schriftzeichen zu lernen, es reicht doch, wenn man den eigenen Namen schreiben kann.« Und sie ließen ihre Kinder weiterhin ihre verrückten Spiele spielen, ließen sie Schweinefutter zerkleinern, Schafe oder Enten hüten. Bei manchen Kindern wurde der Schulbeginn Jahr um Jahr hinausgezögert, manchmal sogar, bis sie zehn Jahre alt waren oder noch länger, bis klar war: Wenn das Kind jetzt nicht zur Schule ginge, wäre es zu spät und es würde nie mehr zur Schule gehen. Dann erst biss man die Zähne zusammen und ließ das Kind einschulen.

Aus diesem Grund war in der Schule in Gerstenfeld der Altersunterschied zwischen den Kindern in ein und derselben Klasse oft sehr groß. Wenn sie aus der Schule kamen und ältere und jüngere, größere und kleinere in einer Reihe standen, sah das äußerst unordentlich aus.

Es gab auch Familien, die ihre Kinder ganz einfach überhaupt nicht zur Schule schickten. Und es gab Kinder, deren Eltern ursprünglich vorgehabt hatten, sie zur Schule gehen zu lassen, es jedoch jahrelang hinausgezögert hatten, so dass die Kinder selbst gar nicht mehr gehen wollten. Es war ihnen peinlich, dass sie sich, inzwischen selbst schon so groß gewachsen, mit den ganzen Winzlingen in die erste Klasse setzen und mit ihnen gemeinsam lernen sollten. Die Erwachsenen sagten dann: »Wenn du groß bist, sag nicht, deine Familie hätte dich nicht lernen lassen!« Und so ließen sie das Kind dann selbst über seine Zukunft entscheiden.

Unter denen, die zur Schule gingen, gab es auch solche, die nicht regelmäßig am Unterricht teilnahmen, denn blieb man das Schulgeld schuldig, zögerte die Schule nicht, es einzufordern. War ein Name bereits mehrmals aufgerufen worden und das säumige Schulgeld immer noch nicht bezahlt, sagte der Lehrer zu dem betroffenen Kind: »Räum deinen Platz und geh heim.« Dann räumte das Kind vor den Augen aller Mitschüler seinen Platz und ging heulend nach Hause. Manchmal, wenn das Schulgeld doch noch aufgebracht werden konnte, kam es zurück und konnte weiterlernen, manchmal blieb es der Schule für immer fern.

Die letzten paar Nächte hatten die Erwachsenen aus Bronzes Familie kein Auge zugetan. Schwere Gedanken plagten sie. Die Familie hatte etwas Geld zurückgelegt, das eigentlich dafür bestimmt war, Bronze in die Stadt auf eine Schule für Taubstumme zu schicken. Bronze war bereits elf Jahre alt, man konnte den Schulbeginn nicht ein weiteres Mal aufschieben. Ein entfernter Verwandter lebte in der Stadt, er hatte versprochen, Bronze bei sich zu Hause aufzunehmen. Doch Sonnenblume war schon sieben Jahre alt, auch sie war im schulreifen Alter. Andere im Dorf hatten ihre Kinder schon mit fünf Jahren zur Schule geschickt. Wie man es auch drehte und wendete, auch Sonnenblume musste zur Schule gehen.

Der Vater und die Mutter holten das Holzkästchen hervor, in dem das Geld aufbewahrt wurde. Dieses Geld hatten sie durch den Verkauf von Eiern, Fischen und Körben voller Gemüse mühsam zusammengekratzt und sich vom Munde abgespart. Sie leerten das Geld aus, zählten und zählten, rechneten und rechneten, doch es reichte einfach nicht, um beide Kinder gleichzeitig zur Schule zu schicken. Der Vater und die Mutter blickten auf das Häufchen kleiner Münzen und wussten keinen Rat mehr.

Die Mutter sagte: »Verkaufen wir doch ein paar Hühner.«
Der Vater sagte: »Uns bleibt wohl nichts anderes übrig.«
Die Großmutter sagte: »Die Hühner legen gerade Eier. Das Geld, das wir für die Hühner bekommen würden, würde ohnehin nicht reichen. Außerdem sind wir auf die Hühner angewiesen. Wenn wir später wieder Geld benötigen, brauchen wir ihre Eier.«
Die Mutter sagte: »Dann borgen wir uns Geld.«
Der Vater sagte: »Niemand hier hat etwas zu vergeben, schon gar nicht, wenn es um Geld geht.«
Die Großmutter sagte: »Von morgen an geben wir den Kindern nur noch alle zehn Tage gekochten Reis zu essen. Den Reis, den wir auf diese Weise sparen, verkaufen wir, so bekommen wir ein bisschen Geld.«
Trotz allem schaffte man es nicht, das für beide Kinder benötigte Schulgeld aufzubringen. Man beriet sich und beriet sich und kam zu dem Schluss, dass in diesem Jahr nur ein Kind zur Schule gehen konnte. Doch sollte man nun Bronze oder Sonnenblume zur Schule schicken? Das brachte sie wirklich in Verlegenheit. Für und Wider wurden abgewogen und schließlich beschloss man: In diesem Jahr sollte erst einmal Sonnenblume in die Schule gehen. Der Grund war folgender: Bronze war stumm, ob er lesen konnte oder nicht, machte keinen Unterschied, außerdem hatte er ohnehin schon ein paar Jahre versäumt, da konnte man den Schulbeginn für ihn genauso gut um ein, zwei weitere Jahre hinauszögern. Sobald die Familie mehr Geld hätte, würde man ihn dann zur Schule schicken, für einen Stummen genügte es ja schließlich, wenn er ein paar Schriftzeichen kannte.

Die Gedanken, die sich die Erwachsenen machten, hatten die beiden sensiblen Kinder schon längst in ihren Augen gelesen. Bronze sehnte sich schon seit Langem danach, in die Schule zu kommen.

Wenn er ganz alleine durch die Gassen oder über die Felder ging, überkam ihn manchmal ein Gefühl grenzenloser Einsamkeit. Häufig hütete er seinen Büffel ganz in der Nähe der Schule. Dann hörte er dem Gemurmel der lesenden Schüler zu. Dieses Gemurmel faszinierte ihn. Er wusste, dass er niemals in der Lage sein würde, gemeinsam mit den anderen Kindern laut vorzulesen, doch wenn er zwischen ihnen sitzen und ihnen beim Vorlesen zuhören könnte, wäre das auch gut. Er wollte Schriftzeichen lernen. Diese Zeichen waren für ihn voller Magie und wirkten auf ihn so anziehend wie ein nächtlicher Lichtschein mitten in der Wildnis. Es gab eine Phase, in der er jeden Fetzen Papier, der mit Schriftzeichen bedruckt war, aufsammelte. Dann versteckte er sich irgendwo, studierte diese Papiere mit ernster Miene und tat, als würde er jedes einzelne Zeichen darauf kennen. Wenn er die Kinder sah, wie sie ihre kleinen Penisse hin und her schwenkten, um mit ihrem Urinstrahl ein Zeichen in den Boden zu schreiben, oder wenn er sah, wie sie mit Kreide etwas an eine Hauswand schmierten, beneidete er sie – und er schämte sich. Er schämte sich so sehr, dass er immer einen weiten Bogen um sie machte.

Früher hatte er versucht, sich in die Grundschule zu schleichen, um heimlich lauschend ein paar Zeichen zu erlernen. Doch wenn er nicht vom Lehrer erwischt worden war, hatten ihn die anderen Kinder verspottet. Wenn ihn einer entdeckte, rief er: »Der Stumme!« Dann drehten sich zahllose Köpfe nach ihm um. Sie strömten auf ihn zu, umringten ihn und riefen laut: »Der Stumme! Der Stumme!« Sie amüsierten sich über seine ängstliche, verlegene und komische Art. Dann sprang er wild umher, bis er schließlich aus dem Kreis, der sich um ihn herum gebildet hatte, ausbrechen und unter dem großen Gelächter der Kinder hastig das Weite suchen konnte.

In die Schule zu gehen war Bronzes Traum. Doch jetzt war die Sache ganz einfach so: Entweder er oder seine kleine Schwester Sonnenblume, nur einer von ihnen konnte zur Schule gehen.

Nachts lag er wach im Bett und konnte keinen Schlaf finden. Doch sobald es hell war, schien er an gar nichts zu denken, sondern benahm sich wie immer und nahm Sonnenblume mit auf die Felder, wo sie herumstreunten. Auch Sonnenblume schien sich keinerlei Gedanken zu machen, keinen Schritt wich sie ihrem Bruder von der Seite. Sie hoben die Gesichter und schauten den nach Süden ziehenden Wildgänsen nach, sie stakten mit einem kleinen Boot im Sumpf umher, um die hübschen Federn einzusammeln, die Wildenten, Fasane und Mandarinenten verloren hatten, und sie fingen inmitten der welken Schilfgräser wunderschön singende Insekten …

Eines Abends riefen die Erwachsenen die beiden Kinder zu sich, um ihnen ihre Pläne mitzuteilen.

Sonnenblume sagte: »Schickt erst den Bruder zur Schule, ich gehe dann nächstes Jahr, ich bin noch klein und bleibe zu Hause bei Großmutter.« Die Großmutter nahm Sonnenblume in die Arme und drückte sie fest an sich, das Herz war ihr schwer. Doch Bronze schien bereits einen Entschluss gefasst zu haben, mit Mimik und Gestik erklärte er der Großmutter, dem Vater und der Mutter unmissverständlich: »Lasst erst die Schwester zur Schule gehen. Ich muss nicht in die Schule, das bringt ja doch nichts. Ich hüte den Büffel, das kann nur ich. Die Schwester ist zu klein dafür.« So rangen die beiden Kinder unentwegt miteinander, es war für die Erwachsenen kaum zu ertragen. Die Mutter wandte sich schließlich ab, da ihr die Tränen über das Gesicht liefen.

Sonnenblume vergrub ihr Gesicht an der Brust der Großmutters und weinte unaufhörlich: »Ich gehe nicht zur Schule, ich gehe nicht zur Schule …«

Der Vater sagte schließlich: »Wir besprechen das nochmal.«

Als die Sache am nächsten Tag immer noch nicht entschieden war, drehte sich Bronze um, ging aus dem Zimmer und kam einen Augenblick später mit einem Tongefäß in den Händen zurück. Er stellte das Gefäß auf den Tisch und holte zwei bunt gefärbte Ginkgosamen aus der Tasche, einen roten und einen grünen.

Die Dorfkinder spielten oft ein Spiel, bei dem der Verlierer einen Ginkgosamen hergeben musste. Diese Ginkgosamen waren alle gefärbt und sehr schön anzusehen. Die meisten Kinder hatten solch bunte Ginkgosamen in ihren Taschen.

Bronze gestikulierte: »Ich gebe hier einen roten und einen grünen Ginkgosamen in den Topf. Wer den roten herausholt, der geht zur Schule.« Die drei Erwachsenen sahen ihn zweifelnd an. Heimlich gab er ihnen ein Zeichen: »Habt Vertrauen!«

Die Erwachsenen wussten, dass Bronze schlau war, doch sie wussten nicht, welches Spiel er spielte, und waren etwas besorgt und unsicher, zu welchem Ergebnis er kommen würde. Noch einmal gab ihnen Bronze heimlich ein Zeichen. Es sollte bedeuten: »Es kann nichts schiefgehen!« Die Erwachsenen tauschten Blicke aus und erklärten sich dann einverstanden.

Bronze fragte Sonnenblume: »Hast du verstanden?« Sonnenblume nickte. Bronze fragte Sonnenblume: »Bist du einverstanden?« Sonnenblume sah den Vater an, dann die Mutter und zuletzt die Großmutter. Die Großmutter sagte: »Ich finde, das ist eine gute Idee!« Da nickte Sonnenblume Bronze zu. Bronze sagte: »Versprecht, dass ihr euch auch daran halten werdet.« »Das tun wir!« Die Mutter sagte: »Wir passen auf, ihr dürft beide nicht schummeln!« Doch Bronze hatte immer noch Bedenken, er streckte die Hand aus und ließ Sonnenblume einschlagen. Die Großmutter sagte: »Was mit einem Handschlag besiegelt wird, gilt für immer.« Sonnenblume drehte sich lachend zur Großmutter um: »Was mit einem Handschlag besiegelt wird, gilt für immer.« Der Vater und die Mutter sagten gleichzeitig: »Was mit einem Handschlag besiegelt wird, gilt für immer.«

Bronze drehte das Tongefäß um und schüttelte es. Damit wollte er sagen: »Es ist leer, da ist nichts drin.« Dann öffnete er seine linke Hand, ging vom einen zum anderen, damit jeder sich vergewissern konnte, dass in seiner Hand nur ein roter und ein grüner Ginkgosamen lagen.

Sie alle nickten nacheinander mit dem Kopf: Wir haben es gesehen, zwei Ginkgosamen, einer rot, einer grün. Bronze machte eine Faust und steckte die Samen in das Tongefäß, zog die Hand wieder heraus und deckte den Topf zu. Dann schüttelte er ihn kräftig neben seinem Ohr, und jeder konnte deutlich hören, wie die beiden Ginkgosamen in dem Gefäß umhersprangen.

Bronze hörte auf, den Topf zu schütteln, stellte ihn auf den Tisch und bedeutete Sonnenblume, zuerst hineinzugreifen. Sonnenblume wusste nicht, ob sie besser als Erste oder als Letzte hineingreifen sollte, und sah die Großmutter an. Die Großmutter sagte: »Wenn man auf den Feldern wilde Gräser sammelt, so sind sie alt, wenn man spät dran ist; die, die man früh sammelt, sind noch zart. Sonnenblume ist noch klein, natürlich kommt sie zuerst dran.«

Sonnenblume ging zum Tontopf und steckte ihre kleine Hand hinein. Zwei Ginkgosamen lagen im dunklen Topfinneren, sie überlegte eine Weile, welchen sie nehmen sollte. Nach einigem Zögern entschied sie sich für einen davon.

Bronze sagte zum Vater, der Mutter, der Großmutter und zu Sonnenblume: »Man darf sein Wort nicht brechen!«

Die Großmutter sagte: »Man darf sein Wort nicht brechen!«

Der Vater und die Mutter sagten: »Man darf sein Wort nicht brechen!«

Auch Sonnenblume sagte leise: »Man darf sein Wort nicht brechen!«

Ihre Stimme zitterte. Die Hand mit dem Ginkgosamen glich einem Vogel, der Angst hatte, sein Nest zu verlassen. Langsam zog sie sie aus dem Tontopf. Sie hatte ihre Hand zur Faust geballt und traute sich eine ganze Weile lang nicht, sie zu öffnen.

Die Großmutter sagte: »Mach sie auf!«

Der Vater sagte: »Mach sie auf!«

Die Mutter sagte: »Mach sie auf und schau nach!«
Sonnenblume schloss beide Augen und öffnete langsam die Hand.
Die Erwachsenen sagten: »Wir haben es schon gesehen.«
Sonnenblume öffnete die Augen und sah einen roten Ginkgosamen ruhig in ihrer verschwitzten Handfläche liegen. Bronze steckte die Hand in das Tongefäß, tastete und zog seine Hand wieder heraus, dann öffnete er sie: Darin lag ein grüner Ginkgosamen. Er lachte. Die Großmutter, der Vater, die Mutter, alle sahen ihn an. Er lachte immer noch, doch in seinen Augen standen Tränen. Sein Geheimnis in dieser Sache würde er niemals verraten.

❀

Sonnenblume war ein schüchternes Mädchen. Sie würde sich sowohl auf dem Weg zur Schule als auch auf dem Heimweg immer ein wenig fürchten. Denn die Schule war weit von zu Hause entfernt, obendrein musste man auf halber Strecke noch ein Stück Ödland überqueren. Eigentlich gab es mehrere Kinder, die den gleichen Schulweg hatten, doch sie kannte die Kinder aus Gerstenfeld noch nicht sehr gut. Außerdem waren diese Kinder der Meinung, sie wäre nicht von hier und sie hätte mit ihnen nicht viel gemeinsam, Sonnenblume war ihnen immer noch ein wenig fremd.

Der Gedanke, dieses kleine Menschlein ganz alleine zur Schule zu schicken, beunruhigte auch die Großmutter, den Vater und die Mutter. Doch Bronze hatte bereits beschlossen, dass er sie hinbringen und abholen würde.

In der ganzen Geschichte Gerstenfelds hatte es so etwas wahrscheinlich noch nie gegeben: Ein kleines Mädchen ritt jeden Morgen auf einem Büffel zur Schule, und ein kleiner älterer Bruder begleitete sie den ganzen Weg über und passte auf sie auf. Immer verließen sie pünktlich das Haus, und sobald der Unterricht endete, erschienen Bronze und der Büffel wiederum pünktlich vor dem Schultor.

Morgens rezitierte Sonnenblume den ganzen Weg über auf dem Rücken des Büffels ihre Texte. In der Schule angekommen, konnte sie sie bereits komplett auswendig aufsagen. Auf dem Heimweg löste sie in Gedanken bereits ihre Rechenaufgaben, so dass sie ihre Hausaufgaben nach ihrer Rückkehr im Nu erledigt hatte.

Jedes Mal wenn Bronze Sonnenblume zur Schule brachte, lief Sonnenblume in den Schulhof hinein, kam gleich wieder heraus und rief: »Bruder, nach der Schule warte ich auf dich!« Sie hatte Angst, Bronze könnte sie vergessen. Doch wie könnte Bronze sie vergessen? Es war ein-, zweimal passiert, dass sich Bronze verspätet hatte, weil der Vater den Büffel zu spät zurückgebracht hatte. Als er dann an der Schule angekommen war, war Sonnenblume bereits in Tränen aufgelöst vor dem Schultor gesessen.

An Regentagen verwandelte sich der Lehm auf der Straße in einen glitschigen Belag. Die Schuhe der Kinder waren dann bereits komplett verschmiert, wenn sie die Schule erreichten, viele fielen auch hin und waren über und über mit Schlamm bedeckt. Doch Sonnenblume war immer von Kopf bis Fuß ganz sauber. Die anderen Mädchen bewunderten sie und waren ein bisschen neidisch.

Es gab noch einen weiteren Grund, weshalb Bronze Sonnenblume auf ihrem Schulweg unbedingt begleiten wollte: Er wollte vermeiden, dass Quakfisch sie schikanierte. Quakfisch war genauso groß wie Bronze und ging auch nicht zur Schule. Nicht, weil kein Geld vorhanden war, sondern weil er einfach kein Lust hatte zu lernen. Er hatte dreimal hintereinander die Klasse wiederholen müssen und war immer noch Klassenletzter gewesen. Als sein Vater sah, dass er es kaum schaffte, ein paar wenige Zeichen zu schreiben, band er ihn an einen Baum und schlug ihn: »Wo ist das alles hin, was du gelernt hast?« Er antwortete: »Das habe ich alles dem Lehrer zurückgegeben!«

Wenn er einfach nur nichts gelernt hätte, wäre das ja schon schlimm genug gewesen, doch obendrein liebte er es, zu stören und Blödsinn zu machen. Heute prügelte er sich mit diesem, morgen mit jenem, heute zerbrach er ein Fenster im Klassenraum, morgen knickte er ein frisch eingepflanztes Bäumchen ab.

Die Schulleitung war zu seinem Vater gegangen: »Euren Quakfisch – wollt ihr ihn lieber selbst aus der Schule nehmen oder sollen wir ihn vom Schulbetrieb ausschließen?« Der Vater hatte überlegt: »Wir schicken ihn nicht mehr zur Schule!« Von da an streunte Quakfisch das ganze Jahr über durch die Gassen Gerstenfelds.

Wenn Sonnenblume auf dem Schulweg war, tauchte häufig Quakfisch mit seinen Enten auf. Oft versperrte er mit seiner dicht gedrängten Entenschar den Weg. Gemächlich ließ er die Enten voranwatscheln. Immer wieder drehte er sich um und warf Bronze und Sonnenblume Blicke zu, die keine gute Absicht verrieten. Offenbar wartete er nur darauf, dass Bronze einmal nicht da sein würde. Doch ein Schulhalbjahr war schon fast um und noch immer hatte er seine Gelegenheit nicht bekommen. Und Bronze schwor sich, sie ihm unter keinen Umständen zu bieten. Quakfisch schien sich ein wenig vor Bronze zu fürchten. Wenn Bronze anwesend war, dann konnte er nichts machen, er war unzufrieden und musste sich zusammenreißen. Daraufhin quälte er oft seine Enten und scheuchte sie in alle Richtungen, zuweilen traf er eine Ente mit einem Lehmbatzen, dann schlug sie mit den Flügeln und quakte laut auf. Bronze und Sonnenblume achteten nicht auf ihn und gingen ihres Weges.

❂

Bronzes Haus glich einer Pferdekutsche, einer alten, schäbigen Pferdekutsche. Im Laufe vieler Jahre war sie auf der holprigen, unebenen Straße in Wind und Regen vorwärtsgerollt. Den Radachsen fehlte das Öl, die Räder waren abgefahren, jedes Scharnier schien ausgeleiert. Knirschend und ächzend fuhr sie dahin, offenbar kostete es sie übermäßig viel Kraft. Doch sie hatte noch ein gutes Stück des Weges vor sich, deswegen hielt sie sich nicht lange auf. Seit auch Sonnenblume in der Kutsche saß, schien das Gefährt noch schwerer geworden zu sein. Sonnenblume war zwar klein, doch sie war intelligent, ihr Herz verstand.

Gegen Ende des Schulhalbjahres sagte der Lehrer eines Tages zur Klasse: »Morgen Nachmittag kommt aus dem Fotostudio der Marktgemeinde Ölhanffeld der Lahme Liu zu uns an die Schule, um uns Lehrer zu fotografieren. Das ist eine gute Gelegenheit, wenn ihr auch ein Foto machen wollt. Haltet das Geld vorab bereit.« Als alle Klassen informiert waren, brodelte der Schulhof wie ein Topf voller Reisbrei.

Für die Kinder aus Gerstenfeld war das Fotografieren etwas Begehrenswertes und Besonderes. Diejenigen, die wussten, dass sie von zu Hause Geld bekommen würden, hüpften und sprangen, schrien und lachten. Diejenigen, die dachten, dass sie vielleicht etwas Geld bekommen könnten, wobei das sicherlich nicht einfach werden würde, bei denen wich die Aufgeregtheit einer nervösen Anspannung. Und dann gab es noch diejenigen, die wussten, dass sie bestimmt kein Geld verlangen konnten, nicht, weil es ihnen die Erwachsenen nicht geben wollten, sondern weil zu Hause einfach kein Fen übrig war. Sie fühlten sich minderwertig, waren enttäuscht und traurig und standen niedergeschlagen und still ein wenig außerhalb der fröhlich lärmenden Menge.

Einige der Kinder, die wussten, dass sie kein Geld bekommen würden, wollten jedoch unbedingt ein Foto machen lassen, heimlich borgten sie sich von denjenigen, die ein bisschen Geld hatten, etwas aus und mussten dem anderen dafür eine ganze Menge versprechen. Zum Beispiel, dass sie ihm helfen würden Stühle zu tragen, Hausaufgaben zu machen, oder dass sie von den Tauben, die sie zu Hause züchteten, ein paar stehlen und ihm schenken würden. Jene, die es geschafft hatten, sich Geld zu borgen, waren glücklich und lärmten mit denen, die sich ihrer Sache sicher waren. Jene, die es nicht geschafft hatten, waren verärgert und sagten zu den anderen: »Vergiss das nicht, ab jetzt bin ich nie mehr mit dir befreundet!«

Am aufgeregtesten waren die Mädchen wegen des Fotografierens. Sie standen in Dreier- und Fünfergruppen zusammen und unterhielten sich zwitschernd und plappernd über das morgige Fotoereignis und vor welchem schönen Hintergrund und in welchen Kleidern sie sich fotografieren lassen würden. Diejenigen, die keine schönen Kleider hatten, sagten zu den Mädchen mit den schönen Kleidern: »Wenn du morgen mit dem Fotografieren fertig bist, ziehe ich deine Kleider an, gut?« – »Gut.« Dann waren die Mädchen, die das zugesagt bekommen hatten, sehr glücklich.

Innerhalb und außerhalb des Klassenraums drehten sich alle Gespräche um das Fotografieren. Die ganze Zeit über saß Sonnenblume alleine auf ihrer Schulbank. Die Aufregung der ganzen Schule hatte sie angesteckt. Auch sie wollte morgen natürlich gerne fotografiert werden. Seit sie mit ihrem Vater nach Gerstenfeld gekommen war, war kein einziges Foto mehr von ihr gemacht worden. Sie wusste, dass sie ein hübsches Mädchen war. Egal wie man sie fotografierte, das Mädchen auf dem Foto gefiel den Menschen. Ihr selbst gefiel es auch. Wenn sie sich selbst betrachtete, war sie sogar ein wenig erstaunt und unsicher, ob sie das wirklich war. Fotos von sich anzusehen und sie anderen zu zeigen, machte einen glücklich.

Sie wollte ihren Text weiterlesen, doch so sehr sie sich auch bemühte, sie kam nicht voran. Trotzdem gab sie vor, äußerst konzentriert zu lesen. Ab und zu drehten sich ein paar Kinder zu ihr um und musterten sie kurz. Sonnenblume schien diese Blicke zu spüren, sie steckte ihre Nase noch tiefer in das Textbuch, bis ihr Gesicht fast völlig davon verdeckt war.

Als Bronze Sonnenblume abholte, fand er, dass die Kinder alle verändert waren, ganz so, als wäre heute Neujahrsfest. Nur die kleine Schwester schien einsam.

Auf dem Heimweg sah Sonnenblume, die auf dem Rücken des Büffels ritt, wie im Westen die Sonne im Wasser versank – ein riesiges Sonnenrad, so groß wie eine Bambustafel, das orange und still am Himmel brannte. Das sonst schneeweiße Schilf färbte sich rot und sah aus wie zahllose Fackeln, die unter dem dämmrigen Himmel emporragten. Sonnenblume schaute dem Naturschauspiel teilnahmslos zu.

Während Bronze den Büffel führte, dachte er: »Was hat Sonnenblume nur?« Immer wieder hob er den Kopf und sah sie an. Als Sonnenblume das bemerkte, lachte sie ihm zu, dann zeigte sie nach Westen: »Bruder, da ist eine Wildente gelandet!«

Als sie zuhause ankamen, war es schon fast dunkel. Auch der Vater und die Mutter kamen gerade von der Feldarbeit zurück. Als Sonnenblume sah, wie erschöpft und durstig sie wirkten, ging sie zum Wasserbottich und schöpfte eine Kelle voll Wasser, die sie der Mutter brachte. Die Mutter trank ein paar große Schlucke, dann reichte sie die Kelle an den Vater weiter. Die Mutter hielt Sonnenblume für ein äußerst sensibles Kind. Sie nahm einen Rockzipfel und wischte Sonnenblume zärtlich die Schweißspuren vom Gesicht.

Wie jeden Abend aß die Familie im unbeleuchteten Halbdunkel der Dämmerung ihren Reisbrei. Im ganzen Raum waren die Essgeräusche deutlich zu hören. Während des Essens erzählte Sonnenblume, was an diesem Tag in der Schule Interessantes vorgefallen war, die Erwachsenen lachten. Doch Bronze nahm seine Schüssel und setzte sich auf die Türschwelle. Am Himmel hing ein blasser Mond. Der Reisbrei war dünn, und das einsame Mondlicht spiegelte sich in der Schale.

Am Nachmittag des nächsten Tages erschien hinkend, mit der Fotoausrüstung über der Schulter, der Lahme Liu aus dem Fotostudio der Marktgemeinde Ölhanffeld am Schultor der Grundschule in Gerstenfeld.

»Der Lahme Liu ist da!«

Ein scharfäugiges Kind hatte ihn zuerst entdeckt und laut gerufen. »Der Lahme Liu ist da!«, schrien alle los – die, die ihn sahen, und die, die ihn nicht sahen.

Kaum war der Lahme Liu da, dachte niemand mehr daran, weiter dem Unterricht zu folgen. Die Klassenzimmer glichen einem Schafstall, bei dem man das Gatter geöffnet hatte. Die nach jungem Gras gierenden Schafe rannten ungestüm nach draußen, dauernd wurden Schulbänke umgeworfen. Als einige

Jungen sahen, dass der Ausgang verstopft war und keiner mehr hinaus konnte, stießen sie die Fenster auf und sprangen nach draußen.

»Der Lahme Liu ist da!«

Der Lahme Liu stand nun vor ihnen. Er hörte, wie sie ihn nannten, doch er war nicht böse. Er war nämlich immer schon lahm gewesen.

Im Umkreis von zig Li gab es nur ein einziges Fotostudio, nämlich das der Marktgemeinde Ölhanffeld. Statt in der Stadt auf Kunden zu warten, verreiste der Lahme Liu einmal im Jahr für zehn, fünfzehn Tage, um die Dörfer im Umfeld von Ölhanffeld zu besuchen. Obwohl er allein war, verursachte er großen Aufruhr, so wie eine Theatertruppe oder ein Zirkus. Es war, als würde er, wohin er auch ging, einen großen Feiertag mitbringen.

Er machte sein Geschäft vor allem in Schulen, aber wenn junge Mädchen aus dem Dorf erfuhren, dass er da war, kamen sie schnell in die Schule gelaufen. Wenn er Lehrer und Schüler fotografierte, schob er zwischendurch die Fototermine für diese jungen Mädchen ein. Der Preis war noch etwas günstiger als in seinem Fotostudio. Wie üblich fotografierte er zuerst die Lehrer, dann die Kinder. Er fotografierte eine Klasse nach der anderen, man musste sich ordentlich anstellen. Geriet die Reihenfolge durcheinander, deckte der Lahme Liu die Linse mit dem schwarzen Tuch, das er zum Fotografieren abgenommen hatte, wieder zu: »Ich fotografiere nicht mehr!« Dann kamen die Lehrer und stellten die Ordnung wieder her.

Standen alle wohlgeordnet in einer Reihe, freute sich der Lahme Liu und gab sich ganz besonders viel Mühe. Sobald die schwere Kamera auf das Stativ aufgeschraubt war, lief der Lahme Liu geschäftig hin und her und rief: »Dieses Mädchen kommt zuerst dran!« »Der nächste!« »Der nächste!« »Lehne dich ein bisschen zur Seite!« »Heb den Kopf!« »Streck den Hals nicht so vor! Hast du ein steifes Genick?« ... Wenn er sah, dass einer seinen Anweisungen nicht folgte, kam er herübergehinkt, drehte den Betroffenen herum und zog an seinem Hals, bis er erreicht hatte, was er wollte. Der Lahme Liu erfüllte die Schule mit Freude.

Der Großteil der Kinder hatte es geschafft, Geld für ein Foto aufzutreiben, manche sogar für zwei oder drei. Der Lahme Liu freute sich, er schrie noch lauter und wurde noch witziger, immer wieder erntete er großes Gelächter. Sonnenblume blieb die ganze Zeit über im Klassenzimmer, die Geräusche von draußen drangen an ihr Ohr.

Ein Mädchen kam ins Klassenzimmer gelaufen, um etwas zu holen. Als sie Sonnenblume sah, fragte sie: »Warum machst du kein Foto?« Sonnenblume druckste herum. Zum Glück war das Mädchen damit beschäftigt, ihre Sachen zu holen. Sie holte, was sie brauchte, und lief wieder hinaus. Sonnenblume fürchtete, dass sie nochmal jemand sehen könnte, und lief aus dem Klassenzimmer. Draußen war alles voller Menschen. Niemand achtete auf sie. Sie ging an der Hausmauer entlang, beeilte sich, aus dem Sichtfeld der Kinder zu verschwinden, und lief dann geradewegs in das dichte Bambuswäldchen hinter dem Schulbüro. In der Ferne hörte sie das fröhliche Gelächter.

Sonnenblume blieb in dem Bambuswäldchen, bis es im Schulgebäude komplett still geworden war. Als sie zum Schultor ging, reckte Bronze dort bereits nervös seinen verschwitzten Kopf. Sie sah Bronze und begann mit leiser Stimme ein Lied zu singen, das ihnen die Großmutter beigebracht hatte:

Am Fuße der Südlichen Berge, da steht ein Krug mit Öl,
Im kunstvollen Wettstreit frisiert sich das Haar
Ein Schwägerinnenpaar,
Die Jüngere dreht es zu Ohrenschnecken,
Zum Drachenknoten die Ältere gar!

Sie fand das Lied lustig und lachte. Bronze fragte: »Warum lachst du?« Sie gab keine Antwort, sondern lachte, lachte, bis ihr die Tränen kamen.

Als Bronze Sonnenblume eine Woche später von der Schule abholte, sah er, dass alle Kinder im Gehen entweder ihre eigenen Fotos oder die der anderen bewunderten, alle lachten sie dabei. Wieder war Sonnenblume eine der Letzten, die herauskamen. Bronze fragte sie: »Und dein Foto?« Sonnenblume schüttelte den Kopf. Den ganzen Weg über sprachen sie kein Wort miteinander.

Zu Hause angekommen, erzählte Bronze der Mutter, dem Vater und der Großmutter von dieser Sache. Die Mutter sagte zu Sonnenblume: »Warum hast du uns denn nichts gesagt?« Sonnenblume sagte: »Ich lasse mich nicht gerne fotografieren.« Die Mutter seufzte, ihre Kehle war wie zugeschnürt. Sie zog Sonnenblume in ihre Arme und kämmte ihr mit den Fingern das vom Wind zerzauste Haar.

In dieser Nacht schliefen bis auf Sonnenblume und Bronze alle sehr beunruhigt und besorgt. Sie hatten gesagt, sie würden diesem Kind gerecht werden, und nun schafften sie es doch nicht. Die Mutter sagte zum Vater: »Wir müssen immer ein wenig Geld zu Hause haben.« – »Das sollten wir auf jeden Fall.«

Von da an arbeitete die ganze Familie noch härter. Die bereits betagte Großmutter kümmerte sich um den Gemüsegarten und sammelte Feuerholz, oft kam sie erst zurück, wenn es bereits dunkel war. Wenn Bronze und Sonnenblume sie suchen gingen, sahen sie, wie die Großmutter im fahlen Dämmerlicht mühsam heimwärts ging, auf dem gebeugten Rücken ein Bündel Feuerholz, das so hoch war wie ein Berg. Sie wollten ein wenig Geld zusammensparen, Fen für Fen. Sie waren geduldig und belastbar. Bronze hütete den Büffel und sammelte Schilfblüten. Die Menschen hier trugen im Winter oft keine mit Baumwolle gefütterten Schuhe, sondern Schuhe, die aus Schilfblüten gefertigt waren. Diese Schuhe wurden folgendermaßen hergestellt: Zunächst sammelte man erstklassige Schilfblüten, man arbeitete sie gleichmäßig in einen aus Gräsern gedrehten Seilstrang ein und schließlich flocht man daraus Schuhe. Diese Schuhe waren dick und klobig, wie ein warmes Vogelnest. Umgangssprachlich nannte man diese Schuhe vor Ort auch *Fellschuhnester*. Wenn man sie im Winter trug, konnte man damit sogar durch den Schnee gehen und sie wärmten trotzdem.

Nach der Herbsternte, so hatte es Bronzes Familie beschlossen, würde die ganze Familie in der Wintersaison gemeinsam arbeiten und hundert Paar Schilfblütenschuhe fertigen, die würde Bronze auf dem Rücken nach Ölhanffeld tragen und dort verkaufen. Das war eine sehr wichtige Einnahmequelle für die Familie. Wenn die Familie daran dachte, waren alle sehr aufgeregt, sie hatten das Gefühl, ihre Herzen, ihre Zukunft hätten sich erhellt.

Bronze nahm einen großen Stoffbeutel, ging tief in das Schilf und wählte besonders weiche, flauschige, silbrig glänzende Schilfblüten und schnitt die ganze Ähre ab. Die vom Vorjahr ließ er stehen und nahm nur jene, die in diesem Jahr gewachsen waren. Die Schilfblüten ähnelten Entendaunen, schon beim Hinsehen wurde einem warm. Das Schilf erstreckte sich bis an den Horizont, Schilfblüten gab es reichlich, doch Bronze war sehr wählerisch. Nur die besten Schilfblüten kamen in seinen Stoffbeutel. Er brauchte sehr lange, bis er einen Beutel voll hatte. Sonntags ging Sonnenblume mit Bronze gemeinsam ins Schilf. Mit erhobenem Kopf suchte sie unablässig, und wenn sie eine besonders schöne Blüte entdeckte, pflückte sie sie nicht, sondern rief: »Bruder, hier ist eine!« Wenn Bronze das hörte, kam er herbeigelaufen. Und war die Blüte, auf die Sonnenblume zeigte, wirklich schön, lächelte er.

Als genügend Blüten gesammelt waren, fingen alle mit der Arbeit an. Bronze schlug mit einem Holzhammer auf das Reisstroh. Das frische Reisstroh war sorgfältig ausgesucht worden, jeder Halm glänzte goldgelb. Man musste es mehrfach mit dem Hammer bearbeiten. Das unbearbeitete Stroh nannte man *unreifes Stroh*, das fertig bearbeitete *reifes Stroh*. Das reife Stroh war biegsam und geschmeidig, ließ sich gut zu einem Strang drehen und gut flechten, war robust und brach nicht. Bronze schwang mit einer Hand den Hammer, mit der anderen wendete er das Reisstroh. Wenn der Hammer niedersauste, verursachte er ein dumpfes Geräusch, das sich anhörte wie ein Trommelschlag, und der Boden vibrierte.

Die Großmutter drehte Schnüre. Die fertigen Schnüre waren gleichmäßig und fest, sehr glatt und hübsch und in ganz Gerstenfeld berühmt. Doch die Schnüre, die sie jetzt drehte, waren andere als die, die sie sonst drehte, diesmal wollte sie die Schilfblüten ganz besonders gleichmäßig in die Stränge einarbeiten. Doch das stellte für die geschickten Hände der Großmutter keine Schwierigkeit dar. Die Schnüre mit den Schilfblüten flossen wie Wasser aus ihren Händen. Sie waren ganz flaumig und sahen aus wie lebendige Tiere. Sonnenblume nahm einen kleinen Hocker und setzte sich neben die Großmutter. Ihre Aufgabe war es, die von der Großmutter gedrehten Schnüre zu einem Knäuel aufzuwickeln. Sie fand es sehr angenehm, wie diese Stränge durch ihre Hände glitten.

Waren die Schnüre lang genug, begannen der Vater und die Mutter zu flechten. Der Vater flocht Männerschuhe, die Mutter flocht Frauenschuhe. Sie waren beide handwerklich sehr geschickt, die Männerschuhe sahen aus wie Männerschuhe, die Frauenschuhe sahen aus wie Frauenschuhe: Die Männerschuhe waren robust, die Frauenschuhe waren elegant. Ob robust oder elegant, man musste sich beim Arbeiten anstrengen. Die Schuhe mussten sehr dicht geflochten werden, damit später kein Regenwasser eindringen konnte. Die Schuhsohle musste noch solider gearbeitet werden, auch wenn man sie mehrere Monate lang trug, sollte sie nicht durchscheuern.

Als das erste Paar Männerschuhe und das erste Paar Frauenschuhe, das der Vater und die Mutter geflochten hatten, fertig waren, waren alle wie verrückt vor Freude. Die beiden Paar Schuhe gingen in der ganzen Familie von Hand zu Hand, keiner konnte sich an ihnen sattsehen. Diese Schilfblütenschuhe waren aber auch allzu schön anzusehen! Die weichen Blüten sahen aus, als wären sie auf den Schuhen gewachsen. Wenn der Wind hineinblies, bogen sie sich alle zu einer Seite und ließen das goldgelbe Reisstroh durchblitzen. Hörte der Wind auf, wurde das Stroh wieder von den Schilfblüten bedeckt. Die Schuhe erinnerten an einen Vogel, der auf einem Baum gelandet war – und im Wind wehten die feinen, weichen Daunenfedern auseinander und entblößten den Körper. Diese beiden Paar Schuhe glichen vier Vogelnestern und sie glichen auch zwei Vogelpärchen.

Tagelang wurde auf diese Weise unermüdlich Stroh gehämmert, es wurden Schnüre gedreht, Schnüre aufgewickelt und geflochten.

Das Leben war mühsam, dennoch gab es niemanden in der Familie, der eine Leidensmiene aufgesetzt hätte. Sie waren zusammen, sie redeten und lachten. Über die Sorgen des Alltags hinweg blickten sie voller Sehnsucht in die Zukunft. Auch wenn die Pferdekutsche abgenutzt war, so war es doch eine äußerst stabile Kutsche. Und auch wenn sie langsam war, so ging es doch immer voran. Jeder aus der fünfköpfigen Familie mochte sie. War es stürmisch und regnerisch, schlammig, holprig oder steil, stiegen sie alle aus der Kutsche aus und schoben sie, mit Schultern und Händen oder indem sie sich gegen sie stemmten, mit vereinten Kräften weiter die Straße entlang.

Im Mondschein drehte die Großmutter ihre Schnüre und sang dabei. Ihre Lieder waren endlos. Alle liebten es, ihr beim Singen zuzuhören. Wenn sie sang, war keiner mehr müde, alle arbeiteten mit neuem Elan noch besser als zuvor. Die Großmutter streichelte Sonnenblume, die neben ihr saß, über den Kopf und sagte lachend: »Ich singe für unsere Sonnenblume.«

Im vierten Monat ist die Zeit,
In der die Rosenblüten uns beglücken.
Die Schwägerinnen gehen Arm in Arm
Gemeinsam Maulbeerblätter pflücken.
Es ist die Zeit zum Seidenraupenzüchten.
Der Maulbeerkorb hängt hoch im Baum,
Die beiden sammeln Blatt um Blatt
Und wischen sich dazwischen
Die Tränen ab.

Die ganze Familie nutzte jede freie Minute, um Schilfblütenschuhe herzustellen. Sie flochten 101 Paar Schuhe. Das 101. Paar war für Bronze gedacht. Auch Bronze brauchte ein Paar neue Schilfblütenschuhe. Sonnenblume wollte auch welche haben, doch die Mutter sagte: »Wenn ein Mädchen zu Hause Schilfblütenschuhe trägt, sieht das nicht gut aus.« Die Mutter wollte für Sonnenblume ein Paar schöne, mit Baumwolle gefütterte Schuhe machen.

In den darauffolgenden Tagen trug Bronze täglich etwa ein Dutzend Paar Schilfblütenschuhe auf dem Rücken nach Ölhanffeld, um sie dort zu verkaufen. Ölhanffeld war eine große Marktgemeinde mit einem Hafen für Raddampfer und mit Geschäften und Essensständen, es gab Lebensmittelfabriken, ein Krankenhaus, alle Arten von Läden, und von früh bis spät herrschte dort ein einziges Kommen und Gehen.

Die Schuhe wurden mit einer Hanfkordel zusammengebunden. Bronze hängte sich die Schuhe über die Schulter, so dass seine Brust und sein Rücken von Schuhen bedeckt waren. Beim Gehen schaukelten die Schuhe vor seiner Brust und auf dem Rücken hin und her. Wenn die Bewohner Ölhanffelds und die Hausierer, die nach Ölhanffeld kamen, um dort allerlei Waren zu verkaufen, Bronze sahen, wie er über die im Osten der Stadt liegende Brücke herüberkam, sagten sie: »Da kommt schon wieder der Stumme, um Schilfblütenschuhe zu verkaufen.« Oft hörte Bronze, wie ihn die Leute einen Stummen nannten. Doch er kümmerte sich nicht darum. Er wollte nur diese Schilfblütenschuhe verkaufen, Paar für Paar. Außerdem war er ja tatsächlich stumm. Um die Schuhe zu verkaufen, dachte er gar nicht daran, sich zu verstecken, unentwegt machte er den Menschen Zeichen, heranzukommen und seine Schilfblütenschuhe anzusehen. »Seht her, so schöne Schilfblütenschuhe!« Oft war er von einer ganzen Menge von Leuten umringt, die schauten. Vielleicht war es seine Aufrichtigkeit, die die Menschen rührte, vielleicht weil die Schilfblütenschuhe auch wirklich so gut gefertigt waren – er verkaufte sie, ein Paar nach dem anderen.

In der kleinen Holzkiste zu Hause wurde der Haufen aus Kleingeld immer höher. Oft stand die ganze Familie um das Holzkästchen herum und blickte auf die verknitterten Scheine. Wenn sie genug geschaut hatten, hob der Vater immer die Liegefläche seines Bettes an und versteckte das Kästchen unter seinem Bett. Die Familie hatte vereinbart, dass sie abwarten wollten, bis alle Schuhe verkauft waren, dann würden sie nach Ölhanffeld in das Fotostudio gehen und den Lahmen Liu bitten, ein schönes Familienporträt zu machen und dann noch ein Einzelfoto von Sonnenblume, und das sogar in Farbe.

Deshalb und wegen weiterer Pläne, die noch nicht so genau feststanden, stellte sich Bronze schon frühmorgens auf die Brücke, die zur Marktgemeinde Ölhanffeld führte – das war ein sehr günstiger Platz. Er nahm ein Hanfseil, band es zwischen zwei Bäumen fest und hängte die Schuhe paarweise daran auf. Als die Sonnenstrahlen darauf fielen und der Wind in die Schilfblüten blies, glitzerten sie silbern im Licht. Diese Lichtreflexe zogen die Menschen an, und sogar jene, die Schilfblütenschuhe nie tragen würden, konnten nicht umhin, einen Blick darauf zu werden.

Es war bereits Winter und die Tage waren sehr kalt – besonders auf der Brücke, wo der Nordwind vom Fluss her ans Ufer blies und wie scharfe Messerklingen in die Haut schnitt. Stand man dort, waren die Füße innerhalb kürzester Zeit taub von der Kälte. Bronze hüpfte unentwegt auf und ab. War er in der Luft, konnte er Dinge sehen, die er vom Boden aus nicht sehen konnte. Hinter dem Dachfirst eines Hauses konnte er den Dachfirst eines weiteren Hauses erkennen. Dort oben hatte sich ein Taubenschwarm niedergelassen. Im Sprung dachte er, dass diese Tauben, deren Federn sich im Wind hoben, seinen Schilfblütenschuhen ähnlich sahen. Dieser spontane Gedanke rührte ihn zutiefst. Zurück auf dem Boden, sah er sich seine Schilfblütenschuhe erneut an und fand, dass sie alle aussahen wie Tauben. Kummer überkam ihn: War ihnen auch kalt?

Mittags zog er aus seiner Jacke ein kaltes, hartes Fladenbrot hervor und kaute es Bissen für Bissen. Eigentlich sollte er sich mittags in der Stadt ein paar heiße Gemüsedampfbrötchen kaufen, doch er wollte das Geld sparen, und so war er einmal einen Tag lang mit leerem Magen dagestanden. Deswegen hatten ihm seine Leute ein bisschen Proviant vorbereitet.

Bronze bestand auf seinem Preis, wollten Leute handeln, ließ er nicht einen Fen nach. Bei so guten Schuhen handelte man nicht! Wenn er die Schuhe verkauft hatte, war er immer etwas betrübt und sah den Käufern noch lange nach. Es war, als würden die Leute nicht ein Paar Schuhe mitnehmen, sondern ein Kätzchen oder einen Welpen wegtragen, den seine Familie zu Hause aufgezogen hatte. Dennoch hoffte er, dass die Schilfblütenschuhe bald verkauft sein würden.

Wenn er sah, dass jemand Schuhe kaufen wollte, aber dann zögernd weiterging, nahm er das Paar Schuhe von der Leine, das dem Interessenten gefallen hatte, und folgte ihm. Er sagte nichts, sondern folgte ihm nur stur. Wenn derjenige dann plötzlich bemerkte, dass jemand hinter ihm war, er sich umdrehte und Bronze erblickte, kaufte er die Schuhe entweder sofort oder er sagte: »Ich werde deine Schilfblütenschuhe nicht kaufen.« Dann ging er weiter seines Weges und Bronze folgte ihm wieder – bis es dem Betroffenen doch leid tat und er wieder stehenblieb. Dann drehte er sich wieder zu Bronze um, sah, wie dieser die Schuhe in beiden Händen hielt und ihn mit seinen großen, schwarzen Augen aufrichtig anschaute. Dann strich er ihm über den Kopf, kaufte ihm die Schuhe ab und sagte: »Diese Schilfblütenschuhe sind wirklich nicht schlecht.«

Elf Paar Schuhe waren noch übrig.

❀

In der Nacht hatte es stark geschneit, der Schnee lag mindestens ein Chi hoch, und am Morgen ließ sich die Türe nur sehr schwer öffnen. Es schneite immer noch. Die Großmutter sagte zu Bronze: »Heute gehst du nicht in die Stadt, um Schuhe zu verkaufen.« Der Vater und die Mutter sagten ebenfalls zu ihm: »Von den übrigen elf Paaren gehört eines dir, bleiben noch zehn, verkaufen wir sie, ist es gut, wenn nicht, werden wir sie selbst behalten.«

Während Bronze Sonnenblume zur Schule brachte, redete Sonnenblume ebenfalls unentwegt auf ihn ein: »Bruder, geh heute nicht Schuhe verkaufen!« Sie ging in die Schule hinein, kam noch einmal herausgelaufen und rief Bronze, der bereits weit entfernt war, nach: »Bruder, geh heute nicht Schuhe verkaufen!«

Doch als Bronze wieder zuhause war, bestand er darauf, auch an diesem Tag unbedingt in die Stadt zu gehen. Er sagte zur Großmutter: »Heute ist es kalt, da kauft sicher jemand Schuhe!« Die Erwachsenen wussten: Wenn Bronze etwas machen wollte, war es sehr schwierig, ihn davon abzubringen. Die Mutter sagte: »Dann suche dir ein Paar Schilfblütenschuhe aus, das du anziehst, sonst gehst du nicht los.« Bronze war einverstanden. Er wählte ein passendes Paar aus, nahm die übrigen zehn Paar Schuhe, winkte den Erwachsenen zu und ging hinaus in Wind und Schnee.

In der Stadt angekommen, sah er sofort, dass kaum ein Mensch unterwegs war, es schneite nur heftig auf die verlassenen Straßen. Er stellte sich an die gleiche Stelle, an der er auch in den letzten Tagen gestanden war.

Irgendwann ging jemand vorbei und sah, wie Bronze nur dünn bekleidet und ungeschützt im Schnee stand, und winkte ihm zu: »Stummer, geh schnell zurück, heute machst du garantiert kein Geschäft!« Bronze hörte nicht auf diesen Rat und blieb weiterhin auf seinem Platz am Ende der Brücke stehen. Bald waren die zehn Paar Schuhe, die an der Hanfkordel hingen, von Schnee bedeckt.

In ein paar Tagen würde das Neujahrsfest sein. Ein Mann war in die Stadt gekommen, um Neujahrseinkäufe zu machen. Vielleicht weil der Schnee rundherum den Blick trübte, vielleicht weil der Mann schlecht sah, hielt er die aufgehängten Schuhe für lauter tote weiße Enten. Er kam herüber und fragte: »Was kosten die Enten pro Jin?« Bronze hatte keine Ahnung, wovon der Mann sprach, drehte den Kopf und blickte auf die Schuhe. Der Mann deutete mit dem Finger auf die Schuhe und sagte: »Was kostet ein Jin von deinen Enten?« Plötzlich verstand Bronze, nahm ein Paar Schuhe von der Schnur, bürstete mit der Hand die Schneeschicht ab und hielt sie dem Mann vor das Gesicht. Dieser schaute genau hin und fing an zu kichern. Auch Bronze lachte. Passanten, die vorbeiliefen, fanden das Ganze ebenfalls lustig und sie lachten laut mit. Während sie weitergingen, dachten sie an Bronze, Mitleid überkam sie und sie seufzten.

Bronze lachte die ganze Zeit. Immer wenn er daran dachte, wandte er den Kopf und betrachtete die zehn Paar Schuhe, dann prustete er los und konnte einfach nicht mehr aufhören. Jemand, der sich im Haus gegenüber gerade an einem Feuer wärmte, stellte sich in die Tür und sah Bronze an. Bronze war das peinlich, er hockte sich auf den Boden, konnte jedoch immer noch nicht aufhören zu lachen, er lachte, bis ihm die Schneeschicht, die auf seinem Haar lag, in den Kragen rutschte. Der Mann, der ihn beobachtete, sagte leise: »Das Kind ist von einem Lachdämon besessen!« Da hörte Bronze endlich auf zu lachen. Während es unaufhörlich auf ihn herabschneite, hockte er nur da und stand nicht mehr auf.

Die Leute, die ihn sahen, waren etwas besorgt, leise riefen sie nach ihm: »Stummer!« Als sie sahen, dass er sich nicht rührte, erhoben sie die Stimme: »Stummer!« Bronze schien zu schlafen. Als er die Stimmen hörte, hob er erstaunt den Kopf. In diesem Moment rutschte der Schneehaufen von seinem Kopf auf den Boden. Die Menschen, die sich am Feuer wärmten, riefen Bronze zu: »Komm herein ins Zimmer! Von hier aus kannst du deine Schuhe im Blick behalten, sie gehen nicht verloren!« Doch Bronze winkte ab und blieb weiterhin bei seinen Schilfblütenschuhen.

Gegen Mittag wurde das Schneetreiben stärker, große Flocken fielen zu Boden. Laut riefen die Erwachsenen aus der Stube gegenüber: »Stummer, geh schnell nach Hause!« Bronze richtete sich wieder auf, mit leerem Blick stand er da und rührte sich nicht. Zwei Leute kamen aus dem Haus gelaufen, sie kümmerten sich nicht darum, ob Bronze wollte oder nicht, einer packte ihn am Arm und zog ihn einfach ins Haus.

Nachdem er sich eine Weile aufgewärmt hatte, sah Bronze, wie jemand vor seinen Schilfblütenschuhen stehenblieb. Sofort rannte er wieder hinaus. Doch der Mann schaute nur kurz und ging wieder. Die Leute im Haus sagten: »Der dachte auch, die Schuhe an der Schnur wären tote weiße Enten!« Alle lachten. Diesmal lachte Bronze nicht. Wie gerne hätte er die zehn Paar Schuhe verkauft! Doch es war schon bald Nachmittag und noch nicht ein einziges Paar war weg! Er schaute in das Schneegestöber und sagte immer wieder zu sich selbst: »Bald werden Leute kommen und die Schuhe kaufen! Bald werden Leute kommen und die Schuhe kaufen!«

Unter seinen beschwörenden Worten hörte es nach und nach auf zu schneien. Bronze nahm die Schuhe Paar für Paar von der Leine, klopfte den Schnee ab und hängte sie dann erneut an die Kordel. In dem Moment kamen ein paar Leute die Straße entlang. Sie sahen nicht aus wie Leute vom Land, sondern sie sahen wie Stadtmenschen aus. Sie kamen aus irgendeiner Kaderschule, und jetzt, kurz vor dem Neujahrsfest, wollten sie von hier aus mit dem Raddampfer zurück in die Stadt fahren. Auf dem Rücken oder in der Hand trugen sie ihr Gepäck. Die Taschen waren vermutlich mit regionalen Produkten gefüllt. Den ganzen Weg über sprachen und lachten sie, den ganzen Weg über knirschten ihre Schritte im Schnee.

Bronze machte nicht auf sich aufmerksam, er dachte, dass diese Leute aus der Stadt seine Schilfblütenschuhe ohnehin nicht kaufen würden. Sie trugen mit Baumwolle gefütterte Lederschuhe, aber keine Schilfblütenschuhe. Doch als sie an den Schilfblütenschuhen vorbeikamen, blieben einige von ihnen stehen. Andere, die das bemerkten, taten es ihnen nach. Die zehn Paar Schilfblütenschuhe, die im Schnee leuchteten, zogen die Aufmerksamkeit der Leute auf sich. Unter ihnen war bestimmt der eine oder andere Künstler, denn als sie die Schuhe sahen, schnalzten sie unentwegt mit der Zunge. Sie vergaßen gänzlich den eigentlichen Zweck der Schuhe, sondern fanden sie nur schön anzuschauen – nicht einfach nur schön, sondern ganz besonders schön.

Ganz offensichtlich handelte es sich um Schuhe, und trotzdem waren das irgendwie sonderbare Dinge für sie. Sie konnten nicht genau beschreiben, was diese Schuhe bei ihnen auslösten, und sie würden es vielleicht auch nie erklären können.

Einer nach dem anderen traten sie nach vorne und strichen leicht über die Schuhe – und sie gefielen ihnen noch besser. Einige hielten sie auch an ihre Nase und rochen daran, der Geruch nach Reisstroh war in dieser frischen, klaren Luft besonders deutlich zu vernehmen.

Einer sagte: »Ich kaufe ein Paar und hänge sie zu Hause an die Wand, das sieht sicher gut aus.« Einige nickten und griffen auch nach einem Paar, aus Angst, jemand könnte sie ihnen vor der Nase wegschnappen. Insgesamt neun Leute nahmen Schilfblütenschuhe, einer von ihnen nahm sogar zwei Paar, so hielten sie alle zehn Paar Schuhe in ihren Händen.

Dann wurde über den Preis verhandelt. Bronze hatte die ganze Zeit über daran gezweifelt, aber jetzt, als die Leute anfingen, ständig nach dem Preis für ein Paar Schuhe zu fragen, begriff er, dass sie wirklich welche kaufen wollten. An ihrem Blick hatte er zwar erkannt, wie sehr ihnen die Schuhe gefielen, trotzdem verlangte er nicht mehr, sondern blieb bei dem Preis, zu dem er sie ursprünglich hatte verkaufen wollen.

Sie fanden die Schuhe sehr günstig, diskutierten nicht weiter, sondern zahlten der Reihe nach. Jeder, der ein Paar Schilfblütenschuhe gekauft hatte, war überaus glücklich und fand, dass sie das Beste waren, was sie in die Stadt mitbrachten. Während sie gingen, prüften sie den ganzen Weg über die Schuhe.

Bronze hielt das viele Geld in der Hand und stand einen Moment lang reglos im Schnee. »Stummer, die Schuhe sind verkauft! Geh jetzt schnell nach Hause! Du wirst noch erfrieren!«, riefen ihm die Menschen aus dem Haus gegenüber zu.

Bronze stopfte das Geld in die Innentasche seiner Jacke, nahm die Kordel ab, die er an den Bäumen befestigt hatte, und band sie sich um die Taille. Er sah, wie in der Türe des Hauses gegenüber einige Menschen standen, die ihn beobachteten, winkte ihnen zu und rannte wie verrückt los durch den Schnee.

Der Tag war klar, rundherum strahlte hellster Sonnenschein.

Auf dem Rückweg folgte Bronze dem Weg, den er gekommen war. Er wollte singen, er wollte das Lied singen, das die Großmutter gesungen hatte, als sie Schnüre gedreht hatte. Doch er brachte keinen Ton heraus, so konnte er nur in seinem Herzen singen:

Dein Netz hängt im Baum, Garnelen willst du fangen?
Das macht doch keinen Sinn!

Du stocherst im Schlamm, nach Gold willst du suchen?
Da ist doch keines drin!

Du pflanzt bitt're Orangen im Akazienbaum,
Doch nach Päonien steht dir der Sinn?
Umsonst wartest du
Auf ihrer Blüte Beginn.

Während er vor sich hin sang, kam ihm jemand nachgelaufen und rief laut hinter ihm her: »He, du! Schuhverkäufer, bleib mal stehen!« Bronze blieb stehen, drehte sich um und sah den Mann an, der auf ihn zugelaufen kam. Er wusste nicht, was er von ihm wollte, unsicher wartete er. Als ihn der Mann eingeholt hatte, sagte er: »Ich habe die Schilfblütenschuhe gesehen, die die Leute gekauft haben, mir haben sie so gut gefallen – hast du noch welche zu verkaufen?« Bronze schüttelte den Kopf, der Mann tat ihm leid. Enttäuscht stieß der Mann einen Seufzer aus. Bronze warf dem Mann einen Blick zu, er hatte das Gefühl, ihn im Stich gelassen zu haben.

Der Mann wandte sich um und ging zum Raddampferhafen.

Bronze wandte sich um und ging weiter heimwärts.

Plötzlich verlangsamten sich seine Schritte. Sein Blick fiel auf das Paar Schilfblütenschuhe, das er selbst an den Füßen trug. Der Schnee unter den Schuhen knirschte. Bronze wurde immer langsamer, dann blieb er stehen. Er sah in den Himmel, sah auf den schneebedeckten Boden und schließlich erneut auf seine Schuhe. In seinem Inneren sang er noch immer zitternd sein

Lied. Er fand, dass seine Füße warm waren. Einen Augenblick später zog er seinen rechten Fuß aus dem Schuh und stellte ihn in den Schnee. Sofort spürte er die Kälte auf seiner Fußsohle wie einen Nadelstich. Dann zog er auch den linken Fuß aus dem Schuh und stellte ihn in den Schnee. Wieder stechende Kälte. Er bückte sich, hob das Paar Schilfblütenschuhe vom Boden auf, hielt sie sich vor die Augen und sah sie an. Weil die Schuhe völlig neu waren und weil überall Schnee lag, hatten sie tatsächlich keinerlei Flecken. Sie sahen immer noch neu aus. Er lachte, machte kehrt und eilte dem Mann nach. Wie seine bloßen Füße so über die Schneedecke liefen, wirbelten kleine Wölkchen aus Schneekristallen auf. Gerade als der Mann die Treppen zum Raddampfer betreten wollte, überholte ihn Bronze, stellte sich vor ihn und hielt die Schilfblütenschuhe hoch.

Freudig überrascht streckte der Mann die Hände nach den Schilfblütenschuhen aus. Er wollte sogar mehr für die Schuhe bezahlen, doch Bronze nahm nur das Geld, das die Schuhe kosteten, winkte dem Mann zu und lief nach Hause, ohne sich noch einmal umzudrehen.

Der Schnee schrubbte seine Füße komplett sauber, aber er fror sie auch leuchtend rot.

金茅草

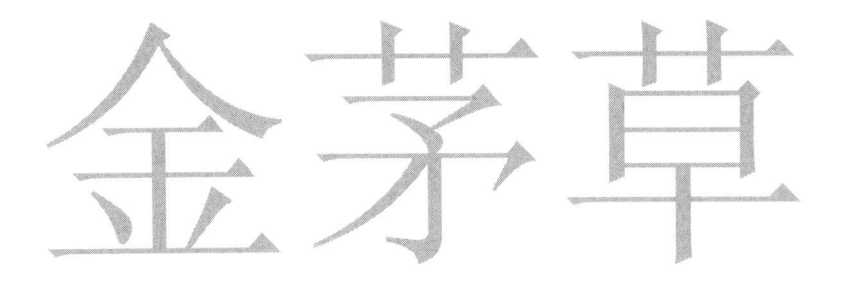

GOLDENES SCHILFGRAS

Sonnenblume bemerkte, wie gerne Bronze neben ihr saß, wenn sie Hausaufgaben machte. Er sah ihr konzentriert zu, wie sie Zeichen schrieb und Rechenbeispiele löste. Seine Augen waren voller Bewunderung und Verlangen. Da hatte sie eines Tages plötzlich eine Idee: »Ich werde dem Bruder das Lesen beibringen!« Wie ein Blitz erleuchtete diese Idee ihr Innerstes, sie staunte und geriet vor Aufregung ganz aus dem Häuschen. Gleichzeitig machte sie sich Vorwürfe: Warum war sie nicht früher auf die Idee gekommen?

Mit dem Geld, das ihr die Mutter für neue Zopfschleifen gegeben hatte, kaufte sie einen Bleistift. Sie sagte zu Bronze: »Ab heute bringe ich dir das Lesen bei!«

Bronze sah sie an, er schien nicht richtig verstanden zu haben. Auch die Großmutter, der Vater und die Mutter unterbrachen ihre Tätigkeiten, als sie das hörten.

Sonnenblume legte den gespitzten Bleistift und ein Heft vor Bronze hin: »Ab heute bringe ich dir das Lesen bei!« Bronze war fassungslos und aufgeregt. Das Ganze war ihm etwas unangenehm und machte ihn ratlos. Er sah Sonnenblume an, drehte sich zur Großmutter um, zum Vater und zur Mutter, und dann wieder zu Sonnenblume.

Die Erwachsenen waren wie vom Donner gerührt, sie hatten das Gefühl, die Welt hätte sich erhellt, doch sie fanden im diesem Moment keine Worte dafür.

Angesichts des Bleistifts und des Heftchens, das Sonnenblume ihm hingeschoben hatte, wich Bronze ein paar Schritte zurück. Sonnenblume nahm

Stift und Heft und ging damit, Schritt für Schritt, auf ihn zu. Bronze drehte sich um und lief hinaus.

Sonnenblume folgte ihm: »Bruder!«

Bronze rannte davon.

Dicht hinter ihm lief Sonnenblume: »Bruder!«

Bronze wandte den Kopf und deutete: »Nein, nein, das lerne ich nie! Das lerne ich nie!«

»Doch, das lernst du!«

Bronze rannte weiter.

Immer wieder rief Sonnenblume laut: »Bruder!«, während sie Bronze auf den Fersen folgte. In der Nähe des Flussufers stolperte sie über eine Baumwurzel, die aus der Erde ragte, und purzelte die Böschung hinab. Bronze konnte plötzlich Sonnenblumes Schritte nicht mehr hinter sich hören, er wandte sich um und sah, dass sie bereits bis ans Wasser hinabgefallen war. Beim Hinunterrollen hatte sie die ganze Zeit Stift und Heftchen fest an sich gepresst.

Bronze kam herbeigelaufen, sprang hinab zum Fluss und zog Sonnenblume schnell auf die Beine. Sie war über und über mit Schlamm und Grashalmen bedeckt, doch das Heft in ihrer Hand war unversehrt. Bronze klopfte ihr Schlamm und Gras von den Kleidern.

»Ab heute werde ich dir das Lesen beibringen!«

Bronze weinte, die Tränen liefen ihm über das Gesicht. Er ging in die Hocke, nahm Sonnenblume auf den Rücken und kletterte vorsichtig die Böschung wieder hinauf.

Die Geschwister setzten sich unter einen großen Baum. Die Sonne ging unter, das Wasser des Flusses färbte sich orange. Sonnenblume zeigte auf die Sonne, dann nahm sie einen Zweig und schrieb Strich für Strich die beiden Schriftzeichen für *Sonne* in den staubigen Boden: Tai-yang 太阳. Laut las sie sie vor: »Tai-yang!« Dann wiederholte sie unaufhörlich die Strichfolge, in der die Zeichen geschrieben wurden, und murmelte dabei: »Ein Querstrich, ein Schrägstrich nach links, ein Schrägstrich nach rechts, ein Punkt, das ist das Tai von Tai-yang…«

Sie gab auch Bronze einen Zweig. Er sollte gemeinsam mit ihr in den Sand schreiben. Bronze schrieb mit großer Mühe und Ernsthaftigkeit. In diesem Augenblick schien es, als wäre er nicht mehr der ältere, sondern der jüngere

Bruder, und Sonnenblume nicht mehr die jüngere, sondern die ältere Schwester. Die Sonne sank immer tiefer.

Ein Blatt fiel vom Baum und segelte langsam zu Boden. Sonnenblume zeigte auf das herabschwebende Blatt und folgte ihm mit den Augen: »Sinken – herabsinken, untergehen …« Das Blatt landete wie ein Schmetterling auf einem Grasbüschel. Neben die Zeichen für *Sonne* schrieb Sonnenblume jetzt noch die drei Zeichen für *herabsinken* oder *untergehen*: »Luo – xia – qu 落下去«. Dann sah sie die Sonne an und las laut: »Die Sonne geht unter.«

Bronze hatte ein hervorragendes Gedächtnis, und obwohl ihm Strich und Struktur der Zeichen nicht besonders gut gelangen, so merkte er sich in erstaunlich kurzer Zeit die Striche und deren Abfolge. Die Sonne ging unter. Und auch die Zeichen am Boden waren kaum mehr zu erkennen.

»Bruder, wir müssen nach Hause gehen.« Bronze aber war in seiner Begeisterung nicht zu bremsen, er schüttelte den Kopf, nahm einen Zweig und schrieb weiter mit krakeliger Schrift in den Sand.

Der Mond ging auf. Sie hatten wieder Licht, ein mildes, klares Licht erhellte die Erde. Bronze zeigte mit dem Finger auf den Mond. Sonnenblume schüttelte den Kopf: »Für heute ist es genug.« Doch Bronze zeigte unverwandt auf den Mond. Und Sonnenblume brachte ihm bei: »Mond – der Mond ist aufgegangen.« Es war spät, die Mutter rief sie nach Hause.

Den ganzen Weg über las und schrieb Bronze im Geiste: »Die Sonne ist untergegangen, der Mond ist aufgegangen …«

Von da an lernte Bronze zusammen mit Sonnenblume. Alle Zeichen, die sie ihm beibrachte, prägte er sich der Reihe nach ein, er schrieb sie alle auf den Boden und in sein Heft. Sie lernten immer und überall. Wenn sie einen Büffel sahen, schrieben sie *Büffel*, wenn sie ein Schaf sahen, schrieben sie *Schaf*. Sahen sie einen Büffel beim Grasen, schrieben sie *der Büffel frisst Gras*, sahen sie ein Schaf kämpfen, schrieben sie *das Schaf kämpft*. Sie schrieben *Himmel, Erde, Wind* und *Regen*, sie schrieben *Ente, Taube* und *große Ente, kleine Ente, weiße Taube, schwarze Taube*.

Die in Bronzes Augen ohnehin schon wunderbare Welt verwandelte sich nun in lauter Schriftzeichen. All diese Zeichen waren voller Magie. Sie gaben Bronze das Gefühl, dass Sonne, Mond, Himmel, Erde, Wind und Regen, und einfach alles nicht mehr wie früher sei, sondern noch schöner, noch klarer und noch liebenswerter. Bronze, der auch bei Sturm und Regen immer wie verrückt über die Felder gerannt war, war plötzlich viel ruhiger geworden.

Die überaus intelligente Sonnenblume benutzte die ungewöhnlichsten und ausgeklügeltsten Methoden, um ihrem Bruder Bronze alle Zeichen, die sie gelernt hatte, beizubringen. Wie mit Messern eingeritzt prägen sich diese Zeichen Bronze ins Gedächtnis, er würde sie sein Leben lang nicht mehr vergessen. Auch die Schriftzeichen, die er schrieb, waren vorbildlich. Selbst wenn sie nicht so korrekt gemalt waren wie Sonnenblumes Zeichen, so hatten sie doch einen eigenen Stil: Sie waren ungelenk und kraftvoll.

Nicht ein Mensch aus Gerstenfeld bemerkte etwas von alledem. Denn das war eine Sache, die sich nur zwischen den beiden Geschwistern abspielte.

❀

Es war ein ruhiger Nachmittag, als einer der Lehrer aus der Grundschule mit weißem Kalkwasser eine Parole an die Wand eines Hauses in Gerstenfeld schrieb. Bronze, der seinen Büffel hütete, kam zufällig vorbei. Er sah den Lehrer schreiben, band seinen Büffel an einen Baum, kam herbei und schaute wie gebannt zu. Der Lehrer bemerkte, dass ihn zwei Augen ansahen, nahm den vor Kalkwasser triefenden Pinsel und sagte zu Bronze: »Komm, ich bringe dir ein Zeichen bei.«

Bronze schüttelte den Kopf.

Der Lehrer sagte: »Ein, zwei Zeichen solltest du schon schreiben können, oder?«

Einer unter den Leuten, die dem Lehrer ebenfalls beim Schreiben zugesehen hatten, sagte: »Immer wenn dieser Stumme irgendjemanden schreiben sieht, schaut er so blöde und tut, als könnte er selbst schreiben.« Ein anderer sagte zu Bronze: »Stummer, komm her, zeig uns, wie du schreiben kannst!« Bronze schüttelte den Kopf und machte ein paar Schritte rückwärts. »Du brauchst gar nicht mehr zu schauen, geh deinen Büffel hüten! Blödsinniger Stummer!«

Bronze drehte sich um und ging zu seinem Büffel. Als er den Strick losband, hörte er hinter seinem Rücken das gemeine Gelächter der Leute. Mit hängenden Schultern stand er eine Weile da, dann richtete er sich plötzlich auf, drehte sich um und ging zu dem Grüppchen hinüber.

Der Lehrer schrieb gerade und bemerkte nichts, doch plötzlich hatte ihm Bronze den Pinsel aus der Hand genommen. Alle Anwesenden schauten erschrocken. Bronze nahm den Metalleimer voller Kalkwasser in die eine Hand, in der anderen hielt er den Pinsel, und bevor auch nur einer der Umstehenden reagieren konnte, schrieb er in großen Zeichen an die Wand: »Ich bin Bronze aus Gerstenfeld!« Das Ausrufezeichen sah aus wie ein stehender Vorschlaghammer. Bronze sah die Leute an, stellte den Metalleimer wieder hin, warf den Pinsel beiseite und ging davon, ohne sich noch einmal umzudrehen.

Beim Anblick dieser windschiefen, aber kraftvoll geschriebenen Zeichen waren alle Anwesenden sprachlos.

Noch am selben Tag verbreitete sich die Nachricht in ganz Gerstenfeld. Alle fanden die Sache äußerst merkwürdig. Erneut dachten die Leute an all die mysteriösen Geschichten, die über Bronze im Umlauf waren. Alle waren der Meinung, dass dieser Stumme absolut kein gewöhnlicher Stummer sei.

Die Tage vergingen und Bronzes Familie lebte fröhlich vor sich hin. Sonnenblume führte ein schlichtes Leben, in Wind und Wetter wuchs sie auf und ihr einstmals bleiches Gesichtchen war nun ganz rosig geworden. Kurze Hosen, eine in der Taille eng gebundene Jacke, dazu ein Paar Stoffschuhe und zwei Zöpfchen, so wurde sie langsam zu einer Bewohnerin Gerstenfelds. Die Leute aus Gerstenfeld hatten schon fast vergessen, wie sie zu ihnen und zu Bronzes Familie gekommen war. Es war, als hätte sie schon immer in Bronzes Familie gelebt.

Wenn Bronzes Familie von Sonnenblume sprach, dann taten sie das in einem natürlichen und warmen Tonfall: »Unsere Sonnenblume ...« Und sie liebten es, mit anderen über Sonnenblume zu sprechen.

Niemand wusste, was die ganze Familie in einem fort so fröhlich stimmte. Wenn sie abends das Licht gelöscht hatten, sprachen und lachten sie immer bis spät in die Nacht. Wenn jemand nachts an ihrer Türe vorüberging und das Gelächter hörte, wunderte er sich im Stillen: »Was ist da so lustig?« Abend für Abend drang dieses Lachen aus den Fenstern des niedrigen, strohgedeckten Häuschens und schwebte hinaus in das trübe Licht des nächtlichen Gerstenfeld.

Inzwischen war es März geworden. Der Frühling in Gerstenfeld war unvergleichlich. Wilde Blüten in allen Farben, verstreut oder auf einem Haufen, schmückten Feldraine, Flussufer und Teichränder. Ringsherum war saftiges Grün. Elstern, graue Elstern und andere bekannte und unbekannte Vögel kreisten den ganzen Tag über den Feldern, flogen im Dorf hin und her und sangen unentwegt. Auf dem großen Fluss, der den ganzen Winter über still und verlassen gewesen war, fuhren nun immer mehr Boote, ständig glitten weiße oder braune Segel vorbei. Überall waren Gesang, Hundegebell und das Gelächter der Mädchen, die Maulbeeren pflückten, zu hören – all das machte den März überaus lebendig. Aus der Erde brach die pure Lebensenergie hervor.

Es gab keinerlei Anzeichen dafür, dass im März etwas geschehen würde. Nur der Büffel in Bronzes Familie war dieser Tage etwas unruhig. Überall stand zartes, junges Gras, dennoch fraß er nur zerstreut ein bisschen hier, ein bisschen da, dann reckte er den Kopf in die Luft – tagsüber streckte er den Kopf der Sonne entgegen, nachts dem Mond. Immer wieder ließ er ein langgezogenes Brüllen hören, sodass die Blätter in den Bäumen zitterten.

Eines Abends weigerte er sich, in sein Gehege zu gehen. Nachdem er das Halfter einfach abgeworfen hatte, lief er nicht davon, sondern drehte endlose Runden um das Haus. Gemeinsam stellten sich ihm der Vater und Bronze in den Weg.

Eine leichte Abendbrise wehte, der Mond sah aus wie Wasser. Alles deutete auf einen milden, ruhigen Frühlingsabend hin. Doch spät in der Nacht, gerade als sich Gerstenfeld in tiefem Schlaf befand, änderte der Himmel seine Farbe, und im nächsten Moment rollte mit Getöse vom Horizont her ein Orkan heran. Es war, als rissen Tausende und Abertausende von wilden Tieren ihre Mäuler auf, als streckten sie ihre Zungen heraus und kämen wild schreiend herbeigerast.

Überall wurden tote Zweige, welke Blätter und Sand vom Boden in die Luft gewirbelt, wo sie in wildem Chaos durcheinanderflogen. Die Bretter der Brücke wurden in den Fluss gerissen, kleine Boote ans Ufer geschleudert, und knackend brach das Schilf. Das Getreide wurde zu Boden gestreckt, Stromleitungen wurden zerrissen, Vogelnester aus den Bäumen geblasen und Vögel von den Ästen geworfen. Mit einem Mal war die Welt bis zur Unkenntlichkeit verwüstet.

Sonnenblume wachte plötzlich auf, und als sie die Augen öffnete, bot sich ihr ein merkwürdiger Anblick: Wie kam es, dass sich über ihrem Kopf ein wilder, schwarzer Himmel befand? Es schien, als würden noch ein paar Sterne in dem fahlen Licht flackern. Mit einem weiteren Blick stellte sie fest, dass sich trotz allem rund um sie herum vier Wände befanden. Die Mutter stürzte herbei: »Sonnenblume, Sonnenblume, schnell, steh auf!« Im selben Augenblick hob sie Sonnenblume, die noch ganz benommen war, auch schon mit festem Griff aus dem Bett und zog ihr hastig etwas an.

Aus der Dunkelheit hörte man die Stimme des Vaters: »Bronze, führ Großmutter schnell aus dem Haus!« Und die Großmutter sagte mit zittriger Stimme: »Und Sonnenblume? Und Sonnenblume?« Laut antwortete die Mutter: »Hier, bei mir!«

Sonnenblume wusste nicht, was geschehen war, sie ließ sich von der Mutter anziehen und sah dabei nach oben: Der Himmel war voll von umherwirbelnden Blättern und Zweigen. Die Mutter sagte: »Es hat das Dach weggeweht!« Der Wind hatte das Dach weggeweht? Zunächst war Sonnenblume verwirrt, doch mit einem Mal verstand sie, was die Mutter gesagt hatte, und mit einem Aufschrei fing sie an zu weinen. Die Mutter umarmte sie fest und sagte: »Keine Angst, keine Angst!«

Heulend zog der Sturm über das dachlose Haus hinweg und warf Schutt und Staub herab. Der Büffel war schon längst aus seinem Gehege ausgebrochen, jetzt stand er ruhig vor dem Haus und wartete auf seine Herren. Sich gegenseitig stützend, kämpfte sich die ganze Familie gegen den hereinblasenden Wind nach draußen. Undeutlich konnte man durch den Wind das Schreien und Weinen aus Gerstenfeld hören.

Der Wind wurde immer stärker, außerdem hatte es zu regnen begonnen. »Geht zur Schule, geht zur Schule!«, rief der Vater laut. Die Schule war aus Ziegeln gebaut und mit Ziegeln gedeckt, es war das stabilste Haus in Gerstenfeld, außerdem stand es auf einer Anhöhe. Ein Blitz zerriss den Himmel, und als sich Bronze und seine Familie umwandten, sahen sie, dass die vier Wände des Hauses bereits eingestürzt waren.

Aus allen Richtungen eilten die Leute zur Schule hinüber.

Etwas später ließ der Wind leicht nach, doch der Regen wurde immer stärker. Als der Regen am heftigsten herabprasselte, schien es, als würde sich die Milchstraße in einem einzigen tosenden Sturzbach auf die Erde ergießen.

In den Klassenzimmern zusammengedrängt, blickten die Leute machtlos und schweren Herzens auf den sintflutartigen Regen, der sich aus dem Himmel ergoss. Keiner sprach ein Wort.

Es wurde hell. Es regnete weiterhin ohne Unterlass, wenn auch nicht mehr ganz so heftig wie zuvor. Die Felder waren überflutet, und obwohl Gerstenfeld immer noch wie Gerstenfeld aussah, waren doch einige Häuser zerstört worden.

Als Erstes tauchte Quakfischs Familie draußen auf. Ihr Entengehege war vom Sturm davongeweht worden, niemand wusste, wohin die Enten geschwommen waren. Sie suchten sie und riefen unentwegt nach ihnen. Die Menschen, die in den Klassenzimmern Zuflucht gefunden hatten, blickten stumpf, sie dachten alle an ihre Hühner und Enten, Schweine, Schafe und ihre Häuser. Einige gingen in den Regen hinaus zu ihren zerstörten Häusern.

Sonnenblume sagte: »Ich habe meine Schultasche vergessen!« Dann wollte sie hinauslaufen. Die Großmutter meinte: »Was nutzt es, wenn du sie holst? Die Bücher darin sind doch ohnehin ganz durchnässt.« – »Nein, ich will sie aber suchen gehen!«

Auch der Vater und die Mutter dachten besorgt an die Sachen zu Hause. Sie wiesen die Großmutter an, im Klassenzimmer zu bleiben und auf die Sachen, die sie in der letzten Nacht noch schnell mitgenommen hatten, aufzupassen, dann gingen sie alle hinaus.

Die Straße stand vollkommen unter Wasser. Bronze setzte Sonnenblume auf den Büffel und führte ihn nach Hause. Vor ihren Augen erstreckte sich eine einzige Wasserfläche. Von dem zerfetzten Schilf schauten nur noch die Spitzen heraus, die vom Wasser bewegt wurden, es sah aus, als würden lauter Schwänzchen aus dem Wasser wachsen. Die einst hohen Bäume waren jetzt ganz klein. Von einem Boot aus hätte man nur die Hand ausstrecken müssen, um an all die Vogelnester zu gelangen, die es nicht davongeweht hatte. Topfdeckel trieben im Wasser, Schuhe, Nachttöpfe, Matten, Wassereimer, heimatlose Enten ... es gab einfach alles.

Sie fanden ihr Haus – wenn überhaupt noch von einem Haus die Rede sein konnte, denn in Wirklichkeit war es eine Ruine. Bronze ging als Erster hinein, er wollte unbedingt Sonnenblumes Schultasche finden. Mit seinen Füßen tastete er unter Wasser nach ihr. Immer wenn er gegen etwas stieß, griff er es mit seinen Zehen und zog den Gegenstand aus dem Wasser, mal war es eine Schüssel, mal ein Topf, mal eine Eisenschaufel. Sonnenblume fand es lustig, wie Bronze so einen Gegenstand nach dem anderen aus dem Wasser fischte. Sie ließ sich vom Vater vom Rücken des Büffels herunterheben und stand zitternd im Wasser. Immer wenn Bronze etwas aus dem Wasser holte, schrie Sonnenblume vor Überraschung auf und rief: »Bruder, gib mir das!«

Der Vater und die Mutter jedoch standen im Wasser und schauten sich verzweifelt um, ohne sich zu rühren. Plötzlich stieß etwas so abrupt gegen Sonnenblume, dass sie fast ins Wasser gefallen wäre. Erschrocken schrie sie auf. Eine schnelle Bewegung war zu sehen, das Wasser kräuselte sich: ein Fisch!

Sofort stürzte Bronze zum Eingang und schloss die kaum noch aufrecht stehende Türe. Von den vier zusammengebrochenen Mauern eingeschlossen, stieß der Fisch immer wieder gegen die Wände oder gegen Bronzes und Sonnenblumes Beine, und jedes Mal, wenn er anstieß, sprang er mit einem Satz aus dem Wasser. Alle sahen es: Es war ein riesiger Karpfen! Sonnenblume schrie immer wieder erschrocken auf.

Ohne Unterlass jagte Bronze den Fisch durch das Wasser. Wieder machte das riesige Tier einen Sprung und spritzte Sonnenblumes Gesicht nass. Sie hielt sich beide Hände vor das Gesicht, reckte den Hals und kicherte. Als Bronze sie sah, musste auch er loslachen.

Plötzlich stieß der Fisch gegen Bronzes Bein. Bronze, der gerade aufrecht dastand und lachte und nicht achtgab, wurde umgestoßen. Er taumelte ein paar Schritte rückwärts und fiel ins Wasser. »Bruder!«, schrie Sonnenblume. Triefnass rappelte sich Bronze wieder auf. Als Sonnenblume den durchnässten Bronze sah, fand sie das so komisch, dass sie sich vor Lachen nicht mehr halten konnte.

Bronze konnte sich nun genauso gut auch gleich ins Wasser legen und mit den Händen um sich greifen. Sonnenblume zog sich in eine Ecke des Raumes zurück, von wo aus sie gespannt und voller Erwartung Bronze beobachtete. Ein paarmal bekam Bronze den Fisch zu fassen, doch er entwischte ihm wieder. Das machte Bronze sehr zornig. Er konnte einfach nicht glauben, dass er ihn nicht fangen konnte. Keuchend durchwühlte er das Wasser. Zufällig schwamm ihm der Fisch nun genau in die Arme – und blitzschnell packte Bronze zu. Der Fisch kämpfte in Bronzes Griff um sein Leben, mit seinem Schwanz spritzte er ihm ganze Wasserladungen voll ins Gesicht. Sonnenblume rief in einem fort: »Bruder! Bruder!«

Allmählich ging dem Fisch die Kraft aus. Bronze traute sich nicht, seinen Griff auch nur ein bisschen zu lockern. Den Fisch immer noch fest in den Händen, stand er aus dem Wasser auf.

In einem fort machte der Karpfen sein Maul auf und zu, die roten Bartfäden an seinen Mundwinkeln zitterten. Bronze bedeutete Sonnenblume, herüberzukommen und den Karpfen mit der Hand zu berühren. Also kam Sonnenblume herüber. Sie streckte ihre Hand aus und strich leicht über den Fisch. Er war kühl und glitschig. Dann sprangen sie fröhlich durch das Wasser, dass es nur so spritzte.

Angesichts dieser völlig sorglosen Kinder, und weil sie ihr gesamtes Hab und Gut verloren hatten, drehte sich die Mutter um und weinte. Der Vater kratzte mit seiner großen, rauen Hand unablässig sein ebenso raues Gesicht.

❁

Als das Hochwasser zurückgegangen war, errichtete Bronzes Familie einen Schuppen auf dem Fundament ihres ursprünglichen Hauses. Von jetzt an mussten sie noch sparsamer leben, denn sie wollten ihr Haus wieder aufbauen. Ein Haus brauchte man auf jeden Fall. Sie konnten nicht ein Leben lang in diesem kleinen Schuppen wohnen. Wenn es sich nur um ein paar Erwachsene gehandelt hätte, wäre es egal gewesen, ob man das Haus baute oder nicht, oder ob man es jetzt oder später baute, doch gab es hier zwei Kinder. Sie konnten die Kinder nicht ohne Haus leben lassen. Wenn sie sie für immer in diesem Schuppen wohnen ließen, würden die Menschen sie verachten. Doch sie hatten nicht viel Erspartes und ein Hausbau kostete viel!

Nach nur wenigen Tagen wurde das Haar des Vaters weiß, die Falten im Gesicht der Mutter wurden mehr und die vorher schon sehr dünne Großmutter wurde noch dünner, so dass die beiden Kinder achtgeben mussten, dass sie nicht vom Wind umgeweht wurde.

Sonnenblume sagte: »Ich gehe nicht mehr zur Schule.«

»So ein Unsinn«, sagte die Mutter.

Die Großmutter nahm Sonnenblume in den Arm, sie sagte nichts, sondern streichelte ihr nur immer wieder mit ihrer Hand über den Kopf. Doch Sonnenblume konnte die innere Stimme der Großmutter ganz deutlich hören: »Du darfst nicht solchen Unsinn reden!« Sonnenblume traute sich nicht noch einmal zu sagen, dass sie nicht mehr zur Schule gehen wolle.

Sie lernte noch fleißiger als bisher, in jedem Fach war sie die Klassenbeste. Es gab keinen Lehrer, der Sonnenblume nicht mochte. Oft sagten sie seufzend: »Wenn alle Schüler aus Gerstenfeld so wären wie Sonnenblume, das wäre doch zu schön!« Und Sonnenblumes Eifer ließ nicht nach.

Abends machte sie noch haufenweise Hausaufgaben, gleichzeitig fürchtete sie aber, das Lampenöl im Haus aufzubrauchen. Jeden Abend sagte sie daher, sie würde noch zu Smaragdreif oder zu Herbstmädchen nach Hause zum Spielen gehen, tatsächlich aber ging sie nur dorthin, um das Licht zum Hausaufgabenmachen zu nutzen. Egal ob sie zu Smaragdreif oder zu Herbstmädchen nach Hause ging, immer war sie sehr geschickt und gab acht, dass sie weder Smaragdreif noch Herbstmädchen beim Lernen störte. Niemals setzte sie sich an den hellsten Platz im Raum, sondern wählte einen Platz, an dem man gerade noch die Schriftzeichen erkennen konnte. Hausaufgaben waren Hausaufgaben, niemals sagte sie auch nur einen Ton und schon gar nicht plapperte sie einfach drauf los.

Smaragdreif war ein Mädchen, das andere gerne herumkommandierte. Ständig befahl sie Sonnenblume, dieses oder jenes zu tun: »Bring mir den Radiergummi.« »In meinem Heft sind noch keine Gitterlinien, hilf mir, welche zu zeichnen.« Bereitwillig folgte Sonnenblume immer den Anweisungen von Smaragdreif, da sie befürchtete, sie sonst zu verärgern.

Herbstmädchen hingegen war ein kleinliches Kind. Sie konnte es nicht ertragen, wenn Sonnenblume ihre Hausaufgaben schneller und besser erledigte als sie, oft wurde sie wütend. Sonnenblume war immer äußerst vorsichtig. War sie mit ihren Hausaufgaben fertig, saß sie nicht daneben und sagte: »Ich bin fertig.« Gab es eine Aufgabe, die Herbstmädchen nicht lösen konnte, sagte Sonnenblume nie: »Ich kann das.« Es sei denn, Herbstmädchen fragte sie. Und wenn sie sie fragte, gab sie sich niemals den Anschein, viel klüger zu sein, sondern tat, als wäre sie sich auch nicht ganz sicher, sprach langsam und zweifelnd, als würden sie gemeinsam diskutieren. Manchmal gab es Aufgaben, die Herbstmädchen zuerst fertig hatte. Dann fragte sie Sonnenblume stolz: »Bist du schon fertig?« Sonnenblume sagte dann immer – egal, ob sie mit ihrer Aufgabe inzwischen fertig war oder nicht: »Nein, ich bin noch nicht fertig.« Dann kam Herbstmädchen herbei und sagte, sehr mit sich zufrieden: »Du bist wirklich dumm.« Doch Sonnenblume zeigte ihr gegenüber keine Verachtung.

Manchmal schien es sogar, als würde sich Sonnenblume bei Smaragdreif und Herbstmädchen einschmeicheln.

Eines Tages hatte der Lehrer die Hausarbeiten von Smaragdreif und Herbstmädchen streng kritisiert und ihre Aufgabenhefte vor den Augen aller Mitschüler zerrissen. Als wenn das noch nicht genug gewesen wäre, nahm der Lehrer dann noch Sonnenblumes sauberes Heft, öffnete es, kam von der Kanzel herunter und zeigte es allen Kindern: »Schaut mal Sonnenblumes Heft an! Das nenne ich Hausaufgaben!« Sonnenblume hielt ihren Kopf gesenkt.

Nach dem Abendessen dachte Sonnenblume: »Soll ich jetzt noch zu Smaragdreif oder zu Herbstmädchen gehen, um Hausaufgaben zu machen?«

Es war bereits dunkel, zu Hause gab es kein Licht. Seit das Haus zusammengebrochen war, hatte Bronzes Familie abends fast nie mehr Licht angemacht. Sie aßen im Dunkeln und gingen im Dunkeln zu Bett. Doch ausgerechnet heute gab es noch eine Menge Hausaufgaben zu machen! Sonnenblume dachte eine Weile nach, dann sagte sie zu ihrer Familie: »Ich gehe noch ein bisschen zu Smaragdreif spielen.« Damit schlüpfte sie aus dem kleinen Schuppen nach draußen. Als sie zum Haus von Smaragdreif kam, fand sie die Türe verschlossen. Sonnenblume klopfte an die Tür. Smaragdreif sagte: »Wir schlafen schon.« Doch Sonnenblume konnte durch eine Ritze in der Türe deutlich sehen, wie Smaragdreif unter der Lampe saß und Hausaufgaben machte. Sie klopfte nicht noch einmal, sondern ging mit gesenktem Kopf durch die Gassen davon. Sie wollte auch nicht mehr zu Herbstmädchen gehen, sondern direkt nach Hause. Nach ein paar Schritten aber kehrte sie um und ging nun doch zu Herbstmädchens Haus: Ihre Hausaufgaben wollte sie unbedingt erledigen!

Die Türe von Herbstmädchens Haus war nicht verschlossen. Sonnenblume blieb kurz auf der Türschwelle stehen, dann ging sie hinein. Sie sagte: »Herbstmädchen, ich bin da!« Herbstmädchen tat, als hätte sie sie nicht gehört, und machte weiter ihre Hausaufgaben. Sonnenblume sah den freien Stuhl am Tisch und wollte sich setzen. Herbstmädchen sagte: »Meine Mutter will sich gleich hierher setzen, um Schuhsohlen zu nähen!« Einen Augenblick lang stand Sonnenblume hilflos da. »Habt ihr denn kein Licht zu Hause?«, fragte Herbstmädchen, ohne den Kopf zu heben. »Macht ihr denn zu Hause nie das Licht an?«, fragte sie noch einmal, wieder ohne aufzublicken. Sonnenblume hielt ihr Hausaufgabenheft fest umklammert und verließ schnell Herbstmädchens Haus.

Der langen Dorfgasse entlang rannte sie den ganzen Weg nach Hause, die Tränen liefen ihr nur so über das Gesicht. Sie ging aber nicht gleich nach Hause, sondern setzte sich unter dem großen Perlschnurbaum vor dem Dorf auf den Schotterboden.

Vor einigen Jahren hatte sie genau hier auf dem Schotter gesessen und war auf dem Rücken des Büffels von Bronze zu seiner Familie nach Hause gebracht worden. Sie hob den Kopf und schaute in den großen Perlschnurbaum. Es war Sommer und der große Baum war dicht mit Blättern bewachsen. Sie wusste nicht warum, doch sie hatte das Bedürfnis, den großen Baum zu umarmen und sich an ihm auszuweinen. Doch sie tat es nicht. Dumpf schaute sie mit tränenverschleierten Augen in den klaren Himmel mit dem Mond über dem Perlschnurbaum.

Bronze kam, um sie zu suchen. Zuerst ging er zum Haus von Smaragdreif. Durch die angelehnte Tür hörte er, wie sie von ihrer Mutter getadelt wurde: »Warum hast du Sonnenblume nicht die Tür geöffnet?« Smaragdreif antwortete: »Ich wollte sie nur nicht unser Licht benutzen lassen!« Offenbar bekam sie daraufhin von ihrer Mutter eine Ohrfeige, denn nun weinte Smaragdreif: »Ich wollte sie nur nicht unser Licht benutzen lassen!« Smaragdreifs Mutter sagte: »Auf dieser Erde findet man kein zweites Kind, das so vernünftig ist wie Sonnenblume! Du kannst dich nicht im Geringsten mit ihr messen.«

Bronze dachte: »Sonnenblume wird zu Herbstmädchen gegangen sein.«

Als er sich ihrem Haus näherte, hörte er Herbstmädchen schon von Weitem heulen: »Wer arm ist, sollte eben nicht zur Schule gehen! Was fällt ihr ein, zu uns zu kommen und unser Licht zu benutzen?« Auch Herbstmädchen sprach offensichtlich mit einem Erwachsenen oder bekam von einem Erwachsenen eine Ohrfeige.

Bronze rannte durch die Gassen, ließ eine nach der anderen hinter sich, bis er schließlich am Ende des Dorfes Sonnenblume unter dem Perlschnurbaum entdeckte. Inzwischen lag Sonnenblume bäuchlings auf dem Kies und machte im Mondlicht mit größter Mühe ihre Hausaufgaben. Leise stellte sich Bronze neben sie. Schließlich entdeckte Sonnenblume ihren Bruder. Mit der einen Hand packte sie ihre Aufgaben, die andere reichte sie Bronze.

Hand in Hand gingen die Geschwister schweigend im milchigen Mondlicht am Fluss entlang zu ihrem Schuppen.

Am nächsten Abend fuhr Bronze allein mit einem Boot in den Sumpf. Bevor er ging, pflückte er aus dem Gemüsegarten etwa ein Dutzend Kürbisblüten, die kurz davor waren aufzublühen. Die Großmutter fragte ihn, wozu er die Kürbisblüten benötige, aber er lachte nur und antwortete nicht. Als das Boot ein Dickicht im Schilf passiert und einen Anlegeplatz erreicht hatte, bot sich Bronze ein bewegender Anblick: Tausende und Abertausende von Glühwürmchen tanzten flatternd im dichten Gras am Ufer und erleuchteten das Wasser und die Luft.

Vor einigen Jahren hatte der Vater Bronze in eine Stadt mitgenommen. Am Abend waren sie auf eine Pagode in der Mitte der Stadt gestiegen und hatten von oben die funkelnden Lichter in den zahllosen Häusern gesehen, es war beeindruckend gewesen. Was Bronze gerade sah, erinnerte ihn wieder an diesen Moment, als er von der Pagode aus auf die Lichter der Stadt herabgeschaut hatte. Einen Augenblick lang war er in das Schauspiel so versunken, dass er nur dastand und sich nicht rührte.

Die Glühwürmchen schwebten und tanzten in alle Richtungen, sie bewegten sich frei und nach Belieben und zeichneten überall Kreise oder Linien in die Luft. Ihre Lichter wirkten wie frisch poliert, denn obwohl es nur winzige Punkte waren, leuchteten sie doch ganz hell. Außerdem waren es so viele! Das Wasser und das Dickicht am Ufer waren hell erleuchtet. In dem Lichtschein konnte Bronze sogar Augen, Beine und die Linien auf den Flügeln einer Libelle, die sich auf der Spitze eines Grashalms niedergelassen hatte, überaus deutlich erkennen.

Bronze begann, die Glühwürmchen zu fangen. Er suchte vor allem diejenigen mit schöner Körperform aus und die, die besonders hell leuchteten. Die gefangenen Tiere setzte er in die Kürbisblüten. So wurden die Kürbisblüten zu Lämpchen, die nun aufleuchteten. Bronze wollte jeweils zehn Glühwürmchen für eine Kürbisblüte fangen. Je mehr Glühwürmchen er hineinsetzte, desto heller leuchteten seine Blütenlampen. War eine Blüte voll, legte er sie ins Boot, dann füllte er die nächste. Zehn Kürbisblütenlampen wollte er machen. Diese zehn Lampen sollten den Schuppen und jedes Zeichen in Sonnenblumes Heft erleuchten.

Unermüdlich jagte Bronze im Gestrüpp und am seichten Ufer nach Glühwürmchen. Das größte und am hellsten leuchtende Exemplar, das er sah, flog jedoch immer genau mitten über dem Wasser und wollte einfach nicht am Ufer landen. Bronze wollte es unbedingt fangen, und so begann er, immer wieder in die Hände zu klatschen. Die Kinder aus Gerstenfeld wussten alle, dass Glühwürmchen das Geräusch klatschender Hände mochten. Als Bronze klatschte, kamen Hunderte von Glühwürmchen herbeigeflogen und tanzten um ihn herum. Er klatschte immer weiter und immer mehr Glühwürmchen kamen heran. Nach kürzester Zeit sah es aus, als würde er von oben bis unten unzählige Leuchtringe um seinen Körper tragen. Es waren so viele Glühwürmchen um ihn, dass es schien, als würde er in einem Strudel aus Licht versinken. Er wählte die größten und hellsten. Wieder hatte er zehn gefangen, doch immer noch ging ihm das eine Glühwürmchen, das über der Wassermitte schwebte, nicht aus dem Sinn. Aber so sehr er auch klatschte, es kam nicht herbeigeflogen. Bronze war enttäuscht und auch etwas wütend.

Er hatte bereits alle zehn Lämpchen gefüllt. Sie lagen auf einem unordentlichen Haufen in dem Boot und sahen aus wie ein riesiger Kronleuchter. Bronze wollte sich auf den Heimweg machen, doch immer noch spukte ihm dieses besonders große und helle Glühwürmchen durch den Kopf.

Er hatte nun genügend gesammelt und hörte auf zu klatschen. Allmählich flatterten die Glühwürmchen wieder davon und ihr Licht verteilte sich wie Wasser, das sich über die Erde ergießt.

Bronze schob das kleine Boot an, eigentlich wollte er nach Hause fahren, doch plötzlich stieß er sich am Heck kräftig mit der Bambusstange ab und fuhr in die Mitte des Tümpels. Er wollte dieses Glühwürmchen unbedingt fangen, so sehr zog es ihn in seinen Bann. Doch als sich das Boot dem Glühwürmchen näherte, flog es davon. Bronze stieß sein Boot an und verfolgte es so schnell er konnte. Um dem Boot zu entkommen, flog das Glühwürmchen nun hoch in die Luft. Bronze konnte nur noch mit erhobenem Kopf machtlos zu ihm aufschauen. Doch einen Augenblick später kam es in Spiralen langsam herabgeflattert. Bronze stieß sein Boot nicht weiter an, sondern stand wie ein Holzpflock darin und wartete geduldig.

Das Glühwürmchen schien sich für die Blütenlampen im Boot zu interessieren, es sackte ein paarmal abwärts, als wollte es genauer hinsehen, dann sauste es wieder nach oben. Mit jedem Mal wurde es mutiger, bis es schließlich direkt vor Bronzes Augen hin und her tanzte. Bronze konnte seine Flügel sehen, es waren braune, glänzende Flügel. Doch noch konnte er das Tierchen nicht erreichen. Bronze harrte weiter aus, er dachte: »Kleines Ding, du wirst schon noch nahe genug kommen, damit ich dich erwischen kann!«

Das Glühwürmchen flog über Bronzes Kopf. Offenbar verwechselte es das wirre Haar, das auf seinem Kopf wuchs, mit einem Büschel Unkraut. Bronze freute sich. Gerne hätte er jetzt sein Haar gegen Unkraut getauscht. Stück für Stück erhellte das Licht des Glühwürmchens Bronzes Gesicht in der Dunkelheit. Bronze wartete noch ein wenig, dann kam eine Gelegenheit, als das Glühwürmchen über ihn hinweg schräg nach oben flog. Bronze kalkulierte: Wenn er mit einem Satz lossprang, konnte er es fangen. Er hielt den Atem an, und als das Glühwürmchen noch ein Stück näher gekommen war, machte er einen Sprung, schloss beide Hände in der Luft und fing es. Doch er hatte das Boot unter seinen Füßen weggetreten und landete im Wasser. Er spuckte Wasser, aber seine Hände öffnete er nicht. Als er sich aus dem Wasser gekämpft hatte, war das Licht des Glühwürmchens zwischen seinen Händen nicht ausgegangen, sondern leuchtete so hell wie zuvor, als es durch die Luft geflogen war. Das Licht schien durch die Handflächen hindurch.

Bronze kletterte in das kleine Boot und setzte das Glühwürmchen in eine Kürbisblüte. Zu Hause angekommen, fädelte er die Kürbisblütenlämpchen der Reihe nach auf eine Schnur. Dann nahm er die Schnur an beiden Enden und ging ins Haus. Mit einem Mal wurde es hell in dem dunklen Schuppen.

Die Gesichter der Großmutter, des Vater, der Mutter und von Sonnenblume wurden der Reihe nach in der Dunkelheit erkennbar. Sie zeigten keinerlei Reaktion, sondern standen nur da und schauten. Bronze band jedes Schnurende an einem der beiden Pfosten in der Hütte fest, dann lachte er: »Licht! Das ist Licht!«

Jetzt musste Sonnenblume abends nicht mehr zu Smaragdreif oder Herbstmädchen gehen. Sie hatten zu Hause das hellste und schönste Licht in ganz Gerstenfeld.

❦

Bevor der Winter kam, musste Bronzes Familie das Dach decken. Der Vater, die Mutter und die Großmutter diskutierten viele Tage lang und kamen alle zu dem gleichen Schluss: Wenn sie schon dabei waren, dann wollten sie gleich ein etwas präsentableres Haus neu decken. Sie hatten den ganzen Sommer über geplant und vorbereitet. Sie hatten einige große Bäume vor der Türe gefällt und verkauft. Sie hatten ein fettes Schwein verkauft. Dann hatten sie noch einen Teich voller Lotus, einen Acker von einem Mu Fläche voller Pfeilkraut und einen halb so großen mit Rüben. All das konnten sie in ein paar Tagen verkaufen. Was sie verkaufen konnten, würden sie verkaufen. Doch wenn man alles zusammenrechnete, fehlte immer noch eine ordentliche Summe.

Sie kümmerten sich auch nicht um ihr Ansehen und borgten sich von Verwandten und Nachbarn Geld und versicherten, dass sie es über einen gewissen Zeitraum mit Zinsen zurückzahlen würden. Um den beiden Kindern noch vor Einbruch des Winters ein neues Haus zum Wohnen bieten zu können, nahmen sie die Hartherzigkeit, die man ihnen entgegenbrachte, in Kauf. Auch die Großmutter wollte etwas tun, doch der Vater und die Mutter waren strikt dagegen: Die Großmutter war alt, sie konnten nicht zulassen, dass sie sich den kalten Blicken der Leute aussetzte. Die Großmutter beobachtete Bronze und Sonnenblume, die gerade draußen herumtollten, und sagte: »Oh, mal sehen, wie viel Geld ich mit meinem alten Gesicht wohl noch auftreiben kann.« Heimlich, ohne dass der Vater und die Mutter davon wussten, ging sie, auf ihren Stock gestützt, zur Tür hinaus, um Geld zu leihen. Angesichts ihres fortgeschrittenen Alters eilten die meisten Leute gleich herbei, um ihr Geld zu geben. Und mehr noch: Sie wollten ihr nicht nur bereitwillig Geld borgen, sondern sie hatten auch ein schlechtes Gewissen: »Gebt Bescheid, wir bringen es zu Euch nach Hause!«

Die Großmutter hatte einen Neffen, der recht vermögend war, sie dachte, von ihm würde sie sich sicher ein bisschen etwas leihen können. Doch es stellte sich heraus, dass dieser Neffe äußerst gefühllos war, er behauptete: »Ich habe kein Geld.« Nicht nur, dass er nichts hergeben wollte, er sagte auch noch ein paar unschöne Dinge. Eigentlich hätte ihn die Großmutter nun mit gutem Recht beschimpfen können, doch sie sagte kein Wort, sondern verließ, auf ihren Stock gestützt, sein Haus.

Es fehlte nur noch eine kleine Summe, nämlich das Geld, das benötigt wurde, um ans Meer zu fahren, sich dort ein Feld zu mieten, auf dem Dachschilf wuchs, und dort das Dachschilf zu schneiden. Alle hier wussten, dass die besten Dächer nicht Ziegeldächer waren, sondern diejenigen, die mit Dachschilf gedeckt waren. Das Dachschilf wuchs am Ufer des Meeres, etwa 200 Li vom Dorf entfernt.

Der Vater und die Mutter sagten: »Dann decken wir das Haus eben mit Reisstroh.« Als die Großmutter das hörte, sagte sie: »Es war ausgemacht, dass wir das Haus mit Dachschilf decken werden!« Die Mutter sagte: »Mutter, vergiss es einfach!« Doch die Großmutter schüttelte den Kopf: »Wir decken das Dach mit Dachschilf!«

Am nächsten Tag ging die Großmutter fort. Niemand wusste, wohin sie gehen wollte. Bis zum Mittagessen war sie noch nicht zurück, erst gegen Abend sah man sie unsicheren Schrittes auf der großen Straße, die in das Dorf führte, auftauchen.

Als Sonnenblume sie zurückkommen sah, rief sie: »Großmutter!«, und lief zu ihr. Die Großmutter sah müde aus, doch in ihren Augen spiegelte sich Freude. Sie war Gerstenfelds eleganteste alte Dame. Sie war groß gewachsen, hatte silbernes Haar und war sehr reinlich. Zu jeder Jahreszeit wusch sie sich mit klarem Wasser und ihre Kleidung war immer ordentlich gefaltet. Wenn sie sie anzog, konnte man die Kanten noch deutlich sehen. Nichts war zerknittert, und auch wenn es kaum ein Kleidungsstück gab, das nicht geflickt war, so waren die Flicken doch alle sehr sorgfältig aufgenäht, mit exakten Stichen und in passenden Farben, so dass die Flicken perfekt mit dem Kleidungsstück harmonierten und man glauben konnte, ohne Flicken würde es nicht so gut aussehen.

Egal wann die Menschen aus Gerstenfeld der Großmutter begegneten, sie begegneten immer einer reinlichen, adrett gekleideten und gütigen alten Frau. Die Großmutter war aber auch eine Frau mit äußerst starkem Charakter. Sonnenblume hatte von der Mutter erfahren, dass die Großmutter aus einer wohlhabenden Familie stammte und bis zu ihrer Jugend immer gut gelebt hatte. Die Großmutter trug an beiden Ohren Ohrringe mit Anhängern aus hellgrüner Jade. Am Finger der Großmutter steckte ein goldener Ring und um das Handgelenk trug sie einen Armreif aus Jade. Eigentlich hatte sie diese Sachen, oder zumindest einige davon, verkaufen wollen, doch der Vater und die Mutter hatten sie davon abgehalten. Einmal hatte sie ihre Ohrringe ins Pfandhaus in der Stadt gebracht, doch als der Vater und die Mutter davon erfuhren, verkauften sie ihr Getreide, gingen am nächsten Tag in die Stadt und lösten die Ohrringe wieder aus.

Den ganzen Weg über, den Sonnenblume die Großmutter nun zum Haus begleitete, fand sie, dass die Großmutter irgendwie anders war. Doch sie kam nicht darauf, woran es letztendlich liegen könnte. Erneut musterte sie sie. Die Großmutter lachte: »Was schaust du denn?« Da entdeckte Sonnenblume, dass die Ohrringe nicht mehr an den Ohren hingen. Mit dem Finger zeigte sie auf die Ohren der Großmutter. Die sagte nichts, sondern lachte nur. Da ließ Sonnenblume die Großmutter stehen, rannte nach Hause und rief dem Vater und der Mutter zu: »Großmutters Ohrringe sind weg!« Schlagartig wurde den Eltern klar, wo die Großmutter den ganzen Tag über gewesen war.

Abends wollten der Vater und die Mutter aus der Großmutter herausbringen, in welches Pfandhaus sie die Ohrringe nun gebracht hatte, doch die Großmutter gab keine Antwort, sondern wiederholte immerzu den gleichen Satz: »Das Haus wird mit Dachschilf gedeckt!« Als die Mutter das Geld auf dem Tisch sah, weinte sie und sagte zur Großmutter: »Diese Ohrringe hast du ein Leben lang getragen, wie kannst du sie verkaufen!« Doch die Großmutter sagte erneut: »Das Haus wird mit Dachschilf gedeckt!« Die Mutter wischte die Tränen ab: »Es tut uns so leid, es tut uns wirklich so leid ...« Die Großmutter erwiderte zornig: »Rede keinen Unsinn!« Sie nahm Bronze und Sonnenblume in den Arm, hob den Kopf, sah den Mond an und sagte lachend: »Bronze und Sonnenblume, ihr werdet in einem großen Haus wohnen!«

Der Vater lieh ein großes Schiff, und gemeinsam mit Bronze verließ er eines morgens Gerstenfeld. Die Großmutter, die Mutter und Sonnenblume begleiteten die beiden zum Fluss.

»Vater, auf Wiedersehen! Bruder, auf Wiedersehen!« Sonnenblume stand am Ufer und winkte dem Vater und dem Bruder unaufhörlich nach, bis das Schiff hinter der Flussbiegung verschwand. Dann erst ging sie, langsam einen Fuß vor den anderen setzend, mit der Großmutter zurück ins Haus. Von nun an warteten die Großmutter, die Mutter und Sonnenblume.

Der Vater und Bronze steuerten das große Schiff und setzten das Segel, so glitten sie in schneller Fahrt Tag und Nacht dahin. Sie ließen den Fluss hinter sich und fuhren aufs Meer hinaus, und am Morgen des dritten Tages erreichten sie den Strand. Schon bald hatten sie ein gutes Stück Strand, auf dem Dachschilf wuchs, gemietet. Alles lief bestens.

Es war bereits Herbst, es hatte schon einmal Frost gegeben, das Dachschilf war von rotgoldener Farbe, die Halme standen kerzengerade wie Kupferdrähte. Im Wind bewegte sich das Schilf, und wenn sich die Blätter berührten, erzeugten sie ein metallisches Geräusch. Bis zum Horizont erstreckte sich das Meer, die Wellen waren weiß, und auch hier war ein Meer, ein Meer aus Gras, dessen Wellen rotgold waren.

Die Meereswogen rauschten und grollten, scharf zischten die Wellen des Schilfmeeres. Wilde Tiere hausten im Dickicht des Schilfs. So etwas gab es in Gerstenfeld nicht. Der Vater meinte, das seien Rehböcke. Einer von ihnen sah Bronze und seinen Vater an, dann duckte er sich und verschwand wieder im Schilf. Als Vater und Sohn ihren Unterschlupf fertig aufgebaut hatten, stand bereits der Mond am Himmel. Sie setzten sich vor den Eingang der kleinen Hütte und aßen den Proviant, den sie von zu Hause mitgebracht hatten. Eine leichte Brise wehte, nirgends war eine Menschenseele zu sehen oder auch nur zu hören. Selbst die Wellen des Meeres rauschten nicht mehr so laut wie tagsüber, und vom Schilfmeer war nur noch ein leises Rascheln zu hören. In der Ferne hatte jemand offenbar eine Laterne angezündet. Der Vater sagte: »Dort drüben hat vielleicht auch jemand ein Stück Strand gemietet, um Schilf zu schneiden.«

Der Strand war sehr groß, doch die Laterne, die in der Ferne flackerte, hatte für Bronze etwas Tröstliches, sie gab ihm das Gefühl, dass es an diesem endlosen Strand einen Gefährten gab, auch wenn er weit entfernt war.

Erschöpft von der Reise und furchtbar müde krochen Vater und Sohn in ihren Unterschlupf, sie hörten das Atmen der Meereswellen, dachten an Gerstenfeld und waren im nächsten Augenblick eingeschlafen. Noch bevor die Sonne aufgegangen war, begannen sie am nächsten Tag das Schilf zu schneiden. Der Vater hatte ein großes, gebogenes Messer mit einem langen Griff. Das untere Ende stemmte er gegen die Taille, mit beiden Händen hielt er den langen Teil des Messergriffs fest umschlossen und so bewegte er sich rhythmisch hin und her. Das Messer schwang herum, und mit einem Rauschen fiel das geschnittene Schilf zu Boden. Bronzes Aufgabe war es, das vom Vater geschnittene Schilf aufzusammeln, es zu bündeln und auf einen Haufen zu legen.

Unermüdlich schwang der Vater das große Messer, innerhalb kürzester Zeit war seine Kleidung schweißnass und Schweißtropfen fielen von seiner Stirn auf die Schilfstoppeln. Auch Bronze arbeitete, bis ihm der Schweiß herunterlief. Bronze forderte seinen Vater auf, sich auszuruhen, der Vater forderte

Bronze auf, sich auszuruhen, doch keiner von ihnen wollte eine Pause machen. Beim Anblick des unendlich großen Schilfmeeres konnten sowohl der Vater als auch Bronze nur an ihr großes Haus denken. Obwohl sie noch mit Schilfschneiden beschäftigt waren, tauchte dieses große Haus im Geiste immer wieder vor ihren Augen auf: hoch aufragend und großzügig, mit einem rotgoldenen Dach. Dieses Bild inspirierte Vater und Sohn.

Die Tage am Meeresstrand waren sehr eintönig: essen, mähen, schlafen. Gelegentlich legten die beiden die Arbeit nieder und gingen zum Meer, ins Wasser. Obwohl es bereits Herbst war, fühlte sich das Wasser noch warm an, und sie badeten eine Weile. Was ihnen seltsam vorkam, war, dass es ganz anders war, im Meer zu schwimmen als im Fluss. Im Meer war man leichter und trieb nach oben. In diesem enormen Meer gab es nur sie beide, Vater und Sohn. Als der Vater Bronze beobachtete, wie er da im Wasser herumtollte, wurde er plötzlich traurig, ohne sich erklären zu können, warum. Seit Bronze auf der Welt war, hatte er immer das Gefühl gehabt, diesem Kind nicht alles gegeben zu haben. Besonders seit Bronze seine Sprache verloren hatte, waren er und Bronzes Mutter nie mehr ruhig und entspannt gewesen. Ihr Leben war so ärmlich und trotzdem mussten sie sich dafür so abrackern, es blieb viel zu wenig Zeit, um sich um das Kind zu kümmern. So war Bronze Tag für Tag herangewachsen. Sie fühlten sich so hilflos. Und dennoch hatte sich ihr Sohn niemals über etwas beschwert. Die Kinder anderer Leute taten das, er nie. Einfach nie, zu keinem Zeitpunkt, vielmehr schien es, als hätte er Mitleid und als würde er alles versuchen, um sie zu trösten. »Das Kind leidet«, sagte die Großmutter oft zu ihnen. Jetzt hatte er Bronze wieder mitgenommen und ihn an diesen gottverlassenen Meeresstrand gebracht. Sein Herz zog sich zusammen. Er zog Bronze zu sich heran, setzte ihn vor sich hin und rubbelte ihm kräftig den Dreck vom Körper. Er sah, wie dünn sein Sohn war, ihm kamen die Tränen und beinahe wären sie ihm aus den Augen geschossen.

Mit leiser, etwas heiserer Stimme sagte er zu Bronze: »Wir mähen jetzt noch ein bisschen, dann reicht das Schilf für unser Haus. Wir werden ein großes Haus bauen, mit einem Zimmer für dich und einem Zimmer für Sonnenblume.« In seiner Gestensprache sagte Bronze: »Und mit einem Zimmer für Großmutter.« Mit Wasser spülte der Vater den Schmutz ab, der an Bronze klebte: »Ja, natürlich!« Warm schien die Sonne auf das Meer. Ein paar Möwen kreisten elegant über dem Wasser.

Die Tage vergingen und Bronze begann sich nach der Mutter, der Großmutter und nach Gerstenfeld zu sehnen, und natürlich am allermeisten nach seiner kleinen Schwester Sonnenblume. Immer mehr fand Bronze, dass das Meer allzu groß war, dass der Schilfstrand allzu groß war und dass man diese Weite nur schwer ertragen konnte. Manchmal stand er da, das Schilfgras im Arm, die Gedanken flogen wie Vögel nach Gerstenfeld, und dann fiel ihm das Schilf raschelnd aus der Hand.

Der Vater sagte immerzu: »Schneller, schneller.« Hinter ihnen war bereits eine große abgemähte Fläche. In zwei riesigen Haufen türmte sich das Schilf wie goldene Berge am Strand.

Noch etwas tat Bronze jeden Tag: Er nahm einen Metalleimer, kletterte über die hohe Ufermauer und holte von der anderen Seite einen Eimer voll Süßwasser. Der Weg kam ihm sehr weit vor, und wenn der Vater aus seinem Blickfeld verschwand, fühlte er sich immer völlig verlassen, so verlassen, dass er meinte, das Meer würde ihn verschlingen.

Eines Tages jedoch erwartete ihn eine freudige Überraschung: Als er mit einem Eimer voller Süßwasser über die Ufermauer stieg, sah er einen etwa gleichaltrigen Jungen, der ebenfalls mit einem Metalleimer in der Hand auf die Deichmauer kletterte. Auch der Junge sah ihn und schien sich ebenfalls zu freuen. Bronze stellte seinen Eimer auf die Mauer und wartete auf den Jungen. Der zögerte kurz und kletterte dann schnell auf den Deich hinauf. Sie standen sich gegenüber wie zwei kleine wilde Tierchen aus unterschiedlichen Gegenden und musterten einander.

Der Junge sprach zuerst. Er sagte: »Woher kommst du?« Bronze errötete leicht und deutete, dass er nicht sprechen könne. Der Junge fragte in Zeichensprache: »Bist du stumm?« Beschämt nickte Bronze mit dem Kopf. Sie setzten sich auf die Mauer und begannen, sich mit größter Mühe auszutauschen.

Mit einem Zweig schrieb Bronze zwei Zeichen in den feuchten Sand: »Bronze«. Dann klopfte er sich selbst auf die Brust und zeigte auf die Brust des Jungen. »Du fragst mich, wie ich heiße?« Bronze nickte.

Der Junge nahm Bronze den Zweig aus der Hand und schrieb ebenfalls zwei Zeichen auf den Boden: *Grüner Hund*. Grüner Hund war eine Figur aus der Geschichte *Das goldene Schilfrohr* aus der Kurzgeschichtensammlung *Die wilde Windmühle*. Mit dem Finger unterstrich Bronze das erste Zeichen seines Namens: 青 (qing). Dann unterstrich er auch das erste Zeichen des Namens von Grüner Hund, ebenfalls 青 (qing). Er lachte. Auch der Junge fand es lustig, dass es in ihren beiden Namen das gleiche Zeichen gab, und lachte.

Grüner Hund sagte zu Bronze, dass auch er mit seinem Vater hergekommen sei, um auf einem gemieteten Strandstück Schilf zu schneiden, mit dem sie ihr Dach decken wollten. Er deutete auf zwei Schilfhaufen in der Ferne und sagte: »Das sind unsere Haufen!« Die beiden Schilfhaufen waren ungefähr so groß wie ihre eigenen.

Bronze hätte gerne noch etwas mehr Zeit mit Grüner Hund verbracht, doch der sagte: »Nein, ich muss schnell Wasser holen und zurückgehen. Wenn ich zu spät zurückkomme, wird mein Vater wütend.« Er schien seinen Vater sehr zu fürchten. Bronze dachte: »Was kann denn der eigene Vater so Schreckliches an sich haben? Grüner Hund sagte: »Wir treffen uns morgen wieder hier um diese Zeit, geht das?« Bronze nickte. Schweren Herzens trennten sie sich. Glücklich machte sich Bronze auf den Rückweg.

Als er seinen Vater erblickte, sagte er: »Auf der Ufermauer habe ich einen Jungen getroffen.« Der Vater freute sich: »Wirklich? Das ist doch toll!« Er hatte nicht gedacht, dass sein Sohn an einem solchen Ort noch ein anderes Kind treffen würde.

Von da an trafen sich Bronze und Grüner Hund täglich auf dem Deich. In ihren Gesprächen erfuhr Bronze, dass Grüner Hund keine Mutter mehr hatte, nur noch seinen Vater. Und dass sein Vater ein übles Temperament hatte. Bronze wollte Grüner Hund mitteilen, dass sein Vater sehr friedliebend war, doch er sagte es nicht. Auch hatte er Schwierigkeiten, sich Grüner Hund verständlich zu machen. Erst als sie sich endgültig voneinander verabschiedeten, erfuhr Bronze, dass Grüner Hund vor elf Jahren von seiner Mutter verlassen worden war. Damals war er noch nicht einmal ein Jahr alt gewesen. Sie war mit einem Pekingoperndarsteller durchgebrannt. Der Vater hatte ihr bei der Heirat ein schilfgedecktes Dreizimmerhaus versprochen – doch er hatte dieses Haus nie gebaut. Deshalb hatte sie ihn verlassen. Der Vater hatte ihm erzählt, dass die Mutter sehr hübsch war. Als sie gehen wollte, hatte der Vater sie umarmt, hatte sie auf Knien angefleht und geschworen, dass er das Haus innerhalb von drei Jahren bauen würde. Doch die Mutter hatte nur gelacht und war trotzdem mit dem Pekingoperndarsteller weggegangen. Grüner Hund hasste seine Mutter nicht.

Als Bronze Tage später auf dem Heimweg nach Gerstenfeld auf dem mit Schilf voll beladenen großen Schiff saß, fühlte er die ganze Zeit über Mitleid mit Grüner Hund. Grüner Hunds Auftauchen hatte Bronze erst bewusst gemacht, was er eigentlich für ein warmherziges Zuhause hatte!

Während er Schilf zusammensammelte und zu Bündeln schnürte, konnte er es sich nicht verkneifen, seinen Vater immer wieder verstohlen zu mustern. Er fand seinen Vater so überaus großzügig und gutherzig. Nachdem er das festgestellt hatte, gab er sich bei der Arbeit noch mehr Mühe. Endlich hatten sie den dritten Schilfhaufen beisammen.

An diesem Tag, als das Meer die Strahlen der untergehenden Sonne reflektierte, nahm der Vater den langen Griff der Machete, wischte sich die Schweißperlen von der Stirn, blickte auf die Schilfberge und stieß einen Seufzer aus, dann sagte er zu Bronze: »Mein Sohn, wir haben genügend Schilf.« Bronze betrachtete die drei von den Strahlen der Abendsonne übergossenen Schilfhaufen und hatte das Gefühl, vor ihnen niederknien und einige Kotaus machen zu müssen. »Morgen gehst du zu diesem Kind und verabschiedest dich, wir fahren nach Hause.« Der Vater schien diesem Kind namens Grüner Hund sehr dankbar zu sein. Bronze nickte.

Das war der letzte Tag am Strand. Der Mond stand hoch am Himmel, es war ein ruhiger Abend. Der Herbst war schon ein wenig stärker zu spüren, überall hörte man Insekten summen und zirpen, es war ihr letztes Lied vor dem Winter und klang daher ein wenig traurig. Vater und Sohn waren müde und ernst, und in kürzester Zeit lagen sie in tiefem Schlaf.

Noch vor Einbruch der Dämmerung trat der Vater vor die Hütte, um zu pinkeln, rieb sich die Augen und blickte in die Ferne. Mit einem Mal wich alle Farbe aus seinem Gesicht: Drei große Feuer, jedes so hoch wie ein Berg, brannten wie wild. Er war sich nicht sicher, ob er träumte, und schaute noch einmal genauer hin. Immer noch sah er drei große Feuer brennen. Schnell rannte er in den Unterschlupf und rief Bronze wach: »Steh auf, steh auf! Draußen brennt es!« Bronze wurde von seinem Vater aus der kleinen Hütte gezerrt, die Flammen der drei Feuerberge schlugen bereits hoch hinauf in den Himmel.

Bronze meinte, die Schreie von Grüner Hund und seinem Vater zu hören. Diese drei Feuerberge waren eindeutig die drei Schilfhaufen für das Haus von Grüner Hund, die da brannten. Und vor den drei großen Feuern brannte tatsächlich noch ein kleineres, das bereits am Erlöschen war, das war der Schuppen, in dem Grüner Hund und sein Vater geschlafen hatten.

Das Feuer hatte sich in diesem Schuppen entzündet. Der Vater von Grüner Hund hatte am Abend Wein getrunken, dann war er eingeschlafen und die noch brennende Zigarette war aus seiner Hand in das Schilf, das den Boden bedeckte, gerollt. Glücklicherweise war Grüner Hund von der Hitze aufgewacht, hatte hastig seinen Vater geweckt, und den beiden war es gelungen, dem Feuer zu entkommen. Einen Augenblick später war der Schuppen von den Flammen verschluckt worden. Gleich darauf war das Feuer wie unzählige Schlangen zischend auf die drei Schilfhaufen zugekrochen.

Als Bronze und sein Vater herübergeeilt kamen, waren die drei Feuerberge bereits komplett heruntergebrannt und in dem diesigen Dämmerlicht gingen Grüner Hund und sein Vater gerade zum Meer.

Am Abend dieses Tages hissten der Vater und Bronze auf ihrem Boot das Segel und begannen ihre Rückreise. Bronze stand am Bug und sah ans Ufer. Grüner Hund stand aufrecht im Meereswind. In diesem Augenblick erkannte er, dass er das glücklichste Kind auf der Welt war, ein vom Glück begünstigtes Kind. Als er Grüner Hund zuwinkte, verschwamm sein Blick vor Tränen. Immer wieder wünschte er Grüner Hund Glück. Er wollte ihm zurufen: »Alles wird wieder gut!«

❁

Während Bronze und sein Vater die Segel setzten und das Meer hinter sich ließen, sehnte Sonnenblume Tag für Tag ihre Rückkehr herbei. Jeden Morgen nach dem Aufstehen machte sie als Erstes mit Kreide einen Strich auf den Balken. Als der Vater weggegangen war, hatte er gesagt, sie würden in einem Monat wiederkommen. Sie wollte jeden Tag zählen.

Nach der Schule ging sie nie gleich nach Hause, sondern stellte sich auf die Brücke und blickte in die Richtung, in der das Meer lag. Wie sehr hoffte sie, das Schilfschiff, auf dem der Vater und ihr Bruder segelten, würde plötzlich im Sonnenlicht auftauchen! Doch jedes Mal kam die Großmutter daher und wies sie an: »Geh zurück, es ist noch nicht so weit!«

In den letzten Tagen hatte Sonnenblume nachts ein paarmal im Traum laut aufgeschrien: »Bruder!« Die Großmutter und die Mutter hatten sie dann immer aufgeweckt. Die Großmutter hatte das interessant gefunden und gefragt: »Wo ist dein Bruder?« Sofort hatte Sonnenblume noch im Schlaf geantwortet: »Auf dem Schiff.« Die Großmutter hatte weiter gefragt: »Wo ist das Schiff?« – »Das Schiff ist auf dem Fluss.« Doch als die Großmutter noch etwas hatte fragen wollen, hatte Sonnenblume nur noch undeutliches Zeug gemurmelt, ein bisschen mit den Lippen geschmatzt, dann war sie wieder ruhig gewesen. Die Mutter hatte gelacht: »Dieses Mädchen, sogar im Schlaf antwortet sie!«

An diesem Tag saß Sonnenblume wie immer auf der Brücke und blickte nach Westen auf die in der Ferne liegende Flussbiegung. Die Sonne versank nach und nach im Fluss. Im Westen war der ganze Himmel rosa gefärbt. Vögel, die von der Futtersuche zurückkehrten, kreisten in den letzten Strahlen der Abendsonne, ihre schönen Silhouetten sahen aus wie Scherenschnitte aus Papier. Plötzlich sah Sonnenblume an der Flussbiegung einen Schilfberg auftauchen. Zunächst verstand sie nicht ganz, was es mit diesem Schilfberg auf sich hatte, doch als sie das große Segel erblickte, wusste sie: Vater und Bruder kamen zurück! Aufgeregt sprang sie auf, ihr Herz klopfte wie wild.

Das Segelboot kam geradewegs auf sie zu, so dass die Grasberge bald die untergehende Sonne verdeckten. Sonnenblume rannte nach Hause und rief: »Das Schiff ist zurück, Vater und Bruder sind wieder da!«

Auf einem der Schilfhaufen saß Bronze. Obwohl er auf dem Fluss fuhr, war er in dieser Höhe fast so hoch wie die Häuser am Ufer. Als das Schilfboot langsam auf dem Fluss an Gerstenfeld vorbeifuhr, ragten die Schilfberge hoch über das Ufer hinaus. Das Boot voller Schilf sah aus, als hätte es Gold geladen. Die prächtigen Sonnenstrahlen beschienen die Gesichter der Menschen, die am Ufer standen und schauten, und tauchten auch sie in goldenes Licht. Bronze zog seine Kleider aus, nahm sie in die Hand und winkte damit den Leuten aus Gerstenfeld zu, winkte der Großmutter, der Mutter und Sonnenblume …

•

冰项链

DIE HALSKETTE AUS EIS

Als die Wildgänse alle davongeflogen waren, hatte Bronzes Familie das Haus fertiggedeckt. Dieses Haus zog die Blicke ganz Gerstenfelds auf sich. Es gab nicht viele in Gerstenfeld, die so ein Haus hatten. Von nah und fern betrachteten die Dorfbewohner dieses *goldene Haus* und meinten, die ärmste Familie aus Gerstenfeld würde von nun an in Wohlstand leben.

Der Vater kletterte auf den Dachgiebel und tat etwas, das Bronze und Sonnenblume vor Schreck erstarren ließ: Er nahm ein Streichholz, zeigte es allen, die unten standen und zusahen, zündete es an und ließ es dann plötzlich auf das Dach fallen. Sofort flackerte ein kleines Feuerchen auf, das sich mit großer Geschwindigkeit ausbreitete und von einer Dachhälfte auf die andere übergriff. Bronze sprang vor Aufregung kerzengerade in die Höhe. Sonnenblume schrie: »Vater! Vater!« Doch der Vater stand auf dem Dach und lachte ihnen zu, als wäre nichts geschehen.

Auch die Erwachsenen rundherum lachten alle. Bronze und Sonnenblume konnten sich das nicht erklären: War es möglich, dass die Erwachsenen alle verrückt geworden waren? Doch das Feuer am Dach ging auf einmal von selbst aus. Bronze war so erschrocken, dass er sich in einem fort gegen die Brust schlug und Sonnenblume biss sich vor Schreck in die Finger. Die Großmutter sagte: »Das Schilf auf diesem Dach reicht, um zwei Häuser damit zu decken, die einzelnen Schilfhalme sind so dicht verarbeitet, dass zwischen ihnen nicht der kleinste Raum mehr ist. Dachschilf brennt auch nicht so leicht wie Stroh, das nur in die Nähe eines Feuers kommen muss und dann war's das. Was brennt, sind nur die nicht richtig eingearbeiteten oder kaputten Schilfhalme und Schilffasern. Wenn die abgebrannt sind, sieht es sogar noch schöner aus!«

Als die beiden Kinder erneut nach oben zum Dachgiebel sahen, war der Vater gerade dabei, das Dach mit einem großen Besen abzukehren, er säuberte es von der Asche, die das Feuer hinterlassen hatte, und zu ihrem Erstaunen sahen die Kinder, dass das Feuer das Dach schön glatt gemacht hatte, die goldene Farbe leuchtete nun noch stärker.

Der Vater setzte sich auf das Dach. Bronze sah zu ihm hinauf – in seinem Inneren beneidete er seinen Vater darum, dass er da so hoch oben auf dem Dach sitzen konnte. Der Vater winkte ihm zu: »Komm auch herauf!« Schnell kletterte Bronze über die Leiter auf das Dach. Sonnenblume winkte von unten: »Bruder, ich will auch hinaufkommen!« Bronze sah den Vater an: »Darf sie auch heraufkommen?« Der Vater nickte.

Die umstehenden Erwachsenen stützten Sonnenblume von unten, als sie die Leiter hinaufkletterte, von oben streckte ihr der Vater die Hand entgegen und zog sie hinauf. Zuerst hatte Sonnenblume etwas Angst, doch als der Vater seinen Arm um sie legte, war die Angst gleich verflogen.

Wie sie so zu dritt auf dem Dach saßen, zogen sie die Blicke vieler Leute auf sich, die alle stehen blieben und zu ihnen heraufsahen. Die Mutter sagte: »Ach, die drei da oben!« Bronze und Sonnenblume konnten vom Dach aus sehr weit sehen. Sie konnten das ganze Dorf Gerstenfeld überblicken, sie konnten die Windmühle hinter Gerstenfeld sehen, sie konnten die Kaderschule auf der anderen Seite des Flusses sehen und das unendlich weite Schilf ...

Sonnenblume sah die Großmutter unten stehen und rief ihr zu: »Großmutter, komm auch herauf!« Die Großmutter sagte: »Rede keinen Unsinn!«

So sehr die Großmutter und die Mutter sie auch riefen, die drei auf dem Dach dachten gar nicht daran, herunterzukommen. Sie saßen dicht beieinander und betrachteten still das Dorf und die Landschaft in dieser vorwinterlichen Zeit.

❀

Als sie schließlich alles hergerichtet und in Ordnung gebracht hatten, war die ganze Familie zum Umfallen müde. An diesem Tag regnete es. Die Familie schloss alle Türen, aß nicht einmal, stand am Morgen nicht auf, sondern schlief einfach weiter bis zum Abend.

Die Älteste, die Großmutter, wachte als Erste auf, kochte etwas und weckte dann erst den Rest der Familie. Beim Essen konnten sich Bronze und Sonnenblume kaum aufrecht halten, sie gähnten und streckten sich. Der Vater sagte zur Mutter: »In letzter Zeit haben uns die Kinder bei der Arbeit geholfen, wie sie nur konnten. Beide sind richtig abgemagert. Wenn sie sich ausreichend erholt haben, müssen wir sie wieder ordentlich spielen lassen!« In den darauffolgenden Tagen waren die beiden Geschwister richtig lustlos.

Eines Tages brachte ein Durchreisender eine Neuigkeit nach Gerstenfeld: Nach Reisduftfurt war ein Zirkus gekommen, der an diesem Abend eine Vorstellung geben würde. Sonnenblume hörte diese Nachricht als Erste, sie rannte den ganzen Weg nach Hause. Sie fand ihren Bruder und erzählte ihm von dem Zirkus. Als Bronze das hörte, sagte er erfreut: »Da gehe ich mit dir hin!« Auch die Erwachsenen unterstützten das Vorhaben, als sie davon erfuhren: »Geht euch das nur ansehen!« Die Großmutter röstete ihnen extra reichlich Sonnenblumenkerne und steckte sie Bronze und Sonnenblume in die Taschen: »So habt ihr beim Zuschauen etwas zu knabbern.« Und zu Bronze sagte sie: »Bronze, du musst gut auf Sonnenblume aufpassen.« Bronze nickte.

An diesem Tag aßen sie früh zu Abend, und gemeinsam mit vielen anderen Kindern aus Gerstenfeld machten sich Bronze und Sonnenblume auf den Weg nach Reisduftfurt. Auf dem Weg dorthin herrschte eine ausgelassene Stimmung. »Wir gehen in den Zirkus! Wir gehen in den Zirkus!« Unentwegt hörte man die Stimmen der Kinder über die Felder schallen.

Als Bronze und Sonnenblume in Reisduftfurt ankamen, war es bereits dunkel. Die Aufführung fand auf dem Dreschplatz statt, wo sich bereits eine große Menschenmenge eingefunden hatte. Die Bühne war weit vorne, vor ihr hingen vier Gaslampen an einem Querbalken. Sie waren so hell, dass es blendete. Sie gingen einmal um den Platz herum, doch außer unzähliger sich unentwegt hin und her bewegender Hinterteile konnten sie nichts sehen.

Bronze packte Sonnenblume fest an der Hand und versuchte sich durch die Menge hindurchzuquetschen, um ein wenig näher an die Bühne heranzukommen, doch die Menschen standen so unglaublich dicht gedrängt zusammen, dass sie eine undurchdringliche Mauer bildeten. Es gab nicht die kleinste Lücke, in die man sich hineinschieben konnte. Bronze und Sonnenblume trat der Schweiß aus allen Poren, also drängten sie sich wieder rückwärts aus der Menge heraus an den Rand, wo sie keuchend nach Luft schnappten.

Immer noch kamen von allen Seiten Menschen lärmend und polternd herbeigelaufen. In der Dunkelheit hörte man einen Bruder nach seiner Schwester und eine Schwester nach ihrem Bruder rufen. Ein kleines Mädchen, wahrscheinlich hatte sie ihren Bruder, mit dem sie hergekommen war, verloren, stand laut weinend am nahegelegenen Feldrand und schrie mit schriller Stimme: »Bruder, Bruder!« Automatisch fasste Sonnenblume Bronzes Hand noch fester. Bronze wischte Sonnenblume mit seinem Ärmel den Schweiß von der Stirn, dann nahm er sie wieder an die Hand und machte sich auf die Suche nach einem Platz, von dem aus man die Bühne sehen konnte.

Auch die Bäume rund um den Dreschplatz waren bereits voller Kinder, die hinaufgeklettert waren. In der Dunkelheit sah es so aus, als würden in den Bäumen lauter riesige Vögel sitzen. Gerade als Bronze und Sonnenblume an einem der Bäume vorbeigingen, brach laut knackend ein Ast ab. Er hatte die Last der beiden Kinder, die auf ihm saßen, nicht mehr ausgehalten – und die beiden stürzten zu Boden. Eines von ihnen stöhnte: »Aua, aua!«, das andere schrie wie am Spieß. Viele Leute schauten herüber, doch keiner kam zu Hilfe, jeder hatte Angst, seinen mühsam ergatterten Platz zu verlieren.

Bronze und Sonnenblume hatten den Dreschplatz nun bereits zweimal umrundet und noch immer hatten sie keine Stelle mit Blick auf die Bühne gefunden. Am besten war es, sich in einiger Entfernung etwas zu suchen, auf das man klettern konnte, stand man erhöht, konnte man auf die Bühne sehen.

In der Dunkelheit entdeckten sie eine steinerne Walze, die im Gestrüpp unweit des Dreschplatzes lag. Die Walze war ideal, erstaunlich, dass sie niemand entdeckt und weggerollt hatte. Ganz aufgeregt setzte sich Bronze darauf und zog auch Sonnenblume zu sich hinauf, als fürchtete er, jemand könnte ihnen die Walze wegschnappen. Einen Augenblick lang saßen sie so da und blickten um sich, sie konnten ihr Glück kaum fassen, dass diese Walze ganz ihnen gehörte. Dann rollten sie die Walze zum Dreschplatz.

Büffel zogen solche Steinwalzen, wenn man damit Reis- oder Weizenkörner mahlte, sie waren sehr schwer. Die beiden Geschwister mussten ihre ganze Kraft aufbringen, um sie vorwärtsbewegen zu können. Sie lehnten sich dagegen und schoben sie so Cun um Cun vorwärts. Auch wenn das sehr langsam ging, so rollte die Walze letztendlich doch weiter. Als andere Kinder das sahen, wurden sie neidisch. Doch die Geschwister waren auf der Hut, dass ihnen niemand die Walze wegnahm. Als sie damit endlich den Dreschplatz erreicht hatten, brannte ihnen der Schweiß so sehr in den Augen, dass sie für eine Weile nur noch verschwommen sehen konnten. Dann kletterten sie auf die Walze hinauf.

Auf der Bühne gab es Bewegung, die Aufführung schien bald loszugehen. Bronze stellte sich aufrecht auf die Walze, dann half er auch Sonnenblume aufzustehen. Ganz deutlich konnte man nun die Bühne sehen! Die beiden freuten sich ungemein. Sonnenblume blickte hinab und sah, dass noch immer zahlreiche Kinder um die Menschenmauer herum hin und her liefen, sie taten ihr ein wenig leid. Bronze stieß sie an, sie sollte zur Bühne hinsehen, denn hinter den Kulissen konnte man bereits einen Mann mit einem Affen stehen sehen, der sich für seinen Auftritt bereitmachte. Den Bruder fest an der Hand haltend, stand Sonnenblume da, riss die Augen auf und schaute auf die hell erleuchtete Bühne.

Gongschläge und Trommeln waren plötzlich zu hören. Der Tumult, der gerade noch geherrscht hatte, legte sich schlagartig. Der Mann mit dem Affen kam, den Zuschauern fröhlich zuwinkend, auf die Bühne gelaufen.

Als der Affe so viele Menschen sah, bekam er zuerst ein bisschen Angst, doch weil er Auftritte gewöhnt war, wurde er schnell übermütig, munter sprang und hüpfte er, hopste zu Boden, nur um im nächsten Moment seinem Herrn erneut auf die Schulter zu springen. Seine großen, glänzenden Augen wanderten unablässig umher und blinzelten ständig. Auf Kommando seines Herrn begann der Affe, der einen langen, schmalen Körper hatte, mit überaus geschickten Bewegungen eine Reihe komischer Kunststücke zu vollführen und brachte damit die Leute vor der Bühne zum Lachen. Wieder fiel ein Kind vom Baum, diesmal nicht, weil ein Zweig gebrochen war, sondern weil es sich vor Lachen nicht mehr halten konnte. Gelächter drang aus dem Baum, es war nicht klar, ob es wegen des Affen oder wegen des Kindes war, das nun unten am Boden stand und sich mit schmerzverzerrtem Gesicht sein Hinterteil rieb.

In diesem Moment spürte Bronze, wie jemand mit irgendeinem Gegenstand gegen sein Bein klopfte, und als er sich umdrehte, sah er einen kräftigen Jungen, der etwa einen Kopf größer war als er selbst. Er hielt einen Stock in der Hand und sah Bronze wütend an. Hinter diesem Jungen standen noch weitere, die ebenfalls alle einen wütenden Eindruck machten. Sonnenblume bekam Angst und packte Bronzes Hand.

Der Junge fragte: »Weißt du, welcher Familie diese Steinwalze gehört?« Bronze schüttelte den Kopf. »Wenn du nicht weißt, wem die Walze gehört, wie kommt es, dass du dann da oben stehst?« Bronze gestikulierte: »Meine Schwester und ich haben sie mit großer Mühe aus dem Dickicht dort drüben herübergerollt!« Doch der Junge verstand Bronzes Zeichensprache überhaupt nicht. Spöttisch verzog er den Mund: »Hey, der ist auch noch stumm!« Wieder schlug er mit dem Stock gegen Bronzes Bein: »Runter da, runter!« Sonnenblume sagte: »Wir haben die hierhergerollt!« Der Junge wiegte seinen Kopf hin und her und musterte Sonnenblume einen Moment lang abschätzig, dann sagte er: »Dass ihr die Walze hierherrollt, geht auch nicht.« Von weiter hinten fragte ein Junge: »Woher kommt ihr?« Sonnenblume sagte: »Wir sind aus Gerstenfeld.« – »Na, dann geht doch nach Gerstenfeld und rollt euch von dort eine Steinwalze her, diese hier ist aus unserem Reisduftfurt.«

Bronze beschloss, sie nicht weiter zu beachten, und fasste Sonnenblume bei der Schulter, damit sie wieder zur Bühne sah. Der Affe tollte immer noch über die Bühne. Jetzt trug er einen kleinen Strohhut und hatte eine Hacke geschultert, er sah aus wie ein kleiner alter Mann, der gerade zur Feldarbeit ging. Die Zuschauer johlten vor Lachen. Auch Bronze und Sonnenblume lachten, und für einen Augenblick vergaßen sie, dass hinter ihnen sieben, acht Jungen standen, die ihnen nichts Gutes wollten.

Im nächsten Moment schlug der Stock mit voller Wucht gegen Bronzes Knöchel. Eine Sekunde lang war Bronze vor Schmerz wie erstarrt, dann drehte er sich um und sah den Jungen mit dem Stock an. Bösartig fragte der Junge: »Na, was ist, willst du dich prügeln?« Bronze wollte die Steinwalze keinesfalls freigeben, er wollte, dass Sonnenblume den Zirkus sehen konnte, und obwohl ihm vor Schmerz der kalte Schweiß auf der Stirn stand, biss er die Zähne zusammen und sprang nicht von der Walze, um sich mit diesem Jungen zu prügeln. Sonnenblume fragte. »Bruder, was ist los?« Aber Bronze schüttelte nur den Kopf und sorgte dafür, dass Sonnenblume nach vorne sah und der Aufführung folgte.

Doch das Grüppchen von Kindern ging nicht weg, in jedem einzelnen Gesicht konnte man deutlich sehen, dass sie wild dazu entschlossen waren, die Walze zu erobern. Bronze suchte in der Menge nach Kindern aus Gerstenfeld. Er dachte, sie würden ihm zu Hilfe kommen. Doch die Kinder aus Gerstenfeld standen überall verstreut, der Einzige, den er entdeckte, war Quakfisch. Er rief Quakfisch nicht herbei, ihn wollte er nicht bitten, ihm und Sonnenblume zu helfen, und Quakfisch würde ihnen auch nicht unbedingt helfen wollen. Er drehte Sonnenblume nach vorne, damit sie dem Zirkus zusah, und stellte sich der Gruppe von Kindern.

Aus der Menge erschallte wieder Gelächter, die Aufführung auf der Bühne musste sehr lustig sein. Das Lachen provozierte die paar Jungen, die nichts von der Aufführung sehen konnten und deshalb schon ganz kribbelig waren. Sie wollten keine einzige Minute der Aufführung mehr verpassen und beschlossen, die Walze sofort in Beschlag zu nehmen.

Der Junge mit dem Stock rief Bronze mit lauter Stimme zu: »Kommst du nun herunter oder nicht?« Er hob den Stock in seine Richtung. Mutig sah Bronze den Jungen mit dem Stock an. Der Junge zeigte mit seinem Stock auf Bronze und sagte zu den anderen hinter sich: »Holt sie herunter!« Die Kinder stürzten vorwärts und zogen Bronze und Sonnenblume einfach von der Steinwalze herunter. Sonnenblumes Aufmerksamkeit war gerade ganz auf die Bühne gerichtet gewesen, und als sie so plötzlich zu Boden gezerrt wurde, war sie einen Augenblick lang völlig verwirrt, dann begann sie zu weinen. Bronze klopfte sich den Staub von den Händen, half Sonnenblume vom Boden auf, brachte sie zu einem ruhigen Platz und befahl ihr, sich von dort nicht wegzubewegen. Dann drehte er sich um und ging zu den Kindern zurück. Sonnenblume rief ihm nach: »Bruder!« Doch Bronze sah nicht zurück. Als er bei ihnen ankam, standen die Jungen bereits dicht gedrängt auf der Walze und verfolgten interessiert die Aufführung.

Bronze nahm Anlauf und, den Kopf wie sein Büffel zur Brust herabgesenkt, rannte mit ausgestreckten Armen mit voller Wucht von hinten gegen die Kinder. Ein dumpfer Aufprall war zu hören – die Kinder waren zu Boden gefallen. Bronze stand nun auf der Walze und sah aus, als wollte er bis zum Äußersten kämpfen. Die Kinder waren einen Augenblick lang sprachlos, dann sahen sie zu dem Jungen mit dem Stock, der immer noch am Boden saß.

Der Junge mit dem Stock war nicht gleich aufgestanden, er wartete darauf, dass die anderen herbeikamen, um ihm aufzuhelfen. Als die anderen endlich kapierten, was er wollte, sprangen sie zu ihm und halfen ihm aufzustehen. Der Junge ärgerte sich über die Langsamkeit der anderen und, als er wieder auf den Beinen stand, stieß die Kinder mit den Armen von sich, was sie sehr verlegen machte. Dann ließ er das Stockende ein ums andere Mal in seine

Handfläche fallen. Er ging einmal um die Steinwalze herum, hob dann blitzartig seinen Stock und schlug damit nach Bronze. Bronze duckte sich seitlich weg, wehrte mit den Armen ab und wich dem Schlag aus. Als der Stock erneut auf ihn herabsauste, machte er einen Satz, riss den Jungen mit dem Stock zu Boden und begann mit ihm zu raufen. Wie vorher die Steinwalze, die in diesem Augenblick völlig vergessen war, rollten sie nun über den Platz.

Letztendlich konnte sich Bronze jedoch gegenüber diesem Kind nicht behaupten und nach einer Weile wurde er von dem Jungen zu Boden gedrückt. Keuchend bedeutete der Junge den anderen, ihm den Stock zu bringen, der zu Boden gefallen war. Leicht schlug er Bronze mit dem Stock gegen die Stirn: »Du stinkender Stummer, du bist jetzt einmal schön brav! Wenn du nicht auf mich hörst, werde ich dich und dieses kleine Kind in den Fluss werfen!« Vergebens versuchte Bronze sich freizukämpfen.

Sonnenblume stand da und weinte, sie machte sich solche Sorgen um ihren Bruder! Schluchzend rief sie: »Gehen wir nach Hause! Gehen wir nach Hause!« Sie wartete noch eine Weile, und als ihr Bruder noch immer nicht zurückgekehrt war, ignorierte sie Bronzes Anweisung und rannte zu der Steinwalze. In diesem Moment wurde Bronze gerade von einigen Jungen, die ihn fest an den Armen gepackt hielten, an den Rand des Platzes geschleift. Sonnenblume stürzte herbei, sie schrie laut nach ihrem Bruder und schlug mit Fäusten auf die Jungen ein. Diese drehten sich um, und als sie sahen, dass das ein Mädchen war, trauten sie sich nicht zurückzuschlagen. Sie versuchten, Sonnenblumes kraftlosen Fausthieben auszuweichen, während sie Bronze weiterhin vom Platz schleiften. Als sie das Ende des Platzes erreicht hatten, warfen sie ihn in das Gestrüpp, das rundum wuchs, und rannten zurück zur Steinwalze.

Sonnenblume ging in die Hocke, um ihm aufzuhelfen. »Bruder, wir gehen nach Hause, wir wollen uns das nicht mehr ansehen!« Bronze wischte sich das Blut ab, das ihm aus der Nase lief, und stand mit Sonnenblumes Hilfe etwas angeschlagen vom Boden auf. Bronze wäre am liebsten noch einmal umgekehrt, um die Steinwalze zurückzuerobern, doch er fürchtete, dass auch Sonnenblume etwas abbekommen könnte, und so war es das Beste, seine Wut hinunterzuschlucken und auf dem gleichen Weg, den sie gekommen waren, wieder zurückzukehren.

Immer wieder hörte man das Gelächter vom Dreschplatz. Sonnenblume musste sich noch einmal umdrehen und zurückblicken. Eine Zirkustruppe kam wirklich nicht oft in so eine arme und entlegene Gegend. Auf dem Land war einfach nichts los. Die Menschen gingen oft zehn oder zwanzig Li weit, nur um einen Kinofilm oder ein Theaterstück zu sehen. Jedes Mal, wenn es hieß, dass irgendwo in der Nähe eine Kino- oder Theateraufführung stattfinden sollte, blieben die Erwachsenen zwar gelassen, doch die Kinder freuten sich, als stünde das Neujahrsfest vor der Tür. Hatten sie einmal von der Neuigkeit erfahren, konnten sie an nichts anderes mehr als an diese Aufführung denken.

Sie gingen wieder ein paar Schritte, dann blieb Bronze plötzlich stehen, nahm Sonnenblume an die Hand und zog sie wieder zum Dreschplatz. »Bruder, gehen wir nach Hause, wir wollen nicht mehr zuschauen!« Sonnenblume hatte Angst, dass Bronze zurückgehen und wieder mit den Jungen um die Steinwalze kämpfen wollte. Im Mondlicht gab ihr Bronze Zeichen: »Ich werde mich nicht mit ihnen prügeln, ganz sicher werde ich mich nicht mit ihnen prügeln!« Mit Sonnenblume an der Hand steuerte er zielstrebig auf den Dreschplatz zu. Dort angekommen, suchte er nach einem Platz, wo die Leute nicht allzu dicht gedrängt standen, dann ging Bronze in die Hocke. Sonnenblume stand reglos da. Bronze klopfte sich mit der Hand auf seine Schulter und gab Sonnenblume zu verstehen hinaufzuklettern. Sonnenblume rührte sich immer noch nicht, leise sagte sie: »Bruder, gehen wir nach Hause, wir wollen nicht mehr zuschauen!« Sonnenblume wollte sich nicht auf seine Schultern setzen, doch Bronze blieb in der Hocke und weigerte sich aufzustehen. Etwas verärgert klopfte er in einem fort auf seine Schulter.

Sonnenblume ging zu ihm: »Bruder ...« Sie reichte Bronze ihre beiden Hände, hob erst den linken und dann den rechten Fuß und kletterte auf Bronzes Schultern. Auch Bronze war schließlich ein kräftiger Junge. Mit beiden Händen stützte er sich vorsichtig am Rücken des Mannes, der vor ihm stand, ab und stand vorsichtig auf. Der Mann war sehr freundlich, er drehte sich um und signalisierte Bronze, dem das Ganze etwas peinlich war, mit seinem Blick: »Macht nichts!« Er beugte sich auch noch ein wenig nach vorne, damit sich Bronze gut abstützen konnte. Mit jedem Stückchen, das Bronze aufstand, wuchs Sonnenblume ein bisschen weiter in die Höhe. Zunächst sah sie nur die Rücken der Menschen vor sich, dann die Hinterköpfe und schließlich die hell erleuchtete Bühne. In diesem Augenblick hatte gerade ein tollpatschig aussehender Kragenbär seinen Auftritt. Sonnenblume hatte so ein Tier noch nie gesehen, unwillkürlich fürchtete sie sich ein wenig und klammerte sich mit beiden Händen an den Kopf ihres Bruders. Auf Bronzes Schultern thronend, konnte Sonnenblume besser sehen als jeder andere.

Ein angenehm kühler Wind strich über die Köpfe der unzähligen Menschen hinweg. Der Bär war ein verfressener Kerl, wenn er kein Futter bekam, lag er faul auf dem Boden herum und weigerte sich, Kunststücke zu vollführen, so dass die Kinder nichts mehr zu lachen hatten.

Sonnenblumes ganze Konzentration war auf die Bühne gerichtet. Sie saß auf Bronzes Schultern und hielt sich an seinem Kopf fest, das war bequem und sie fühlte sich sicher. Nach dem Kragenbär kam ein kleiner Hund, nach dem kleinen Hund ein großer Hund, dann eine kleine Katze, nach der kleinen Katze kam eine große Katze, danach spielten Hund und Katze miteinander und dann ritt ein Mädchen auf einem Pferd. Ein Auftritt war spannender als der andere. Der Hund sprang durch einen brennenden Reifen, die Katze ritt auf dem Rücken des Hundes, ein Mann ritt auf dem Pferd und balancierte dabei einen großen Stapel von Schüsseln auf dem Kopf ... Sonnenblume war zwischen Freude und Anspannung hin- und hergerissen. Freute sie sich, patschte sie Bronze mit beiden Händen auf den Kopf. Sie war von dem Bühnengeschehen völlig eingenommen und hatte ganz vergessen, dass sie auf den Schultern ihres Bruders saß.

Bronze hielt Sonnenblumes Beine fest, so war er zunächst reglos dagestanden. Doch nach einer Weile konnte er nicht mehr, sein Körper begann zu schwanken. Er biss die Zähne zusammen und versuchte durchzuhalten. Hinter ihm standen auch noch Leute, er war von allen Seiten umringt. Die Luft war abgestanden und stickig. Er wollte Sonnenblume hinaustragen, doch er kam nicht durch, und der Schweiß rann in Strömen an ihm herab. Vor seinen Augen wurde es dunkel. In diesem Dunkel vergaß er, dass er auf dem Dreschplatz in Reisduftfurt stand und dass Sonnenblume auf seinen Schultern saß, um den Zirkus zu sehen.

Er hatte das Gefühl, auf einem kleinen Schiff zu stehen, es dämmerte, der Himmel war noch diesig, über dem Fluss wehte ein Wind, und da ein Wind wehte, gab es auch kleine Wellen. Die Wellen schaukelten, das kleine Boot schaukelte auch, die beiden Ufer schaukelten, und auch die Dörfer und

Bäume auf beiden Seiten des Ufers schaukelten. Er erinnerte sich an einen Vogel, an einen schwarzen Vogel, den er in einem unzugänglichen Schilfstück entdeckt hatte, als er seinen Büffel gehütet hatte. Er hatte den Vogel angesehen und der Vogel hatte ihn angesehen. Der Vogel hatte wie ein schwarzer Geist ausgesehen, war plötzlich aufgetaucht und im nächsten Moment wieder verschwunden. Er hatte mit niemandem über diesen Vogel gesprochen. Er erinnerte sich an eine Spinne, eine Spinne, die ein großes Netz gesponnen hatte. Das große Netz hatte sie hinter dem Haus zwischen dem Maulbeer- und dem Zedrachbaum gesponnen. Die Spinne war wunderschön gewesen, dunkelrot, und in ihrem Netz hatte sie ausgesehen wie eine kleine rote Blume. Früh am Morgen hatten winzige Tautropfen in dem Netz gehangen, und bei Sonnenaufgang hatte jeder Tropfen, jeder Spinnfaden geglänzt und geglitzert ...

Einen Augenblick lang war sein Hirn ganz leer, sein Körper war schwerelos, er schwebte im Dunkel, ohne zu Boden zu fallen.

Das war Sonnenblumes glücklichster Abend. Und obwohl die Zirkusdarsteller nicht besonders kunstfertig waren, so reichte es doch, um Sonnenblume zu faszinieren. Sie umfasste Bronzes Kopf, genauso wie sie im Frühjahr einen Baum am Ufer des kleinen Flusses umfasst hatte, als sie – glücklich und zufrieden – Wasservögel am Fluss beobachtet hatte.

In seiner Verwirrung hatte Bronze plötzlich das Gefühl, einen kühlen Wind an seiner Stirn zu spüren. Undeutlich sah er die Menschen auf dem Dreschplatz, die gerade in alle Richtungen auseinanderströmten, lautes Reden drang an sein Ohr. Er hörte das An- und Abschwellen der Geräusche, es klang wie das Rauschen der Meereswellen. Vor ihm ging jemand, es schienen die Kinder aus Gerstenfeld zu sein, da war auch Quakfisch. Verwirrt und schwankend folgte er ihnen.

Sonnenblume war in Gedanken noch ganz in das fröhliche Zirkustreiben, das sie soeben gesehen hatte, versunken. Sie schien etwas müde zu sein und legte ihr Kinn in das Haar ihres Bruders. Sie roch den Geruch, den sein Haar verströmte: Es war ein sehr intensiver Schweißgeruch.

Sie fragte ihren Bruder: »Wer hat dir besser gefallen, der Kragenbär oder der Hund – der schwarze Hund? – Mir hat der schwarze Hund gefallen, er war so klug, noch klüger als ein Mensch, er konnte sogar lesen! Und hast du gesehen, wie der Hund durch den Reifen gesprungen ist, hattest du da Angst? Also ich habe Angst gehabt. Als der Hund da durchsprang, dachte ich, er würde sich sein Fell verbrennen.« Auf wackeligen Beinen stolperte Bronze dahin. Überall auf den Feldern sah man in der Dunkelheit die Lichter von Laternen und Taschenlampen aufleuchten, es war wie in einem Traum.

»Bruder, hat dir der Kragenbär oder der Hund besser gefallen – der schwarze Hund?«, bohrte Sonnenblume nochmal nach. Sie wollte die Antwort ihres Bruders hören. Am laufenden Band stellte sie Fragen, doch irgendwann gab sie auf. Plötzlich fiel ihr ein, dass ihr Bruder sie schon vor einer ganzen Weile auf seine Schultern genommen hatte, damit sie dem Zirkus zusehen konnte. Es war nicht nur vor einer ganzen Weile gewesen, sondern schon vor Ewigkeiten – Sonnenblume hatte das Gefühl, bereits seit vielen Jahren ununterbrochen auf Bronzes Schultern zu sitzen. Sie war so in die Aufführung vertieft gewesen, dass sie ihren Bruder komplett vergessen hatte. Und ihr Bruder hatte sie auf dem Dreschplatz die ganze Zeit über auf seinen Schultern sitzen lassen. Er selbst hatte gar nichts gesehen. Die Felder begannen vor ihren Augen zu verschwimmen und mit aller Kraft umarmte sie den Hals ihres Bruders, ihre Tränen tropften, eine nach der anderen, in sein verschwitztes Haar.

Weinend sagte Sonnenblume: »Wir gehen nie wieder in den Zirkus!«

❀

Die Schulden, die man für den Hausbau aufgenommenen hatte, mussten zurückbezahlt werden, und die Frist dafür war bereits im Vorfeld festgelegt worden. Bronzes Vater war ein Mann, der sein Wort hielt. Den Lotus im Teich hatte er bereits ausgegraben und für einen guten Preis verkauft. Der Rübenacker war bereits abgeerntet, und die Summe, die sie für die Rüben bekommen hatten, entsprach dem, was sie sich vorher ausgerechnet hatten. Jetzt hatten sie noch ein Mu voller Pfeilkraut.

In diesen Tagen ging der Vater immer wieder aufs Feld hinaus. Noch wollte er nicht ernten, sondern damit bis kurz vor dem Neujahrsfest warten. Wenn die Menschen hier Neujahr feierten, gab es ein paar Sachen, die sie unbedingt zum Essen haben mussten, zum Beispiel Süßkartoffeln, Staudensellerie oder eben Pfeilkraut. Wenn man es kurz vor Neujahr erntete und dann in Ölhanffeld verkaufte, konnte man sicherlich gut verdienen. Mit diesem Geld konnten sie nicht nur die Schulden zurückzahlen, sondern auch für die Kinder ein paar Chi Stoff abmessen und ihnen zu Neujahr neue Kleider nähen.

Tag und Nacht verbrachte Bronzes Familie – die Großmutter, der Vater und die Mutter – mit Rechnen.

Der Vater steckte die Hand in den Schlamm und befühlte das Pfeilkraut, das sich unter der Oberfläche verbarg. Die Knollen waren alle groß und rund gewachsen und fühlten sich gut an. Er wollte keine davon vorzeitig herausziehen. Er wollte jede einzelne Pfeilkrautknolle vorerst noch im Schlamm belassen, damit sie wachsen und gedeihen konnte, und erst wenn die Zeit reif war, würde er das Wasser ablassen und sie alle nacheinander aus dem Schlamm ziehen, in den Korb legen und schließlich sauber waschen.

Der Vater konnte sich förmlich selbst sehen, wie er mit zwei Eimern hochwertigen Pfeilkrauts an der Tragestange von Gerstenfeld nach Ölhanffeld ging. »Da wird Geld transportiert!« Er konnte sogar schon die bewundernden Rufe der Menschen hören: »Das nenne ich ein Pfeilkraut!« Das eine Mu voller Pfeilkraut war für Bronzes Familie überaus wertvoll.

Als der Vater eines Abends, nachdem er wieder den Pfeilkrautacker begutachtet hatte, nach Hause ging, sah er am Fluss eine Entenschar schwimmen und erschrak: Wie hatte er nur ganz außer Acht lassen können, dass sich die Enten über sein Feld hermachen könnten? Die Enten liebten Pfeilkraut und sie waren sehr geschickt: Sie steckten ihre langen, flachen Schnäbel in den Schlamm, reckten ihre Hinterteile in die Luft und so tauchten sie unablässig weiter, bis sie schließlich auf etwas Festes stießen. So eine Entenschar konnte ein Mu Pfeilkraut in kürzester Zeit komplett abernten. Als er daran dachte, brach dem Vater unwillkürlich der kalte Schweiß aus: »Zum Glück haben diese kleinen Biester das Feld noch nicht leergefressen.«

Der Vater ging nach Hause, packte gleich ein paar Vogelscheuchen und steckte sie in den Pfeilkrautacker. Dann nahm er ein Seil und zog damit einen Kreis rund um den Acker, indem er es um die Bäume wickelte, die am Feldrand wuchsen. An das Seil hängte er Dutzende von Grasbüscheln. Wenn der Wind wehte, schwangen die Grasbüschel hin und her. Der Vater war jedoch immer noch besorgt, und so beschloss er, dass die ganze Familie ab sofort, bis zum Tag der Ernte, abwechselnd den Pfeilkrautacker bewachen sollte.

Es war ein Sonntagnachmittag, als Sonnenblume an der Reihe war, den Acker zu bewachen.

Der Vater und die Mutter waren gemeinsam mit anderen Dorfbewohnern weit weg gegangen, um einen Kanal auszuheben, die Großmutter hütete das

Haus, kochte und versorgte das Schwein und die Schafe, und Bronze sammelte im Sumpfland Schilfblüten, während er den Büffel hütete. Die Familie wollte dieses Jahr wieder hundert Paar Schilfblütenschuhe herstellen, diese Einnahmen waren bereits fest einkalkuliert.

Keiner in der Familie war untätig. Die Tage bis zur Rückzahlung verstrichen bedrohlich schnell. Dennoch wirkten sie alle ruhig und gelassen. Sonnenblume nahm ihre Hausaufgaben mit aufs Feld und setzte sich an den Feldrand. Neben sich legte sie eine lange Bambusstange, an der Stange war eine Schnur und an der Schnur ein Grasbüschel befestigt. Bronze hatte die Stange für sie gemacht, damit sie damit die Enten vertreiben konnte. Obwohl es bereits Winter war, war es dennoch ein warmer Nachmittag.

Der Pfeilkrautacker, den Sonnenblume bewachte, stand unter Wasser. Auch alle angrenzenden Äcker waren Wasserfelder. Das Wasser reflektierte die gleißenden Sonnenstrahlen. Ein paar langbeinige Wasservögel waren in den Feldern gerade auf Futtersuche. Sie sahen sehr elegant aus. Wenn sie einen kleinen Fisch gefangen hatten, dann klappten sie ihre langen Schnäbel zu, schwenkten sie immer wieder hin und her, reckten ihre langen Hälse und schluckten den Fisch langsam hinunter. Wenn der Wind wehte, gab es auf den Wasserfeldern kleine Wellen, winzige Wellen, nicht so gewaltige Wellen wie auf dem Fluss. Auf den Feldern schwamm Moos, und obwohl das Wasser eisig kalt war, war das Moos immer noch von einem leuchtenden Grün und sah aus wie ein Stück grüner Seide, das dahintrieb und sich viele Tage lang mit Wasser vollgesogen hatte. Auf dem Acker wuchsen grüne Rüben, die zur Hälfte aus dem Schlamm herauslugten, so dass man sie am liebsten ausreißen, waschen und dann große Stücke davon abbeißen wollte.

Sonnenblume fand, dass es ein Vergnügen war, an so einem sonnigen Tag das Feld zu bewachen.

Neben den Feldern gab es einen Bach. In der Ferne vernahm Sonnenblume Entenquaken. Als sie sich umdrehte, um zu sehen, woher es kam, erblickte sie eine große Entenschar, die geradewegs aus der Bachmündung auf sie zugeschwommen kam. Hinter ihnen fuhr ein kleines Entenhüterboot, das von Quakfisch gesteuert wurde. Als Sonnenblume Quakfisch erkannte, wurde sie wachsam.

Quakfisch hatte Sonnenblume ebenfalls gesehen. Zunächst drehte er sich weg, um in den Fluss zu pinkeln. Er bemerkte, wie sehr sich die Farbe seines

Urins von der des Flusses unterschied, und ihm gefiel das Plätschern, das beim Pinkeln entstand. Erst eine Ewigkeit nachdem sich der letzte Tropfen seines Urins im Wasser aufgelöst hatte, band er seine Hose wieder zu, denn er war ganz in Gedanken versunken gewesen.

Das kleine Boot trieb auf sie zu. Zwischen der Entenschar und dem Boot war bereits ein beträchtlicher Abstand. Quakfisch sah sich nach Sonnenblume um, die da am Feldrand saß, und rief seinen Enten einen Befehl zu, damit sie anhielten. Die Enten kannten seine Befehle gut, sie bewegten sich nicht weiter vorwärts, sondern schwammen stattdessen in das Schilf am Flussufer.

Quakfisch legte mit seinem Boot am Ufer an und band es an einem Baum fest. Dann kletterte er die Uferböschung hinauf, nahm die Eisenschaufel mit dem langen Griff, die er zum Entenhüten benutzte, und setzte sich ebenfalls an den Feldrand.

Quakfisch trug eine weite, schwarze, gefütterte Baumwolljacke und dazu eine genauso weite, schwarze, gefütterte Baumwollhose. Als er sich hinsetzte, warf ihm Sonnenblume einen Blick zu, plötzlich musste sie an den Kragenbär aus dem Zirkus denken. Sie wollte lachen, doch sie traute sich nicht. Sie hatte immer etwas Angst vor Quakfisch.

Sonnenblume saß am Feldrand und las, doch innerlich war sie beunruhigt. Sie hoffte, ihr Bruder würde hier auftauchen. Quakfisch ignorierte Sonnenblume völlig, stand auf und hob mit seiner Schaufel Schlammbrocken aus, die er weit auf die Felder hinaus warf. In den einsamen Feldern kräuselte sich das Wasser. Ein paar langbeinige Wasservögel, die ganz friedlich auf Futtersuche gewesen waren, erschraken und flogen hoch auf in die Luft. Sie drehten ein paar Kreise und als sie sahen, dass Quakfisch keine Anstalten machte zu gehen, flogen sie auf Felder, die weiter entfernt lagen. Nun gab es hier außer den Wasserfeldern nur noch Sonnenblume und Quakfisch.

Jetzt im Winter waren die Feldränder mit dürrem, zerrupftem Gras bewachsen. Quakfisch hatte Lust, sich in dieses Gras hineinzulegen. Gedacht, getan. Es war sehr bequem, wie auf einer weichen Matte. Die Sonne blendete etwas, also schloss er die Augen. Als die Enten ihren Herrn nicht mehr sehen konnten, kamen sie quakend aus dem Wasser, um ihn zu suchen. Doch Quakfisch kümmerte sich nicht um sie. Die Enten suchten nach ihrem Herrn. Sie fühlten sich verlassen, quakten, schlugen mit den Flügeln und kletterten ans Ufer. Das Ufer war steil und die Enten purzelten immer wieder in den Fluss zurück. Sie schienen das bereits gewöhnt zu sein, sie schüttelten die Wassertropfen von ihren Federn, schlugen mit den Flügeln – und kletterten erneut nach oben. Und allmählich erreichte eine Ente nach der anderen das obere Ende der Böschung. Sie entdeckten ihren Herrn, der offenbar schlief, beruhigten sich und begannen in dem Gestrüpp rund um ihn herum nach Futter zu suchen.

Sonnenblume sah, wie die Entenschar die Uferböschung erklomm, legte ihr Buch beiseite, stand auf und nahm die Bambusstange zur Hand. Die Enten schienen etwas zu wittern. Eine nach der anderen hörte auf zu fressen und hob den Kopf, sie drängten sich am Rand des Pfeilkrautackers dicht zusammen und gaben keinen Laut von sich, als versuchten sie bei vollster Konzentration zu ergründen, was da vor sich ging. Ein hübsch gemusterter Erpel senkte den Kopf. Im Wasser des Pfeilkrautackers sah er sein Spiegelbild. Nervös hielt Sonnenblume die Bambusstange fest und starrte auf die riesige Entenschar.

Der gemusterte Erpel tauchte als Erster in das Feld ein, die anderen folgten ihm nach und nach. Sonnenblume lief mit der Bambusstange herbei, während sie gleichzeitig versuchte, die Enten mit ihren Rufen zu vertreiben: »Husch – husch!« Sonnenblume fuchtelte unaufhörlich mit der Bambusstange herum und schrie, um die Enten zu verscheuchen. Anfangs hatten die Enten noch ein wenig Angst, doch als sie sahen, wie die Schnelleren unter ihnen bereits ein paar zarte Pfeilkrautknollen aus dem Schlamm gezogen hatten und gerade dabei waren, diese mit weit vorgerecktem Hals hinunterzuschlucken, kümmerten sie sich nicht weiter um ihre Angst. Sie duckten sich unter Sonnenblumes Bambusstange weg, warteten auf die passende Gelegenheit und gruben ihre langen, flachen Schnäbel in den Schlamm. Wenn es um gutes Essen ging, kannte diese Entenschar keinen Anstand.

Sonnenblume rannte am Feldrand hin und her, unermüdlich versuchte sie die Enten zu vertreiben. Doch die Enten, die bereits auf den Geschmack gekommen waren, dachten nicht daran zu verschwinden, auch wenn die Bambusstange ihnen gefährlich nahe kam. Und noch etwas spielte dabei eine wichtige Rolle: Nachdem sie sahen, wie ihr Herr in aller Seelenruhe am Feldrand lag, dachten sie gar nicht daran, Sonnenblume zu beachten, für sie war das so, als würde er dem Ganzen stillschweigend zustimmen.

Im Licht der Wintersonne lag die Welt friedlich da. Die Enten, die Quakfischs Familie gehörten, waren gerade dabei, den Pfeilkrautacker von Bronzes Familie in einer großangelegten Aktion zu plündern. Quakfisch aber lag völlig gleichgültig in dem federweichen Gras und freute sich über die Wärme der Sonnenstrahlen, öffnete die Augen nur ein kleines bisschen und sah zu, wie Sonnenblume völlig aufgelöst hin und her lief.

Genau das hatte er sehen wollen: Sonnenblumes Angst, ja sogar Panik. So etwas stimmte ihn überglücklich. Damals, als Sonnenblume mit Bronzes Familie den Platz unter dem alten Perlschnurbaum verlassen hatte, war es ebenfalls Nachmittag gewesen. Die Umstände von damals traten nun erneut ans Licht. Er hörte, wie Sonnenblume die Enten verscheuchte, und schloss seine Augen, doch immer noch schienen die Strahlen durch seine Lider. Der Himmel war rot.

Hatte Sonnenblume die Enten verjagt, steckten sie ihre Schnäbel einfach an einer anderen Stelle wieder in den Schlamm. Auf der Wasseroberfläche sah man unzählige Entenhintern und unzählige Entenhälse, die sich reckten, um das Pfeilkraut zu schlucken. Gerade war das Feld noch von klarem Wasser gefüllt gewesen, doch nun, wenig später, war es völlig trüb. Ein paar kleine Fische waren vor Aufregung mit dem Kopf in der Feldumrandung stecken geblieben.

»Ihr habt keinen Anstand!« Kraftlos lief Sonnenblume umher und fing an, die Enten zu beschimpfen, Tränen standen ihr in den Augen. Zahllose Entenschnäbel durchwühlten den Pfeilkrautacker wie kleine Pflüge.

Sich ihrer Rückendeckung gewiss, suchten die Enten den Morast nach Pfeilkraut ab, ihre Gesichter waren alle schlammverschmiert, nur die Augen lugten wie schwarze Bohnen daraus hervor. Sie hatten wirklich jeglichen Anstand verloren. Sonnenblume hatte überhaupt keine Chance. Sie konnte nur mit weit aufgerissenen Augen zusehen, wie die Enten das Pfeilkraut ihrer Familie vertilgten. In den Augen des Vaters war das Pfeilkraut so wertvoll wie Gold. Sie wollte zurücklaufen und ihre Familie rufen. Doch der Pfeilkrautacker lag weit von zu Hause entfernt, bis sie alle herbeigerufen hätte, wäre das Pfeilkraut schon längst aufgefressen. Sie schaute in alle Richtungen, doch außer ein paar Vögeln, die über den Feldern flogen, konnte sie keine Menschenseele entdecken.

Sie rief Quakfisch zu: »Eure Enten fressen unser Pfeilkraut! Eure Enten fressen unser Pfeilkraut!« Doch Quakfisch lag wie ein toter Hund reglos da.

Sonnenblume zog sich Schuhe und Socken aus, krempelte die Hosenbeine hoch, und ohne darauf zu achten, wie kalt das Wasser im winterlichen Feld war, stieg sie in den Pfeilkrautacker. Diesmal erschraken die Enten tatsächlich, schlugen mit den Flügeln, quakten und flohen in das benachbarte Wasserfeld. Doch dieses Feld war leer, die Enten standen eine Weile im Wasser herum, bemerkten, dass es nichts zu fressen gab, schwammen auf dem Wasser umher und sahen Sonnenblume an. Ein Wind wehte, die Enten bewegten sich nicht, sondern ließen sich vom Wind umhertreiben.

So stand Sonnenblume in dem Pfeilkrautacker, die Bambusstange in der Hand. Ihre Füße fühlten sich an wie von unzähligen Nadeln gespickt. In der Nacht würde sich auf dem Wasser im Feld eine dünne Eisschicht bilden. Bald begann sie am ganzen Körper zu zittern und mit den Zähnen zu klappern. Doch Sonnenblume blieb standhaft, sie wollte warten, bis ihr Bruder kam.

Mit dem Wind trieben die Enten weit weg. Entweder waren sie müde oder satt, sie sahen alle sehr zufrieden aus, und einige von ihnen steckten plötzlich den Kopf unter die Flügel und schliefen. Als Sonnenblume das sah, dachte sie, die Enten würden nicht noch einmal über den Pfeilkrautacker herfallen, und stieg eilig auf die Feldumrandung. Sie wusch im Wasser ihre Füße vom Schlamm sauber und sah, dass sie von der Kälte bereits ganz rotgefroren waren. So zog sie die Schultern hoch und sprang in der Sonne auf und ab, und immer wieder blickte sie in die Richtung, in der Bronze Schilfblüten sammelte.

Gerade als Sonnenblume dachte, die Enten hätten aufgegeben, kamen sie gegen den Wind angeschwommen und fielen mit einem Mal wie eine Flut erneut über den Pfeilkrautacker her. Wieder stieg Sonnenblume in das Feld, doch diesmal hatten die Enten keine Angst mehr vor ihr. Als die Bambusstange niedersauste, flohen sie. Die Enten bemerkten jedoch schnell, dass sich Sonnenblumes Beine im Schlamm nur schwer bewegten und dass sie keineswegs so aufgeregt fliehen mussten. Mit Leichtigkeit wichen sie Sonnenblumes Attacken aus. Wie eine Strömung kamen sie rings um sie zurückgewirbelt. Sonnenblume stand im Schlamm und weinte laut. Die Enten fraßen das Pfeilkraut und rundum war genüssliches Schmatzen zu hören.

Sonnenblume stieg auf den Feldrand und stürmte auf Quakfisch zu: »Eure Enten fressen unser Pfeilkraut!« Das Wasser bewegte sich, das Gras bewegte sich, die Blätter an den Bäumen bewegten sich, nur Quakfisch bewegte sich nicht. Sonnenblume stupste ihn mit der Bambusstange: »Hast du gehört?« Keine Reaktion. Sonnenblume kam näher und stieß Quakfisch diesmal mit aller Kraft an: »Eure Enten fressen unser Pfeilkraut!« Quakfisch rührte sich immer noch nicht.

Sonnenblume packte ihn am Arm und wollte ihn vom Boden hochziehen. Doch Quakfisch lag wie ein Schwein reglos da. Sonnenblume ließ seinen Arm wieder fallen, es schien gar nicht sein Arm zu sein, denn als sie ihn losließ, plumpste er einfach zu Boden. Da erschrak Sonnenblume gewaltig, und unwillkürlich wich sie ein paar Schritte zurück. Quakfisch rührte sich nicht, beide Augen waren fest geschlossen, sein wirres Haar bewegte sich zusammen mit dem struppigen Gras im Wind.

Leise rief Sonnenblume: »Quakfisch!« Dann rief sie lauter: »Quakfisch!« Sie sprang auf, drehte sich um und rannte ins Dorf. Sie rannte und schrie dabei: »Quakfisch ist tot! Quakfisch ist tot!«

Kurz vor dem Dorf traf sie auf Bronze. Stammelnd erzählte sie ihm alles, was sie gesehen hatte. Ungläubig zog Bronze Sonnenblume hinter sich her, als er zum Pfeilkrautacker lief. Noch bevor sie dort ankamen, hörten sie einen seltsamen Gesang, den Quakfisch angestimmt hatte. Die beiden folgten dem Gesang und sahen, wie Quakfisch gerade sein kleines Boot ins Wasser ließ, seine Enten vor sich hertrieb und auf den Fluss hinausfuhr. Die Enten waren sehr ruhig, als wären sie wunschlos glücklich. Der Wind wehte nun stärker, Wellen kamen auf, das klare Wasser schlug in einem fort gegen ihre Körper und trieb sie sanft von hinten an, zurück auf den Fluss hinaus. Die Sonne stand bereits tief im Westen.

Bronze trichterte Sonnenblume Folgendes ein: Gegen Nachmittag hätte er Sonnenblume abgelöst, damit sie lernen könne. Von da an hätte er den Pfeilkrautacker beaufsichtigt und, um einen Wildhasen zu verfolgen, das Feld verlassen. In diesem Moment hätten Quakfischs Enten die Gelegenheit genutzt, das Feld zu erobern.

Lange Zeit hockte der Vater schweigend am Rand des verwüsteten Feldes, den Kopf in die Hände gelegt. Dann stieg er in das Feld und tastete mit den Füßen im Schlamm. Vorher war er bei jedem Schritt auf Pfeilkraut getreten, nun musste er lange suchen, bis er welches fand. Er nahm einen Schlammbatzen und verbittert schleuderte er ihn weit von sich. Bronze und Sonnenblume standen mit hängenden Köpfen reglos am Feldrand. Noch einmal nahm der Vater einen Schlammbatzen, drehte sich um und sah Bronze an. Dann, urplötzlich, bewarf er Bronze damit. Bronze wich nicht aus. Nervös sah Sonnenblume den Vater an. Wieder griff der Vater in den Schlamm, und fluchend schleuderte er ihn auf Bronze. Dann verlor er etwas die Kontrolle über sich, völlig außer sich bewarf er Bronze nun ein ums andere Mal mit Matsch. Eine Ladung traf Bronze mitten ins Gesicht. Er wischte den Schlamm nicht ab, und als der Vater ihn immer weiter damit attackierte, hob er nicht einmal schützend die Hände vor das Gesicht. Sonnenblume heulte: »Vater! Vater!«

Die Großmutter, die gerade vorbeikam, hörte Sonnenblume weinen und kam, auf ihren Gehstock gestützt, eilig herbeigehumpelt. Als sie Bronze erblickte, der über und über mit Schlamm bedeckt war, warf sie ihren Stock zur Seite, stellte sich schützend vor ihn und rief dem mitten im Feld stehenden Vater zu: »Dann bewirf doch mich! Bewirf mich! Wirf doch! Warum wirfst du denn nicht?« Mit gesenktem Kopf stand der Vater im Feld, der Schlamm in seiner Hand fiel mit einem Platsch ins Wasser. Die Großmutter nahm Bronze an die eine und Sonnenblume an die andere Hand und sagte: »Gehen wir zurück!«

Am Abend ließ der Vater Bronze nicht am Essen teilnehmen, er durfte nicht einmal ins Haus, sondern musste draußen vor der Türe in der Kälte stehen. Auch Sonnenblume aß nichts, sondern stellte sich mit Bronze vor die Tür. Der Vater brüllte: »Sonnenblume, komm zum Essen!« Doch Sonnenblume lehnte sich gegen Bronze und blieb stehen. Der Vater war außer sich vor Wut, er rannte hinaus, packte sie mit seiner kräftigen Hand am Arm und zog sie ins Haus.

Sonnenblume wehrte sich heftig und schaffte es tatsächlich, sich aus dem Griff des Vaters herauszuwinden. Als sich der Vater auf sie stürzte, um sie festzuhalten und ins Haus zu ziehen, warf sie sich plötzlich vor ihm auf die Knie: »Vater, Vater! Ich habe das Pfeilkrautfeld bewacht, ich war beim Feld, der Bruder war den ganzen Nachmittag über Schilfblüten sammeln!« Tränen strömten ihr über das Gesicht. Die Mutter kam herausgelaufen und wollte sie vom Boden hochziehen. Doch sie blieb auf ihren Knien und weigerte sich beharrlich aufzustehen. Sie zeigte auf den Heuhaufen vor sich: »Der Bruder hat einen großen Sack voller Schilfblüten gesammelt und hinter dem Heuhaufen versteckt!« Die Mutter ging hin und fand einen großen Stoffbeutel voller Schilfblüten hinter dem Heuhaufen und stellte ihn vor den Vater hin. Dann fing auch sie an zu weinen.

Sonnenblume, die am Boden kniete, senkte ihren Kopf und schluchzte in einem fort. Der Vater hatte bereits überlegt, bei Quakfischs Familie Schadensersatz zu fordern, doch die Idee gleich wieder verworfen. Quakfischs Vater war dafür bekannt, dass er Geld wie sein eigenes Leben schätzte, außerdem war er auch berechtigten Argumenten gegenüber äußerst unzugänglich. Mit ihm zu reden bedeutete Ärger. Doch Bronze würde nicht vergessen, dass da noch eine Rechnung zu begleichen war.

Häufig beobachtete er nun aus dem Augenwinkel Quakfischs Entenschar. Quakfisch spürte, dass von Bronzes Blick irgendetwas ausging, und hütete seine Enten sorgsam. Er hatte schon immer etwas Angst vor Bronze gehabt. Alle Kinder im Dorf fürchteten sich ein wenig vor ihm. Sie wussten nicht, wozu dieser Stumme letzten Endes fähig war, wenn sie ihn ärgerten. Bronze war ihnen immer sehr mysteriös vorgekommen. Und nachdem sie Bronze einmal an einem regnerischen Tag einsam auf einem Grabhügel hatten sitzen sehen, während er seinen Büffel hütete, wichen sie ihm immer aus, wenn sie ihn sahen, oder sie hauten schnell ab. Fortwährend beobachtete Bronze Quakfisch.

Eines Tages ließ Quakfisch seine Enten für eine Weile am Flussufer, niemand wusste, wohin er gegangen war. Bronze hatte sich mit seinem Büffel im nahegelegenen Schilf versteckt. Der Büffel schien zu wissen, dass sein Herr etwas vorhatte, und stand besonders folgsam im Schilf, ohne auch nur den geringsten Laut von sich zu geben. Als Bronze sah, dass Quakfischs Schatten verschwunden war, sprang er auf, schwang sich auf den Büffel, klatschte dem Büffel auf das Hinterteil – und das Tier fiel in einen Galopp und stampfte durch das knackende Schilf. Die Enten, die eben von Quakfisch gefüttert worden waren, ruhten sich gerade am Flussufer aus. Auf seinem Büffel reitend folgte Bronze dem Flusslauf und stürmte plötzlich mitten in die Entenschar hinein. Der Großteil der Enten war mit geschlossenen Augen dagelegen, und als sie von dem Gedonner der Hufe aufgeschreckt wurden, war der Büffel bereits direkt vor ihnen. Vor Schreck und Überraschung quakten sie wie verrückt und stoben planlos in alle Richtungen auseinander. Einige von ihnen wären um ein Haar unter den Hufen des Büffels zerquetscht worden. Als der Büffel wieder verschwand, war die Entenschar bereits in alle Winde zerstreut.

Bronze hielt keine Sekunde lang an, sondern ritt mit seinem Büffel davon. Aus dem Wasser, dem Schilf und vom Ufer her hörte man die völlig verschreckten Enten immer noch quaken. Quakfisch musste bis zum Abend suchen, um alle seine Enten wiederzufinden.

Am nächsten Morgen ging Quakfischs Vater wie gewöhnlich mit einem Weidenkorb in das Entengehege, um die Enteneier einzusammeln. Diese Zeit am Morgen war für Quakfischs Vater immer der glücklichste Moment des Tages. Wenn er am Boden die weiß-grünen Enteneier fand, meinte er, der Tag würde gut werden, sehr gut. Mit großer Sorgfalt hob er sie auf und mit der gleichen Sorgfalt legte er sie in den Korb. Bald schon war das Neujahrsfest. Die Eier wurden immer wertvoller. Doch an diesem Morgen war es äußerst seltsam: Hier lag ein Ei und dort eines, insgesamt waren es höchstens zehn Stück. Er schüttelte den Kopf und verstand das einfach nicht. Die Enten konnten ihm natürlich auch nicht erklären, warum sie alle ihre Hinterteile zusammenzwickten und keine Eier legten …

Er blickte nach oben in den Himmel, doch der war immer noch der gleiche wie zuvor, alles war wie immer. Er nahm seinen Korb und ging ganz verwirrt aus dem Entengehege. Er konnte nicht wissen, dass die Enten einen Schock erlitten hatten und dass sie die Eier, die sie eigentlich nachts im Stall hätten legen sollen, noch vor ihrer Rückkehr ungewollt im Fluss verloren hatten.

Wenn Bronze einen einmal im Visier hatte, dann ließ er so bald nicht mehr locker. In den folgenden Tagen wartete Bronze immer auf eine gute Gelegenheit, um wie ein Wirbelsturm mit seinem Büffel durch die Entenschar zu fegen. Der Rhythmus, in dem die Enten ihre Eier legten, geriet gänzlich durcheinander, einige von ihnen legten ihre Eier am helllichten Tag in das Gestrüpp am Flussufer. Das freute natürlich die paar Kinder aus Gerstenfeld, die dort öfters nach Eiern suchten.

Eines Tages beschloss Bronze, keinen weiteren heimlichen Angriff auf Quakfischs Enten mehr zu starten. Er wollte in aller Offenheit etwas unternehmen. Alle in Gerstenfeld sollten sehen, dass sich seine Familie nicht unterkriegen ließ. Zu Hause suchte er eine abgenutzte, alte Decke heraus und band sie an einen Bambusstab. Die Decke hatte eine rote Unterseite, auf der Oberseite war ein Blumenmuster. Wenn er sie hoch in die Luft hob und umherschwenkte, sah sie aus wie eine Fahne. Er wartete ab, bis sich die Kinder Gerstenfelds von der Schule auf den Weg nach Hause machten, und mit durchgestrecktem Rücken und hocherhobener Decke kam er auf seinem Büffel angeritten.

Quakfischs Enten suchten gerade in einem abgeernteten Wasserfeld nach Futter. Am Feldrand erschien Bronze auf seinem Büffel. Quakfisch wusste nicht, was er vorhatte, beunruhigt griff er nach seiner langstieligen Eisenschaufel. Viele der Kinder, die auf dem Heimweg waren, kamen vorbei. Plötzlich setzte Bronze seinen Büffel in Bewegung und preschte auf die Entenschar zu. Die abgewetzte Decke entfaltete sich zu ihrer vollen Größe und flatterte laut im Wind. Als würde das Nest brennen, stoben die Enten in wilder Panik in alle Himmelsrichtungen auseinander.

Wie ein Schauspieler ließ Bronze seinen Büffel durch das abgeerntete Wasserfeld galoppieren und wenden. Die Kinder aus Gerstenfeld standen alle am Feldrand und sahen aufgeregt zu. Wie gelähmt setzte sich Quakfisch auf den Boden. Sonnenblume rief: »Bruder! Bruder!«

Bronze zog mit einer Hand am Zügel und schon kam der Büffel zu Sonnenblume gelaufen. Bronze sprang ab, half Sonnenblume aufzusteigen und ging, den Büffel hinter sich herführend, erhobenen Hauptes nach Hause. Stolz saß Sonnenblume auf dem Rücken des Büffels.

Quakfisch lag auf dem Boden und weinte. Am Abend band ihn sein Vater vor dem Haus an einen Baum und verprügelte ihn ordentlich. Vorher hatte ihn sein Vater zu Bronzes Familie mitnehmen wollen, um mit ihnen abzurechnen. Doch unterwegs hatten sie jemanden getroffen, und als Quakfischs Vater erfuhr, dass Quakfisch seine Enten vor ein paar Tagen den gesamten Pfeilkrautacker von Bronzes Familie hatte abfressen lassen, trat er ihm vor aller Augen in den Hintern, drehte auf der Stelle um und ging mit ihm zurück nach Hause. Dort band er ihn an den großen Baum.

Am Himmel stand der Vollmond. Weinend sah Quakfisch den Mond an. Ein paar Kinder kamen daher und umringten ihn, erfolglos trat er mit den Füßen nach ihnen: »Haut ab! Haut ab!«

Es war Neujahr. Die Stimmung wurde immer ausgelassener. Die Kinder aus Gerstenfeld zählten die Tage bis zum Fest. Die Erwachsenen trafen in bester Stimmung ihre Vorbereitungen und erteilten auch den Kindern fortwährend Anweisungen: »Heute kannst du nicht hinausgehen und spielen, du musst im Haus beim Staubwischen helfen!« – »Geh zu Mutter Dreier und schau nach, ob die Mühle noch besetzt ist, wir müssen Mehl mahlen für das Fladenbrot!« – »Heute gibt es Fische aus dem Fischteich, geh und trag deinem Vater den Fischkorb!« Die Anweisungen schienen die Kinder mit großer Freude entgegenzunehmen.

Jemand schlachtete bereits sein Schwein, das Geschrei des Tiers hallte durch ganz Gerstenfeld. Irgendwelche Kinder hatten es nicht mehr erwarten können und die Feuerwerkskracher, die für den Neujahrsabend und den Morgen des Neujahrstages gedacht waren, gestohlen und angezündet, das laute Krachen war weithin zu hören. Auf der Straße, die ins Dorf führte, kamen und gingen die Leute, sie gingen nach Ölhanffeld, um Neujahrseinkäufe zu tätigen, oder sie kamen von ihren Neujahrseinkäufen in Ölhanffeld zurück. Auf den Feldern hörte man immer wieder:

»Wieviel kostet ein Jin Fisch?«

»Das ist doppelt so teuer wie sonst!«

»Das können wir uns nicht leisten.«

»Es ist Neujahr, da kann man nichts machen. Auch wenn man es sich nicht leisten kann, muss man trotzdem Fisch essen.«

»Sind viele Menschen in der Stadt?«

»Sehr viele. Man weiß gar nicht mehr, wo man hintreten soll. Keine Ahnung, wo all die Leute plötzlich herkommen.«

Auch Bronzes ganze Familie war, obwohl bitterarm, eifrig mit den Neujahrsvorbereitungen beschäftigt. Das Haus war neu, man musste also nicht putzen. Alles andere wusch und scheuerte die Mutter mit klarem Wasser blitzsauber. Den ganzen Tag über lief sie zwischen der Wasserstelle und dem Haus hin und her. Sie wusch Decken und Kleider, Kissen, Tisch und Stühle – was immer man waschen konnte, wusch sie. Auf der langen Leine vor dem Haus hingen die triefenden Sachen zum Trocknen in einer Reihe. Jemand, der vorbeiging, sagte: »Hängt doch euren Ofen auch gleich ins Wasser und wascht ihn!«

Die Sauberkeit in Bronzes Haus war in erster Linie der reinlichkeitsliebenden Mutter zu verdanken. Die Großmutter war es gewesen, die die Mutter als

Braut für ihren Sohn ausgewählt hatte – noch bevor der Vater das hatte tun können. Der Grund dafür war sehr einfach: »Dieses Mädchen ist sehr reinlich.«

Die Großmutter brauchte zu jeder Jahreszeit täglich frisches Wasser. Häufig konnten die Bewohner Gerstenfelds die Großmutter an der Wasserstelle sehen, wie sie das Gras, das auf der Wasseroberfläche schwamm, mit der Hand auseinanderschob und sich dann mit dem klaren Wasser Gesicht und Hände wusch. Kleidung und Decken waren zwar mehrfach geflickt, aber sauber. Wenn Bronzes Familie aus dem Haus ging, strahlten sie alle vor Sauberkeit. Und selbst die Großmutter, so alt sie auch war, roch niemals wie alte Menschen manchmal riechen. Die Menschen aus Gerstenfeld sagten: »Diese alte Frau war ihr Leben lang immer nur sauber!«

Die Familie konnte dieses Mal zu Neujahr für niemanden neue Kleidung kaufen. Im Moment trugen sie nur ihre dünnen Baumwolljacken, die dicken Jacken zum Überziehen hatten sie alle in die Wäsche gegeben. Zu Neujahr hatten sie also keine neuen, sondern nur saubere Kleider. Doch für Bronze und Sonnenblume gab es etwas Besonderes: Bronzes alte Kleider hatten sie schon vor einigen Tagen gewaschen und sie dann in die Färberei in der Stadt gebracht, um sie neu zu färben. Und Sonnenblume sollte zum Jahreswechsel ein buntgemustertes Kleid bekommen, also hatte die Großmutter ein geblümtes Kleid, das die Mutter zu ihrer Hochzeit bekommen hatte, für sie umgenäht. Dieses Kleid hatte die Mutter kaum getragen.

Als sie eines Tages hatte feststellen müssen, dass beim besten Willen kein Geld mehr für Stoff übrig war, aus dem sie etwas für Sonnenblume hätte nähen können, hatte sie tief seufzen müssen. Doch plötzlich war ihr das Kleid eingefallen, das zusammengedrückt am Boden der Truhe lag. Sie holte es heraus und sagte zur Großmutter: »Ich werde dieses Kleid für Sonnenblume zum Neujahrsfest umnähen, damit sie es tragen kann.« Die Großmutter sagte: »Behalte es doch für dich!« Die Mutter sagte: »Ich bin dicker geworden, ich fürchte, es ist mir zu klein. Außerdem bin ich zu alt für solche gemusterten Kleider.« Die Großmutter nahm das Kleid. Ihre Schneiderkunst war die beste in ganz Gerstenfeld. Wie viele Kleider sie in ihrem Leben schon für andere zugeschnitten und genäht hatte, wusste sie selbst nicht mehr. Innerhalb von zwei Tagen hatte sie das gemusterte Kleid für Sonnenblume sorgfältig umgeschneidert. So kunstvoll genähte Stoffknöpfe und -schlaufen konnte niemand in Gerstenfeld fertigen. Als Sonnenblume das Kleid später anzog, bewunderten es alle. Sie hätte es am liebsten überhaupt nicht mehr ausgezogen. Die Mutter sagte: »Du kannst es am Neujahrstag wieder anziehen!« Sonnenblume sagte: »Lass es mich wenigstens einen halben Tag lang tragen!« Die Großmutter sagte: »Dann lass sie es doch einen halben Tag lang anziehen. Aber mach es auf keinen Fall schmutzig!«

An diesem Tag wollte Sonnenblume in die Schule gehen, um für eine Aufführung zu proben, also zog sie ihr neues Kleid an und ging. Als der Lehrer und die Mitschüler Sonnenblume sahen, waren sie alle von ihrem neuen Kleid völlig hingerissen. Sonnenblume war das Rückgrat des Kunstpropagandateams der Grundschule in Gerstenfeld, sie trat nicht nur auf, sondern musste auch das Programm ankündigen. Der Lehrer hatte schon die ganze Zeit über befürchtet, dass sie keine neuen Kleider bekommen würde. Er hatte schon überlegt, für die Neujahrsaufführung von anderen Mädchen neue Kleider für Sonnenblume auszuborgen. Als er nun sah, wie hübsch sie angezogen war, freute er sich.

Eine ganze Weile lang umringten Lehrer und Schüler Sonnenblume, um ihre Kleidung zu bewundern – so lange, bis es Sonnenblume ein wenig unangenehm wurde. Das Kleid hatte einen hohen Kragen und war etwas tailliert. Lehrerin Liu, die für das Kunstpropagandateam zuständig war, sagte: »Wenn du um den Hals noch eine silberne Kette tragen würdest, würde es noch besser aussehen!« Kaum hatte sie das gesagt, erschien vor ihrem inneren Auge Sonnenblume mit einer silbernen Kette um den Hals. Auch die anderen Lehrer und Kinder stellten sich Sonnenblume mit einer silbernen Kette vor. So ein Mädchen würde alle bezaubern. Lehrerin Liu war gänzlich in die Vorstellung eines Mädchens versunken, das Sonnenblume hieß und eine silberne Kette trug. Alle starrten sie an. Schließlich riss sich Lehrerin Liu aus ihren Tagträumen und klatschte kräftig in die Hände: »Gut, nehmt alle eure Positionen ein, wir proben!«

Auch nach der Probe konnte Lehrerin Liu an nichts anderes als an Sonnenblume mit einer Silberkette denken. Sonnenblume lief fröhlich nach Hause. Die Mutter fragte: »Fanden sie dein Kleid hübsch?« – »Ja, sie fanden es alle sehr hübsch!« Nach dem Mittagessen erzählte Sonnenblume stolz: »Lehrerin Liu sagt, mit einer silbernen Kette würde es noch hübscher aussehen!« Die Mutter klopfte ihr leicht mit den Stäbchen an den Kopf: »Das wäre todschick!« Sonnenblume kicherte ausgelassen. Während sie aßen, stellten sie sich alle Sonnenblume mit einer silbernen Kette um den Hals vor. Dieses Mädchen mit dem bunt gemusterten Kleid und der Silberkette war aber auch zu hübsch anzusehen! Keiner konnte sagen, warum jeder, der Sonnenblume in diesem Kleid sah, fand, dass sie unbedingt eine silberne Kette dazu tragen sollte.

Wie jedes Jahr würden die Leute aus Gerstenfeld am Neujahrstag, wenn sie ihre Glückwünsche für das neue Jahr überbracht hatten, auf den Dorfplatz gehen, um die Aufführungen des Kunstpropagandateams des Dorfes und der Grundschule zu sehen. Seit sie Sonnenblume in ihrem gemusterten Kleid gesehen hatte, dachte Lehrerin Liu immer wieder daran, dass Sonnenblume, die bei der Aufführung am Neujahrstag das Programm ankündigen würde, eine silberne Kette um den Hals tragen sollte. In dieser Gegend trug man gerne Silberschmuck. Auch in Gerstenfeld gab es einige Mädchen, die silberne Halsketten besaßen. Auch Jadeklang aus dem Kunstpropagandateam hatte eine.

Während der Vormittagsprobe am Neujahrstag sagte Lehrerin Liu zu Jadeklang: »Kannst du Sonnenblume deine silberne Halskette für die Vorführung heute Abend leihen?« Jadeklang nickte, nahm die Kette ab, die sie um den Hals trug, und legte sie Lehrerin Liu in die Hand. Lehrerin Liu rief Sonnenblume herbei und legte ihr die silberne Halskette um. Es sah noch hübscher aus, als sie sich es vorgestellt hatte. Sie trat einige Schritte zurück, betrachtete sie und lachte. Sie war überzeugt, dass diese silberne Kette bei der Aufführung besonders gut zur Geltung kommen würde. Doch nach der Probe änderte Jadeklang ihre Meinung. Sie sagte zu Lehrerin Liu: »Wenn das meine Mutter erfährt, wird sie mit mir schimpfen. Sie hat mir mehrmals eingeschärft, dass ich meine Kette niemals hergeben soll.« Schnell nahm Sonnenblume die Kette ab und gab sie Jadeklang zurück. Sonnenblume war die Sache peinlich, ihr Gesicht glühte.

Auch zu Hause musste Sonnenblume die ganze Zeit über an den Vorfall mit der Halskette denken, sie schämte sich fürchterlich. Die Mutter fragte: »Es ist Neujahr, was ist denn los?« Sonnenblume lachte: »Gar nichts, Mama!« Doch die Mutter glaubte nicht so recht daran. In diesem Moment kam Orchidee vorbei, die gemeinsam mit Sonnenblume im Kunstpropagandateam war. Die Mutter fragte Orchidee: »Orchidee, Sonnenblume ist so schweigsam, seit sie aus der Schule gekommen ist, ist etwas passiert?« Heimlich erzählte

Orchidee der Mutter die Geschichte mit der Halskette. Als die Mutter das hörte, seufzte sie.

Auch Bronze, der dabeistand, nahm sich Orchidees Worte sehr zu Herzen. In Gedanken versunken setzte er sich auf die Türschwelle. In seinen Augen war seine Schwester Sonnenblume das schönste Mädchen in ganz Gerstenfeld. Seine Schwester sollte aber auch das fröhlichste und glücklichste Mädchen in Gerstenfeld sein. Er sah gerne zu, wenn die Großmutter oder die Mutter Sonnenblume zurechtmachten. Er sah zu, wenn die Großmutter ihr Zöpfchen machte und diese mit Schleifen versah, oder wenn ihr die Mutter eine Blume ins Haar steckte, die sie auf dem Feld gepflückt und mitgebracht hatte; er sah zu, wenn die Großmutter ihr zum Neujahrsfest mit der Fingerspitze, die sie in rote Farbe getaucht hatte, einen Punkt zwischen die Augenbrauen tupfte, er sah zu, wenn die Mutter ihr mit einer Paste, die sie aus Alaun und Gartenbalsam gemixt hatte, die Fingernägel rot färbte ... Wenn er hörte, wie jemand Sonnenblumes natürlichen Charakter lobte, konnte er sich den ganzen Tag lang darüber freuen. Die Alten in Gerstenfeld sagten: »Der Stumme, das ist ein wahrer großer Bruder!«

Daran, dass Sonnenblume nun keine Kette um den Hals trug, konnte Bronze jedoch nichts ändern. Niemand aus der Familie konnte etwas daran ändern. Bronzes Familie hatte nur den Himmel, die Erde, sauberes Flusswasser, und sie waren rein – körperlich wie auch im Herzen.

Hoch über sich hörte Bronze eine Taube gurren, er hob den Kopf, konnte jedoch keine entdecken, er sah nur eine Reihe glitzernder Eiszapfen, die an der Dachtraufe hingen. Lange betrachtete er wie gebannt die unterschiedlich geformten Eiszapfen. Er konnte sich nicht erklären, warum ihn ihr Anblick so faszinierte. Den Blick nach oben gerichtet stand er da und sah sie an. Sie sahen aus wie Bambussprösslinge im Frühling, die man verkehrt herum an das Dachsims gehängt hatte. Während er so schaute, begann sein Herz wild zu hüpfen, wie ein Frosch, den man festhielt.

Er schleppte einen Tisch heran, kletterte hinauf, brach ein Dutzend Eiszapfen ab und legte sie auf einen großen Teller. Dann nahm er den Teller und stellte ihn unter den Heuhaufen vor der Türe. Er ging zum Wasser, schlug etwas Schilf ab und schnitt dann mit der Schere ein paar sehr feine Halme heraus. Von der Mutter verlangte er einen starken roten Faden. Alle sahen, wie beschäftigt er war, und wunderten sich, doch sie fragten nicht nach. Sie waren seine seltsame Art längst gewöhnt. Mit einem dünnen Holzstab schlug Bronze die Eiszapfen in kleine Stücke. Sie glitzerten im Sonnenlicht, es sah aus wie ein Teller voller Diamanten, der in alle Richtungen feine Lichtstreifen aussandte. Er wählte einige Eisstücke aus, nicht zu groß und nicht zu klein, eben solche, die für seine Zwecke am besten geeignet waren. Dann nahm er ein drei bis vier Cun langes, sehr dünnes Schilfröhrchen. Das eine Ende hielt er im Mund, das andere berührte das Eisstückchen. Durch das Röhrchen blies er unentwegt seinen warmen Atem gegen das Eisstückchen. Wie ein feiner Bohrer höhlte die warme Luft langsam aber sicher ein kleines rundes Loch in das Eis. Um einen Eisklumpen auf diese Weise zu durchbohren, benötigte Bronze etwa sechs bis sieben Minuten. Die durchlöcherten Eisstücke legte Bronze auf einen anderen, kleineren Teller. Es klackerte, wenn die Eisklümpchen in den Teller fielen.

Sonnenblume und Orchidee kamen herbei. Sonnenblume fragte: »Was machst du da, Bruder?« Bronze hob den Kopf und lachte geheimnisvoll. Sonnenblume fragte nicht weiter, sondern ging mit Orchidee spielen. Bronze saß vor dem Heuhaufen und arbeitete geduldig. Unter den Stücken, die er aus dem großen Teller auswählte, waren größere und kleinere und verschieden geformte, sie konnten nicht alle gleich sein, aber gerade weil sie unterschiedlich waren, glitzerten sie umso mehr, wenn sie auf einem Haufen beisammen lagen. Zwar strahlten sie ein wenig Kälte aus, doch sie wirkten vornehm und kostbar. Bronze blies ein Loch nach dem anderen. Mit dem Lauf der Sonne änderten seine *Diamanten* ihre Leuchtkraft und Farbe. Als die Sonne unterging, strahlten sie in einem blassen Orange.

Bronze fühlte, wie seine Wangen taub wurden, und schlug sich mit der Hand leicht gegen den Mund. Bevor die Sonne ganz unterging, nahm er den roten Faden, den ihm die Mutter gegeben hatte, fädelte das Dutzend durchlöcherter Eisklümpchen darauf und verknotete die Fadenenden.

An einem Finger hielt er sein Werk hoch: Im letzten Licht der untergehenden Sonne erstrahlte eine Halskette aus Eis! Bronze legte sie nicht wieder auf den Teller zurück, sondern hielt sie noch lange hoch, um sie zu begutachten. Ruhig hing die lange Eishalskette in der Luft. Sie versetzte selbst Bronze in Erstaunen. Bronze probierte sie selbst nicht an, sondern hielt sich die Kette nur vor die Brust. Trotzdem fand er, dass er damit plötzlich wie ein Mädchen aussah, und lachte verschämt. Die Kette zeigte er weder der Großmutter noch Sonnenblume, sondern legte sie wieder zurück auf den Teller und bedeckte sie vorsichtig mit Stroh.

Nach dem Abendessen versammelten sich fast alle Menschen aus Gerstenfeld auf dem großen Dorfplatz. Auf der Bühne brannten bereits die Gaslampen. Kurz bevor das Kunstpropagandateam der Grundschule in Gerstenfeld auftreten sollte, erschien Bronze hinter der Bühne. Sonnenblume lief sofort zu ihm:»Bruder, was machst du denn hier?« Bronze hielt den Teller in beiden Händen. Er blies das Stroh, das darauf lag, weg und darunter blitzte die Eiskette in dem schwachen Licht, das die Gaslampen hinter der Bühne aussandten, hervor.

Das Funkeln spiegelte sich in Sonnenblumes Augen. Sie wusste nicht, was das in dem blau-weißen Porzellanteller eigentlich war, doch das Glitzern faszinierte sie. Bronze bedeutete Sonnenblume, die Halskette aus Eis vom Teller zu nehmen. Doch Sonnenblume traute sich nicht. Bronze hielt den Teller mit einer Hand, mit der anderen nahm er die Eiskette, dann beugte er sich zur Seite und stellte den Teller auf den Boden. Der verwunderten Sonnenblume, die immer noch nicht verstand, signalisierte er:»Das ist eine Halskette, eine Halskette aus Eis.«

Er ließ Sonnenblume näherkommen, um sie ihr umzuhängen. Sonnenblume fragte:»Schmilzt sie nicht?« – »Es ist sehr kalt und wir sind im Freien, sie wird nicht schmelzen.« Brav trat Sonnenblume vor Bronze hin und senkte ihren Kopf. Bronze legte ihr die Kette um den Hals. Er legte sie um den hohen Kragen, und die Kette hing vorne lose auf Sonnenblumes Brust. Sonnenblume war nicht sicher, wie das aussah. Sie griff nach der Kette und spürte die Kälte, es fühlte sich angenehm an. Sie sah an sich herab, dann drehte sie sich um, um jemanden zu fragen, ob das hübsch aussehe. Bronze meinte:»Es sieht gut aus!« Tatsächlich sah sie noch besser aus, als Bronze sich das vorgestellt hatte.

Während Bronze Sonnenblume ansah, rieb er sich in einem fort die Hände. Wieder sah Sonnenblume an sich herab. Die Kette war wirklich zu schön, so schön, dass einem ein wenig schwindlig davon wurde und man es gar nicht so recht glauben wollte. Sonnenblume schien es kaum aushalten zu können und wollte die Kette wieder abnehmen. Doch Bronze hielt sie entschlossen davon ab.

Gerade in diesem Moment rief Lehrerin Liu:»Sonnenblume, Sonnenblume! Wo bist du? Du musst gleich auf die Bühne, das Programm ankündigen!« Schnell lief Sonnenblume zu ihr. Als Lehrerin Liu Sonnenblume erblickte, schien es, als hätte sie der Blitz getroffen, so verdattert stand sie da. Sie starrte auf die Kette um Sonnenblumes Hals, und nach einer kleinen Ewigkeit stieß sie hervor: »Um Himmels Willen!« Sie trat auf Sonnenblume zu, hob die Kette vorsichtig an und wog sie in der Hand: »Woher hast du diese Halskette? Was ist das für eine Kette?« Sonnenblume dachte, Lehrerin Liu würde die Kette nicht gefallen, sie drehte sich um, sah Bronze an und wollte sie abnehmen. Lehrerin Liu sagte: »Nimm sie nicht ab!«

Als es so weit war, gab Lehrerin Liu der noch etwas zögerlichen Sonnenblume einen leichten Schubs. Sonnenblume trat auf die Bühne. Im Schein der Lampen wirkten die bizarren Strahlen, die die Eiskette aussandte, noch faszinierender als im Sonnenlicht.

Niemand wusste, was für eine Kette Sonnenblume da eigentlich um den Hals trug, doch ihr schönes, klares, geheimnisvolles und luxuriöses Glitzern begeisterte alle Anwesenden. Einen Moment lang blieb die Zeit stehen. Auf der Bühne und vor der Bühne herrschte Schweigen wie im tiefen Wald.

Sonnenblume befürchtete, ihre Halskette würde hier nun alles durcheinanderbringen, so stand sie im grellen Schein der Lampen und wusste einen Augenblick lang nicht, was sie tun sollte. Doch genau da begann jemand aus der Menge zu klatschen. Sofort klatschten andere mit und bald klatschten alle. Von überall, von der Bühne und aus der Zuschauermenge, hörte man Klatschen. Es klang, als würde in dieser klaren Nacht ein Platzregen niedergehen. Sonnenblume sah ihren Bruder, er stand auf einem Hocker. Seine Augen glänzten dunkel. Ein dünner Tränenschleier überzog für einen Moment seine Augen.

三月蝗

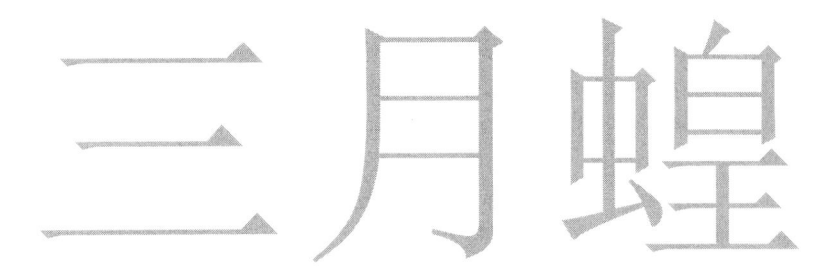

DIE MÄRZHEUSCHRECKEN

Als Sonnenblume in die dritte Klasse ging, gab es im zweiten Halbjahr, zu Sommerbeginn, in Gerstenfeld und noch weit darüber hinaus eine Heuschreckenplage. Bevor die Heuschrecken über Gerstenfeld herfielen, hatten die Menschen dort ihre Tage wie immer in einem Rhythmus von emsiger Geschäftigkeit und Müßiggang verbracht. Gerstenfelds Büffel, Schafe, Schweine und Hunde, Gerstenfelds Hühner, Enten, Gänse und Tauben, alle lebten dahin wie gewohnt. Die, die bellen sollten, bellten, die, die brüllen sollten, brüllten, die, die schwimmen sollten, schwammen, die, die fliegen sollten, flogen. Der Himmel schien von einem noch intensiveren Blau zu sein als sonst, von früh bis spät wirkte die Luft wie frisch gewaschen, Wolken wie Watte zogen leicht und gemächlich dahin. Zur allgemeinen Freude wuchs das Getreide in diesem Jahr besser als je zuvor. Raps und Weizen machten die Welt bunt, beim Anblick ihrer Farbenpracht – ein gelbes Feld, ein grünes Feld – wurde einem warm ums Herz. Die in Trauben herabhängenden Rapsblüten waren voll entfaltet, überall waren Bienen und Schmetterlinge. Dicht stand der Weizen auf dicken Stängeln, die üppigen, buschigen Ähren glichen Eichhörnchenschwänzen. In der warmen Luft erwarteten die Bauern aus Gerstenfeld eine goldene Erntezeit. Träge gingen sie durch die Gassen und an den Feldrändern entlang, als wären sie betrunken oder noch im Halbschlaf.

Doch in 200 Li Entfernung schwirrten gerade die Heuschrecken durch die Luft, fielen über das Land her und vernichteten alles, was auf ihrem Weg lag. Sie hinterließen zerstörte, kahlgefressene Flächen. Weil hier alles Sumpfland war, war das Wetter mal feucht und mal trocken, was die Vermehrung der Heuschrecken sehr begünstigte. In der Vergangenheit hatte es schon oft Heuschreckenplagen gegeben. Wenn man auf Heuschreckenplagen zu sprechen kam, hatten die Alten aus Gerstenfeld zahlreiche grauenhafte Schilderungen parat: »Wo immer die Heuschrecken hinfliegen, ist es danach so blank wie auf einem kahlgeschorenen Kopf, sie lassen dir nicht einen Grashalm übrig.« – »Wenn die Heuschrecken abziehen, sind sogar die Bücher und Kleider in den Häusern weggefressen.« – »Zum Glück haben sie keine Zähne, wenn sie Zähne hätten, würden sie sogar die Menschen auffressen.«

Auch in den Bezirksannalen gab es unzählige Berichte über Heuschreckenplagen: In der Songdynastie hatte es 1176, im 3. Regierungsjahr der Regierungsperiode Chunxi, eine Heuschreckenplage gegeben. Und 1282, im 19. Regierungsjahr der Regierungsperiode Zhiyuan, hatten fliegende Heuschreckenschwärme die Sonne verdunkelt und auf ihrem ganzen Weg die Ernte vernichtet. 1302, im 6. Regierungsjahr der Ära Dade, waren Heuschrecken über das Land hergefallen und hatten alles abgefressen. 1479, im 15. Regierungsjahr Kaiser Chenghuas, zwangen Dürre und die durch Heuschrecken vernichtete Ernte die Bevölkerung zur Flucht. Und ein Jahr später, im 16. Regierungsjahr Chenghuas, gab es erneut eine Dürre und eine Heuschreckenplage, die zu einem kompletten Ernteausfall führten, sodass Männer und Frauen um jedes einzelne Getreidekorn kämpften. Wollte man eine detaillierte Liste der ganzen Katastrophen aufstellen, würde man viel Papier benötigen.

Diesmal lag die letzte Heuschreckenplage schon viele Jahre zurück. Die Menschen dachten, so etwas würde nicht mehr vorkommen. Die Erinnerung an die letzte Heuschreckenplage existierte nur noch in den Köpfen der alten Menschen.

Bronze und die anderen Kindern hatten alle schon einmal Heuschrecken gesehen, doch wenn die Großmutter ihnen von der Heuschreckenplage erzählte, konnten sie das gar nicht glauben und taten diese Geschichten mit dummen Kommentaren ab: »Dann haben Hühner und Enten wenigstens genug zu fressen. Wenn sie die Heuschrecken fressen, legen sie ordentlich Eier.« – »Was haben wir zu befürchten, ich werde sie alle erschlagen, oder ich zünde ein Feuer an und verbrenne sie, dann ist die Sache erledigt.« Die Großmutter konnte diesen kleinen Kindern nicht klarmachen, worum es ging, sie seufzte nur und schüttelte den Kopf.

Die Leute aus Gerstenfeld wurden zunehmend nervöser. Die Lautsprecher der Kaderschule und die in Gerstenfeld waren ununterbrochen auf Sendung und berichteten über die Größe der Heuschreckenschwärme, über die Orte, wo sie bereits gewesen waren, und wie weit sie noch von Gerstenfeld entfernt waren. Es war, als berichteten sie über die Ausbreitung eines Gefechtsfeuers. Trotz aller Nervosität gab es jedoch nichts, was man tun konnte. Es war nämlich gerade die Phase, in der das Getreide wuchs und noch nicht reif war, man konnte es nicht in aller Eile abernten und heimbringen, bevor die Heuschrecken einfielen. Angesichts der hellgrünen Ähren beteten die Menschen aus Gerstenfeld ein ums andere Mal bei sich: »Lass die Heuschrecken anderswohin fliegen! Lass die Heuschrecken anderswohin fliegen!«

Die Kinder aus Gerstenfeld befanden sich jedoch in einem Zustand ängstlicher Erregung. Bronze ritt auf seinem Büffel, immer wieder hob er den Kopf und sah nach oben in den Himmel. Wo blieben nur die Heuschrecken? Er fand die Erwachsenen ein wenig lächerlich, erwachsene Menschen, die sich vor winzigen Heuschrecken fürchteten! Wie viele Heuschrecken hatte er, Bronze, nicht schon im Gestrüpp und im Schilf für die Hühner und die Enten daheim getötet!

Eines Tages sah er endlich, wie aus westlicher Richtung etwas angeflogen kam, eine schwarze, dichte Masse. Doch dann konnte er es deutlich erkennen: Es war ein riesiger Schwarm Spatzen.

Sonnenblume und ihre Mitschüler sprachen nach dem Unterricht über nichts anderes als über die Heuschrecken. Sie schienen zwar ein wenig Angst zu haben, doch ebenso schienen sie diese Angst zu genießen. Alle waren sie gerade mit irgendetwas beschäftigt, da brüllte einer von ihnen plötzlich los: »Die Heuschrecken kommen!« Alle erschraken und hoben den Kopf, um nach oben zu sehen. Das Kind, das geschrien hatte, schüttelte sich vor Lachen. Sie hofften einfach alle so sehr darauf, dass die Heuschrecken ganz nah an Gerstenfeld herankommen würden. Die Erwachsenen schimpften: »Diese kleinen Biester!«

Sonnenblume schlich in einem fort um die Großmutter herum und fragte: »Großmutter, wann kommen die Heuschrecken?« Die Großmutter erwiderte: »Möchtest du, dass dich die Heuschrecken auffressen?« – »Heuschrecken fressen keine Menschen.« – »Die Heuschrecken fressen das Getreide. Wenn alles Getreide weggefressen ist, was isst du dann?« Sonnenblume fand, dass das tatsächlich ein ernsthaftes Problem war, dennoch konnte sie an nichts anderes als an die Heuschrecken denken.

Die Nachrichten meldeten: Die Heuschrecken waren nur noch 100 Li von Gerstenfeld entfernt. Die Menschen in Gerstenfeld wurden immer nervöser. In der Kaderschule jenseits des Flusses und diesseits des Flusses in Gerstenfeld hatten die Menschen schon Dutzende von Zerstäubern mit Insektengift vorbereitet, als würden sie in eine Schlacht ziehen. Es ging auch die Meldung um, dass man Flugzeuge aussenden würde, die Insektengift sprühen würden. Diese Nachricht versetzte die Erwachsenen ein wenig in Aufregung: Noch nie hatte einer von ihnen erlebt, wie ein Flugzeug Gift sprühte und sich mit Heuschrecken eine Schlacht auf Leben und Tod lieferte! Die Kinder, die davon erfuhren, liefen erst recht umher, und die Nachricht verbreitete sich wie ein Lauffeuer.

Ein paar Alte sagten: »Es gibt vorerst keinen Grund zur Aufregung. Zwar könnten sie in einem Tag und einer Nacht hier sein, wenn sie schnell fliegen, auch wenn sie jetzt noch 100 Li von hier entfernt sind. Aber es ist ja gar nicht sicher, dass sie zu uns nach Gerstenfeld kommen, wir müssen die Windrichtung in den nächsten Tagen beobachten.«

Die Alten sagten, die Heuschrecken würden gerne gegen die Windrichtung fliegen, je stärker der Wind, desto lieber wäre es ihnen, sie würden auch gegen Stürme anfliegen. Momentan war die Windrichtung günstig. Also konnte man noch nicht sagen, ob die Heuschrecken nach Gerstenfeld kommen würden.

Einige Kinder rannten immer wieder ans Wasser oder unter einen Baum, wo sie beobachteten, in welche Richtung der Wind die Schilfhalme bog oder die Blätter drehte. Die Windrichtung blieb den ganzen Tag über unverändert, so dass die Kinder aus Gerstenfeld etwas enttäuscht waren.

Eines Nachts drehte der Wind jedoch plötzlich und die Windstärke nahm allmählich zu. Am nächsten Morgen, Bronze und Sonnenblume schliefen noch, hörte man plötzlich, wie jemand erschrocken rief: »Die Heuschrecken kommen! Die Heuschrecken kommen!« Innerhalb kürzester Zeit schrien alle durcheinander. Das ganze Dorf war nun wach, einer nach dem anderen lief hinaus vor die Türe und blickte nach oben in den Himmel. Von wegen Himmel! Die Heuschrecken bildeten nun den Himmel, einen flirrenden, zirpenden Himmel. Die Sonne war bereits aufgegangen, doch das Sonnenlicht wurde von den Heuschrecken verdeckt. Die Sonne sah aus wie ein über und über mit schwarzem Sesam bestreutes Fladenbrot. Der Heuschreckenschwarm kreiste in der Luft wie ein schwarzer Wirbelsturm, mal sank er herab, mal stieg er nach oben.

Ein paar alte Leute hielten Räucherstäbchen in der Hand, knieten am Feldrand und murmelten, nach Osten gewandt, beschwörende Worte. Sie beteten darum, dass die Heuschrecken schnell verschwinden sollten. Sie sagten, dass es wirklich nicht einfach gewesen sei, diese Ernte zum Wachsen zu bringen. Sie sagten, dieses Getreide sei ihr Leben und dass alle in Gerstenfeld, auf diese Ernte hoffen würden! Sie sagten, Gerstenfeld sei ein armer Ort und dass Gerstenfeld einen Kahlfraß durch Heuschrecken nicht aushalten würde. Sie blickten flehend und unterwürfig, es schien, als wären sie davon überzeugt, dass ihre Beschwörungen die Herzen der Götter oder dieser kleinen Kreaturen erweichen könnten. Ein paar Leute im mittleren Alter beobachteten, wie die Heuschrecken langsam tiefer sanken, und sagten zu den betenden Menschen: »Lasst das sein, was bringt das denn?«

Wann hatten die Kinder aus Gerstenfeld jemals solch einen imposanten Anblick erlebt? Wie versteinert standen sie alle da, den Blick nach oben gerichtet.

Sonnenblume hielt sich am Rockzipfel der Großmutter fest, sie hatte offenbar etwas Angst. Erst gestern hatte sie die Großmutter noch gefragt, wann die Heuschrecken endlich nach Gerstenfeld geflogen kämen. Jetzt schien es ihr zu dämmern: Wenn die Heuschrecken hier landeten, das wäre nicht auszudenken!

Das Schwirren der Flügel wurde immer lauter, und als sie nur noch wenige Zhang vom Boden entfernt waren, war da plötzlich ein Geräusch, das in den Ohren dermaßen wehtat, dass es kaum auszuhalten war. Das Geräusch hatte etwas Metallisches, es klang, als würde man ein Rohrblatt anreißen. Im nächsten Moment gingen die Heuschrecken wie dichtes Regengeprassel nieder – sie landeten im Schilf, auf den Bäumen, in den Feldern. Und immer noch strömten unaufhörlich weitere Heuschrecken herbei. Die Kinder liefen in diesem Heuschreckenregen umher, ständig prallten Heuschrecken gegen ihre Gesichter, so dass sie sich allmählich ganz taub anfühlten.

Sobald diese lehmgelben Insekten landeten, verschmolzen sie fast mit dem lehmigen Boden. Doch wenn sie durch die Luft schwirrten, waren die scharlachroten Unterseiten ihrer Flügel zu sehen, es sah aus, als wäre die Luft voller Blutstropfen oder voller winzig kleiner Blüten. Waren sie gelandet, begannen sie, ohne den geringsten Laut von sich zu geben, anzuknabbern, was auch immer sie sahen, sie waren da nicht wählerisch. Ringsum klang es wie Regen, der auf Heu prasselt.

Bronze nahm einen großen Besen und wedelte damit wild durch die Luft. Doch die Heuschrecken waren wie das Wasser im Fluss – kaum hatte er eine von ihnen heruntergeschlagen, füllten sofort andere ihren Platz. Bronze schlug eine Weile um sich, schließlich merkte er, dass das schlichtweg sinnlos war, warf den Besen beiseite und ließ sich auf den Boden fallen.

Jeder lief zu seinem eigenen Feld, um die gemeinschaftlich genutzten Flächen kümmerte sich niemand. Die Leute versuchten, die eigene Ernte zu beschützen. Jeder, egal ob Mann, Frau, alt oder jung, versuchte mit allen erdenklichen Mitteln, die Heuschrecken zu vertreiben – sie schwenkten Besen oder Kleider, sie schrien und riefen. Doch nach einer Weile gaben sie auf. Die Heuschrecken landeten, eine nach der anderen, ohne sich um Besen oder Kleider zu kümmern. Hunderte und Tausende von Heuschrecken starben, doch flutartig kamen immer neue nach. Manche Leute begannen inmitten des Heuschreckenregens zu weinen.

Die Kinder aus Gerstenfeld waren nicht im Geringsten mehr aufgeregt, sie hatten nur noch panische Angst. Ihre Angst war sogar noch größer als die der Erwachsenen. Sie fürchteten, dass diese kleinen Kerle, die so unermüdlich sämtliche Pflanzen wegfraßen, anfangen würden, Menschen anzuknabbern, sobald sie die Pflanzen verputzt hatten. Und obwohl ihnen die Erwachsenen ein ums andere Mal versicherten, dass Heuschrecken keine Menschen fraßen, so waren sie, wild wie sich die Heuschrecken aufführten, insgeheim doch sehr besorgt.

Bronzes Familie saß am Feldrand, schweigend beobachteten sie das Geschehen. Gierig verschlangen die Heuschrecken ihren Senfkohl und ihren Weizen. In mehrfachen Zickzackbahnen fraßen sie sich durch die Weizenblätter. Sie schienen eine klare Arbeitsteilung zu haben, wer diese und wer jene Seite fraß, dann fraßen sie sich allmählich in die Mitte vor, und augenblicklich hatte sich ein gut gewachsenes Weizenblatt in Nichts aufgelöst. Ihre zackenförmigen Münder fielen über das frische, saftige Grün her, während sie ihre Hinterteile meist nach oben reckten und ihre schwarz-grünen Exkremente wie Pillen Stück für Stück absonderten. Sonnenblume hatte ihr Kinn auf den Arm der Großmutter gelegt und sah schweigend zu.

Das Getreide wurde immer kürzer, das Schilf wurde immer kürzer, und auch Bronze sank zunehmend in sich zusammen. Die Blätter verschwanden von den Bäumen, eins nach dem anderen, nur die nackten Äste blieben übrig. Es schien, als befände sich Gerstenfeld inmitten eines trostlosen Winters.

Die paar Pumpen mit Insektengift in der Kaderschule und in Gerstenfeld schienen völlig nutzlos zu sein. Die Leute schauten nach oben und hofften, die Flugzeuge, die Insektengift versprühen sollten, würden auftauchen. Doch es tauchten keine Flugzeuge auf, vielleicht war das von Anfang an nur ein Gerücht gewesen.

Als die Heuschrecken schließlich abzogen, war es, als würden sie auf ein einheitliches Kommando hören. Ganz plötzlich breiteten sie alle gleichzeitig die Flügel aus und erhoben sich in die Luft. Mit einem Mal verfinsterte sich Gerstenfeld, alles war in Dunkelheit gehüllt. Nach ein oder zwei Stunden wurde es am Rand des Heuschreckenschwarms langsam heller. Je weiter sich der Schwarm nach Westen bewegte, desto heller wurde es, bis schließlich ganz Gerstenfeld im Sonnenschein lag. Allerdings war dieses sonnenbeschienene Gerstenfeld von einer bekümmernden Sauberkeit.

Den meisten Familien war kaum Getreide übrig geblieben. Sie hatten sich ausgerechnet, dass die Vorräte in den Reisgefäßen gerade reichen würden, bis der Weizen reif war. Doch nun war von dem Weizen nicht ein Körnchen mehr übrig. Die Vorräte schwanden, und die Menschen wurden von Tag zu Tag schwermütiger. Sie wurden ängstlich und nervös.

Einige Familien waren bereits zu Verwandten geflüchtet, die weiter entfernt wohnten. Andere wiederum ließen die Alten und die Kinder zu Hause, während die Kräftigen in ein 200 Li entferntes Wasserreservoir zum Arbeiten gingen. Es gab auch ein oder zwei Leute, die den älteren Familienmitgliedern verschwiegen, dass sie in die Stadt gingen, um Müll zu sammeln. Die Menschen aus Gerstenfeld suchten nach jedem erdenklichen Ausweg.

Bronzes Familie überlegte hin und her, sie fanden keinen Ausweg, sie konnten nur, genau wie die meisten anderen Dorfbewohner auch, im zerstörten Gerstenfeld bleiben.

Seit die Heuschrecken die gesamte Ernte gefressen hatten, hob Bronzes Familie immer wieder den Deckel vom Reistopf, um nachzusehen, wie viel Reis noch da war. In diesen Tagen zählten sie die Reiskörner, die sie in den Kochtopf gaben, beinahe einzeln ab.

Bronze sammelte wilde Kräuter, während er den Büffel hütete. Auch die Großmutter erschien des Öfteren am Feldrand oder am Flussufer, um wilde Kräuter auszugraben, die sie in einen Weidenkorb legte. Von früh bis spät machten sich der Vater und die Mutter Gedanken ums Essen. Sie stiegen in das Wasserfeld, um das übrig gebliebene Pfeilkraut und die Wasserkastanien zu sammeln, immer wieder hängten sie Spreu vom Vorjahr in den Wind, um sie zu trocknen, dann suchten sie darin nach ein paar Reiskörnern.

Das Wetter wurde wärmer, die Tage wurden länger. Die Sonne öffnete den Menschen alle Poren, sie verströmte eine nicht enden wollende Hitze, und die Zeit von den Morgen- bis zu den Abendstunden schien überhaupt nie mehr enden zu wollen. Alle wünschten, es würde früher dunkel werden, damit man ins Bett gehen und schlafen konnte, um so nicht mehr ans Essen denken zu müssen.

In der Kaderschule am anderen Flussufer gab es ständig Schichtwechsel, die einen gingen, die anderen kamen. Von den Leuten, die damals mit Sonnenblumes Vater gemeinsam in die Kaderschule gekommen waren, waren nur noch ein paar wenige da. Sie hatten Sonnenblume nicht vergessen, trotz ihrer eigenen angespannten Versorgungslage ließen sie Bronzes Familie einen Beutel Reis zukommen. Dieser Beutel Reis war überaus wertvoll. Als die Mutter ihn sah, liefen ihr Tränen übers Gesicht. Sie rief Sonnenblume zu: »Schnell, bedank dich bei Onkel und Tante!« – »Danke, Onkel und Tante«, sagte Sonnenblume, während sie sich am Rockzipfel der Mutter festhielt. Doch die Leute, die den Reis überbracht hatten, sagten: »Wir müssen uns bei euch bedanken, bei eurer ganzen Familie!« Nach kurzer Zeit kehrten sie dann in die Stadt zurück. Man sagte, die ganze Kaderschule würde diese Gegend vielleicht verlassen.

Manchmal stand Sonnenblume am Flussufer und sah hinüber zur Kaderschule. Sie fand, dass das Rot der Ziegel nicht mehr so leuchtete wie früher, auch ging es nicht mehr so lebhaft zu, alles schien etwas trostlos. Wilde Gräser wucherten rund um die Kaderschule. Sie hatte das Gefühl, die Kaderschule würde sich immer mehr von ihr entfernen.

Als in Bronzes Familie die Vorräte langsam zur Neige gingen, waren die Leute aus der Kaderschule bereits alle abgezogen worden. Von da an stand das riesige Gebäude einsam und verlassen inmitten des unendlich großen Schilflands.

In Bronzes Familie war auch das letzte Reiskorn aus dem Vorratsgefäß aufgegessen. In Gerstenfeld gab es noch weitere Familien, die sich ebenfalls in einer hoffnungslosen Situation befanden. Alle sagten, ein Versorgungsschiff würde Nahrungsmittel bringen. Doch nirgends war auch nur die Spur eines solchen Schiffes zu sehen. Die von der Katastrophe betroffenen Gebiete waren offenbar zu groß, es war unmöglich, alle gleichzeitig mit Lebensmitteln zu versorgen. Offenbar musste Gerstenfeld noch eine Weile leiden. Doch die Menschen aus Gerstenfeld waren überzeugt, dass der Tag kommen würde, an dem sie das Versorgungsschiff zu Gesicht bekämen. Immer wieder liefen sie zum Fluss, um danach Ausschau zu halten. Es war ein Fluss der Hoffnung, das klare Wasser strömte wie immer fröhlich im Sonnenlicht dahin.

❊

Eines Tages ging Bronze, eine Eisenschaufel über der Schulter und den Büffel an der Leine, mit Sonnenblume, die mit einem Körbchen am Arm auf dem Büffel saß, ins Schilf. Sie wollten tief ins Schilf gehen, um dort einen Korb voll zarter, süßer Schilfwurzeln auszugraben. Bronze wusste, dass die Schilfwurzeln umso zarter und süßer waren, je tiefer man ins Schilf vordrang. Die Schilfblätter, die die Heuschrecken abgefressen hatten, waren durch Regen und Sonne längst wieder nachgewachsen. Wenn man das dicht gewachsene Schilf sah, konnte man gar nicht glauben, dass es hier eine Heuschreckenplage gegeben hatte.

Vom Rücken des Büffels aus konnte Sonnenblume sehen, wie sich die Schilfhalme wild im Wind bewegten, und hier und da sah sie zwischen den Halmen Sumpflöcher. Die Sumpflöcher waren unterschiedlich groß und glänzten im Sonnenlicht wie Quecksilber. Sie sah die Vögel, die über diese kleinen Tümpel hinwegzogen, es gab Wildenten, Kraniche und Vögel, deren Namen sie nicht kannte.

Sonnenblume war hungrig und fragte: »Bruder, willst du denn noch weitergehen?« Bronze nickte. Er hatte schon die ganze Zeit über Hunger, sein Kopf war schwer und vor seinen Augen tauchten dauernd unwirkliche Bilder auf. Doch er bestand darauf, weiterzugehen, er wollte die besten Schilfwurzeln für Sonnenblume finden, diese Art von Schilfwurzeln, deren süßer Saft nur so spritzte, wenn man hineinbiss. Sonnenblume sah sich um, Gerstenfeld war bereits weit weg, rundherum war nichts als unendlich weites Schilf. Unwillkürlich bekam sie etwas Angst.

Endlich ließ Bronze den Büffel anhalten. Er half Sonnenblume vom Büffel herunter und begann, die Schilfwurzeln auszugraben. Die Schilfhalme hier drinnen waren tatsächlich etwas anders als die im äußeren Sumpfgebiet, die Halme waren dick und die Blätter breit und lang. Bronze sagte zu Sonnenblume: »Bei solchen Schilfhalmen sind die Wurzeln besonders gut!«

Als er mit dem Spaten in die Erde stach, hörte man, wie die Schilfwurzel mit einem knackenden Geräusch durchtrennt wurde. Nach ein paar weiteren Spatenstichen wurde ein kleines Loch sichtbar und die weiße, zarte Schilfwurzel kam zum Vorschein. Sonnenblume hatte noch nie Schilfwurzeln gegessen, doch ihr lief bereits das Wasser im Mund zusammen. Schnell grub Bronze ein Stück davon aus, wusch es im Wasser sauber und gab es Sonnenblume. Sonnenblume nahm einen großen Bissen und im nächsten Augenblick war ihr ganzer Mund voll mit einem kühlen, süßen Saft. Sie schloss die Augen. Bronze lachte. Sonnenblume nahm zwei weitere Bissen, dann hielt sie Bronze die Schilfwurzel vor den Mund. Bronze schüttelte den Kopf. Unverwandt hielt ihm Sonnenblume die Schilfwurzel hin. Schließlich nahm Bronze einen Bissen. Genau wie Sonnenblume schloss auch er die Augen, als die kühle Flüssigkeit durch seine Kehle in den hungrigen Magen rann. Die Sonne schien durch seine Augenlider, die Welt war orange. Ein warmes Orange.

Die nächste Zeit waren die Geschwister unermüdlich damit beschäftigt, die Schilfwurzeln, die sie aus der Erde gruben, zu kauen. Immer wieder sahen sie einander an, sie waren völlig zufrieden und glücklich, es war die Zufriedenheit eines ausgetrockneten Teiches, der endlich Wasser bekam, es war das Glück eines schwachen Körpers, der nach und nach wieder zu Kräften kam, von eiskalten Gliedmaßen, die anfingen sich zu erwärmen. Sie kauten mit nickenden Köpfen, immer wieder blitzten ihre schneeweißen Zähne im Sonnenlicht auf. Absichtlich kauten sie so, dass es besonders knackte, es sah rührend aus.

Du eine Wurzel, ich eine, ich eine, du eine ... Es war das beste Essen der Welt, sie aßen, bis sie fast berauscht davon waren.

Sie wollten einen ganzen Korb voll ausgraben. Sie wollten der Großmutter, dem Vater und der Mutter Schilfwurzeln mitbringen, sie sollten davon essen so viel sie wollten. Die etwas älteren Wurzeln gaben sie dem Büffel zu fressen.

Der Büffel fraß mit großem Appetit, während er heftig mit seinem Schwanz wedelte. Immer wenn er zufrieden war, hob er den Kopf und sandte ein langgezogenes Brüllen gen Himmel, so dass die Schilfblätter zitterten und raschelten. Sonnenblume nahm den Korb und ging hinter Bronze her. Sie hob die Schilfwurzeln auf, die Bronze aus dem Schlamm gegraben hatte, und legte sie in den Korb. Als der Korb fast voll war, flogen ein paar Wildenten auf und landeten nicht weit von ihnen in einem Sumpfloch oder im Schilf.

Plötzlich hatte Bronze eine Idee, er warf die Schaufel, die er in der Hand hielt, beiseite und bedeutete Sonnenblume: »Wenn wir eine Wildente fangen könnten, das wäre doch zu gut!« Er bog das Schilf zur Seite und ging in die Richtung, wo die Enten gelandet waren. Schon nach wenigen Schritten drehte er sich um und warnte Sonnenblume mehrmals: »Ich komme gleich zurück, bleib hier und pass auf die Schilfwurzeln auf, geh ja nicht weg!« Sonnenblume nickte: »Komm bald zurück!« Bronze nickte, drehte sich um und war gleich darauf im Dickicht verschwunden. »Bruder, komm bald zurück!« Sonnenblume setzte sich auf die Stelle, an der Bronze zuvor das Schilf für sie flachgedrückt hatte, und wartete. Der Büffel war satt und hatte sich auf die Seite gelegt, und obwohl er nichts im Maul hatte, machte er in einem fort Kaubewegungen. Sonnenblume sah ihm interessiert zu.

Leise schlich Bronze durch das Schilf. Seine Idee machte ihn ganz aufgeregt. Wenn er nur eine Ente fangen könnte! Sie hatten schon seit so langer Zeit kein bisschen Fleisch mehr gegessen! Er und Sonnenblume hatten große Lust auf Fleisch, doch sie sagten den Erwachsenen nichts davon. Die Erwachsenen hatten ihren Fleischhunger durchaus bemerkt, doch sie konnten nichts tun. Hätte es wenigstens Getreide zu essen gegeben, wäre das schon ziemlich gut gewesen, an Fleisch war da gar nicht zu denken.

In einiger Entfernung sah Bronze ein Wasserloch. Ganz vorsichtig schob er die Schilfhalme zur Seite und bewegte sich Cun um Cun vorwärts. Schließlich sah er die Wildenten. Ein Erpel und mehrere Enten schwammen im Wasser. Wahrscheinlich waren sie gerade weit geflogen, um Futter zu suchen, und waren jetzt etwas müde, sie hatten die Schnäbel unters Gefieder gesteckt und trieben auf dem Wasser, um sich auszuruhen. Bronzes ganze Aufmerksamkeit war auf diese Enten gerichtet. Für einen Moment vergaß er sogar Sonnenblume und den Büffel. Er hockte da einfach inmitten des Schilfdickichts und schmiedete seinen Entenplan. Er überlegte, nach einem schweren Ziegel zu suchen, den er auf die Enten schleudern konnte, um eine von ihnen zu treffen. Doch hier war nichts außer Schilf. Er dachte: »Wenn ich nur ein großes Netz hätte!« Und er dachte: »Wenn ich nur ein Jagdgewehr hätte!« Und er dachte: »Wenn ich nur untergetaucht wäre, bevor die Enten gelandet sind!« Er wusste nicht, wie lange er bereits wie gebannt die völlig arglosen Enten beobachtete. »Die sind ja richtig fett!« Plötzlich musste Bronze an einen Topf voller köstlicher Entensuppe denken, Speichel rann ihm aus dem Mundwinkel und tropfte ins Gestrüpp. Er wischte sich den Mund ab und lachte etwas verschämt. An Sonnenblume und den Büffel, die da auf ihn warteten, dachte er immer noch nicht.

Sonnenblume wurde bereits ungeduldig. Sie stand auf und schaute in die Richtung, in die ihr Bruder verschwunden war. Sie hatte gar nicht bemerkt, wie sich der Himmel verdüstert hatte, gerade noch hatte die Sonne über dem Schilf geschienen und mit einem Mal war der Himmel von dunklen Wolken bedeckt. Das Grün des Schilfs verwandelte sich in Schwarz. In der Ferne kam Wind auf, das Schilf begann zu schwanken und das Schwanken wurde immer heftiger. »Warum ist denn der Bruder noch nicht zurück?«, fragte Sonnenblume den Büffel. Der Büffel schaute verwundert drein. Es sah nach Regen aus.

Im Schilf gab es einen schwarzen, geheimnisvollen Vogel, der jedes Mal, wenn Regen aufzog, zu schreien anfing. Dieser Schrei klang wie das Weinen eines Kindes im Nordwind. Wenn man ihn hörte, lief es einem kalt den Rücken hinunter, es war, als würde einem eine kalte, behaarte Hand über den Rücken streichen. Sonnenblume begann leicht zu zittern: »Bruder, wo bist du? Warum bist du immer noch nicht da?«

Der Vogel kam nähergeflogen, es schien, als stieße er Klagelaute aus. Schließlich hielt es Sonnenblume nicht mehr aus. Sie lief in die Richtung, in die der Bruder gegangen war, um ihn zu suchen. Sie ging ein paar Schritte, dann drehte sie sich um und schärfte dem Büffel ein: »Warte hier auf mich und den Bruder! Du darfst die Schilfwurzeln im Korb auf keinen Fall essen, die sind für Großmutter, Vater und Mutter. Sei schön brav!« Der Büffel sah sie an und wedelte mit seinen lang behaarten Ohren. Sonnenblume stürmte vorwärts und schrie: »Bruder!«

Der Wind wurde stärker, das Schilf raschelte, als würde irgendein unheimliches Wesen sie verfolgen. Sie konnte sogar ein heiseres Keuchen hören.

Sie schrie: »Bruder, Bruder!« Doch von ihrem Bruder war keine Spur zu sehen. Kaum hatte sie den Büffel verlassen, hatte sie sich bereits im Schilf verirrt. Das war ihr allerdings noch nicht bewusst. Während sie noch glaubte, zu ihrem Bruder zu laufen, lief sie in Wirklichkeit in eine völlig andere Richtung.

Bronze überkam plötzlich ein kalter Schauer, erst da dachte er wieder an Sonnenblume und den Büffel. Er blickte nach oben in den Himmel und sah die schwarzen Wolken aufziehen. Erschrocken drehte er um und lief zurück. Die Enten schreckten auf und schlugen mit den Flügeln, dass sich das Wasser kräuselte, dann flogen sie davon. Bronze sah ihnen kurz nach, dann kümmerte er sich nicht mehr um sie, sondern lief, bis er ganz außer Atem war, zurück an die Stelle, wo er Sonnenblume und den Büffel zurückgelassen hatte.

Dort angekommen, fand er nur noch den Büffel und den Korb mit den Schilfwurzeln vor. Mit ausgestreckten Armen drehte er sich ein ums andere Mal um sich selbst. Doch außer Schilf war da nichts zu sehen. Er sah den Büffel an. Der Büffel sah ihn an. Er dachte, dass sich Sonnenblume bestimmt auf die Suche nach ihm gemacht hatte, stürmte ins Dickicht, und verfolgte den Weg, den er soeben gekommen war, zurück. Er rannte wie verrückt, dass das Schilf nur so rauschte. Erneut kam er an das Sumpfloch. Keine Spur von Sonnenblume. Er wollte laut schreien, brachte aber keinen Ton heraus. Er drehte sich um und lief wieder zurück. Der Büffel war inzwischen aufgestanden, er machte einen besorgten Eindruck. Erneut stürzte sich Bronze ins Schilf, er rannte umher, der Schweiß tropfte an ihm herab. Knackend brachen die Schilfhalme. Während er lief und lief, zerschnitten ihm die gespaltenen Schilfhalme seine Kleider, Gesicht, Arme und Beine. Er rannte, nichts anderes mehr vor Augen als seine Schwester Sonnenblume: Sonnenblume, wie sie unter dem großen Perlschnurbaum im Schotter saß, Sonnenblume, wie sie im Licht der Kürbisblütenlampen las und schrieb, Sonnenblume, die ihm die Schriftzeichen beibrachte, indem sie sie mit einem Stöckchen in den Sandboden schrieb, Sonnenblume, wie sie mit ihrem Schulranzen auf dem Rücken den Feldrand entlanghüpfte, wie sie lachte, wie sie weinte …

Der Stoppel einer Schilfpflanze bohrte sich plötzlich in seine Fußsohle, der stechende Schmerz ließ ihn fast ohnmächtig werden. Die letzten Tage hatte er fast ausschließlich wilde Kräuter gegessen, sein Körper war entkräftet und vom schnellen Laufen nun zusätzlich geschwächt. Jetzt war auch noch sein Fuß verletzt. Durch den heftigen Schmerz brach ihm am ganzen Körper der kalte Schweiß aus. Ihm wurde schwarz vor Augen, er stolperte und stürzte schließlich zu Boden.

Es begann zu regnen. Das kühle Regenwasser brachte ihn wieder zu sich. Mühsam rappelte er sich in der Pfütze, in der er lag, auf und schaute nach oben in den Himmel. Da sah er, wie ein Blitz wie eine blaue Peitsche gewaltsam durch den Himmel fuhr, eine Narbe blieb zurück, die jedoch im nächsten Augenblick wieder verschwand. Dann folgte ein ohrenbetäubendes Donnern. Der Regen wurde stärker.

Bronze zog seinen blutenden Fuß hinter sich her, kämpfte sich durch den Regen und suchte.

Zu diesem Zeitpunkt war Sonnenblume bereits weit von ihm entfernt. Sie hatte jegliche Orientierung verloren. Sie lief nicht mehr, sondern ging langsam, sie weinte dabei und rief immer wieder: »Bruder, Bruder!« Es schien, als würde sie irgendeinen verlorenen Gegenstand suchen. Jeder Blitz und jeder Donner ließ sie erschrocken auffahren. Die vom Regen nassen Haare hingen ihr ins Gesicht und verdeckten ihre leuchtend schwarzen Augen. Sie war mager geworden in letzter Zeit, und wie ihr die durchnässten Kleider so am Körper klebten, wirkte sie noch dünner, erbärmlich dünn.

Sie hatte keine Ahnung, wie groß dieses Schilfland letztendlich war. Sie wusste nur, dass ihr Bruder und der Büffel auf sie warteten, und dass die Großmutter, der Vater und die Mutter zu Hause auf sie warteten. Sie konnte nicht stehenbleiben, sondern wollte weitergehen, irgendwie musste sie da wieder herausfinden. Woher sollte sie auch wissen, dass sie immer tiefer in das Schilf hineinging und sich vom Rand des Sumpflandes immer weiter entfernte? Diese endlose Schilflandschaft verschluckte die winzig kleine Person.

Bronze ging noch einmal zu der Stelle zurück, an der sie die Schilfwurzeln ausgegraben hatten. Diesmal war auch der Büffel verschwunden, nur noch der Korb mit den Schilfwurzeln stand da. Erneut stürzte Bronze ohnmächtig auf den sumpfigen Boden. Donner rollte über den Himmel, während Nebel und Regen die Erde überzogen.

In Gerstenfeld gingen die Großmutter, der Vater und die Mutter in dem Unwetter auf und ab und riefen nach den Kindern. Die Großmutter stützte sich auf ihren Krückstock, der Regen hatte ihr silbriges Haar noch silbriger gewaschen. Die alte Frau war ausgezehrt, sie glich einer alten Weide, die schwankend am Flussufer stand. Sie rief nach ihrem Enkel und ihrer Enkelin, doch ihre greise Stimme wurde sofort von Wind und Regen übertönt.

Quakfisch, der in einem Regenumhang aus Stroh sein Boot über den großen Fluss steuerte, war soeben dabei, seine Enten eilig nach Hause zu treiben. Die Großmutter fragte ihn: »Hast du unseren Bronze und unsere Sonnenblume gesehen?« Quakfisch hatte kein Wort verstanden, er wollte sein Boot anhalten, um noch einmal genauer hinzuhören, doch seine Enten jagten hinter den Regentropfen her und waren plötzlich so weit hinausgeschwommen, dass er Bronzes Großmutter stehen ließ und seine Enten verfolgte.

Als Bronze wieder aufwachte, schien der Regen gerade nachzulassen. Mühsam richtete er sich auf, sah das Schilf, wie es sich bog und wieder aufrichtete. Sein Blick war leer, als hätte er alle Hoffnung verloren. Ohne Sonnenblume konnte er nicht zurückkehren. Der Regen rann ihm aus seinen glänzend schwarzen Haaren in einem fort ins Gesicht. Die Welt verschwamm vor seinen Augen. Er senkte den Kopf, er schien schwer wie ein Mühlstein zu sein, das Kinn berührte fast die Brust. Unvermittelt schlief er ein. Im Traum sah er wirr hin und her flatternde Sonnenblumen, seine Schwester Sonnenblume und die Sonnenblumen vom Feld ...

In der Ferne hörte er das Muhen des Büffels. Er hob den Kopf, und wieder hörte er den Büffel, noch dazu schien das Geräusch ganz aus der Nähe zu kommen. Mit wackeligen Beinen stand er auf und schaute in die Richtung, aus der das Büffelgebrüll gekommen war. In dem Moment sah er, wie der Büffel auf ihn zugelaufen kam, er teilte das Schilf, das zu beiden Seiten auseinanderfiel, wie ein Boot das Wasser. Und auf seinem Rücken saß Sonnenblume! Bronze ließ sich inmitten der Pfütze auf die Knie fallen, dass es spritzte ...

Als der Regen aufhörte und der Himmel aufklarte, nahm Bronze den Büffel und humpelte aus dem Sumpfland heraus. Auf dem Rücken des Büffels saß Sonnenblume. Die Schilfwurzeln, die sie im Korb trug, waren vom Regenwasser sauber gewaschen, sie waren so weiß wie Elfenbein.

✽

Ein Versorgungsschiff voller Getreide lag nur wenige hundert Li vom Dorf entfernt, da aber der Fluss wegen der langanhaltenden Dürre zu wenig Wasser führte, kam es nur sehr langsam voran. Die Menschen in Gerstenfeld mussten ihre Gürtel Tag für Tag etwas enger schnallen.

Bronzes und Sonnenblumes Augen waren immer schon groß gewesen, jetzt aber wirkten sie noch größer, und ihre weißen Zähne blitzten hungrig. Auch die Augen der Großmutter, des Vaters und der Mutter sowie von allen anderen Menschen in Gerstenfeld waren größer geworden – und nicht nur größer, sondern auch glänzender. Es war der Glanz, den jene Menschen in den Augen haben, die absolut nichts mehr haben. Ein Mund, das waren zwei Reihen weißer Zähne. Die weißen Zähne erinnerten einen daran, dass sie scharf genug waren, um Dinge zu zerbeißen, und dass sie dabei knackende Geräusche von sich geben konnten.

Wenn die Kinder aus Gerstenfeld unterwegs waren, hüpften und sprangen sie nicht mehr wie früher. Zum einen hatten sie von sich aus nicht mehr die Kraft dazu, zum anderen riefen die Erwachsenen, sobald sie das sahen: »Hört auf zu hüpfen, spart eure Kraft!« »Spart eure Kraft« hieß in Wahrheit, Nahrungsmittel zu sparen.

Ganz Gerstenfeld war matt und niedergeschlagen. Wenn die Dorfbewohner sprachen, klang es, als hätten sie sich gerade von einer Krankheit erholt. Wenn sie gingen, war ihr Gang schwankend und unsicher und sie glichen erst recht Kranken.

Doch das Wetter war immer gut, jeden Tag strahlte die Sonne. Allerorts gedieh üppiges, sattes Grün. Vögel flogen in Scharen über den Himmel und zwitscherten in einem fort. Doch die Menschen aus Gerstenfeld konnten nichts von alldem genießen, sie hatten nicht einmal mehr die Kraft sich zu freuen.

Wie gewohnt gingen die Kinder zur Schule und lernten. Doch der Klang ihrer Stimmen, die einst klar, ausdauernd und lebendig Texte vorgetragen hatten, war schwach geworden. Die Kinder wollten die Texte laut vorlesen, doch sie schafften es nicht. Die dünnen Bäuche brachten keine Kraft auf, das war beunruhigend, und wer beunruhigt ist, beginnt übermäßig zu schwitzen. Wenn der Hunger besonders schlimm war, wollte man sogar Steine knabbern. Doch die Menschen aus Gerstenfeld blieben dennoch ruhig und gefasst.

In Bronzes Familie gab es keinen, der mit langem Gesicht sagte: »Ich habe Hunger.« Selbst wenn das Abendessen ausfiel, sagte niemand: »Ich habe Hunger.«

Noch mehr als früher achteten sie darauf, das Haus und sich selbst sauber zu halten. Wenn Bronze und Sonnenblume aus dem Haus gingen, waren ihre

Gesichter und Kleider immer ordentlich und rein. Die Großmutter ging wie immer an den Fluss, um sich mit dem klaren Wasser Gesicht und Hände zu waschen. Ihr silbernes Haar war fein säuberlich frisiert, ihre Kleidung makellos. So tadellos sauber ging sie im Sonnenschein spazieren, die weiten Kleider, die um ihren Körper schlotterten, sahen aus wie Flügel.

Bronze und Sonnenblume konnten für sich selbst noch etwas Essbares finden. In den Weiten der Felder und in den unzähligen Flussläufen gab es immer dieses oder jenes zu essen. Bronze war ständig auf den Feldern und am Fluss unterwegs und erinnerte sich daran, wo man hier und da etwas zu essen finden konnte. Er nahm Sonnenblume mit, und immer wieder gab es glückliche Zufälle und sie fanden etwas.

Eines Tages steuerte Bronze mit einem Holzboot auf die Flussbiegung zu. Auch Sonnenblume saß im Boot. Bronze hatte sich daran erinnert, dass es an der Flussbiegung ein großes Schilfdickicht gab, in dem sich ein kleines Sumpfloch befand. Darin wuchsen wilde Wasserkastanien. Da würde er mit Sonnenblume ein paar wilde Wasserkastanien essen können. Und wenn sie Glück hatten, konnten sie auch für die Großmutter, den Vater und die Mutter ein paar sammeln und mitnehmen.

Doch diesmal gingen sie leer aus. Die Wasserkastanien waren zwar da, doch die Früchte, die unterhalb der Blätter wuchsen, hatte bereits irgendjemand abgeerntet.

Sie mussten also ihr Boot wieder heimwärts steuern. Unterwegs verließ Bronze die Kraft und er legte sich ins Boot. Auch Sonnenblume fühlte sich schwach und legte sich neben ihren Bruder. Ein leichter Wind wehte und das Boot trieb langsam auf dem Wasser dahin. Sie hörten, wie das Wasser gegen die Unterseite des Bootes schlug. Es war ein klares und angenehmes Geräusch, wie der Klang eines Instruments.

Weiße Wolken zogen über den Himmel. Sonnenblume sagte: »Da ist Zuckerwatte!« Die Wolken zogen dahin und änderten beständig ihre Form.

Sonnenblume sagte: »Da ist ein Dampfbrötchen.«

Bronze zeigte: »Das ist kein Dampfbrötchen, das ist ein Apfel.«

»Nein, kein Apfel, eine Birne.«

»Da ist ein Schaf.«

»Eine ganze Schafherde.«

»Vater soll eines für uns schlachten.«

»Er soll das größte und fetteste schlachten.«
»Großväterchen Freitag bekommt ein Hammelbein. Wir haben auch eines von ihm bekommen.«
»Wir wollen auch Oma ein Hammelbein schenken.«
»Wir essen drei Schalen voller Schafssuppe.«
»Ich esse vier.«
»Ich fünf.«
»Ich gebe einen Löffel Chili dazu.«
»Und ich Koriander.«
»Iss, iss, sonst wird alles kalt!«
»Iss!«
»Iss!«
Also begannen sie eilig zu essen und machten dabei schlürfende Geräusche. Als sie fertig waren, schmatzten sie und leckten sich mit der Zunge über die Lippen.

Sonnenblume sagte: »Ich habe Durst.«
»Wenn du Durst hast, iss einen Apfel.«
»Nein, ich esse eine Birne, die ist saftiger.«
»Ich esse erst einen Apfel und dann noch eine Birne.«
»Und ich esse zwei Birnen und dann noch zwei Äpfel.«
»Uns wird noch der Bauch platzen!«
»Ich gehe zum Feld. Diesmal esse ich Wasserkastanien, bis ich nicht mehr kann, du führst mich an den Feldrändern entlang, wir gehen bis in die Nacht hinein, und wenn wir nach Hause kommen, esse ich nochmal eine Wasserkastanie.«

Die Wolken veränderten unablässig ihre Form. Doch in den Augen der beiden Kinder verwandelten sie sich ausschließlich in ein leuchtend gelbes Weizenfeld, in ein wogendes goldenes Reisfeld, in einen gewaltigen Kakibaum, in ein Huhn, eine Gans oder einen Fisch, in einen großen Kessel, in dem Sojamilch brodelte, in eine große Wasser- oder Honigmelone …

Sie hatten alle möglichen Köstlichkeiten zu essen und boten sich gegenseitig davon an. Sie aßen und aßen und schliefen dann zufrieden ein. Der unendlich lange Fluss nahm das kleine Boot, das da im goldenen Licht der Sonne dahintrieb, weit mit sich.

Als Sonnenblume eines Tages aus der Schule kam und ein Bein anheben wollte, um über die Türschwelle zu steigen, wurde ihr plötzlich schwarz vor Augen, die Beine gaben nach und sie stürzte mit einem dumpfen Aufprall zu Boden. Die Großmutter kam eilig herbeigelaufen. Die Mutter half ihr vom Boden auf. Mit ihrer Wange war sie gegen die Türschwelle gefallen, die Haut war aufgeplatzt, Blut sickerte heraus. Die Mutter trug sie zum Bett. Als die Mutter ihr kreideweißes Gesicht sah, lief sie schnell in die Küche, um ihr Reissuppe aufzukochen. Sie hatte sich gerade ein Sheng Reis ausgeliehen.

Als Bronze vom Büffelhüten zurückkehrte und sah, wie Sonnenblume auf dem Bett lag, musste er wieder an die Wildenten in dem Wasserloch denken. Am frühen Morgen des nächsten Tages nahm er ein Fischernetz, sagte zu niemandem ein Wort und ging ganz alleine ins Schilf. Er fand das Wasserloch, doch auf der Wasseroberfläche war nur der Himmel zu sehen, der sich darin spiegelte, sonst war da nichts.»Wahrscheinlich sind sie woanders hingeflogen.« Bronze wartete einen Augenblick und wollte wieder gehen, doch schließlich beschloss er, sich hinter das Schilf zu setzen. Er befahl sich selbst, geduldig zu warten.»Wahrscheinlich sind sie irgendwo auf Futtersuche, sie werden gleich zurückkommen.« Er brach zwei Schilfblätter ab und faltete sie zu zwei kleinen Booten. Er hob den Kopf und blickte in den Himmel, doch als da keinerlei Bewegung zu sehen war, trat er aus dem Dickicht hervor und setzte die kleinen Schilfboote aufs Wasser, dann zog er sich schnell wieder zurück. Als er die Schilfhalme auseinanderbog, um zu schauen, wurden die beiden kleinen Schilfblattboote bereits vom Wind vorwärtsgetrieben.

Die Sonne stieg immer höher, doch noch immer war nicht einmal der Schatten einer Wildente zu sehen. Innerlich beschwor Bronze sie: »Wildenten, kommt geflogen, Wildenten, kommt geflogen ...«

Es war schon bald Mittag, da tauchte plötzlich ein großer Wildentenschwarm am Himmel auf. Als Bronze das sah, war er überglücklich. Doch dieser Entenschwarm flog in eine völlig andere Richtung. Enttäuscht seufzte Bronze auf, nahm sein Fischernetz und wollte sich auf den Weg machen. Gerade in diesem Moment tauchten erneut ein paar Wildenten über dem Wasserloch auf. Bronzes Blick folgte ihnen aufmerksam. Er glaubte sie wiederzuerkennen: Es waren genau die Enten, die er an jenem Tag gesehen hatte! Die Enten kreisten eine Runde und machten sich zur Landung bereit.

Enten waren von allen Vögeln die dümmsten, mit ihren kurzen Flügeln und schweren Körpern hatten sie nichts Geschmeidiges und Graziles, wenn sie aufflogen. Wenn sie im Wasser landeten, war es, als hätte man ein Dutzend Ziegelsteine vom Himmel geworfen, mit lautem Platschen wirbelten sie das Wasser auf.

Sie schauten um sich, blickten argwöhnisch in alle Richtungen, und als sie sahen, dass sich nichts bewegte, fingen sie beruhigt an, im Wasser umherzuschwimmen. Sie schlugen mit den Flügeln, quakten, putzten sich das Gefieder mit ihren Schnäbeln oder machten beim Trinken pritschelnde Geräusche.

Der Erpel war groß und fett. Er hatte einen dunklen, purpurfarbenen Kopf, der seidig schimmerte. Die Enten waren nicht weit von ihm entfernt, jede war beschäftigt. Der Erpel schien eine zierliche, kleine Ente zu bevorzugen, immer wenn sie sich etwas entfernte, schwamm er ihr sofort nach. Dann kämmten sie sich mit den Schnäbeln gegenseitig das Gefieder, außerdem pickten sie in einem fort mit den Schnäbeln ins Wasser, als würden sie etwas erzählen. Nach einer Weile schlug der Erpel mit den Flügeln und sprang der Ente auf den Rücken. Die Ente konnte das Gewicht des Erpels unmöglich aushalten, sofort sank sie zur Hälfte unter Wasser, bis nur noch der Kopf herausschaute. Erstaunlich war vor allem, dass sich die Ente überhaupt nicht wehrte, freiwillig ließ sie sich von dem Erpel zur Hälfte unter Wasser drücken. Das beunruhigte Bronze. Nach einer Weile rutschte der Erpel vom Rücken der Ente herunter. Beide Enten schienen sehr vergnügt zu sein, immerzu schlugen sie mit den Flügeln.

Nach einer Weile flog der Erpel plötzlich davon. Bronze wurde nervös, er fürchtete, der Erpel würde die Enten dazu animieren, mit ihm zu fliegen. Doch die restlichen Wildenten schwammen unbeeindruckt auf dem Wasser umher und taten, was zu tun war. Nachdem der Erpel glücklich ein paar Kreise durch die Luft gezogen hatte, landete er wieder im Wasserloch. Immer wieder sprenkelte er Wasser über seinen Bauch. Die Federn konnten das Wasser nicht aufnehmen, glitzernd perlten die Wassertropfen daran ab. Bronze griff nach dem Fischernetz und wartete auf eine Gelegenheit. Eine Wildente konnte er nur fangen, wenn er schnell das Netz auswarf, während sie untertauchten, um zu spielen oder um Fische, Krabben oder Schnecken zu fangen, und wenn sie auftauchten, hatte er vielleicht das Glück, dass ein oder zwei unter das Netz gerieten und sich mit dem Kopf darin verfingen.

Doch die Enten schwammen nur auf dem Teich umher und machten keinerlei Anstalten unterzutauchen. Bronzes Beine waren schon etwas taub, ihm war schwindlig und vor seinen Augen wurde es immer wieder schwarz. Schließlich hielt er es nicht mehr aus und legte sich langsam hin. Er ruhte sich etwas aus und wartete, bis etwas Kraft in seinen Körper zurückgekehrt war, dann rappelte er sich wieder auf, um die Wildenten weiter zu beobachten.

Auch die Wildenten hatten offenbar genügend Kraft gesammelt, sie wurden etwas unruhig. Als sie so auf dem Wasser umherschwammen, legten sie plötzlich an Geschwindigkeit zu. Nach einer Weile fingen zwei junge Enten an fröhlich herumzutollen. Dabei forderte die eine die andere heraus, die dieser dann wiederum hinterherjagte. Als diejenige, die gejagt wurde, merkte, dass die andere sie bald fangen würde, tauchte sie ihren Kopf unter Wasser und streckte das Hinterteil in die Höhe, strampelte mit den goldgelben Füßen mehrmals in der Luft und tauchte schließlich ganz unter. Als die andere Ente sie nicht mehr sehen konnte, drehte sie sich um sich selbst und tauchte dann ihrerseits den Kopf unter Wasser. Dieses Spiel steckte bald die gesamte Entenschar an, überall sah man Enten unter- und wieder auftauchen, für eine Weile herrschte auf dem ganzen Wasser ein fröhlicher Tumult.

Bronzes Stimmung hob sich. Als er zu dem Fischernetz griff, war seine Hand völlig verschwitzt, seine Beine zitterten. Er befahl sich selbst, mit dem Zittern aufzuhören, doch seine Beine wollten nicht gehorchen und zitterten weiter. Und mit den Beinen fing auch der restliche Körper an zu zittern, und mit dem restlichen Körper zitterte das Schilf und begann zu rascheln. Bronze schloss die Augen und bot seine gesamte Willenskraft auf, um sich zu beruhigen. Nach einer Weile größter Anstrengung hörten die Beine schließlich auf zu zittern. Plötzlich herrschte auf dem Wasser Stille: Alle Enten waren untergetaucht.

Jetzt hätte Bronze sofort hervorspringen und das Netz durch die Luft werfen müssen. Mit größter Wahrscheinlichkeit hätte er ein paar Enten erwischt. Doch Bronze zögerte. Als er sich endlich dazu entschlossen hatte, tauchten die Wildenten schon wieder nacheinander aus dem Wasser auf. Bronze bereute es maßlos, den richtigen Moment verpasst zu haben. Er musste auf die nächste Gelegenheit warten, und die bot sich erst zwei Stunden später. Diesmal schwamm nur noch eine Ente auf der Wasseroberfläche, die anderen waren alle untergetaucht.

Ohne zu zögern stürzte er entschlossen aus dem Schilf hervor, sein Körper wirbelte herum, und wie eine riesige Blüte entfaltete sich das Netz in der Luft zu seiner vollen Größe und legte sich dann auf das Wasser. Die eine Ente, die auf dem Wasser geschwommen war, flog mit einem erschrockenen Quaken rechtzeitig in die Luft. Die anderen Enten hatten unter Wasser vielleicht das alarmierende Quaken ihrer Kameradin gehört und tauchten nun der Reihe nach auf. Doch unerklärlicherweise war nicht eine einzige davon unter dem Netz. Sie tauchten auf, schlugen wie verrückt mit den Flügeln und erhoben sich in die Luft. Hilflos sah Bronze zu, wie sie davonflogen. Das Netz schwamm noch auf dem Wasser, das nun ganz still dalag.

Wolken zogen über den Teich. Niedergeschlagen stieg Bronze ins Wasser, um sein Netz zu holen. Da bemerkte er, dass unter dem Netz unentwegt zwei Reihen Luftblasen aufstiegen. Die Blasen wurden immer größer. Irgendeine Kraft schien das Netz, das auf der Wasseroberfläche trieb, von unten festzuhalten. Sein Herz klopfte wie wild, als würde ein Holzhammer gegen seine Brust schlagen. Eine kleine Fontäne spritzte über die Wasseroberfläche, unter Wasser schien ein Lebewesen zu kämpfen. Bronze stürzte geradewegs auf die Stelle zu, an der das Wasser aufgespritzt war.

Im nächsten Moment sah Bronze die Wildente: Kopf und Flügel hatten sich völlig im Netz verheddert und sie kämpfte mit aller Kraft dagegen an. Er meinte, sie zu erkennen: Es war der Erpel. Seine Kraft war offenbar noch lange nicht am Ende, denn als er den Himmel erblickte, fing er plötzlich an, wild mit den Flügeln zu schlagen, so dass er mitsamt dem Netz in die Luft flog. Als Bronze das sah, machte er einen Satz nach vorn und drückte das Netz zurück ins Wasser. Er wagte es nicht, das Netz einzuholen, sondern presste es gegen seinen Bauch. Er spürte das Gezappel unter Wasser. Er war so traurig, dass er am liebsten geweint hätte. Dennoch drückte er das Netz weiter nach unten, bis er sicher war, dass es unter Wasser völlig ruhig geworden war. Die Enten waren keineswegs weggeflogen, sondern kreisten klagend in der Luft.

Als Bronze das Netz aus dem Wasser holte, war der Erpel bereits tot. Es war ein wunderschöner Erpel mit schimmernden Federn am Bauch, die Augen sahen wie polierte schwarze Perlen aus, der Schnabel glänzte wie die Hörner eines Büffels, er hatte ein dichtes Federkleid und seine goldgelben Füße leuchteten. Als Bronze ihn so betrachtete, zog es ihm das Herz zusammen. Schließlich flogen die Enten am Himmel davon.

Aufgewühlt schulterte Bronze das Fischernetz und lief aus dem Schilf hinaus. Als er vom Fluss heraufkam, fragten ihn einige Leute: »Was hast du da in deinem Netz?« Stolz öffnete Bronze sein Netz und ließ sie die große, fette Ente genau betrachten. Er lachte den Leuten zu, dann lief er wie ein Wirbelwind nach Hause.

Es war schon spät, niemand war zu Hause. Die Großmutter sammelte draußen wilde Kräuter, Sonnenblume war noch nicht aus der Schule zurückgekehrt, der Vater und die Mutter arbeiteten noch auf dem Feld. Bronze nahm die schwere Wildente, betrachtete sie und beschloss, der ganzen Familie eine Überraschung zu bereiten. Er rupfte sie und wickelte die Federn in ein Lotusblatt (die würde er später verkaufen). Er legte die Federn unter den Heuhaufen, dann nahm er ein Messer, ein Schneidbrett und ein Tongefäß und ging zum Fluss.

Nachdem er die Ente ausgenommen und gewaschen hatte, schnitt er sie in kleine Stücke und legte sie in das Tongefäß. Er schüttete das Entenfleisch aus dem Tongefäß in einen Topf, füllte ihn zur Hälfte mit Wasser und machte in der Kochstelle Feuer. Er wollte einen Topf köstlicher Entensuppe fertig zubereitet haben, bevor die Familie nach Hause kam. Die Erste, die nach Hause kam, war Sonnenblume.

Die Kinder aus Gerstenfeld hatten in letzter Zeit einen überaus scharfen Geruchssinn entwickelt. Sonnenblume war noch nicht einmal im Haus, da hatte sie schon von Weitem einen Duft vernommen, der ihr das Wasser im Mund zusammenlaufen ließ. Und dieser Duft kam eindeutig aus der Küche ihres Hauses. Sie sah nach oben zum Schornstein – der qualmte noch. Sie schnupperte und rannte so schnell sie konnte nach Hause.

Bronze war gerade noch dabei, Feuer zu machen, sein ganzes Gesicht glühte. Sonnenblume rannte in die Küche: »Bruder, was kochst du da Gutes?« Sie hob den Topfdeckel, weißer Dampf vernebelte ihr die Sicht. Erst nach einer Weile erkannte sie, was im Topf war. Im Topf brodelte es, der Duft stieg ihr in die Nase. Bronze ging zu ihr, schöpfte eine Schale voll mit der Suppe und gab sie Sonnenblume: »Trink das, ich habe eine Wildente erlegt, das Fleisch ist noch nicht durch, trink erst einmal die Suppe!« – »Wirklich?« Sonnenblumes Augen strahlten. »Trink!« Bronze blies in die Suppe in der Schale.

Sonnenblume hielt die Schale in beiden Händen, aufmerksam schnupperte sie und sagte: »Ich will warten, bis Großmutter und die anderen zurückkommen, dann essen wir gemeinsam.« – »Trink, wir haben genügend Suppe«, wies Bronze sie an. »Soll ich trinken?« – »Ja, trink!«

Sonnenblume probierte einen kleinen Schluck und streckte die Zunge heraus: »Uiuiui, die Zunge fällt mir gleich ab, so gut schmeckt das!« Sie warf Bronze einen Blick zu, und ohne darauf zu achten, dass die Suppe heiß war, hielt sie die Schale fest und trank sie Schluck für Schluck aus.

Bronze sah Sonnenblume an, die spindeldürr geworden war, schweigend stand er vor ihr. Als er hörte, wie sie glucksend trank, sagte er im Stillen: »Trink nur, trink nur, trink alles aus, ich mach dir die Schale nochmal voll!« Er wusste nicht, ob es Tränen waren oder der heiße Dampf der Suppe, der im Raum stand, jedenfalls sah er Sonnenblume ein wenig undeutlich.

❀

Um die Mittagszeit des nächsten Tages tauchten plötzlich Quakfisch und sein Vater vor Bronzes Haus auf. Quakfischs Vater trug eine steinerne Miene zur Schau, während Quakfisch verächtlich und herausfordernd dreinblickte. Bronzes Vater, der nicht wusste, was die beiden wollten, bat sie, im Zimmer Platz zu nehmen, und fragte: »Was gibt es?« Keiner der beiden antwortete. Quakfisch verschränkte die Arme, reckte den Hals und machte einen Schmollmund.

Bronzes Vater fragte Quakfisch: »Hat sich unser Bronze mit dir gestritten?« Quakfisch schnaubte.

»Was gibt es denn?«, fragte Bronzes Vater noch einmal.

Quakfischs Vater sagte: »Ihr wisst nicht, was los ist?«

Quakfisch sah zu Bronze und Sonnenblume hinüber, die gerade damit beschäftigt waren, Schriftzeichen zu schreiben, und wiederholte: »Ihr wisst nicht, was los ist?«

Bronzes Vater rieb sich die Hände: »Dann sagt doch, was ist! Wir haben wirklich keine Ahnung!«

Quakfischs Vater sah hinaus und fragte kühl: »Hat die Ente geschmeckt?«

Quakfisch sprang hinter seinem Vater hervor: »Hat die Ente geschmeckt?« Damit sah er Bronze und Sonnenblume an.

Bronzes Vater lachte: »Ach so, ihr meint die Wildente?«

Spöttisch verzog Quakfischs Vater den Mund: »Wildente?«
Bronzes Vater sagte: »Es war eine Wildente.«
Quakfischs Vater lachte, sein Lachen war merkwürdig.
Als Quakfisch sah, wie sein Vater lachte, lachte er ebenfalls, auch sein Lachen war merkwürdig.
Bronzes Vater fragte: »Was wollt ihr beiden denn eigentlich?«
Quakfischs Vater sagte: »Ist dir nicht klar, was wir wollen?«
Bekräftigend sagte Quakfisch: »Ist das nicht klar?« Erneut schielte er zu Bronze und Sonnenblume hinüber.
Bronzes Vater wurde etwas ärgerlich: »Nein, das ist nicht klar!«
Quakfischs Vater sagte: »Dann weiß es dein Sohn!«
Quakfisch zeigte auf Bronze: »Dein Sohn weiß es!«
Bronzes Vater machte einen Schritt nach vorne und zeigte mit dem Finger auf die Nase von Quakfischs Vater: »Wenn du etwas zu sagen hast, sag es schnell, ansonsten ...«, er deutete nach draußen: »Haut ab!«
Auch Bronzes Großmutter und Mutter waren herbeigekommen.
Quakfischs Vater sah Bronzes Großmutter und Mutter an, während er auf sie zeigte: »Na, ihr scheint ja gut bei Kräften zu sein!«
Bronzes Großmutter sah ihn kalt an und fragte: »Sag doch endlich klar und deutlich, was los ist.«
Quakfischs Vater sagte: »Uns fehlt eine Ente!«
Quakfisch machte einen kleinen Hüpfer: »Uns fehlt eine Ente!«
Quakfischs Vater sagte: »Ein Erpel!«
Quakfisch wiederholte: »Ein Erpel!«
Bronzes Mutter sagte: »Warum belästigt ihr uns, wenn euch eine Ente fehlt?«
Quakfischs Vater sagte: »Na das ist ja gut! Würden wir zu euch kommen, wenn das mit euch nichts zu tun hätte?«
Bronzes Vater packte Quakfischs Vater am Kragen: »Wenn ihr uns nicht bald sagt, was eigentlich los ist ...« Erneut richtete er seinen Finger auf die Nase von Quakfischs Vater.
Als Quakfisch das sah, rannte er schnell hinaus auf die Straße: »Es gibt eine Schlägerei! Es gibt eine Schlägerei!«
Um diese Zeit waren ziemlich viele Menschen in den Gassen des Dorfes unterwegs. Als sie das Geschrei hörten, kamen sie alle angelaufen.

Während er mit Bronzes Vater raufte, rief Quakfischs Vater den Leuten, die herbeigelaufen kamen, zu: »Uns fehlt ein Erpel!«

Bronzes Vater war weitaus stärker als Quakfischs Vater. Er packte ihn an seiner Kleidung und warf ihn aus dem Haus: »Wenn euch eine Ente fehlt, dann sucht sie!«

Quakfischs Vater blieb auf seinem Hintern sitzen und rief laut: »Ihr habt sie gestohlen! Und gegessen!«

Bronzes Vater sagte zu Quakfischs Vater: »Sag das noch einmal!«

Quakfischs Vater war sich sicher, dass ihm Bronzes Vater in Anwesenheit so vieler Menschen nichts anhaben würde, und sagte: »Einige haben gesehen, wie euer Bronze die Ente im Netz gefangen hat!«

Eilig sagte Bronzes Mutter zu den versammelten Menschen: »Wir haben ihnen die Ente bestimmt nicht gestohlen! Bestimmt nicht!« Sie zog Bronze zu sich heran und fragte: »Hast du ihnen eine Ente gestohlen?« Bronze schüttelte den Kopf. Sonnenblume, die hinter ihm stand, schüttelte ebenfalls den Kopf.

Bronzes Mutter sagte: »Unser Bronze hat denen keine Ente gestohlen!«

Plötzlich tauchte Quakfisch auf und warf das Lotusblattbündel, das er unter dem Heuhaufen gefunden hatte, auf den Boden. Das Bündel fiel auseinander und ein Knäuel Entenfedern kam zum Vorschein.

Einen Moment lang herrschte Schweigen.

Quakfischs Vater rief: »Da, seht alle her, was ist das? Züchtet diese Familie etwa Enten? Züchten die Enten?« Niemand sagte etwas.

Ein Windstoß nahm ein paar der weichen Entendaunen mit sich und hob sie in die Luft. Bronzes Großmutter führte Bronze vor die versammelte Menge: »Erzähle allen Anwesenden, wie es war!« Schwitzend und beunruhigt begann Bronze zu gestikulieren. Keiner der Versammelten konnte verstehen, was er meinte. Die Großmutter sagte: »Er sagt, das ist eine Wildente!« Bronze gestikulierte weiter. Die Großmutter sagte: »Er sagt, er hat sie im Schilf gefangen.« Sie folgte den Gesten ihres Enkels: »Er hat sie mit dem Netz gefangen … er hat ihr über einen halben Tag lang im Schilf aufgelauert und sie dann gefangen.«

Bronze drängte sich durch die Menge, holte das Netz, mit dem er die Ente gefangen hatte, und hielt es den Leuten hin, damit sie es der Reihe nach betrachten konnten. Einer von ihnen sagte: »Ob es eine Wildente oder eine

Hausente war, wird man anhand der Federn unterscheiden können.« Also hockten sich ein paar auf den Boden, um die Federn genau zu untersuchen. Keiner sagte ein Wort und alle warteten, bis die Männer, die die Federn begutachteten, zu einem Urteil kamen. Doch als sie schließlich nicht mit Sicherheit feststellen konnten, ob die Federn letztendlich die einer Wildente oder die einer Hausente waren, sagten sie nur: »Das sind die Federn eines Erpels.« Quakfisch rief: »Und gerade ein Erpel fehlt uns!« Quakfischs Vater sagte: »Einige haben die Ente in Bronzes Netz gesehen, das war ein Erpel!«

Jemand ganz hinten in der Menge murmelte misstrauisch: »Eine Wildente mit dem Netz zu fangen, ist ja wirklich keine einfache Sache!« Quakfischs Vater hörte das und schnaubte: »Eine Wildente mit dem Netz fangen? Das musst du mir erst einmal zeigen!« Mit größter Anstrengung wand er sich aus dem Griff von Bronzes Vater heraus: »Ihr seid gierig, das kann man so sagen. Ich kann euch eine Ente schenken, aber ich kann nicht ...«

Bronzes Großmutter war eine freundliche alte Dame, in ihrem ganzen Leben war sie nur wenige Male mit den anderen Dorfbewohnern böse geworden. Als sie hörte, was Quakfischs Vater da sagte, trat sie – Bronze an der einen und Sonnenblume an der anderen Hand – vor ihn hin: »Was sagst du da? Du hast doch selbst einen Sohn, schämst du dich gar nicht, Kindern so etwas ins Gesicht zu sagen?« Quakfischs Vater zog den Kopf ein wenig ein, eingeschüchtert stand er da: »Wofür soll ich mich schämen? Ich habe ja niemandem eine Ente gestohlen!«

Quakfischs Vater hatte den Satz noch nicht beendet, als ihn die Faust von Bronzes Vater ins Gesicht traf. Er stolperte rückwärts und landete schließlich hart auf dem Boden. Als er sich wieder vom Boden aufgerappelt hatte, der Schädel brummte ihm vom Faustschlag, machte er einen kleinen Sprung in die Luft und brüllte: »Erst eine gestohlene Ente essen und dann den Diebstahl auch noch gutheißen!« Damit wollte er sich auf Bronzes Vater stürzen. Bronzes Vater wollte sich weiter mit Quakfischs Vater prügeln und warf sich ebenfalls auf ihn. Als die Leute das sahen, beeilten sie sich, die beiden auseinanderzubringen: »Hört auf, euch zu prügeln! Hört auf, euch zu prügeln!«

Vor Bronzes Haus herrschte ein ungeheurer Tumult. Bronzes Mutter gab Bronze einen Schlag auf den Hinterkopf: »Nur weil du so gierig bist!« Sie zog Sonnenblume mit sich: »Ab ins Haus!« Doch Bronze weigerte sich, ins Haus zu gehen. Seine Mutter aber stieß ihn hinein und machte die Türe zu. Die Menge teilte sich in zwei Lager, jede Gruppe sprach beschwörend auf eine der beiden Parteien ein.

Jemand stützte Bronzes zitternde Großmutter: »In Eurem Alter solltet Ihr Euch nicht aufregen! Es gibt niemanden in Gerstenfeld, der nicht ganz genau weiß, was ihr für Menschen seid. Quakfischs Vater hat keinerlei Anstand, das wissen wir alle, seid ihr doch nicht genauso kleinlich wie er!« Jemand ermahnte Bronzes Mutter: »Lass es gut sein!« Bronzes Mutter wischte sich mit ihrem Rockzipfel die Tränen ab: »Ich lasse es nicht zu, dass man uns so beleidigt! Wir sind arm, aber wir stehlen nicht!« Einige Frauen sagten zu Bronzes Mutter: »Das wissen wir doch alle.« Jemand beschwichtigte Bronzes Vater: »Ärgere dich nicht!«

Andere zogen Quakfisch und seinen Vater weg. Sie redeten auf Quakfischs Vater ein: »Jetzt warte doch erst mal ab, sei nicht so kleinlich! Außerdem habt ihr doch so viele Enten, was zählt da schon eine einzelne!« Quakfischs Vater sagte: »Ich kann ihnen eine, ja sogar zehn Enten schenken, aber stehlen geht nicht!« – »Sprich doch nicht mehr von stehlen! Hast du es etwa gesehen? Hast du Beweise?« Quakfischs Vater sagte: »Ihr habt doch die Entenfedern auch gesehen! Sehen sie etwa nicht aus wie die Federn eines Erpels?« Einer unter ihnen hatte bei Quakfisch zu Hause den Erpel gesehen und dachte bei sich: »Die haben tatsächlich ein wenig so ausgesehen.« Doch er sprach es nicht aus.

Ein plötzlicher Windstoß wirbelte das ganze Häuflein Entenfedern vor Bronzes Haustüre in die Luft. Die leichten Federn wurden von einem Luftstrom erfasst, schwebten hoch oben in der Luft und wurden in alle Richtungen geweht. Als Quakfischs Vater sah, wie der ganze Himmel von Federn bedeckt war, stampfte er mit dem Fuß auf und heulte zu Bronzes Haus hinüber: »Das sind die Federn unseres Erpels!«

Als die Leute wieder gegangen waren, sagte niemand etwas. Der Vater verdrehte immer wieder die Augen und starrte Bronze wütend an. Bronze war sich keiner Schuld bewusst, doch unter den Blicken seines Vaters bekam er dennoch das Gefühl, etwas falsch gemacht zu haben. Er war äußerst vorsichtig, da er fürchtete, den Vater zu verärgern. Auch Sonnenblume wagte nicht, den Vater anzusehen, wohin Bronze auch ging, sie folgte ihm. Von Zeit zu Zeit warf sie dem Vater einen verstohlenen Blick zu, und wenn der Vater das bemerkte, begann sie sofort zu zittern und schaute schnell weg oder versteckte sich hinter der Großmutter oder der Mutter. Das Gesicht des Vaters glich einem stark bewölkten Himmel. Aus diesem Himmel war derzeit keinerlei Geräusch zu vernehmen, doch es war deutlich, dass sich dort ein Gewitter zusammenbraute. Diese Ruhe machte Bronze ratlos. Er glich einem Vogel, der spürte, wie das Gewitter aufzog, und verzweifelt nach einem großen Baum suchte, in dem er sich verstecken konnte. Vielleicht waren die Großmutter oder die Mutter solch ein großer Baum. Doch wenn dieses Unwetter tatsächlich ausbrechen würde, war ihm dieser große Baum auch nicht unbedingt ein Schutz.

Sonnenblume war noch nervöser als Bronze. Wenn sich ihr Bruder etwas hatte zu Schulden kommen lassen, dann war das alles auch ihretwegen gewesen. Sie sagte zu Bronze: »Bruder geh und verstecke dich draußen!« Bronze blieb. Dem Vater wollten die skeptischen Blicke der Dorfbewohner nicht aus dem Kopf gehen – halb glaubten sie ihnen, halb zweifelten sie.

In dieser Familie hatte bisher noch niemand jemals etwas gestohlen, selbst dann nicht, wenn es einfach gewesen wäre, einmal eine Melone mitgehen zu lassen. In ganz Gerstenfeld war keiner Familie ihr guter Ruf so wichtig wie seiner. Als der Vater einmal unter einem Kakibaum vorbeigegangen war, war zufällig gerade eine Kakifrucht herabgefallen. Er hatte sich gebückt, sie aufgehoben und sie dann auf die Mauer gelegt, die das Haus des Baumeigentümers umgab. Er hatte in den Hof hineingerufen: »Von eurem Kakibaum ist eine Frucht heruntergefallen, ich lege sie euch hier auf die Hofmauer!« Der Mann hatte vom Hof heraus geantwortet: »Ai, du hast sie aufgehoben, also iss sie doch!« Der Vater hatte lachend entgegnet: »Nein, ich komme ein anderes Mal bei euch vorbei, dann esse ich gleich ein paar davon!«

All das hatte ihm die Großmutter beigebracht. Und jetzt behauptete Quakfischs Familie vehement, dass sie ihnen eine Ente gestohlen hätten! Und dass auch noch das ganze Dorf herbeigekommen war, um zu schauen, hatte nicht gerade geholfen, die Sache aufzuklären. Er musste unbedingt Klarheit darüber bekommen: War diese Ente nun eine Wildente oder eine Hausente?

Gegen Abend verließ Bronze das Haus. – Er hatte bemerkt, dass die Großmutter, die Mutter und Sonnenblume nicht zu Hause waren, also ging auch er hinaus. Er glaubte, sie wären im Gemüsegarten vor dem Haus und würden Gemüse ernten, aber sie waren hinter dem Haus, um Feuerholz zu sammeln. Unbemerkt war der Vater mit Bronze aus dem Haus getreten. Er sah auf dem

Boden einen Stock liegen, hob ihn auf und versteckte ihn hinter seinem Rücken. Bronze spürte den Vater hinter sich. Er wusste nicht, ob er stehenbleiben oder schnell davonrennen sollte. Er bedauerte, hinausgegangen zu sein. Der Vater, den Stock in der Hand, beschleunigte deutlich seine Schritte. Bronze wollte am liebsten einfach nur davonrennen, doch er verwarf den Gedanken. Er hatte keine Kraft zu rennen und er wollte auch nicht davonlaufen, er drehte sich um und sah dem aufgebrachten und verärgerten Vater ins Gesicht. Der trat auf ihn zu und holte mit dem Stock aus, dann bekam Bronze einen Schlag, der ihn auf die Knie fallen ließ.

»Sag, war diese Ente eine Wildente oder eine von Quakfischs Hausenten?« Der Vater schlug mit dem Stock auf den Boden, dass der Staub nur so aufwirbelte. Noch bevor Bronze dem Vater antworten konnte, rannen ihm plötzlich die Tränen über sein ausgemergeltes Gesicht. »Sag! War das eine Wildente oder eine Hausente?« Wieder gab ihm der Vater mit dem Stock einen Schlag auf sein Hinterteil. Bronze fiel nach vorne und lag am Boden.

Sonnenblume, die bei der Arbeit geholfen hatte, machte sich Sorgen um ihren Bruder und lief zurück zum Haus. Als sie weder den Vater noch den Bruder im Haus vorfand, lief sie eilig nach draußen und schrie: »Bruder! Bruder!« Als die Großmutter und die Mutter sie schreien hörten, kamen auch sie angelaufen.

Sonnenblume sah den Vater und sie sah Bronze, wie er da am Boden lag, und stürzte auf ihn zu. Sie hielt den Kopf des Bruders und versuchte ihm mit aller Kraft aufzuhelfen. Die Augen voller Tränen, sah sie den Vater an: »Vater … Vater!« Der Vater sagte: »Geh zur Seite! Sonst kriegst du auch was ab!« Doch Sonnenblume klammerte sich an Bronze.

Die Großmutter und die Mutter eilten herbei. Zitternd wandte sich die Großmutter an den Vater: »Los, schlag mich! Schlag zu! Wieso schlägst du mich nicht? Schlag mich doch tot! Ich bin alt, ich habe schon genug vom Leben!« Sonnenblume weinte laut. Die Großmutter hockte sich nieder und wischte mit ihren steifen, runzligen Händen wieder und wieder die Tränen, den Staub und die Grashalme von Bronzes Gesicht: »Großmutter weiß, dass das eine Wildente war!« Zum Vater gewandt sagte sie: »In all den Jahren hat dieses Kind nicht ein einziges Mal auch nur gelogen! Und du schlägst ihn, du schlägst ihn auch noch …« Bronze zitterte unaufhörlich in den Armen der Großmutter.

Am Morgen des nächsten Tages setzte sich Bronze ans Flussufer. Kaum war er aufgewacht, war sein erster Gedanke gewesen, zum Fluss zu laufen. Er wusste nicht, warum, doch eine innere Stimme sagte ihm, dass er ans Flussufer gehen sollte. Noch während er daran dachte, trugen ihn seine Beine ganz automatisch dorthin. Die Sommersonne warf ihre schwefelgelben Strahlen auf den Fluss. Das Getreide zu beiden Seiten des Ufers wuchs und reifte, doch es quälte die Leute auch: Wann würde es endlich zu Nahrung für die hungrigen Menschen werden?

Bronze schien sich schon an den Hunger gewöhnt zu haben. Er saß am Fluss, rupfte gelegentlich ein paar junge Grashalme ab, steckte sie sich in den Mund und kaute sie langsam. Das Gras war bitter, aber auch ein wenig süßlich. Einige Elstern flogen von einer Seite des Flusses zur anderen und wieder zurück, um dann schließlich hinter der Kaderschule am gegenüberliegenden Flussufer zu verschwinden. Bronze konnte das rote Ziegeldach der Kaderschule erkennen. Diese paar Häuser würden bald in dem unbändig wuchernden Schilf untergehen.

Auf den Schilfblättern am Flussufer zirpte eine Grille und ihre Flügel vibrierten dabei. Ihr Lied klang einsam und schlicht und brachte Ruhe in die Geschäftigkeit des Sommers. So saß Bronze mit überkreuzten Beinen da, den Blick auf den Fluss gerichtet, als ob er darauf wartete, dass irgendetwas auf der Wasseroberfläche erschien. Jemand sah ihn da sitzen, schaute ihn eine Zeitlang an und ging wieder. Die Menschen aus Gerstenfeld konnten schließlich auch nicht mit Sicherheit sagen, was für ein Kind dieser Stumme namens Bronze letztendlich war. Er war schon immer anders gewesen als die restlichen Kindern aus Gerstenfeld. Doch sie konnten auch nicht genau sagen, worin diese Andersartigkeit bestand. Die Dorfbewohner blieben oft stehen, um ihn anzuschauen, doch immer nur kurz, nach wenigen Augenblicken gingen sie wieder ihrer Wege. Im Weggehen dachten sie oft noch über ihn nach, aber nie lange, und nach ein paar Schritten hatten sie ihn meist schon wieder vergessen.

Bronze saß bis zum Mittag da. Als Sonnenblume ihn ins Haus rief, kam er nicht. Sonnenblume blieb nichts anderes übrig, als den Erwachsenen Bescheid zu geben. Die Mutter gab zwei schwärzliche Gemüsebrötchen in eine Schüssel und bat Sonnenblume, sie ihm zu bringen. Als Bronze die Gemüsebrötchen gegessen hatte, drehte er sich um und ging zum Schilf, dort pinkelte er und kehrte dann wieder an seinen ursprünglichen Platz zurück. Sonnenblume musste in die Schule, sie konnte nicht bei Bronze bleiben.

Während Gerstenfeld noch Mittagsschlaf hielt, kam auf dem Fluss aus östlicher Richtung etwas angeschwommen, das wie eine Ente aussah. Bronze hatte schon längst in der Ferne einen schwarzen Punkt wahrgenommen, der sich bewegte. Er saß nun schon so lange hier und es schien ihm, als hätte er nur auf diesen schwarzen Punkt gewartet. Er war kein bisschen aufgeregt, nicht einmal verwundert. Es war tatsächlich eine Ente. Diese Ente schwamm geradewegs auf Gerstenfeld zu. Unterwegs hielt sie mehrmals an, um im Wasser nach Nahrung zu suchen. Doch sie schien es eilig zu haben, nach ein paar Bissen schwamm sie immer schnell weiter. Sie kam näher. Ein Erpel, ein schöner Erpel. Bronze beobachtete ihn aufmerksam. Der Erpel schien seinen Blick zu bemerken, seine Bewegungen wurden etwas zögerlich. Bronze erkannte, dass es sich um den Erpel handelte, den Quakfischs Familie verloren hatte. Doch er wusste nicht, wohin dieser Kerl abgehauen war und warum er jetzt so alleine auf dem Fluss umherschwamm. Was für ein unverschämter Erpel!

An jenem Abend, als der Erpel verschwunden war, war Quakfisch, als er seine Enten eilig nach Hause treiben wollte, auf eine andere Entenschar gestoßen. Quakfisch hatte nicht weiter achtgegeben. Selbst wenn sich die beiden Entenscharen vermischten, würde nach einer Weile jede Ente zu ihrer Schar zurückkehren, es gab also keinen Anlass zur Sorge, wenn ein paar Enten aus dieser Schar in jene Schar hineingerieten oder umgekehrt.

Beide Entengruppen schwärmten in unterschiedliche Richtungen aus. Für eine Weile sah man einen wilden Haufen, aus dem einige Enten nach Osten und einige nach Westen rannten, und nach kurzer Zeit formten sich daraus zwei Gruppen. Die Enten waren alle äußerst aufgeregt – noch lange nachdem sie ihre eigene Gruppe wieder erreicht hatten.

Es wurde dunkel und Quakfisch bemerkte nicht, dass ein Erpel aus seiner Entenschar fehlte. Der Erpel hatte ein Auge auf eine Ente aus der anderen Entenschar geworfen und war einfach mit ihr mitgezogen. Der Besitzer der anderen Enten hatte den Erpel ebenfalls nicht bemerkt.

Der Erpel, der sich unter die andere Entenschar gemischt hatte, ging am nächsten Tag mit dieser Gruppe hinaus und blieb dann noch für eine weitere Nacht in dem fremden Gehege. Die Entenschar war groß, wieder blieb er von dem Besitzer unbemerkt. Doch ein paar andere Erpel hatten ihn längst ausgemacht. Sie hatten Quakfischs Erpel mehrmals dazu aufgefordert, auf der Stelle zu verschwinden, doch als sie sahen, dass er nach wie vor unverfroren ihre Enten belästigte, nahmen sie das nicht mehr länger hin, sie umzingelten ihn und vertrieben ihn mit Schnabelhieben aus ihrer Schar. Verwirrt erinnerte sich Quakfischs Erpel da wieder an seine eigene Entenschar und schwamm nun zurück nach Gerstenfeld.

Der Erpel kam immer näher. Bronze stand auf, da bemerkte er, dass die Flügelfedern des Erpels eine ähnliche Farbe wie die des Wilderpels hatten.

Schnell schwamm der Erpel an der Stelle, an der Bronze stand, vorbei. Bronze lief am Ufer mit ihm mit. Kurz bevor der Erpel nach Gerstenfeld hineinschwimmen wollte, sprang Bronze in den Fluss. Der Erpel schlug mit den Flügeln und floh laut quakend vor Bronze davon. Bronze war nicht gleich wieder aufgetaucht, sondern schwamm unter Wasser weiter. Als er wieder auftauchte, war er nur ein Zhang von dem Erpel entfernt. Er schwamm direkt auf den Erpel zu, der Erpel floh und flatterte dabei wild mit den Flügeln.

Diese Verfolgungsjagd ging lange auf dem Fluss hin und her. Bronze hatte keine Kraft mehr, mehrmals ging er fast unter. Doch immer wieder kämpfte er sich aus dem Wasser an die Oberfläche und setzte die Verfolgung fort. Ein Haufen Kinder aus Gerstenfeld sah das und beobachtete die beiden vom Ufer aus.

Erneut ging Bronze unter, mit weit geöffneten Augen schaute er zum Himmel, er sah die Sonne durch das Wasser, sie schien im Wasser zu zerfließen, das Wasser färbte sich golden. Ohne es zu wollen, sank er hinab, und nach einer Weile berührten seine Füße Wasserpflanzen. Er spürte, wie sich die Pflanzen um seine Füße wickelten. Er erschrak, begann heftig zu strampeln und trieb schließlich wieder nach oben. Wieder sah er, wie die Sonne im Wasser zerfloss. Er hob das Gesicht zur Sonne, und als er noch ein Stück weiter aufwärtstrieb, sah er ein Paar paddelnde, goldgelbe Schwimmhäute. Er riss sich zusammen, streckte die Hand aus und ergriff blitzschnell die beiden Entenbeine. Panisch schlug die Ente mit den Flügeln. Bronze tauchte aus dem Wasser auf und schwamm mit der Ente in der Hand ans Ufer. Er konnte gerade noch so viel Kraft aufbringen, um die Ente festzuhalten. Den Erpel fest im Griff, legte er sich ans Ufer. Auch dem Erpel ging die Kraft aus, er kämpfte nicht mehr, sondern lag nur noch da und schnappte nach Luft.

Ein Kind, das Schafe hütete, kam an der Schule vorbei. Als es Sonnenblume sah, sagte es: »Dein Bruder hat Quakfischs Erpel gefangen.« Sonnenblume vergaß, dass sie noch Unterricht hatte, und lief zurück ins Dorf.

Als Bronze sich wieder kräftig genug fühlte, ging er mit dem Erpel im Arm in eine der Gassen und durchstreifte sie – Schritt für Schritt – von einem Ende zum anderen, ohne dabei irgendjemanden anzusehen. Der Erpel schien ihn dabei zu unterstützen, ruhig ließ er sich von Bronze tragen. Die Leute waren aus ihrem Mittagsschlaf aufgewacht und gingen gerade hinaus, viele von ihnen sahen Bronze, der den Erpel trug. Als er die eine Gasse abgeschritten hatte, ging er die nächste entlang. Es war furchtbar heiß, die Hunde lagen im Schatten der Bäume, streckten die Zungen heraus und hechelten.

Bronze, der mit seinem geschwächten Körper die schwere Ente trug, stand bald die ganze Stirn voller Schweiß. Sonnenblume kam. Sie verstand, was der Bruder vorhatte: Er wollte jedem in Gerstenfeld mitteilen, dass er Quakfischs Ente nicht gestohlen hatte! Als wäre sie ein Teil von ihm, folgte sie Bronze.

Mit Quakfischs Erpel im Arm schritt Bronze schweigend dahin. Die Leute, die ihn sahen, blieben stehen. In den Gassen waren nur die Schritte der beiden Geschwister zu hören. Das Geräusch dieser Schritte berührte die Menschen aus Gerstenfeld zutiefst. Ein altes Großmütterchen kam mit einer Kelle mit frischem Wasser herbei und stellte sich Bronze in den Weg: »Kind, wir wissen Bescheid, du hast Quakfischs Ente nicht gestohlen. Sei ein gutes Kind, hör auf mich und geh nicht weiter!« Sie wollte Bronze einen Schluck zu trinken geben. Doch Bronze wollte nichts trinken, mit der Ente im Arm ging er weiter. Das Großmütterchen reichte Sonnenblume die Wasserkelle. Dankbar sah Sonnenblume die alte Frau an, nahm die Kelle entgegen und trug sie Bronze hinterher. Das Wasser schaukelte in der Kelle und der Himmel und die Häuser schaukelten im Wasser mit.

Erst nachdem sie sämtliche Gassen Gerstenfelds abgegangen waren, beugte sich Bronze herab, senkte sein Gesicht in die Kelle in Sonnenblumes Händen und trank das Wasser in einem Zug leer. Viele Leute kamen herbei und umringten die beiden.

Mit dem Erpel im Arm ging Bronze zum Fluss und warf ihn dort ein wenig in die Höhe. Der Erpel schlug mit den Flügeln und landete auf dem Wasser ...

Das Gerücht ging um, dass die Versorgungsschiffe von den Dörfern, die etwas weiter flussaufwärts lagen, leergeplündert worden wären. Diese Nachricht war für die Bewohner Gerstenfelds, die sehnsüchtig auf diese Lieferung warteten, ein schwerer Schlag. Lange würden sie nicht mehr durchhalten. Einige Menschen waren bereits vor Hunger zusammengebrochen.

Die Menschen gingen nun nicht mehr zum Fluss, um nach den Versorgungsschiffen Ausschau zu halten. Gerstenfeld begann etwas leblos zu wirken. Die Menschen gingen gebückt, sie sprachen kaum, und wenn sie sprachen, dann klang es wie das Summen einer Mücke. Man sang nicht mehr in Gerstenfeld, man spielte nicht mehr Theater, man versammelte sich nicht mehr, um Geschichten zu erzählen, man scherzte nicht mehr, man stritt nicht einmal mehr. Viele begannen endlos lange zu schlafen, als würden sie ohne Unterbrechung hundert oder tausend Jahre lang durchschlafen wollen. Die Hunde aus Gerstenfeld hatten ganz zusammengeschrumpfte Bäuche, wenn sie sich durch die Gassen bewegten, schwankten sie. Der Dorfvorsteher wurde nervös, auch er hatte den Gürtel enger geschnallt. Laut rief er durch die Gassen: »Steht auf! Steht auf!«

Er bestellte alle Gerstenfelder, Männer, Frauen, Jung und Alt, auf die freie Fläche vor dem Dorf, dort sollten sie sich aufstellen, und er wies eine Lehrerin aus der Grundschule an, die Menschen beim Singen zu dirigieren. Es war ein majestätisches, kraftvolles Lied, das sie sangen. Der Dorfvorsteher hatte keine schöne Stimme, doch er stimmte das Lied an und sang lauter als jeder andere. Zwischendurch hörte er immer wieder auf zu singen und beobachtete die Dorfbewohner aufmerksam. Wenn er jemanden entdeckte, der nicht aus voller Kehle sang, beschimpfte er ihn mit hässlichen Worten und befahl ihm, etwas motivierter zu singen. Er brüllte: »Wie erbärmlich! Steht mit geradem Rücken da! Gerade! Steht gerade wie ein Baum!« Also standen alle Leute aus Gerstenfeld so gerade da wie Bäume. Als der Dorfvorsteher diesen Wald sah, krampfte sich sein Herz zusammen, in seinen Augen standen Tränen: »Haltet noch ein paar Tage durch, dann kann mit der Ernte in den Reisfeldern begonnen werden!«

Während sie sich wieder zerstreuten, sangen die hungrigen Bewohner Gerstenfelds unter der sengenden Sonne aus voller Kehle weiter. Der Dorfvorsteher sagte: »Das ist Gerstenfeld!«

Gerstenfeld war überschwemmt und vom Feuer zerstört worden, es war von Epidemien heimgesucht worden, Banditen und die japanischen Teufel hatten ein Blutbad angerichtet, ein ums andere Mal waren Katastrophen über Gerstenfeld hereingebrochen, doch Gerstenfeld war in dem unendlich weiten Schilf bestehen geblieben, von Generation zu Generation hatten sich die Menschen vermehrt, bis Gerstenfeld schließlich zu einer großen Ortschaft geworden war.

❂

Es war Morgen, der Rauch der Schornsteine vermischte sich, es sah aus wie ein Meer aus Wolken. An diesem Tag war Bronzes Großmutter plötzlich verschwunden, alle suchten nach ihr, konnten sie aber nicht finden. Gegen Abend tauchte sie jedoch auf der staubigen Straße, die ins Dorf führte, auf. Sie schien unendlich langsam vorwärtszukommen, nach jedem Schritt musste sie ein Weilchen rasten. Sie ging gebeugt, auf der Schulter trug sie einen kleinen Sack Reis. Bronzes ganze Familie kam herbei, um sie zu begrüßen. Sie reichte den Sack Reis Bronzes Vater, zu Bronzes Mutter sagte sie: »Gib den Kindern am Abend eine Portion Reis zu essen.« Jeder von ihnen bemerkte, dass der goldene Ring an der Hand der Großmutter fehlte. Doch niemand fragte. Bronze und Sonnenblume stützten die Großmutter, einer von links und einer von rechts.

Das milde Licht der untergehenden Sonne färbte die Felder und den Fluss rot. Und irgendwann, mitten in der Nacht, hielt endlich ein großes Versorgungsschiff an Gerstenfelds Ufern ...

纸灯笼

DIE PAPIERLATERNE

Die Ernte hatte begonnen, man holte das Getreide ein und brachte es zum Dreschplatz. In ganz Gerstenfeld war die Luft erfüllt vom Duft frisch geernteter Reispflanzen. Es war ein Duft, wie ihn sonst keine andere Pflanze besaß. Bronzes Vater trieb den Büffel an, der die Steinwalze zog, um das Getreide zu schroten. Immer wieder hörte man ihn singen. Dieser Gesang schwebte über den herbstlichen Feldern und vermittelte den Menschen den Eindruck, die Welt würde sich erhellen.

Die Reiskörner ließen sich nicht so einfach aus den Pflanzen herauslösen wie die Weizenkörner. Um die Ernte eines ganzen Reisfeldes zu schroten, brauchte man oft sieben, acht Stunden. Außerdem waren alle Reispflanzen gleichzeitig reif geworden, und im Herbst regnete es häufig. Man musste sämtliche Arbeitskräfte im Dorf mobilisieren. In einem fort wurde geerntet, transportiert und gedroschen. Tag und Nacht trieb der Vater den Büffel zur Arbeit an. Der Büffel war alt, außerdem hatte er den ganzen Sommer über kein Getreide zu fressen bekommen, nur ein wenig frisches Gras. Die schwere Walze aus Granit zu ziehen, schien ihn sehr anzustrengen. Als der Vater sah, wie langsam der Büffel ging und wie spitz und eingesunken sein Hinterteil war, fühlte er Mitleid mit ihm. Doch er hatte keine andere Wahl, er musste ihn laut schimpfen und sogar manchmal die Peitsche erheben und ihm einen Hieb versetzen, damit er seinen Gang beschleunigte. Innerlich sorgte sich der Vater: »Das Tier wird den kommenden Winter nicht überleben!« Auch der Vater war über alle Maßen erschöpft, er nickte ein, während er hinter der Steinwalze herging. Wenn er rief, dann einerseits, um den Büffel anzutreiben, und andererseits, um sich selbst wach zuhalten.

Nachts hallten die Rufe des Vaters durch die kühle, feuchte Luft und wirkten etwas trostlos. Nach einigen Runden mit der Walze mussten die Reispflanzen auf der Erde gewendet und erneut geschrotet werden. Ein Gong gab allen das Zeichen, dass es Zeit war, zu kommen, um die Pflanzen zu wenden. Wenn der Gong ertönte, nahmen alle ihre Heugabeln und liefen zum Dreschplatz. Nachts, wenn die todmüden Leute nicht gleich aufwachten, tönte der Gong so lange, bis sie endlich, einer nach dem anderen, gähnend und sich streckend herbeikamen.

Als die erste Ladung Reis geschrotet war, wurde sie sofort, anteilig nach der Anzahl der Familienmitglieder, auf die Haushalte verteilt.

An diesem Abend konnten die Leute neuen Reis essen. Dieser neue Reis hatte eine dünne, hellgrüne Schale, die glänzte, als hätte man sie mit Öl beschmiert, und wenn man ihn zubereitete, egal ob als Reisbrei oder als gekochten Reis, duftete er süßlich.

Im Mondschein hielten die Menschen aus Gerstenfeld ihre großen Reisschalen in der Hand, aßen den aus dem neuen Reis zubereiteten Reisbrei oder gekochten Reis, und wenn sie an die vergangenen Tage dachten, blieb ihnen für einen Moment der Bissen im Halse stecken. Ihre Nasen sogen den betörenden Duft ein. Einigen alten Menschen fielen Tränen in die Schüssel. Alle kamen mit ihren Essschalen aus dem Haus und gingen in den Gassen des Dorfes umher. Seufzend bestätigten sie einander, wie gut der Reis roch. Als Gerstenfelds ausgemergelte Bewohner ein paar Tage lang den neuen Reis gegessen hatten, bekamen ihre Gesichter wieder Farbe und ihre Körper gewannen an Kraft.

Eines Abends sagte die Großmutter zu der Familie: »Ich muss gehen.« Sie deutete nach Osten zum Gelben Meer, wo ihre jüngere Schwester wohnte. Diese Idee hatte die Großmutter schon lange gehabt. Sie sagte, sie würde nicht mehr allzu lange leben und wolle ihre Schwester besuchen, solange sie sich noch bewegen könne. Sogar der Vater und die Mutter waren einverstanden.

Sie wussten allerdings nicht, dass es für die Großmutter noch einen weiteren, viel wichtigeren Grund gab, ans Gelbe Meer zu reisen. In letzter Zeit hatte sich Bronzes Familie einiges an Getreide geliehen, und bevor sie nicht all das Getreide zurückgegeben hatten, blieb die Getreideversorgung für Bronzes Familie nach wie vor angespannt. Die Großmutter hatte sich überlegt: Wenn sie für eine Weile bei ihrer Schwester wohnen würde, könnte man eine

Getreideration einsparen. Zudem war die Familie ihrer Schwester wohlhabender. Und außerdem war die Gegend, in der ihre Schwester wohnte, ein großes Baumwollanbaugebiet, und zur Erntesaison wurden immer viele Leute angeheuert, die beim Baumwollpflücken helfen sollten. Man wurde mit Geld oder Baumwolle entlohnt. Früher war die Großmutter viele Male zum Pflücken ans Meer gefahren. Sie wollte etwas Baumwolle mit nach Hause bringen, um Bronze und Sonnenblume gefütterte Jacken und Hosen zu machen, bald würde es Winter werden. Obwohl die beiden Kleinen ihre Tage in solcher Armut verlebten, schossen sie dennoch in einem fort in die Höhe, die alten gefütterten Jacken und Hosen waren zwar noch in Ordnung, aber zu kurz geworden. Arme und Beine hatten im vergangenen Winter jeweils ein großes Stück weit hervorgeschaut, es war erbärmlich gewesen. Also sagte die Großmutter, dass sie ihre Schwester besuchen wolle.

An diesem Tag lief von Gerstenfeld ein Schiff, das Karotten transportierte, ans Gelbe Meer aus, hier fand die Großmutter eine praktische Mitfahrgelegenheit. Bronze und Sonnenblume gingen an den Fluss, um die Großmutter zu verabschieden. Sonnenblume begann zu weinen. Die Großmutter sagte: »Warum weint denn dieses Kind? Ich gehe doch nicht für immer weg. Seid brav zu Hause, in ein paar Tagen bin ich wieder zurück!« Ihr silbernes Haar wehte im Wind. Mit der Großmutter an Bord fuhr das Schiff davon. Die ganze Familie vermisste die Großmutter sehr. Nach nur wenigen Tagen fragte Sonnenblume bereits: »Mutter, wann kommt Großmutter zurück?« Die Mutter sagte. »Deine Großmutter ist doch erst ein paar Tage weg, vermisst du sie schon so? Das ist noch zu früh!« Doch die Mutter war selbst bei der Arbeit ganz abgelenkt. Ständig dachte sie an die alte Frau.

Nach einem halben Monat war die Großmutter noch immer nicht zurück und sie hatten auch keinerlei Nachricht von ihr bekommen. Die Mutter begann, dem Vater Vorwürfe zu machen: »Du hättest sie nicht gehen lassen dürfen!« Der Vater sagte: »Sie wollte unbedingt gehen, hätte man sie aufhalten können?« Die Mutter erwiderte: »Man hätte sie aufhalten müssen. Sie ist schon so alt, da kann man nicht mehr so weit reisen.« Der Vater war sehr beunruhigt: »Wir warten noch ein paar Tage, wenn sie dann noch nicht zurück ist, dann fahre ich los und hole sie nach Hause.«

Nachdem abermals zwei Wochen vergangen waren, schickte der Vater jemanden mit der Nachricht ans Meer, dass die Großmutter bald nach Hause kommen solle. Von dort kam die Meldung zurück, dass es der Großmutter sehr gut gehe und dass sie nach ein oder zwei Monaten zurückkehren würde. Doch noch bevor ein halber Monat um war, brachte man die Großmutter mit dem Boot nach Hause. Das Boot kam mitten in der Nacht an. Die Großmutter wurde von ihrem Neffen, dem älteren Cousin des Vaters, begleitet. Die Großmutter auf dem Rücken tragend, klopfte er an die Tür von Bronzes Familie. Die ganze Familie stand auf. Der Vater öffnete die Tür, und als er sah, wer da vor ihm stand, fragte er hastig: »Was ist los?« Sein Cousin sagte: »Das erzähle ich dir drinnen.« Schnell gingen sie ins Haus.

Alle fanden, dass die Großmutter kleiner und dünner geworden war. Doch die Großmutter lächelte und versuchte ihr Bestes, um entspannt zu wirken. Der Vater half der Großmutter vom Rücken des Cousins herunter und legte sie auf das Bett, das die Mutter frisch bezogen hatte. Als der Vater die Großmutter zum Bett trug, durchfuhr es ihn: Die Großmutter war so leicht wie ein Blatt Papier! Alle begannen geschäftig herumzuhantieren. Die Großmutter sagte: »Es ist noch nicht einmal Tag, geht schnell schlafen, mir geht es gut.« Der Cousin des Vaters erzählte: »Großmutter war dort bereits mehr als zehn Tage lang krank. Wir wollten es euch schon früher sagen, aber das wollte sie auf keinen Fall, sie fürchtete, es würde euch aufregen, wenn ihr es wüsstet. Wir dachten: Wir warten einfach, bis es ihr besser geht, dann geben wir euch Bescheid. Wir hätten nie gedacht, dass ihre Krankheit von Tag zu Tag schlimmer werden würde, anstatt sich zu bessern. Als meine Mutter ihren Zustand sah, sagte sie, so würde es nicht gehen, und wir müssten sie so schnell wie möglich nach Hause bringen.« Er drehte sich um und warf einen Blick auf die Großmutter, die auf dem Bett lag, seine Stimme zitterte ein wenig: »Sie hat sich überarbeitet.«

In den folgenden Tagen erzählte der Cousin Bronzes Familie nach und nach, was mit der Großmutter am Meer passiert war: »Nachdem sie bei uns angekommen war, hat sie sich zwei Tage lang ausgeruht, dann ist sie aufs Baumwollfeld gegangen, um Baumwolle zu pflücken. Wie sehr sie die anderen auch zu überreden versuchten, nicht zum Pflücken zu gehen, sie wollte einfach nicht hören. Sobald es Tag wurde, ist sie aufs Feld gegangen. Fast alle, die pflückten, waren Mädchen oder junge Frauen, nur sie war die einzige Alte. Das Baumwollfeld ist so groß, dass man kein Ende sieht. Um es einmal auf und ab zu gehen, braucht man fast einen Tag. Wir haben uns alle Sorgen gemacht, dass sie das nicht aushalten würde, und wollten sie im Haus behalten, doch sie sagte immer, sie könne das aushalten. Meine Mutter sagte, wenn sie noch einmal zum Pflücken gehe, müsse sie nach Hause fahren! Sie sagte, sie würde nach Hause fahren, wenn sie genügend Baumwolle geerntet habe – bis sie dann eines Tages zur Mittagszeit auf dem Baumwollfeld ohnmächtig wurde. Glücklicherweise hatte das jemand gesehen und sie nach Hause gebracht. Seitdem konnte sie das Bett nicht mehr verlassen. Noch nie habe ich so eine Alte gesehen! Selbst als sie bettlägerig war, dachte sie besorgt daran, dass sie aufs Feld müsse, um Baumwolle zu pflücken, sie sprach davon, dass sie Bronze und Sonnenblume gefütterte Jacken und Hosen machen wolle. Meine Mutter sagte, nimm doch die Baumwolle, die du brauchst, um für Bronze und Sonnenblume gefütterte Jacken und Hosen zu machen, einfach von mir und mach dir darum keine Sorgen mehr. Sie sagte, unsere Baumwolle sei schon alt, sie wolle zwei große Säcke neuer Baumwolle ernten. Sie hat so viel Baumwolle gepflückt, dass es selbst für gefütterte Hosen und Jacken für Bronze und Sonnenblume gereicht hätte, wenn sie für das Pflücken mit Baumwolle bezahlt worden wäre. Doch sie behauptete immer noch, es sei zu wenig. Sie sagte, im Winter sei es kalt, sie wolle Bronze und Sonnenblume dick gefütterte Jacken und Hosen machen ... Alle bei uns kannten sie und alle sagten, sie hätten noch nie so eine gute alte Frau gesehen.«

Bronze und Sonnenblume wachten unablässig am Bett der Großmutter. Ihr Gesicht schien geschrumpft zu sein, ihr Haar war so weiß geworden wie der frostige Schnee. Sie streckte eine zitternde Hand aus und streichelte die beiden. Die Hand der Großmutter fühlte sich kalt an. Bei ihrer Heimkehr hatte sie nur zwei große Säcke voller Baumwolle mitgebracht. Als man die Säcke am nächsten Tag im Sonnenlicht öffnete, waren alle, die das Weiß der Baumwolle sahen, sprachlos. Alle meinten, dass sie noch nie so gute Baumwolle gesehen hätten. Die Mutter griff nach einem großen Ballen und drückte ihn zusammen, so dass er zu einem kleinen Klumpen wurde. Sobald sie ihn losließ, nahm er im selben Moment seine ursprüngliche, flauschige Form wieder an, als hätte man ihn mit Luft aufgepumpt. Sie warf einen Blick auf die still und reglos auf dem Bett liegende Großmutter und drehte sich weg, während ihr die Tränen übers Gesicht liefen. Die Großmutter schaffte es nicht mehr aufzustehen. Still lag sie auf dem Bett, hörte den Wind draußen wehen, hörte den Gesang der Vögel, das Gackern der Hühner, das Quaken der Enten.

❊

Eines Nachts tobte ein Wirbelsturm, der Winter war nach Gerstenfeld gekommen. Bronzes Familie war dauernd damit beschäftigt, Geld aufzutreiben, sie wollten die Großmutter in die Stadt bringen, um sie dort behandeln zu lassen. Die Großmutter sagte: »Ich bin nicht krank, ich bin einfach alt, es ist Zeit, wie bei einem Büffel.«

Sie ahnte nicht, wie recht sie damit haben sollte. Denn als der erste Schnee des Winters fiel, brach auch der Büffel einfach zusammen. Für diesen Zusammenbruch schien es überhaupt keinen Grund zu geben. Als der Büffel zu Boden fiel, machte es einen lauten Krach, schließlich handelte es sich um einen Büffel. Bronzes Familie hörte diesen Krach, es klang, als wäre eine Wand eingestürzt. Alle liefen in den Verschlag, in dem der Büffel untergebracht war. Der Büffel lag am Boden, hilflos sah er Bronzes Familie an. Er grunzte nicht, nicht einmal das leiseste Wimmern gab er von sich. Mit größter Mühe hob er seinen Kopf, der furchtbar schwer zu sein schien, und schaute seine Herren mit großen Augen, die Glaskugeln glichen, an.

Der Vater wies die Mutter sofort an, Sojabohnen zu mahlen und dem Büffel etwas Sojamilch zu trinken zu geben. Doch als man ihm eine ganze Schale voll an die Lippen hielt, rührte er sich nicht einmal. Er wollte keine Sojamilch mehr trinken. Er schien zu fühlen, dass er es nicht mehr brauchte.

Als die Großmutter davon erfuhr, seufzte sie: »Er ist alt, aber dass er jetzt schon zusammenbricht, ist doch etwas vor der Zeit.« Die Großmutter sagte außerdem: »Kümmert euch erst einmal nicht um mich, mir fehlt nichts. Wenn der Winter vorüber ist und das Frühjahr beginnt, geht es mir wieder gut. Sorgt euch jetzt um den Büffel! Dieses Tier war so viele Jahre bei uns, besonders gut ging es ihm nie.«

Bronzes Familie erinnerte sich an viele Erlebnisse, die sie mit dem Büffel gehabt hatte, deutlich standen sie allen vor Augen. Er war ein guter Büffel und ein überaus weiser Büffel. In all den Jahren war er nie faul oder störrisch gewesen. Er war sogar sanftmütiger und aufrechter als so mancher Mensch. Ruhig hatte er seine Arbeit verrichtet, ruhig war er seinen Herren gefolgt. In Momenten, in denen er glücklich gewesen war, hatte er ein Brüllen gen Himmel gesandt. Die meiste Zeit des Jahres fraß er nur Gras, im Frühjahr, Sommer und im Herbst frisches Gras und im Winter Heu. Nur während der arbeitsreichen Zeit bekam er ein wenig Sojabohnen, Weizensprossen oder Ähnliches zu fressen. Und nur wenn er krank war, trank er eine Schale Sojamilch oder fraß ein paar Eier. Er war sehr genügsam, er fraß und wedelte dabei mit seinem Schwanz.

Er liebte es, wenn Bronze und Sonnenblume auf seinem Rücken ritten und ihn beliebig durch die Gegend führten. Ihre kleinen Hinterteile fühlten sich angenehm an. Er stand seinen Herren sehr nahe und empfand tiefe Zuneigung für sie. Wenn er einen von ihnen ein paar Tage lang nicht gesehen hatte, streckte er zur Begrüßung seine lange Zunge heraus und schleckte ihm über den Handrücken. Sie ließen ihn schlecken, seine nasse Spucke hatte ihnen nie etwas ausgemacht. Manchmal vergaß Bronzes Familie sogar, dass es sich um ein Tier handelte. Wenn sie etwas auf dem Herzen hatten, erzählten sie es ihm frei heraus. Sie hatten sich schon immer mit ihm unterhalten und noch nie darüber nachgedacht, ob er sie verstand oder nicht. Wenn jemand mit ihm sprach, kaute er immer vor sich hin und stellte seine beiden Ohren senkrecht auf.

Die Leute aus Gerstenfeld hatten ebenfalls nie gewagt, ihn zu ärgern. Den Büffel zu ärgern, war in ihren Augen so, als würden sie jemanden aus Bronzes Familie ärgern.

Wie die Großmutter versuchte er sich jetzt noch einmal aufzurappeln, aber er schaffte es nicht mehr. Also gab er den Kampf auf und lag nun still und unfähig, sich zu bewegen, auf dem Boden. Auch er hörte den Wind, das Zwitschern der Vögel, das Quaken der Enten und das Gackern der Hühner. Vor seinem Verschlag tanzten die Schneeflocken. Bronze und Sonnenblume schleppten große Mengen an Stroh an und häuften es um ihn herum auf. Nur sein Kopf schaute noch heraus. Der Vater sagte zu ihm: »Wir waren nicht gut zu dir. All die Jahre haben wir dich nur arbeiten lassen. Im Frühjahr musstest du pflügen, im Sommer Wasser tragen, im Herbst die Steinwalze ziehen, und selbst im Winter haben wir dir oft keine Pause gegönnt. Ich habe dich auch noch mit der Peitsche geschlagen ...« Die Augen des Büffels blickten freundlich.

Er machte Bronzes Familie keinerlei Vorwürfe. Als Büffel war es ein Glück gewesen, in dieser Familie zu leben. Bald war es an der Zeit zu gehen. Was konnte er jetzt noch auf dem Herzen haben? Er fühlte Bronzes Familie gegenüber nur Dankbarkeit. Er dankte ihnen, dass sie ihn, den Körper voller Geschwüre, nicht abgelehnt hatten, er dankte ihnen, dass sie im Sommer vor die Türe zu seinem Verschlag einen Vorhang aus Schilf gehängt hatten, damit er nicht von den Mücken zerstochen wurde, er dankte ihnen, dass sie ihn im Winter in die Sonne geführt hatten, wo er sich wärmen konnte. Zu jeder Jahreszeit, ob der Wind wehte, ob die Sonne schien, ob es regnete oder schneite, hatte er sich all der Dinge erfreuen können, derer sich kaum ein Büffel erfreuen konnte. Sein Leben war lebenswert gewesen. Er war einer der glücklichsten Büffel auf Erden. Er wollte gehen. Er sah Bronzes ganze Familie an, er bedauerte nur, dass die Großmutter fehlte. Er dachte: »Wenn der Frühling nächstes Jahr kommt und wenn überall in Gerstenfeld die Wiesenblumen blühen, wird die alte Frau bestimmt wieder aufstehen können.« Die Großmutter nannte ihn meist nur *das Tier*, doch sie sagte es in einem liebevollen Ton. Er hatte bemerkt, dass die Großmutter manchmal auch *dieses kleine Tierchen* sagte, wenn sie von einem ihrer Enkel sprach.

Am Abend, als es schon fast Zeit war, schlafen zu gehen, zündete der Vater die Papierlaterne an und ging noch einmal hinaus in Sturm und Schnee, um nach dem Büffel in seinem Verschlag zu sehen. Bronze und Sonnenblume gingen mit hinaus. Als sie zurückkamen, sagte der Vater: »Ich fürchte, das Tier wird die Nacht nicht überstehen.« Am nächsten Morgen fand ihn die Familie tot auf, er lag auf einem großen Haufen goldgelben Strohs.

❦

Die Großmutter wurde nach Ölhanffeld ins Krankenhaus zur Untersuchung gebracht, doch man konnte keine Krankheit entdecken. Das Gemeindekrankenhaus schlug vor, sie ins Kreiskrankenhaus zu bringen, um sie dort erneut untersuchen zu lassen. Im Kreiskrankenhaus machte man eine weitere Untersuchung, sagte nur, die Großmutter sei ernsthaft erkrankt, sagte jedoch nicht genau, was es war, sondern wollte nur, dass man schnell bezahlte und die Großmutter zur Überwachung einwies.

Der Vater ging zum Kassenschalter und fragte nach den Krankenhauskosten. Das Fräulein hinter dem Schalter klackerte mit dem Abakus und nannte eine Summe. Als der Vater das hörte, sagte er mehrmals: »oh, oh«, dann hockte er sich ohne ein weiteres Wort auf den Boden. Es handelte sich um eine gewaltige Summe, um eine Summe, die Bronzes Familie niemals würde aufbringen können. Der Vater hatte das Gefühl, als laste ein Berg auf seinem Kopf, ein riesiger Berg. Erst nach einer Ewigkeit erhob er sich wieder und ging zum Sprechzimmer. Am Ende des Ganges wartete die Mutter zusammen mit der Großmutter, die auf einer Liege lag.

Dem Vater und der Mutter blieb nichts anderes übrig, als die Großmutter wieder zurück nach Gerstenfeld zu bringen. Die Großmutter lag auf dem Bett und sagte: »Ihr müsst euch nicht mehr kümmern.« Sie stieß einen Seufzer aus: »Ich hätte nicht gedacht, dass dieses Tier noch vor mir stirbt.«

Tag und Nacht sorgten sich der Vater und die Mutter. Wie sollten sie nur das Geld für das Krankenhaus auftreiben? Der Großmutter gegenüber taten sie ganz unbesorgt. Doch die Großmutter kannte die finanziellen Verhältnisse der Familie. Sie sah Bronzes Eltern an, die schon so früh gealtert waren, und tröstete sie: »Mit meinem Körper kenne ich mich selbst am besten aus. Sobald es wärmer wird, geht es mir wieder besser. Hört auf, euch Sorgen zu machen, und tut, was getan werden muss.« Sie warnte: »Mit dem bisschen Geld in der Holzkiste sollt ihr im nächsten Halbjahr Sonnenblumes Schulgebühr bezahlen, ihr dürft es ja nicht für etwas anderes verwenden!«

Während der Vater und die Mutter überall Geld aufzutreiben versuchten, lag die Großmutter im Bett und bat Bronze, ihr Gesellschaft zu leisten, oder sie bat Sonnenblume, ihr Gesellschaft zu leisten, oder sie bat beide Geschwister, ihr Gesellschaft zu leisten. Die Großmutter hatte das Gefühl, ihren Enkel und ihre Enkelin durch diese Krankheit noch lieber gewonnen zu haben, falls das überhaupt noch möglich war. Sie hatte die beiden so gerne um sich und fürchtete, sie könnten zu weit weggehen. Kaum war Sonnenblume zur Schule gegangen, überlegte sie besorgt, wann der Unterricht enden würde. Kurz vor Schulschluss lauschte sie bereits ganz still auf das Geräusch der Schritte draußen, Sonnenblume kam immer nach Hause gerannt. Manchmal, wenn Sonnenblume nicht ganz pünktlich nach Hause kam, da die Schule etwas später geendet hatte, sagte die Großmutter zu Bronze: »Geh zur Wegkreuzung und sieh nach – wieso ist sie denn noch nicht zurück?« Also ging Bronze zur Wegkreuzung und hielt Ausschau.

Eines Morgens, die Familie war gerade aufgestanden, kam Quakfisch. In jeder Hand hielt er eine Ente, ein Männchen und ein Weibchen. Bronzes Familie war völlig überrascht. Quakfisch setzte die beiden Enten, deren Beine zusammengebunden waren, auf den Boden. Sofort begannen die beiden mit den Flügeln zu schlagen und wollten davonlaufen. Doch nachdem sie etwas Staub aufgewirbelt und schließlich verstanden hatten, dass sie nicht fliehen konnten, legten sie sich artig auf den Boden. Quakfisch war die Sache etwas peinlich, er stammelte: »M-m-mein V-vater schickt m-mich mit d-diesen b-beiden Enten, d-damit ihr f-f-für G-großm-mutter eine S-suppe kochen k-könnt. M-mein V-vater sagt, wenn G-großmutter s-sie trinkt, w-wird es ihr b-b-besser gehen.« Sofort begann sich Bronzes Familie zu bedanken. »Ich-ich gehe jetzt ...« Die Großmutter rief: »Kind!« Quakfisch blieb stehen. »Lass mir nur eine da, die andere nimmst du wieder mit nach Hause.« Quakfisch sagte: »Nein. Der Vater sagt, sagt, z-zwei ...« – und damit lief er davon. Bronzes Familie sah Quakfisch nach, lange sagte niemand ein Wort. Kaum war Quakfisch weg, packte Bronze die Ente, die gerade noch ein Ei gelegt hatte, ging mit ihr zum Fluss und ließ sie frei.

An diesem Tag hatte Sonnenblume eine Prüfung. Als Quakfisch gegangen war, sagte die Mutter zu Sonnenblume: »Was trödelst du so und gehst nicht in die Schule? Hast du heute nicht Prüfung?« Sonnenblume wollte noch etwas zu der Mutter sagen, doch die war bereits das Schwein füttern gegangen. Seit ein paar Tagen schon hatte Sonnenblume ihrer Familie dauernd nur das Eine sagen wollen: »Nächstes Semester werde ich nicht mehr zur Schule gehen.« Sie ging bereits seit vier Jahren zur Schule.

In Gerstenfeld gab es viele Familien, die ihre Kinder nicht zur Schule schickten, weil sie kein Geld hatten. Sie hatte sogar vier Jahre lang zur Schule gehen dürfen, dabei war ihre Familie die ärmste in Gerstenfeld. Sonnenblume wusste, dass sie die Einzige in dieser Familie war, die nicht arbeiten musste. Und sie war auch die Einzige, für die die Familie Geld ausgeben musste. Sie war der Familie eine große Last. Jedes Mal, wenn sie sah, wie sich der Vater und die Mutter Sorgen um das Geld machten, wurde sie ganz traurig. Dass sie so gut in der Schule war, lag einerseits daran, dass sie intelligent war, und andererseits daran, dass sie wusste, dass sie gut sein musste. Jetzt, wo die Großmutter krank war, benötigte man viel Geld, um sie ins Krankenhaus bringen zu können. Wie konnte sie da noch guten Gewissens in die Schule gehen? Sie wollte nicht mehr zur Schule, doch sie traute sich auch nicht, es dem Vater und der Mutter zu sagen. Wenn sie das hörten, würden sie bestimmt sehr wütend werden.

Vor ein paar Tagen hatte sie eine gute Idee gehabt. Diese Idee machte sie ganz nervös. Sie war ihr auf dem Heimweg von der Schule ganz plötzlich gekommen. Dieser Gedanke hatte sie etwas erschreckt, sie hatte sofort um sich geschaut, als fürchtete sie, jemand könnte ihn sehen. Der Gedanke glich einem kleinen Vogel, der unzufrieden in seinem Käfig hin und her flog, immer wieder gegen die Gitterstäbe prallte und dabei aufgeregt zwitscherte. Mit der Hand hielt sie sich den Mund zu, als würde ihr Herz auf der Stelle herausspringen wollen. Diesen kleinen Vogel konnte man nur im Käfig hin und her fliegen lassen, immer wieder gegen die Gitterstäbe flattern lassen, man durfte ihn auf keinen Fall freilassen. Niemand durfte ihn sehen, schon gar nicht ihre Familie.

Bevor sie ins Haus ging, musste sich dieser kleine Vogel erst einmal beruhigen, damit er artig in seinem Käfig blieb. Doch er wollte sich hinauskämpfen, hinausfliegen, er wollte hoch hinaus in den Himmel. Sie strich sich übers Gesicht – obwohl sie durch den eisigen Wind ging, war ihr glühend heiß. Sie ging eine Runde nach der anderen durch die kalte Luft und wartete, bis sich der kleine Vogel in seinem Käfig beruhigt hatte und keinen Aufruhr mehr verursachte, wartete, bis sich ihre Wangen abgekühlt hatten. Erst dann ging sie ins Haus. In den darauffolgenden Tagen hatte sie keinerlei Gezwitscher mehr aus dem Käfig des kleinen Vogels bemerkt.

Heute, gleich, würde sie ihre Idee verwirklichen: Sie würde jede einzelne Prüfung verpatzen! Der kleine Vogel verhielt sich erstaunlich ruhig, es schien, als hätte er noch vor Einbruch der Dunkelheit ein Waldstück gefunden, in dem er vor Menschen ungestört war.

Die winterlich nackten Felder waren von lauter ebenso nackten Ackerfurchen durchzogen. Da die Kinder nicht alle auf einem Fleck wohnten, kamen sie um diese Zeit aus allen Richtungen quer über die Ackerfurchen herbei. Ihre Kleidung war von unterschiedlicher Farbe. Sie dekorierten die grauen Felder und verliehen ihnen etwas Lebendiges.

Schon bald würde Sonnenblume nicht mehr mit ihnen gemeinsam gehen. Dieser Gedanke machte sie etwas traurig. Sie lernte gerne. Sie war sogar richtig besessen vom Lernen und von der Schule. Jungen und Mädchen, große und kleine Kinder, ruhige und nicht so ruhige, schlimme und brave, vorwitzige und schüchterne, sie alle fanden sich zusammen und machten dabei einen riesigen Lärm. Doch sobald die Schulglocke läutete, verstreuten sie sich in alle

Richtungen, wie ein Schwarm Fische, die gerade noch im Wasser gespielt hatten, dann plötzlich aufgeschreckt worden waren – und nur noch einen stillen Teich zurückließen, in dem sich die am Himmel vorbeiziehenden Wolken spiegelten. Kaum war die Schule aus, rannten sie alle hinaus, als gelte es ihr Leben, als hätte man sie viele Jahre lang in einem Käfig gefangen gehalten. Schon nach wenigen Sekunden flog nur so der Staub auf dem freien Platz vor der Schule. Sonnenblume lief mitten durch diesen Staub.

Fast alle Mädchen mochten sie. Sie spielten gemeinsam Federfußball, Himmel und Hölle und alle möglichen anderen Spiele. Unter den Mädchen gab es öfters Streit, doch kaum stritt ein Mädchen mit ihr. Auch Sonnenblume mochte nicht streiten. Was immer die Mädchen auch machten, sie waren immer bereit, Sonnenblume mitmachen zu lassen. Immerfort riefen sie: »Sonnenblume, wir machen das gemeinsam!«

Unter den Mädchen wurde viel geredet. Sie plapperten unaufhörlich, ohne ein Ende zu finden. Sie redeten unterwegs auf der Straße, sie redeten im Klassenzimmer, an jeder beliebigen Ecke, sogar auf dem Klo – sehr oft redeten sie auf dem Klo. Die Jungen belauschten sie dort. Sie konnten aber nicht genau hören, was gesprochen wurde. Wenn die Mädchen bemerkten, dass sie belauscht wurden, sagte keine mehr etwas, doch nach einer Weile ging es wieder los.

Im Sommer mussten sie in der Schule Mittagsschlaf halten. Entweder lagen sie auf den Tischen oder auf den Stühlen, Sonnenblume fand das alles sehr lustig. So viele Kinder schliefen zusammen, man durfte keinen Laut von sich geben, doch niemand dachte auch nur daran zu schlafen. Also machten sie heimlich irgendetwas, warfen sich bedeutungsvolle Blicke zu oder flüsterten miteinander. Wenn es dann endlich läutete, atmeten alle auf und sprangen sofort auf, es hatte tatsächlich niemand geschlafen.

Wenn es im Winter kalt wurde, standen sie alle dicht an der Wand, wo sie eine lange Reihe bildeten, dann quetschten sie sich dicht aneinander. Diejenigen in der Mitte versuchten mit allen Mitteln, in der Mitte zu bleiben, doch es gab immer welche, die hinausgedrängt wurden. Sonnenblume wurde oft hinausgedrängt. Wer hinausgedrängt wurde, lief schnell an den Rand, um andere wegzuschubsen. Abwechselnd drängte man und wurde verdrängt und innerhalb kürzester Zeit war einem warm.

Sonnenblume war den Geruch bereits gewöhnt, den so viele Kinder, die auf engstem Raum zusammengedrängt waren, verströmten. Es war ein angenehm warmer Geruch, leicht säuerlich vom Schweiß, doch das war Kinderschweiß. Sie liebte die Schriftzeichen, die Zahlen. In ihren Augen hatten sie etwas Magisches. Sie mochte es, wenn alle gemeinsam Texte laut vorlasen. Noch mehr mochte sie es, vom Lehrer aufgerufen zu werden und einen Text alleine vorzulesen. Tief in ihrem Inneren wusste sie, dass sie mit ihrer Art, vorzulesen die anderen in ihren Bann zog. Niemand hatte ihr wirklich beigebracht, wie man Texte vorlas, doch in der ganzen Schule war bekannt, wie gut sie vorlesen konnte. Ihre Stimme war keineswegs laut und klar, sie war sogar eher ein wenig dünn, doch sie schien wie von klarem Wasser reingewaschen. Sie kannte Rhythmus, Betonung und den richtigen Tonfall, so wie eine Schafherde die Weide kannte und die Vögel den Himmel kannten. Ihre Vorlesekunst schien von weit her zu kommen. Wenn sie las, klang es wie das Zirpen der Insekten im nächtlichen Mondlicht und sie versetzte die Kinder in einen Zustand, der an Schläfrigkeit erinnerte. Mit aufgestütztem Kinn hörten sie zu, doch danach konnten sie sich beim besten Willen nicht mehr daran erinnern, was Sonnenblume da eigentlich vorgelesen hatte. Manchmal wussten sie nicht einmal, wann Sonnenblume aufgehört hatte zu lesen, erst wenn der Lehrer sagte: »Wir lesen noch einmal gemeinsam«, kamen sie wieder zu Sinnen.

Doch schon bald würde all das für sie weit weg sein. Sie war fest entschlossen.

Am Vormittag hatten sie die Sprachprüfung, am Nachmittag Rechnen. Die Aufgaben stellten für sie nicht die geringste Schwierigkeit dar, dennoch schrieb sie auf die Prüfungsbögen kompletten Unfug. Als sie mit allem fertig war, wirkte sie völlig entspannt. Und als sie am Abend der Großmutter Gesellschaft leistete, sang sie sogar noch ein ums andere Mal all die lustigen Lieder, die ihr die Großmutter beigebracht hatte. Die Mutter fragte den Vater: »Was hat denn dieses Mädchen nur erwischt?« Sonnenblume sang und sang, man hörte es bis vor die Türe.

❁

An diesem Tag hatte es geschneit. Kurz vor dem Abendessen war viel Schnee auf die Bäume, die Häuser und die Felder gefallen. Der Mond war dünn, aber sehr groß. Als Sonnenblume einen Blick hinauswarf, hatte sie das Gefühl, es wäre helllichter Tag. Sie hob den Kopf, um hinaufzuschauen, und konnte sogar die paar Krähen, die auf den Bäumen hockten, erkennen. In der Ferne lag die kleine Schule. Die hohe Fahnenstange war nur als dünner, grauer Strich erkennbar. Von nun an würde Sonnenblume das Gebäude nur mehr aus der Ferne betrachten können. Sie begann zu weinen. Doch sie war nicht traurig. Endlich würde sie der Familie keine zusätzliche Bürde mehr sein. Und sie würde mit ihrem Bruder gemeinsam für die Familie arbeiten können. Sie wollte mit allen gemeinsam Geld verdienen, Geld verdienen, um die Krankheit der Großmutter behandeln zu lassen. Sie fühlte sich jetzt erwachsen.

Zwei Tage später begannen die Winterferien. Die Kinder gingen mit ihren Zeugnissen nach Hause. Über der Schulter trugen sie die Stühle, die sie von daheim mitgebracht hatten. Fast alle Kinder kannten Sonnenblumes Zeugnis. Keiner wusste, wie es dazu hatte kommen können. Auf dem Heimweg lärmten und lachten sie nicht so wie sonst.

Sonnenblume ging mit einigen ihrer besten Freundinnen zurück ins Dorf. Als sie sich verabschiedeten, standen die Mädchen regungslos da. Sonnenblume winkte ihnen zu: »Kommt zu uns zum Spielen, wenn ihr Zeit habt!« Damit ging sie nach Hause. Den ganzen Weg über unterdrückte sie ihre Tränen. Die Mädchen blieben noch lange stehen.

Am Nachmittag kam die Lehrerin zu Sonnenblume nach Hause, um dem Vater und der Mutter Sonnenblumes Prüfungsergebnisse mitzuteilen. Der Vater sagte: »Kein Wunder! Als ich ihr Zeugnis sehen wollte, ist sie mir ausgewichen.« Er war so wütend, dass er sie schlagen wollte, das war noch nie vorgekommen, nicht einmal mit dem Finger hatte er sie bisher angestupst. Die Mutter war so überrascht, dass sie sich setzen musste.

Zu diesem Zeitpunkt war Sonnenblume mit Bronze auf den Wasserfeldern, wo sie das Eis zerbrachen, um die Fische darunter zu fangen. Die Fische in den Wasserfeldern waren unter dem Eis gefangen. Wenn sie atmen wollten, bliesen sie mit ihren Mündern gegen das Eis, um ein kleines Loch hineinzumachen. Zwar schafften sie es nicht, das Eis zu durchdringen, doch verrieten sie damit, wo sie waren. Wenn man das Eis absuchte und darunter eine weiße Luftblase entdeckte, schlug man heftig mit dem Hammer zu – und der Fisch darunter war bewusstlos. Als Nächstes zertrümmerte man das Eis, streckte die

Hände ins Wasser, und schon konnte man den Fisch herausziehen. In dem Korb, den Sonnenblume am Arm trug, waren bereits einige Fische. Dauernd wollte sie das Zeugnis aus ihrer Tasche holen, um es Bronze zu zeigen, doch sie traute sich nicht. Wenn Bronze den nächsten großen Fisch fing, würde sie das Zeugnis hervorholen und ihm geben.

Als Bronze das Zeugnis sah, fiel ihm der Hammer aus der Hand und wäre ihm beinahe auf den Fuß gefallen. Über die Felder wehte ein Wind, zitternd raschelte das Zeugnis in seiner Hand. Vielleicht war es, weil seine Hand taub vor Kälte war, oder weil er mit seinen Gedanken woanders war – das Zeugnis wurde von einem Windstoß mitgenommen und schwebte auf das Eis, das die Wasserfelder bedeckte. Das zusammengefaltete Zeugnisblatt sah aus wie ein weißer Schmetterling, der über die blaue Eisfläche flatterte. Endlich wurde Bronze bewusst, dass ihm der Wind das Zeugnis aus der Hand geweht hatte, und er lief ihm nach. Er rutschte ein paarmal auf dem Eis aus, bevor er es endlich fangen konnte. Ärgerlich schüttelte er das Zeugnis, dann kam er humpelnd zurück. In einem fort wedelte er mit dem Zeugnis vor Sonnenblumes Gesicht herum, dass es nur so sauste. Sonnenblume senkte den Kopf und wagte nicht, ihn anzusehen.

Bronze war ein extrem kluger Stummer. Mit seiner Gestensprache sagte er Sonnenblume geradeheraus: »Das hast du mit Absicht gemacht!« Sonnenblume schüttelte den Kopf. »Das hast du absichtlich gemacht, absichtlich!« Er reckte beide Fäuste in die Luft. Sonnenblume hatte Bronze noch nie so wütend gesehen, sie bekam Angst. Sie fürchtete, die Fäuste ihres Bruders könnten auf sie herabsausen, unwillkürlich hielt sie ihre Hände schützend über den Kopf. Mit dem Fuß trat Bronze den Korb um, den Sonnenblume am Feldrand abgestellt hatte. Die Fische, die noch lebten, zappelten in dem trockenen Gras, das am Feldrand wuchs, und auf der sonnenbeschienenen Eisfläche. Er hob den Hammer wieder auf, drehte sich wie ein Wirbelwind um sich selbst und warf ihn weit von sich. Als der Hammer auf das Eis niederfiel, gab es einen so gewaltigen Schlag, dass die ganze Eisfläche laut krachte und auf ihr Risse erschienen, die wie weiße Blitze aussahen.

In der einen Hand hielt er das Zeugnis, mit der anderen packte er Sonnenblumes Arm und zog sie nach Hause. Doch kurz bevor sie zu Hause ankamen, ließ er ihre Hand los. Er sagte: »Ich kann es Vater und Mutter nicht sagen.« Er sagte: »Wenn sie das erfahren, schlagen sie dich!« Er warf einen

Blick zurück und zog Sonnenblume wieder vom Haus weg. In einem kleinen Wäldchen blieben sie stehen.

Bronze sagte: »Du willst doch lernen!«

»Ich lerne nicht gerne.«

»Doch, du lernst gerne.«

»Nein.«

»Du willst nur wegen Großmutters Krankheit nicht mehr lernen.«

Sonnenblume senkte den Kopf und begann zu weinen. Bronze drehte sich um und sah hinaus auf die Felder vor dem Wäldchen, die von einer dicken Schneeschicht bedeckt waren. Tränen stiegen ihm in die Augen.

Sie drückten sich dort herum, bis es dunkel wurde, dann blieb ihnen nichts anderes mehr übrig, als nach Hause zu gehen. Der Vater und die Mutter schienen schon auf sie zu warten. Der Vater fragte: »Und – dein Zeugnis?« Sonnenblume warf Bronze einen Blick zu, senkte den Kopf und sah auf ihre Füße. »Ich habe dich nach deinem Zeugnis gefragt!« Der Vater erhob die Stimme. »Dein Vater fragt dich etwas! Hast du keine Ohren oder was?« Diesmal schien die Mutter nicht auf ihrer Seite zu sein. Wieder sah Sonnenblume zu Bronze hin. Bronze zog das Zeugnis aus der Tasche, ängstlich reichte er es dem Vater. So wie es aussah, schien es nicht Sonnenblumes, sondern sein Zeugnis zu sein. Ohne es auch nur anzusehen, riss der Vater das Zeugnis in kleine Fetzen und warf sie Sonnenblume hin. Die Papierfetzen wirbelten durch die Luft, einige blieben in Sonnenblumes Haar hängen.

»Knie dich hin!«, brüllte der Vater. »Knie dich hin!«, wiederholte die Mutter. Sonnenblume kniete sich hin. Bronze wollte Sonnenblume aufhelfen, doch der Vater starrte ihn so wütend an, dass er nur daneben stehenbleiben konnte. Die altersschwache Stimme der Großmutter drang aus dem Haus: »Lass sie doch reden! Was ist passiert?« Es war das erste Mal, dass die Großmutter böse auf Sonnenblume war. Sonnenblume hätte nie gedacht, dass die ganze Familie so heftig darauf reagieren würde, ob sie nun zur Schule ging oder nicht, sie hatte furchtbare Angst.

Die Großmutter, der Vater und die Mutter würden sich für alle Zeiten an diese Szene damals unter dem alten Perlschnurbaum erinnern. Schon in dem Moment, als sie sie mit nach Hause nahmen, hatten sie beschlossen, sie großzuziehen, und außerdem wollten sie ihr ein gute, vielversprechende Zukunft bieten. Nie hatten sie untereinander darüber gesprochen, doch jeder von ihnen kannte die Gedanken der anderen. In all den Jahren war ihnen eine Sache wichtig gewesen: Selbst wenn man auf alles verzichten und betteln gehen müsste, würde man Sonnenblume den Schulbesuch ermöglichen!

Sie fühlten alle, dass Sonnenblumes leiblicher Vater noch unter ihnen war. Seine Seele schwebte durch Gerstenfelds Sonnenblumen- und Getreidefelder. Sonnenblumes Familie konnte nicht genau sagen und verstand auch nicht, welches Schicksal sie mit Sonnenblume und ihrem Vater verbunden hatte, so wie Sonnenblumes leiblicher Vater Bronze, nachdem er ihn gesehen hatte, nicht mehr hatte vergessen können. Es gab ein paar Dinge auf der Welt, die man nicht erklären konnte.

Sonnenblume hatte richtige Angst, sie kniete am Boden und zitterte unentwegt.

Die Lehrerin aus der Schule hatte bereits deutlich gesagt, dass Sonnenblume entweder die Schule abbrechen oder sitzenbleiben müsse – obwohl auch sie dachte, dass diese Ergebnisse absolut nicht Sonnenblumes wahren Leistungen entsprachen. Doch es waren bei dieser Prüfung noch ein paar weitere Kinder durchgefallen, noch dazu Kinder, von denen die Schule wünschte, dass sie die Schule abbrachen oder sitzenblieben. Wenn man nun ausnahmsweise dem Wunsch von Sonnenblumes Eltern entgegenkäme, Sonnenblume noch einmal antreten zu lassen, dann würden auch die Eltern dieser anderen paar Kinder den gleichen Wunsch äußern.

Sonnenblumes Vater und Mutter konnten einfach nicht verstehen, warum Sonnenblumes Ergebnisse diesmal so aussahen! Auch die Lehrer in der Schule hatten so etwas nicht erwartet. Doch kein Einziger unter ihnen kam auf die Idee, dass Sonnenblume das absichtlich gemacht haben könnte. Das war einfach zu absurd. Alle dachten, der Grund sei, dass Sonnenblume in letzter Zeit wahrscheinlich nicht ordentlich gelernt hatte oder dass sie während der Prüfung von irgendwelchen Gedanken abgelenkt gewesen war und sich nicht konzentriert hatte oder dass sie die Prüfung wegen einer kleinen Unaufmerksamkeit verpatzt hatte.

Als Bronze erklärte, dass Sonnenblume wegen der Krankheit der Großmutter nicht mehr weiterlernen wollte und die Prüfungsergebnisse absichtlich verpatzt hatte, waren die Großmutter, der Vater und die Mutter wie vom Donner gerührt.

Sonnenblume senkte den Kopf und weinte leise. Die Mutter ging zu ihr und hob sie vom Boden auf: »Du dummes Mädchen, was machst du nur für blöde Sachen?« Sie zog Sonnenblume in ihre Arme und heiße Tränen strömten in ihr Haar. In der Umarmung der Mutter schluchzte Sonnenblume: »Wir müssen Großmutter zum Arzt bringen!« Im Bett rief die Großmutter: »Sonnenblume, Sonnenblume ...« Die Mutter trug sie ins Zimmer.

An diesem Tag, draußen schneite es leicht, stand die Großmutter plötzlich mit Bronzes und Sonnenblumes Unterstützung auf. Sie stand nicht nur auf, sie ging sogar vor die Türe. Als die Großmutter, von Bronze und Sonnenblume gestützt, auf wackeligen Beinen die Straße, die zur Schule führte, entlangging, standen viele Leute aus Gerstenfeld am Wegrand. Winzige Schneeflocken wirbelten wie unzählige kleine weiße Mücken durch die Luft. Die Großmutter hatte schon lange kein Sonnenlicht mehr gesehen, ihr Gesicht war ganz weiß. Weil sie so dünn war, wirkten ihre wattierte Hose und die Jacke besonders weit und leer.

Nach einer kleinen Ewigkeit erreichten die drei die Grundschule. Als der Schulleiter und die Lehrer sie sahen, kamen sie sofort herbeigeeilt, um sie zu begrüßen. Die Großmutter ergriff die Hand des Schulleiters und sagte: »Lasst meine Enkeltochter die Prüfung wiederholen!« Sie erzählte dem Schulleiter und den Lehrern, dass Sonnenblume wegen ihrer Krankheit nicht mehr zur Schule gehen wollte und deshalb die Prüfung absichtlich verpatzt hatte. Als die anwesenden Lehrer das hörten, waren sie zutiefst gerührt. »Lasst meine Enkeltochter die Prüfung wiederholen!« Die Großmutter sah den Schulleiter an und wollte sich im Schnee auf die Knie werfen. Als der Schulleiter das sah, rief er mehrmals: »Großmutter!«, während er eilig herbeilief, um sie zu stützen: »Ich verspreche Euch, ich verspreche Euch, ich lasse sie nochmal antreten!«

Das war das letzte Mal, dass man die Großmutter in Gerstenfeld sah. Der Vater und die Mutter trugen die Großmutter den ganzen Weg über auf dem Rücken nach Hause.

❀

Mit großer Mühe hatten sie das Geld aufgetrieben, das für eine Behandlung im Krankenhaus benötigt wurde. Die Großmutter wurde von Tag zu Tag schwächer. In den letzten Tagen hatte sie kaum noch etwas essen können. Auch wenn sie keine Schmerzen litt, so wurde sie doch immer dünner. Bald brachte sie nicht einmal mehr die Kraft auf, ihre Augenlider zu heben, sie verbrachte den ganzen Tag im Dämmerzustand. Ihr Atem war schwächer als der eines Säuglings. Sie lag auf dem Bett und rührte sich kaum.

Wenn Bronze und Sonnenblume die Großmutter so sahen, überkam sie eine unaussprechliche Traurigkeit. Der Vater und die Mutter liefen den ganzen Tag draußen umher, sie gingen zu Verwandten, zu Nachbarn, ins Dorf, in die Stadt, liehen Geld oder baten um medizinische Unterstützung. Die Großmutter sagte beharrlich: »Was soll ich für eine Krankheit haben, ich bin einfach alt, hört auf, so herumzurennen.«

Egal ob es stürmte oder regnete, jeden Tag ging Bronze in die Stadt, um Schilfblütenschuhe zu verkaufen. Sonnenblume dachte: »Nur ich kann mich als Einzige nicht nützlich machen.« Sie schämte sich sehr. Den ganzen Tag lang überlegte sie, wie auch sie ein wenig Geld verdienen könnte, um den Krankenhausaufenthalt der Großmutter zu finanzieren. Sie fand, dass sie kein kleines Kind mehr sei und dass sie ein wenig von der Last, die die Familie zu tragen hatte, schultern könne. Doch wo könnte sie Geld verdienen? Plötzlich erinnerte sie sich, wie sie, als sie bei Smaragddreif zu Hause gelernt hatte, einen Erwachsenen nebenan von etwas hatte sprechen hören: Im Jahr zuvor waren viele Leute aus der Gegend in die Stadt Ölhanffeld gegangen, um dort gemeinsam ein Schiff zu mieten. Mit diesem Schiff waren sie nach Südfluss gefahren, wo sie Ginkgosamen gesammelt und für gutes Geld verkauft hatten. In den letzten Jahren waren Leute aus Gerstenfeld dorthin gefahren.

In der Gegend um Südfluss wuchsen viele Ginkgobäume, sie wuchsen dort überall. Auch die Leute, die vor Ort lebten, ernteten die Ginkgobäume ab, aber da es allzu viele Bäume waren und zu wenige Menschen, die ernteten, wurden viele Ginkgosamen gar nicht abgeerntet und blieben auf den Bäumen hängen. Wenn man die Samen einsammelte, die von den Bäumen einfach auf den Boden fielen, war das eine beträchtliche Menge. In der Gegend um Gerstenfeld gab es nur wenige Menschen, die Ginkgo anpflanzten, dennoch brauchten die Leute hier Ginkgo, sie nahmen ihn als Stärkungsmittel. Die Kinder bemalten die Ginkgosamen gerne in allen möglichen Farben und bewahrten sie in der Hosentasche oder in einer Schachtel auf. Sie dienten als Dekoration oder als Einsatz bei Wetten.

So gab es immer zum Jahresende ein paar Leute, die nach Südfluss fuhren, um Ginkgosamen zu sammeln. Die Leute dort waren auch nicht kleinlich, was am Baum hängenblieb, verrottete ohnehin. Manchmal konnte man mit den Ginkgopflückern auch einen Handel abschließen: Auf dem Baum und unter dem Baum konnte man beliebig pflücken und sammeln, doch wenn man 100 Jin gesammelt hatte, musste man dem Eigentümer 10 oder 20 Jin abgeben. Das war für beide Seiten profitabel und man wurde sich schnell einig. Man sprach auch lieber von einer freundschaftlichen Abmachung als von einem Geschäft. Sowohl Erwachsene als auch Kinder ab etwas über zehn Jahren gingen zum Ginkgosammeln, natürlich nahmen die Erwachsenen ihre Kinder mit. Über mehrere Tage hinweg dachte Sonnenblume darüber nach.

Sonnenblume war zweifelsohne Bronzes Schwester. Kaum hatte sie sich eine Idee einmal in den Kopf gesetzt, nahm sie, wie Bronze auch, die Sache in Angriff, legte mit einer Besessenheit los, egal was passierte und völlig davon überzeugt, dass es schon irgendwie gehen würde, fest entschlossen, das Ganze durchzuziehen, selbst auf die Gefahr hin, einen Fehler zu begehen.

Eines Tages, kurz nachdem Bronze mit seinen Schilfblütenschuhen auf dem Rücken losgegangen war, ging auch sie in die Kreisstadt Ölhanffeld. Sie ging geradewegs zum Fluss. Viele Boote langen dort. Sie ging den Fluss entlang und fragte bei einem Boot nach dem anderen nach: »Fährt jemand nach Südfluss zum Ginkgosammeln?« Jemand zeigte auf ein großes Boot und sagte: »Dort, auf diesem Boot sind schon ziemlich viele Leute, ich habe sie reden hören, scheinbar fahren sie tatsächlich nach Südfluss zum Ginkgosammeln.«

Sonnenblume lief zu dem Boot. Sie sah die vielen Leute, die bereits auf dem Schiff waren. Die meisten von ihnen waren Frauen, es gab auch einige Kinder, zwei, drei der Mädchen waren ungefähr so alt wie sie selbst. Schnatternd unterhielten sie sich. Man konnte heraushören, dass sie nach Südfluss fahren wollten, um Ginkgo zu sammeln. Sie kamen aus den vielen Dörfern im Umkreis von Ölhanffeld. Einige der Leute verhandelten gerade mit dem Eigner über die Schiffsmiete. Die Miete wurde zu gleichen Teilen auf alle verteilt, das war keine Frage, doch wie hoch sie am Ende sein würde, war offenbar noch nicht ganz klar. Der Schiffseigner hielt den Betrag für zu gering, doch die Leute schienen nicht bereit zu sein, mehr zu bezahlen. Der Besitzer sagte jedoch auch nicht, dass das Geschäft so nicht zustande kommen könne, sondern er meinte: »Na, dann warten wir eben noch ein bisschen, wenn es noch mehr Leute werden, dann bekommen wir ein bisschen mehr Geld zusammen!« Auf dem Schiff beruhigte man sich langsam, alle sahen zum Ufer hinüber, in der Hoffnung, dass da noch ein paar Leute daherkommen würden. Das Schiff war groß, ein Dutzend Leute könnte noch problemlos mitfahren.

Sonnenblume wollte zu Bronze gehen und ihm sagen, dass sie auch zum Ginkgosammeln gehen würde, doch ihr fiel ein, dass ihr Bruder dem auf gar keinen Fall zustimmen konnte, also verwarf sie diesen Gedanken. Sonnenblume wollte unbedingt auf das Schiff und mit diesen Leuten mitfahren. Doch sie war überhaupt nicht darauf vorbereitet gewesen, schon heute loszufahren. Sie hatte nicht einen einzigen Fen bei sich. Zudem hatte sie keine Taschen mitgebracht, um darin den Ginkgo zu sammeln. Heute war sie eigentlich nur hergekommen, um einmal zu schauen. Doch jetzt hatte sie nur den einen starken Wunsch: noch heute zu fahren!

Sie hörte, wie sich die Menschen auf dem Schiff unterhielten. Sie sagten, dass man schon früh, Ende Herbst, Anfang Winter, damit begonnen hatte, nach Südfluss zum Ginkgosammeln zu fahren und dass diese Gruppe heute wohl die letzte sein würde. Wieder dachte sie an die Großmutter, die Großmutter, die fast reglos im Bett lag. Wild pochte ihr Herz. Offenbar würde das Schiff heute noch fahren, und es konnte sein, dass man ganz spontan beschließen würde loszufahren. Sonnenblume hatte zuhause noch nicht Bescheid gegeben. Doch sie hatte sich bereits überlegt, was sie machen würde: Vor dem Weggehen würde sie ihrem Bruder eine Notiz hinterlassen, ohne jedoch konkret zu sagen, was sie eigentlich vorhatte. Sie würde nur sagen, dass sie wegfahren und in ein paar Tagen zurückkehren würde und dass sich die Familie keine Sorgen machen müsse. Doch diese Notiz musste sie noch schreiben. Sie lief ans Ufer, verlangte von einer Ladenbesitzerin etwas von dem Papier, mit dem Salz oder brauner Zucker eingewickelt wurden, lieh sich noch einen Stift aus, lehnte sich über den Ladentisch und schrieb ihrem Bruder eine Nachricht:

Bruder, ich fahre weg. Ich möchte eine ganz große Sache erledigen. In ein paar Tagen bin ich wieder zurück. Sag Mutter, Vater und Großmutter, dass alles in Ordnung ist. Sorgt euch nicht um mich. Ich kann unterwegs gut auf mich selbst aufpassen. Großmutter muss noch ein paar Tage durchhalten, dann kann sie ins Krankenhaus gehen. Wir werden dann Geld haben. Geh heute etwas früher nach Hause und warte nicht, bis alle Schilfblütenschuhe verkauft sind.

Deine Schwester Sonnenblume

Sehr aufgeregt und sehr stolz hatte Sonnenblume die Nachricht fertig geschrieben. Es war wirklich lachhaft – wie viel würde sie mit Ginkgo schon verdienen können? Sie selbst sah sich jedoch als Großverdienerin. Sie hatte auch überhaupt keine Vorstellung davon, wie hoch die Summe eigentlich war, die benötigt wurde, um die Großmutter ins Krankenhaus zu bringen. Sie nahm das Papier und lief schnell zurück zum Fluss. Da sah sie, dass gerade sechs oder sieben weitere Leute an Bord gingen. Sie wusste, dass das Schiff jeden Moment abfahren würde. Wie sollte der Brief zu ihrem Bruder gelangen? Sie selbst konnte ihm den Brief nicht mehr bringen. Dafür hatte sie keine Zeit mehr, sie war ganz nervös.

Ein Junge kam vorbei, der Windmühlen aus Papier verkaufte. Sofort rannte Sonnenblume zu ihm hin und sagte: »Kannst du mir einen Gefallen tun und diese Nachricht dem Jungen geben, der die Schilfblütenschuhe verkauft? Er ist mein Bruder. Er heißt Bronze.« Der Junge, der Windmühlen verkaufte, sah sie etwas verwundert an. »Geht das?« Der Junge, der Windmühlen verkaufte, nickte und nahm Sonnenblumes Notiz entgegen. Sonnenblume sah sich um, auf dem Schiff waren bereits Leute damit beschäftigt, die Landungsbrücke einzuholen. Laut rief sie: »Wartet kurz!«

So schnell sie konnte, rannte sie zum Schiff. Das Schiff driftete bereits langsam vom Ufer weg. Sonnenblume streckte die Hand aus. Die Leute auf dem Schiff kannten einander nicht, sie dachten, einer der Dorfbewohner unter ihnen hätte sie am Ufer zurückgelassen, und zwei Leute auf dem Schiff lehnten sich vor und streckten Sonnenblume die Hände entgegen. Schließlich bekamen sie Sonnenblume zu fassen. Die Leute auf dem Schiff zogen kräftig und hievten Sonnenblume auf das Schiff hinauf. Als das Schiff den Kurs korrigiert hatte, setzte es das große Segel, und so zog es majestätisch und stolz auf dem großen Fluss dahin.

Der Junge, der Papierwindmühlen verkaufte, ging weiter. Da blieb ein kleines Mädchen neben ihm stehen, das eine Papierwindmühle kaufen wollte. Er verkaufte ihr eine und ging weiter. Da entdeckte er einen anderen Jungen, der auch Schilfblütenschuhe verkaufte. Der Junge, der Papierwindmühlen verkaufte, war in Gedanken ganz und gar mit dem Verkauf seiner Papierwindmühlen beschäftigt, er hielt den Jungen, der Schilfblütenschuhe verkaufte, für eben jenen Jungen, den Sonnenblume erwähnt hatte. Also ging er zu ihm hin und gab ihm die Notiz: »Das soll ich dir von deiner kleinen Schwester geben.« Etwas irritiert nahm der Junge, der Schilfblütenschuhe verkaufte, den Zettel entgegen. Der Junge, der Papierwindmühlen verkaufte, zögerte kurz, doch in diesem Augenblick kamen abermals zwei Mädchen, die nach dem Preis für die Papierwindmühlen fragten. Und er konzentrierte sich wieder völlig auf sein Geschäft. Entweder hatten die Mädchen wirklich eine Papierwindmühle kaufen wollen, sie aber für zu teuer gehalten, oder nur nach dem Preis fragen wollen – jedenfalls gingen sie wieder, sobald sie sie angesehen hatten. Der Junge, der Papierwindmühlen verkaufte, wollte aber unbedingt ein Geschäft abschließen, also folgte er den Mädchen. Die Sache mit dem Zettel war längst vergessen. Der Junge, der Schilfblütenschuhe verkaufte, stand immer noch da und starrte den Zettel verständnislos an. Er faltete ihn auseinander und betrachtete ihn, und je länger er ihn betrachtete, desto eigenartiger fand er das alles. Doch je länger er ihn betrachtete, desto interessanter fand er die Sache auch, kichernd steckte er den Zettel ein und ging an eine andere Stelle, um seine Schilfblütenschuhe zu verkaufen.

Bronze kam erst spät nach Hause. Kaum war er zur Türe hereingekommen, als die Großmutter auch schon fragte: »Hast du Sonnenblume gesehen?« Bronze lief ins Zimmer und erklärte der Großmutter mit Zeichensprache, dass er Sonnenblume nicht gesehen habe. Die Großmutter sagte: »Dann geh schnell los, sie zu suchen! Dein Vater und deine Mutter suchen sie schon. Wie kann es sein, dass das Kind um diese Zeit noch nicht zurück ist?«

Als Bronze das hörte, drehte er sich auf der Stelle um und lief hinaus. Der Vater und die Mutter hatten bereits im größeren Umkreis alles abgesucht und waren gerade auf dem Rückweg. »Hast du Sonnenblume gesehen?«, fragte die Mutter von Weitem. Bronze winkte ab. Nun fing die Mutter mit lauter Stimme an zu rufen: »Sonnenblume! Komm nach Hause zum Abendessen!« Die Mutter rief ein ums andere Mal, doch von Sonnenblume war keine Antwort zu hören.

Es war schon ganz dunkel. Der Vater, die Mutter und Bronze suchten überall. In der Dunkelheit hörte man immer wieder die Stimmen der Eltern:

»Habt ihr unsere Sonnenblume gesehen?« Die Antwort lautete immer: »Nein, haben wir nicht.«

Bronze ging nach Hause zurück, zündete eine Papierlaterne an und ging zum Sonnenblumenfeld. Auf dem winterlichen Feld standen kreuz und quer nur ein paar wenige, längst verwelkte Sonnenblumenstängel. Die Papierlaterne hoch erhoben, umrundete Bronze das Sonnenblumenfeld, und als er Sonnenblume dort nicht finden konnte, kehrte er zurück ins Dorf. Der Vater und die Mutter hatten unterwegs weitere Menschen gefragt: »Habt ihr unsere Sonnenblume gesehen?« – »Nein, haben wir nicht.«

Keiner von ihnen dachte ans Abendessen, sie suchten draußen immer weiter. Die Großmutter lag alleine zu Hause und machte sich enorme Sorgen, doch sie hatte nicht das kleinste bisschen Kraft, um sich zu bewegen, so konnte sie sich nur untätig sorgen.

Viele Leute kamen herbei, um bei der Suche zu helfen. Einmal trennten sie sich, dann suchten sie wieder gemeinsam. Es gab alle möglichen Vermutungen: »Kann es sein, dass sie zur anderen Oma gegangen ist?« Jemand sagte: »Da ist schon jemand gewesen.« – »Ist sie vielleicht zu Frau Lehrerin Gold gegangen?« Das war eine Lehrerin, die ein Stück weiter entfernt wohnte und die Sonnenblume gerne mochte. Jemand sagte: »Das ist nicht sicher. Sollen wir jemanden hinschicken?« – »Ich gehe«, sagte ein Mann namens *Große Nation*. Der Vater sagte: »Danke, Große Nation.« Große Nation sagte: »Das ist doch selbstverständlich!« Und damit ging er knirschenden Schrittes die Straße entlang. »Denkt einmal nach, wo könnte sie sonst noch hingegangen sein?« Ein paar Plätze fielen den Leuten noch ein und einige von ihnen machten sich auf knarzenden Sohlen, der Straße entlang, auf den Weg. Alle anderen waren erschöpft, also setzten sie sich bei Bronzes Familie zu Hause hin und warteten auf die Neuigkeiten aus den verschiedenen Richtungen.

In dieser ganzen Zeit war Bronze nicht einmal nach Hause zurückgekehrt. Mit hoch erhobener Papierlaterne suchte er auf den Feldern und am Fluss und er suchte den gesamten Schulhof der Grundschule ab. Er war bereits den ganzen Tag über in Ölhanffeld gestanden, nun hatte er nicht einmal zu Abend gegessen, seine Beine waren so weich, dass sie zu zittern begannen. Doch er ging immer weiter, in seinen Augen glitzerten Tränen.

Als die Boten aus allen Richtungen wieder zurück und alle versammelt waren, wurde es fast schon Tag. Alle berichteten, dass Sonnenblume nirgendwo zu finden gewesen sei.

Alle waren völlig erschöpft und es blieb ihnen auch nichts anderes übrig, als einfach nach Hause zu gehen und zu schlafen. Aber wie hätte Bronzes Familie schlafen können? Wie benommen schreckten sie immer wieder aus dem Schlaf auf, sie hatten das Gefühl zu frösteln.

Ein neuer Tag begann. Langsam gab es ein paar Anhaltspunkte. Zunächst einmal lieferte Smaragdreif einen wichtigen Hinweis. Sie sagte, dass ihr Sonnenblume zwei Tage zuvor erzählt habe, sie wolle wegfahren, um Geld zu verdienen, sehr viel Geld, um die Krankheit der Großmutter behandeln zu lassen. Als sie das hörten, mussten die Großmutter, der Vater, die Mutter und Bronze alle weinen. Die Mutter sagte: »Dieses dumme Mädchen, die ist doch verrückt!« Die Familie war nun überzeugt: Sonnenblume war irgendwo hingefahren, um Geld zu verdienen. Die Mutter sagte weinend: »Zum Teufel, was wird sie da schon verdienen können!«

Es gab noch einen weiteren Anhaltspunkt: An jenem Tag, an dem sie verschwunden war, hatte man sie in der Stadt Ölhanffeld gesehen. Die Mutter blieb zu Hause, um sich um die Großmutter zu kümmern, der Vater und Bronze gingen nach Ölhanffeld. Sie fragten viele Leute, manche sagten, sie hätten das Mädchen mit Sicherheit gesehen, doch sie wüssten nicht, wohin sie dann letztendlich gegangen war. Es wurde dunkel. Wieder mussten der Vater und Bronze nach Hause zurückkehren.

Mitten in der Nacht wachte Bronze plötzlich auf. Draußen stürmte es, der Wind heulte durch die trockenen Äste, es klang ein wenig verzweifelt. Bronze dachte: »Was, wenn sie jetzt, um diese Zeit, nach Hause geht? Nachts so ganz alleine unterwegs wird sie schreckliche Angst haben!« Ganz leise stand Bronze auf, nahm die Papierlaterne, machte ganz leise die Türe auf und schlich aus dem Zimmer. Er ging in die Küche und fand Streichhölzer, und nachdem er die Laterne angezündet hatte, brach er nach Ölhanffeld auf. Er meinte, wenn Sonnenblume in Ölhanffeld verschwunden war, würde sie sicherlich dorthin zurückkehren. Die Papierlaterne wanderte über die Felder der Winternacht, sie glich einem Nachtgespenst.

Bronze ging nicht schnell, denn während er ging, rechnete er auch damit, Sonnenblume jederzeit zu begegnen. Er ging, bis es nach Mitternacht war, dann erst erreichte er Ölhanffeld. Als er mit hoch erhobener Papierlaterne durch die lange Straße Ölhanffelds ging, gab es rundum nichts als den Klang seiner Schritte auf dem grünen Steinpflaster. Er ging bis zur Brücke der kleinen Stadt und blickte auf die unendliche Weite des großen Flusses. Er fühlte, dass Sonnenblume mit dem Schiff weggefahren war. Und war sie mit dem Schiff weggefahren, würde sie auch mit dem Schiff zurückkommen. Wenn das Schiff tagsüber ankäme, wäre das kein Problem, dann könnte sie alleine nach Hause gehen und müsste keine Angst haben. Doch was, wenn das Schiff in der Nacht zurückkehrte? Wie sollte sie dann ganz alleine nach Gerstenfeld kommen? Sie war doch solch ein ängstliches kleines Mädchen!

Er wechselte die Kerze in seiner Laterne und hielt weiterhin auf der Brücke Ausschau. Von diesem Tag an kam Bronze jede Nacht nach Ölhanffeld, um dort mit erhobener Laterne Wache zu halten. Manche Leute, die nachts aufstanden, um auf die Toilette zu gehen, sahen die Laterne auf der Brücke. Als sie sie immer und immer wieder sahen, fanden sie das seltsam. Zunächst schauten sie nur aus der Ferne hin, dann gingen sie zur Brücke und sahen dort einen Jungen mit einer Papierlaterne stehen. Sie fragten: »Auf wen wartest du denn hier?« Bronze sagte nichts – Bronze konnte auch gar nichts sagen. Also kamen die Leute noch einen Schritt näher und da erkannten sie ihn: Das war der Stumme, der Schilfblütenschuhe verkaufte.

Fast alle Menschen in Ölhanffeld kannten nun die Geschichte, die sich wie ein Lauffeuer verbreitete: Der stumme Bronze hatte eine jüngere Schwester namens Sonnenblume, die gesagt hatte, sie wolle Geld verdienen, um die Krankheit der Großmutter behandeln zu lassen. Sie war von Ölhanffeld aus aufgebrochen, wohin, wusste man nicht. Und nun würde der stumme Bronze Nacht für Nacht mit seiner Papierlaterne auf der Brücke stehen und auf sie warten.

Bei dieser Geschichte wurde es allen Menschen aus Ölhanffeld ganz warm ums Herz. Der Junge, der Papierwindmühlen verkaufte, war nicht aus Ölhanffeld. Eines Tages kam er wieder in die Stadt, um Papierwindmühlen zu verkaufen. Er hörte von dieser Geschichte und sofort fiel ihm das kleine Mädchen ein, das ihm vor ein paar Tagen den Zettel hingehalten hatte, den er an ihren Bruder, der Schilfblütenschuhe verkaufte, weitergeben sollte, und er sagte: »Ich weiß, wohin sie gefahren ist.« Und er erzählte, was passiert war. »Und der Zettel?«, fragten die Leute. Der Junge, der Papierwindmühlen verkaufte, sagte: »Ich fürchte, dass ich ihn dem Falschen gegeben habe. Einem anderen, der auch Schilfblütenschuhe verkauft hat.«

Mit gesenkten Köpfen suchten die Leute nun die Straßen nach dem Zettel ab. Plötzlich zeigte der Junge, der Papierwindmühlen verkaufte, mit dem Finger auf jemanden: »Da kommt er, da kommt er!« Der Junge, der Schilfblütenschuhe verkaufte, kam herbei. Der Junge, der Papierwindmühlen verkaufte, sagte: »Was ist mit dem Zettel, den ich dir gegeben habe? Der war nicht für dich bestimmt.« Der Junge, der Schilfblütenschuhe verkaufte, hatte entweder gedacht, die Nachricht auf dem Zettel sei sehr wichtig, oder die Worte hatten ihn fasziniert, jedenfalls hatte er das Papier nicht weggeworfen. Er fischte die Notiz aus seiner Hosentasche.

Ein Erwachsener nahm die Notiz und las sie, dann informierte er so schnell wie möglich Bronzes Familie. Als Bronze Sonnenblumes Handschrift auf dem Zettel erkannte, liefen ihm die Tränen nur so über das Gesicht. Dieser Hinweis wurde nun zurückverfolgt, geradewegs bis zu dem großen Schiff. Die Sache war klar: Sonnenblume war gemeinsam mit vielen anderen nach Südfluss zum Ginkgosammeln gefahren. Bronzes Familie war nun viele Befürchtungen los, es begann ein besorgtes und sehnsüchtiges Warten. Der Vater hatte eigentlich nach Südfluss fahren wollen, um sie zu suchen, doch ihm wurde abgeraten: Das Gebiet südlich des Flusses war groß, wo sollte er suchen? Tagsüber ging der Vater nach Ölhanffeld, nachts ging Bronze nach Ölhanffeld, Vater und Sohn warteten dort abwechselnd auf Sonnenblume.

Die Papierlaterne erhellte den Weg, sie erhellte das Wasser und sie erhellte auch die Herzen der Menschen in Ölhanffeld. Das große Schiff befand sich bereits auf dem Heimweg. Tag und Nacht sehnte sich Sonnenblume nach ihrer Familie.

❁

Die Leute auf dem Schiff mochten sie alle sehr. Als sie erfuhren, dass sie alleine unterwegs war, ganz ohne Begleitung irgendeines Erwachsenen, erschraken sie und wollten, dass das Schiff am Ufer anlegt und sie zurückkehrt. Doch Sonnenblume hielt sich am Mast fest und die Tränen liefen ihr nur so herab. Als die Leute sie fragten, warum sie Ginkgo sammeln wolle, und sie erklärte, dass sie Geld verdienen wolle, um die Krankheit der Großmutter behandeln zu lassen, waren alle sehr berührt, aber sie lachten auch: »Das bisschen

Geld, das du da verdienst, reicht nicht einmal für eine Portion chinesischer Medizin!« Sie glaubte ihnen nicht, sie wollte um jeden Preis Ginkgo sammeln gehen. Die Leute fragten sie: »Weiß deine Familie Bescheid?« Sie sagte, ihr Bruder wisse Bescheid. Als sie sahen, wie sehr sie weinte, sagte jemand: »Lasst es gut sein, wir nehmen sie einfach mit, ihre Familie weiß ja Bescheid.« Sie hörte auf zu weinen und ließ den Mast wieder los.

Unterwegs waren alle auf dem Schiff bereit, sich um sie zu kümmern. Denn dieses kleine Mädchen war einfach zu liebenswert. Sie hatte weder etwas zu essen noch zum Zudecken mitgenommen. Doch alle holten etwas Essen hervor und gaben es ihr. Und nachts ließen sie die Frauen und Mädchen gerne in ihren Schlafsäcken schlafen. Und da sie befürchteten, sie könne sich im Schlaf abdecken und frieren, nahmen sie sie in ihre Mitte. Das Schiff schaukelte auf dem Wasser und man hörte, wie die Wellen plätschernd gegen die Unterseite des Schiffes schlugen. Sie schlief warm und gemütlich. Nachts wachten die Frauen immer auf und sahen nach, ob nicht ein Arm oder ein Bein herausschaute. Wenn sie schlief, lag sie auf der Seite, hatte einen Arm um den Hals einer der Frauen gelegt und sich in ihre Arme gekuschelt. Diese Frau flüsterte dann einer anderen zu: »Dieses Mädchen ist einfach zu süß!«

Sonnenblume hatte keine Taschen mit, also gaben sie ihr welche. Alles waren sie bereit, ihr zu geben. Was sie ihnen wiederum geben konnte, waren die Lieder, die die Großmutter ihr beigebracht hatte. Nachts lagen alle in ihren Schiffskabinen. Ein Wind kam auf, das Schiff schaukelte wie eine große Wiege. Sonnenblumes Gesang gab den Leuten auf dem Schiff in der kalten Stille der Nacht etwas Wärme und Lebendigkeit. Alle auf dem Schiff konnten von Glück sagen, dass sie am Tag der Abreise nicht hart geblieben waren und sie weggeschickt hatten.

In Südfluss angekommen, hasteten sie von einer Stelle zur nächsten, alles war sehr hektisch. Sie waren zu spät losgefahren, nur noch wenige Ginkgofrüchte hingen an den Bäumen oder lagen auf dem Boden, sie mussten ständig neue Plätze suchen. Sonnenblume lief mit den Erwachsenen weiter, wenn sie zurückfiel, war da immer eine der Frauen oder der Mädchen, die stehen blieb, um auf sie zu warten. Stück für Stück sammelte sie die Ginkgofrüchte ein. Mit jeder eingesammelten Ginkgofrucht wuchs ihre Hoffnung auf einen weiteren Fen. Die Erwachsenen wollten sich alle um sie kümmern, wenn sie sahen, wo viele Früchte lagen, riefen sie sie: »Sonnenblume, komm hierher sammeln!«

Anfänglich war sie noch sehr langsam gewesen, doch nach zwei Tagen hatte sie einen scharfen Blick und große Geschicklichkeit beim Sammeln entwickelt. Die Frauen sagten: »Sonnenblume, du hast schon alles aufgesammelt, lass uns noch ein paar übrig!« Sonnenblume hatte darauf gar nicht geachtet. Als sie die Frauen so reden hörte, wurde sie rot und sammelte nun tatsächlich langsamer. Doch die Frauen lachten: »Du dummes Mädchen! Schnell, sammel weiter, für uns ist noch genug da!«

Als sie mit dem großen Schiff nach Ölhanffeld zurückfuhren, hielt das Schiff in jeder Stadt, an der sie vorbeikamen, und jeder trug seine Ginkgofrüchte zum Markt, um sie dort zu verkaufen. Die Frauen handelten mit den Käufern einen guten Preis aus, zu dem sie Sonnenblume die Ginkgosamen abkaufen sollten. Sie nahmen aus ihrer Tasche, in der sie die Ginkgosamen aufbewahrte, einen besonders großen heraus: »Schau doch, was für schöne Ginkgosamen!« Sie waren noch eifriger bei der Sache, als sie es waren, wenn sie ihre eigenen verkauften, und sie verhandelten noch verbissener.

Als Sonnenblume für den verkauften Ginkgo Geld bekam, sagte eine der Frauen: »Kleines Mädchen, du wirst das Geld noch verlieren!« Also nahm Sonnenblume das Geld sofort aus ihrer Tasche und gab es der Frau. Die Frau lachte: »So sehr vertraust du mir?« Sonnenblume nickte.

Das große Schiff fuhr Tag und Nacht. Eines Nachts hörte Sonnenblume im Halbschlaf, wie jemand draußen vor ihrer Kabine sagte: »Gleich fahren wir in die Flussmündung ein, in ein paar Stunden sind wir zurück in Ölhanffeld.« Sonnenblume konnte nicht mehr einschlafen, mit weit geöffneten Augen lag sie in der Dunkelheit und dachte an die Großmutter, den Vater, die Mutter und Bronze. Wie lange war sie schon von zu Hause fort? Sie konnte sich nicht erinnern, sie hatte nur das Gefühl, dass es viele, viele Tage gewesen waren. Besorgt fragte sie sich, ob es der Großmutter wohl etwas besser ging. Für einen kurzen Moment dachte sie daran, dass die Großmutter sterben könnte. Tränen rollten aus ihren Augenwinkeln. »Es kann nicht sein, dass Großmutter stirbt!«, redete sie sich selbst beruhigend zu. Schon sehr bald würde sie die Großmutter wiedersehen. Sie würde ihr zeigen, wie viel Geld sie verdient hatte! Wie tüchtig sie war! Sie wünschte, das Schiff würde ein bisschen schneller fahren. Kurz darauf fiel sie wieder in einen Halbschlaf.

Als die Frauen sie aufweckten, war das große Schiff bereits in den Hafen von Ölhanffeld eingefahren. Es war noch nicht hell. Sie war ganz verschlafen, sie schaffte es nicht einmal, sich richtig anzuziehen, einige der Frauen mussten ihr dabei helfen. Sie steckten ihr das Geld in die Innentasche ihrer Kleidung und machten sie mit einer Sicherheitsnadel gut zu. Sie hatte noch einen kleinen Beutel voller Ginkgo, den wollte sie mit nach Hause nehmen. Mit diesem kleinen Beutel in der Hand schlüpfte sie aus der Kabine. Ein kalter Wind blies über den Fluss, sie fröstelte – und plötzlich war sie hellwach.

Sie hatte die Papierlaterne auf der Brücke gesehen. Sie war nicht sicher, ob sie noch träumte, und rieb sich die Augen. Noch einmal sah sie genau hin – es war tatsächlich eine Laterne. Orange leuchtete ihr Licht. Sie erkannte sie: Es war die Laterne von zu Hause. Sie deutete auf die Laterne und sagte zu den Frauen: »Das ist unsere Laterne!« Eine der Frauen kam herbei und strich ihr über die Stirn: »Du hast kein Fieber, wieso redest du so wirres Zeug?« Sonnenblume sagte: »Das ist aber unsere Laterne!« Laut rief sie zur Laterne hinüber: »Bruder!« Klar und deutlich war ihre Stimme in der nächtlichen Stille Ölhanffelds zu vernehmen. Zögerlich schwankte die Laterne ein wenig. »Bruder!«, rief Sonnenblume noch lauter. Aus den Bäumen, die den Fluss säumten, flogen Vögel mit lautem Flügelschlagen auf. Da sahen es alle Leute auf dem Schiff: Die Laterne auf der Brücke schwang in einem fort hin und her. Und einen Augenblick später raste die Laterne von der Brücke auf den Hafen zu. Bronze hatte Sonnenblume erblickt. Sonnenblume sagte zu den Frauen: »Das ist mein Bruder, mein Bruder!« Alle Leute auf dem Schiff wussten, dass Sonnenblume einen stummen Bruder hatte, einen ganz besonders lieben, stummen Bruder.

Sonnenblume verabschiedete sich herzlich von allen Leuten auf dem Schiff und mit Hilfe eines Erwachsenen sprang sie mit ihrem kleinen Beutel voller Ginkgosamen ans Ufer.

Bruder und Schwester liefen aufeinander zu, bis sie in der Mitte des Hafens voreinander stehen blieben. Alle auf dem Schiff sahen zu. Im nächsten Moment packte Bronze Sonnenblume bei der Hand und zog sie fort. Nach ein paar Schritten drehte sich Sonnenblume um und winkte den Leuten auf dem Schiff noch einmal zu. Auch Bronze drehte sich um und winkte den Leuten auf dem Schiff zu. Dann verschwanden sie, Hand in Hand, in der Dunkelheit.

Die Frauen und Mädchen sahen dem schwankenden Licht in der Nacht nach und weinten.

Als die Geschwister in Gerstenfeld ankamen, wurde es hell. Die Mutter, die früh aufgestanden war und gerade das Frühstück zubereitete, warf zufällig einen Blick auf die Straße vor der Türe und sah in der Ferne, am Ende der Straße, zwei Kinder. Zunächst kam sie gar nicht auf den Gedanken, dass das Bronze und Sonnenblume sein könnten. »Wessen Kinder stehen denn schon so früh auf?«, dachte sie und ging zurück in die Küche. Doch nach wenigen Schritten drehte sie sich um und sah noch einmal auf die Straße hinaus. Und im nächsten Moment begann ihr Herz zu zittern, wie Blätter im Wind. Mit brüchiger Stimme rief sie den Vater. Der Vater fragte: »Was ist los?« – »Steh schnell auf! Schnell, steh auf!« Sofort sprang der Vater aus dem Bett und trat vor die Türe. »Schau, auf der Straße!« Hinter den Kindern ging gerade die Sonne auf. Die Mutter lief ihnen entgegen.

Als Sonnenblume die Mutter sah, ließ sie die Hand ihres Bruders los und rannte zu ihr. Die Mutter sah ein dünnes, braungebranntes und von Kopf bis Fuß komplett verdrecktes, aber überaus munteres kleines Mädchen vor sich. »Mutter!« Sonnenblume breitete beide Arme aus. Die Mutter hockte sich auf den Boden und zog Sonnenblume in ihre Arme. Ihre Tränen hinterließen auf dem Rücken von Sonnenblumes wattierter Jacke einen nassen Fleck. Sonnenblume klopfte sich auf ihre prall gefüllte Brusttasche: »Mutter, ich habe viel Geld verdient!« Die Mutter sagte: »Ich weiß, ich weiß!« »Geht es der Großmutter gut?« Die Mutter sagte: »Die Großmutter wartet auf dich, sie hat Tag für Tag auf dich gewartet!« Die Mutter nahm sie an der Hand und ging mit ihr ins Haus. Kaum war sie im Haus, lief Sonnenblume in das hintere Zimmer. Sie rief: »Großmutter!«, und stürzte zum Krankenlager. Noch einmal rief sie die Großmutter, als sie sich an ihr Bett kniete.

Die Großmutter war nicht einmal mehr in der Lage zu trinken. Doch sie hatte ausgeharrt. Sie hatte auf Sonnenblumes Rückkehr gewartet. Sie öffnete die Augen ein wenig und mit größter Anstrengung lächelte sie Sonnenblume freundlich an. Sonnenblume öffnete ihre Jacke und löste die Sicherheitsnadel. Sie nahm zwei dicke Geldbündel mit lauter kleinen Scheinen aus der Tasche und sagte zur Großmutter: »Ich habe sehr viel Geld verdient, sehr viel!« Die Großmutter wollte die Hand ausstrecken und Sonnenblume über das Gesicht streicheln, doch ihr fehlte die Kraft dafür.

Nur einen Tag später starb die Großmutter. Kurz vor ihrem Tod hatte sie der Mutter bedeutet, ihr das Armband, das sie trug, abzunehmen. Als sie noch sprechen konnte, hatte sie mit der Mutter vereinbart: Das sollte Sonnenblume bekommen. »Wenn sie einmal heiratet, gib es ihr.« Dreimal hatte sie ihr das eingeschärft. Die Mutter hatte es versprochen.

In der Dämmerung begruben sie die Großmutter. Die Grabstätte war sorgfältig ausgewählt. Nach Einbruch der Dunkelheit zerstreuten sich die Trauergäste. Doch Bronze und Sonnenblume blieben. Wie sehr die Erwachsenen auch auf sie einredeten, die beiden Kinder hörten nicht auf sie. Aneinandergeschmiegt saßen sie im trockenen Gras vor dem Grab der Großmutter. Bronze hielt die Papierlaterne in seiner Hand. Der Schein der Laterne fiel auf die frische Erde des Grabes und er fiel auf die Spuren, die die Tränen auf den Gesichtern der beiden Kinder hinterlassen und die der Wind getrocknet hatte.

大草垛

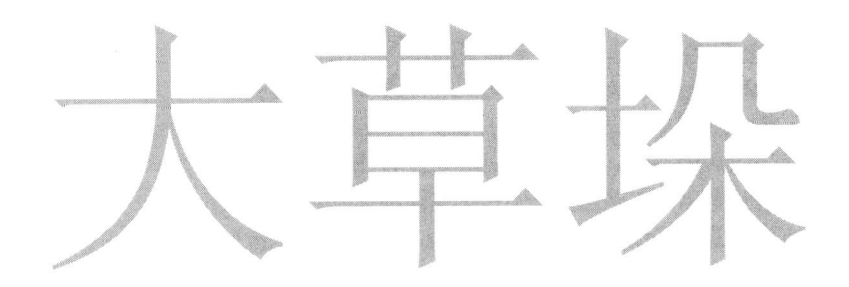

DER GROSSE HEUHAUFEN

Sonnenblume ging nun bereits in die fünfte Klasse der Grundschule. Als es Herbst wurde, machte eine Nachricht die Runde und hing schließlich wie eine schwarze Wolke über Gerstenfeld: Die Leute aus der Stadt wollten Sonnenblume in die Stadt zurückholen. Niemand wusste genau, woher dieses Gerücht eigentlich kam. Doch die Dorfbewohner waren sich sicher, dass etwas dran war. Die Nachricht verbreitete sich immer weiter und in der Vorstellungskraft der Leute aus Gerstenfeld gewann sie an Bedeutung, sie waren zunehmend davon überzeugt, dass die Geschichte vollkommen wahr war.

Nur Bronzes Familie hatte von diesen Neuigkeiten gar nichts mitbekommen. Daher sahen sich die Leute aus Gerstenfeld auch immer sorgfältig um, ob jemand aus Bronzes Familie in der Nähe war, bevor sie über diese Sache sprachen. Und wenn sie sich gerade darüber unterhielten und jemand aus Bronzes Familie kam vorbei, gingen sie entweder auseinander oder sie wechselten das Thema: »Heute ist es aber wirklich kalt.« Oder: »Wie heiß es heute doch ist!« Sie wollten Bronzes Familie mit dieser schrecklichen Nachricht verschonen. Weil sich die Leute aus Gerstenfeld ganz unnatürlich verhielten, spürte Bronzes Familie, dass sie etwas besprachen, was sie betraf. Doch keiner von ihnen machte sich weiter darüber Gedanken. Auch wenn sie insgeheim einen Verdacht hatten, so verbrachten sie ihre Tage lachend und schwatzend, wie sonst auch immer.

Vor allem Sonnenblume aber hatte das Gefühl, dass etwas vor ihnen verheimlicht wurde. Häufig spürte sie, dass sich hinter den Blicken Smaragdreifs und der anderen Mädchen etwas verbarg, und dass diese Sache sie betraf. Immer standen sie an einer Ecke und tuschelten, während sie zu ihr herüberblickten, und sobald sie sahen, dass Sonnenblume herbeikam, riefen sie laut: »Sonnenblume, spielen wir *Himmel und Hölle*!« Oder: »Sonnenblume, lass uns *Verlorenes Taschentuch* spielen!« Sie waren immer schon nett zu ihr gewesen, doch jetzt wollten sie ihr gegenüber noch freundlicher sein als jemals zuvor. Als Sonnenblume einmal unterwegs nicht aufpasste und stolperte und sich das Knie ein wenig aufschlug, umringten sie Smaragdreif und die anderen Mädchen und fragten in einem fort: »Tut es weh?« Und nach der Schule trugen die Mädchen Sonnenblume zu ihrer Überraschung abwechselnd auf ihren Rücken nach Hause. Es war, als wollten sie jede Gelegenheit nutzen, um noch etwas für Sonnenblume tun zu können. Auch die Lehrer schienen Sonnenblume außergewöhnlich gut zu behandeln. Jeder in Gerstenfeld war Sonnenblume gegenüber ganz besonders freundlich, sobald er sie sah. Eines Tages hörte Sonnenblume schließlich von den Neuigkeiten.

Sie hatte mit Smaragdreif und den anderen Mädchen im Dorf Verstecken gespielt. Sie hatte sich in einer Höhle im Heuhaufen versteckt und den Eingang mit etwas Heu zugestopft. Smaragdreif und zwei andere Mädchen hatten in einem großen Umkreis nach Sonnenblume gesucht und schließlich auch unter dem Heuhaufen nachgesehen. Sie waren einmal um den Heuhaufen herumgegangen, konnten Sonnenblume aber nicht finden. Also blieben sie vor dem Heuhaufen stehen und begannen sich zu unterhalten:

»Wo hat sie sich nur versteckt?«

»Ja, wo kann sie sein?«

»Wie oft werden wir wohl noch mit Sonnenblume spielen können?«

»Ich habe die Erwachsenen reden gehört, angeblich soll schon bald jemand aus der Stadt kommen und sie mitnehmen.«

»Wenn sich aber Bronzes Familie weigert, sie gehen zu lassen, und sie selbst nicht gehen will, dann können die auch nichts machen!«

»Die Erwachsenen haben gesagt, dass das nicht so einfach ist. Die gehen gar nicht zu Bronzes Familie, die fragen direkt im Dorf und jemand von der Behörde ist auch noch dabei!«

»Und wann kommen sie dann?«

»Mein Vater hat gesagt, sie kommen, wenn es so weit ist.«

Nach einer Weile gingen die Mädchen wieder, im Fortgehen unterhielten sie sich weiter. Sonnenblume hatte in ihrer Höhle im Heuhaufen alles gehört. Sie kam nicht sofort heraus, sondern wartete, bis Smaragdreif und die anderen weit weg waren, dann erst verließ sie ihr Versteck. Sie suchte nicht mehr nach Smaragdreif und den anderen Mädchen, um mit ihnen weiterzuspielen, sondern ging direkt nach Hause. Sie wirkte etwas außer sich. Die Mutter bemerkte das und fragte sie vorsichtig: »Was ist los?« Sonnenblume lachte die Mutter an: »Gar nichts, Mutter!« Sie setzte sich auf die Türschwelle und starrte ins Leere.

Beim Abendessen war sie in Gedanken ganz abwesend. Es sah zwar so aus, als würde sie essen, doch es wirkte vielmehr, als wäre es nicht sie, die da essen würde, sondern jemand anderer. Immer wieder sahen die anderen sie an. Normalerweise überredete sie Bronze nach dem Essen, sie zu dem großen Platz vor dem Dorf zu begleiten. Dort trafen sich abends die Kinder aus dem Dorf zu ausgelassenen Spielen. Doch diesmal ging sie nach dem Essen ganz alleine in den Hof hinaus, setzte sich auf die Schilfmatte unter dem Baum und betrachtete einsam den Mond und die Sterne am Himmel.

An diesem herbstlichen Abend war der Himmel absolut klar. Die Sterne waren von einem blassen Gelb, der Mond von einem blassen Blau. Der Himmel war extrem hoch und wirkte weitaus leichter als der Himmel im Frühjahr, im Sommer oder im Winter. Sonnenblume hatte das Kinn in beide Hände gestützt und starrte hinauf in den Sternenhimmel. Niemand aus ihrer Familie störte sie, keiner wusste so recht, was los war.

Nach nicht allzu langer Zeit kam die Nachricht zufällig auch Bronze zu Ohren. Kaum hatte er davon erfahren, rannte er so schnell er konnte nach Hause, vor lauter Eile stürzte er unterwegs. Sofort erzählte er dem Vater und der Mutter, was er gehört hatte. Da fiel den Eltern das seltsame Verhalten wieder ein, das die Leute aus Gerstenfeld an den Tag legten, sobald sie sie erblickten, und mit einem Mal verstanden sie. Einen Augenblick lang waren sie völlig verwirrt. Bronze fragte: »Ist das wahr?« Der Vater und die Mutter wussten nicht, wie sie antworten sollten. Bronze rief: »Sonnenblume darf nicht gehen!« Der Vater und die Mutter trösteten ihn: »Sonnenblume wird nicht gehen!« Bronze sagte: »Ihr dürft sie nicht gehen lassen!« Der Vater und die Mutter sagten: »Wir lassen sie nicht gehen.«

Der Vater ging zum Dorfvorsteher und fragte ihn geradewegs, ob an der Sache etwas dran sei. Der Dorfvorsteher bejahte. Dem Vater schwirrte der Kopf, als hätte ihm jemand in der Dunkelheit mit dem Hammer eins übergezogen. Der Dorfvorsteher sagte: »Jemand aus der Stadt will Sonnenblume tatsächlich abholen, aber die sagen ja nicht einfach nur, dass sie sie abholen werden, und holen sie dann einfach ab. Die werden sicherlich eine Erklärung für euch haben!« Der Vater sagte: »Wir wollen nicht irgendeine Erklärung, sag ihnen, niemand kann sie abholen!« Der Dorfvorsteher stimmte ihm zu: »So machen wir's!« Der Vater fühlte sich ganz schwach. Der Dorfvorsteher sagte: »Das ist doch erst einmal nur Gerede. Nimm dir das nicht so zu Herzen!« Der Vater sagte zum Dorfvorsteher: »Wenn es so weit ist, musst du uns unbedingt helfen!« Der Dorfvorsteher erwiderte: »Das versteht sich doch von selbst. Jemanden einfach so abzuholen – das kann man nicht machen!« Der Vater sagte: »Das kann man nicht machen!« Und der Dorfvorsteher wiederholte noch einmal: »Das kann man nicht machen!«

Nachdem man so etwas also einfach nicht machte, gab es schließlich auch nichts, worüber man sich Sorgen machen musste. Der Vater kehrte nach Hause zurück und sagte zur Mutter: »Es ist uns egal, ob die kommen, um sie zu holen, oder nicht!« – »Da hast du recht!«, sagte die Mutter, »wir werden ja sehen, ob es einer schafft, sie abzuholen!« Das war keineswegs nur so dahingesagt, trotzdem lastete die Sache nach wie vor schwer auf ihnen und bedrückte sie von Tag zu Tag mehr.

Nachts fanden der Vater und die Mutter kaum Schlaf. Und waren sie endlich eingeschlafen, schraken sie plötzlich auf und waren wieder wach. Dann konnten sie wieder nicht einschlafen, es quälte sie unendlich. Die Mutter stand dann auf, zündete die Öllampe an und stellte sich vor Sonnenblumes kleines Bett. Im Schein der Lampe betrachtete sie Sonnenblume. Manchmal wachte Sonnenblume auch auf, und wenn sie sah, wie die Mutter sich ihr näherte, schloss sie ihre Augen. Oft sah die Mutter sie lange an und zuweilen streckte sie die Hand aus, um Sonnenblume zärtlich über die Wange zu streicheln. Die Hand der Mutter war rau, dennoch fühlte sie sich für Sonnenblume sehr angenehm an. Durch die Dunkelheit sah noch ein weiteres Augenpaar zu ihr herüber, das waren Bronzes Augen.

In den letzten Tagen war er ständig auf der Hut gewesen, so als könnte jemand Sonnenblume irgendwann auf offener Straße plötzlich mitnehmen. Wenn Sonnenblume zur Schule ging, folgte er ihr daher immer in einigem Abstand, und nach der Schule stand er immer schon wachsam am Schultor bereit.

Sonnenblume machte dem Vater, der Mutter und Bronze etwas vor und der Vater, die Mutter und Bronze machten Sonnenblume etwas vor – bis zu jenem Tag, an dem ein kleiner weißer Raddampfer in Gerstenfeld anlegte, dann erst begannen sie, offen miteinander zu sprechen. Das kleine weiße Dampfschiff hielt am Vormittag um etwa zehn Uhr an der Anlegestelle.

Niemand wusste, wer es gesehen hatte, und niemand wusste, wer diesen Satz ausgesprochen hatte: »Die Leute aus der Stadt sind da, um Sonnenblume abzuholen!« Innerhalb kürzester Zeit erreichte die Nachricht Bronzes Familie. Als der Vater davon hörte, rannte er zum Fluss, um nachzusehen – und tatsächlich lag da ein weißer Raddampfer. Er drehte um, lief zurück ins Haus und sagte zu Bronze: »Geh schnell zur Schule und verstecke dich mit Sonnenblume irgendwo. Wartet ab, bis ich mit den Leuten alles besprochen habe, dann erst kommt ihr wieder heraus!« Bronze lief schnurstracks zur Schule, und obwohl gerade Unterricht war, platzte er mitten in die Schulstunde hinein, packte Sonnenblume an der Hand und lief mit ihr hinaus. Sonnenblume fragte mit keinem Ton, was das alles sollte, sondern lief einfach mit ihrem Bruder zum Schilf. Sie hielten erst an, als sie tief ins Schilf vorgedrungen waren.

Bronze sagte: »Da ist jemand, der dich in die Stadt mitnehmen möchte!« Sonnenblume nickte. Bronze fragte: »Das weißt du schon?« Wieder nickte Sonnenblume. Dicht beieinander saßen die Geschwister tief im Schilf an einem kleinen Sumpfloch. Unruhig lauschten sie dem, was außerhalb des Schilfs vor sich ging.

Etwa um die Mittagszeit hörten sie die Mutter rufen. Dazwischen hörte man auch die Rufe von Smaragddreif und den anderen Mädchen. Es klang nach einer Entwarnung. Als Bronze und Sonnenblume das hörten, wagten sie sich jedoch immer noch nicht hervor. Nach einer Weile war es Bronze, der meinte, dass sie jetzt ihr Versteck verlassen könnten. Doch Sonnenblume nahm seine Hand und wollte sich nicht von der Stelle rühren. Offenbar fürchtete sie, dass jemand da draußen auf sie warten und sie mitnehmen würde. Bronze sagte ihr, dass ganz bestimmt alles in Ordnung sei, nahm sie an der Hand und führte sie aus dem Schilf.

Als sie die Mutter erblickte, rannte Sonnenblume auf sie zu und warf sich laut schluchzend in ihre Arme. Die Mutter tätschelte ihr den Rücken: »Es ist alles in Ordnung, alles in Ordnung!« Es war falscher Alarm gewesen, das weiße

Dampfschiff war vom Landkreis. Der Kreisvorsteher war damit auf Inspektionsreise unterwegs gewesen, und als er an Gerstenfeld vorbeigekommen war und gesehen hatte, wie groß das Dorf war, rundherum von Schilf umgeben, hatte er es besichtigen wollen. Deshalb hatte das Dampfschiff in Gerstenfeld gehalten.

❀

Die Gerüchte verflüchtigten sich allmählich. Der Herbstwind nahm hingegen zu und wurde von Tag zu Tag kälter. Die Blätter an den Bäumen welkten und fielen zu Boden. Als der letzte Schwarm Wildgänse über den kalten Himmel dahinzog, hatte sich Gerstenfeld bereits in ein glanzloses Braun verwandelt. Die Stürme tobten immer wilder, überall war das Rascheln und Knacken der trockenen Äste und Blätter zu hören, die aneinanderschlugen.

Allmählich beruhigte sich Bronzes Familie wieder. Die Tage glitten dahin wie der große Fluss, der, egal ob es stürmte oder schneite, im Sonnenschein wie im Mondlicht ruhig ostwärts floss.

Es verging etwa ein Monat, dann ging der Herbst dem Ende zu, der Winter war da.

An einem ganz gewöhnlichen Tag kamen plötzlich fünf Leute aus der Stadt nach Gerstenfeld. Sie wurden von einem Vorgesetzten begleitet. Als sie in Gerstenfeld ankamen, gingen sie nicht zu Sonnenblume nach Hause, sondern geradewegs zum Dorfrathaus. Der Dorfvorsteher war zu Hause. Sie erklärten ihm ihr Anliegen. Der Dorfvorsteher sagte: »Das ist schwierig.« Der Mann von der Behörde erwiderte: »Auch wenn es schwierig ist, muss es erledigt werden.«

Die Leute aus der Stadt hatten selbst nicht so recht verstanden, was das sollte: Warum sollten sie sich nun auf einmal wieder an ein Kind erinnern, das sie vor vielen Jahre in die Obhut der Leute in Gerstenfeld gegeben und beinahe vergessen hatten? Und warum wurde solch ein Großereignis daraus gemacht, dass Sonnenblume zurückgeholt werden sollte? Doch der Bürgermeister hatte es deutlich gesagt: »Ihr müsst das Kind unbedingt mitbringen!«

Der Bürgermeister war der gleiche Bürgermeister wie damals. Er war viele Jahre lang nicht im Amt gewesen, er hatte weit entfernt von seiner Stadt gearbeitet. Nun war er zurückgekehrt und hatte seinen alten Posten wieder eingenommen – er war noch einmal Bürgermeister geworden. Als er seine Stadt inspizierte, fiel sein Blick auf die bronzenen Sonnenblumen am Hauptplatz. In diesem Moment strahlte die Sonne vom Himmel, die Sonnenblumen aus Bronze glänzten, sie wirkten lebendig, geradezu überirdisch. Er hatte diese Sonnenblumen damals irgendwann hier aufstellen lassen. Von diesem Anblick zutiefst gerührt, fragte er: »Wo ist der Künstler?« Einer seiner Begleiter erklärte ihm, dass dieser bereits verstorben sei. Er sei zur Landarbeit in eine Kaderschule verschickt worden und dann im Fluss bei Gerstenfeld ertrunken. Als der Bürgermeister das hörte, blickte er schweigend auf die Sonnenblumen, Trauer überkam ihn, in seinen Augen standen Tränen. Wie viele erschütternde Dinge waren doch in diesen paar Jahren auf der Welt passiert! Er seufzte mehrmals.

Später erfuhr der Bürgermeister zufällig, dass die Tochter des Künstlers noch in Gerstenfelds Obhut war. Er machte daraus eine wichtige Angelegenheit, die er bei der nächsten Versammlung vorbrachte, und beauftragte die betreffende Abteilung damit, das kleine Mädchen schnellstmöglich aus Gerstenfeld zurückzuholen. Verlegen sagte jemand: »Damals waren es eben besondere Umstände, ob das Mädchen nur zu Leuten aus dem Dorf in Obhut gegeben oder von ihnen adoptiert wurde, ist unklar.« Der Bürgermeister sagte: »Egal ob sie dort in Obhut ist oder adoptiert wurde, ihr müsst sie mir unbedingt herbringen.« Auf der Landkarte suchte er nach Gerstenfeld: »Dieses Mädchen erfährt keine angemessene Behandlung. Das sind wir ihrem Vater schuldig!«

Unter der persönlichen Aufsicht des Bürgermeisters wurde eine beträchtliche Summe Geldes bereitgestellt und eigens für Sonnenblume einen Fonds für ihre Erziehung eingerichtet. Daraus sollten nach ihrer Rückkehr in die Stadt ihr Schulgeld gezahlt, ihr Lebensunterhalt bestritten und ihre Zukunft finanziert werden. All das wurde sorgfältig geplant und durchgeführt. Während die Stadt das alles organisierte, verlief das Leben in Gerstenfeld weiter wie gewohnt, das Gackern, Bellen und Meckern der Tiere begleitete einen schlichten Alltag, der zumeist ohne große Ereignisse verlief. Und Sonnenblume lebte in Bronzes Familie, wie alle anderen Mädchen aus Gerstenfeld auch, ein einfaches, munteres Leben. Sie war ein ganz gewöhnliches Mädchen aus Gerstenfeld.

Doch jetzt wollte die Stadt Sonnenblume tatsächlich zurückhaben. Die Leute aus der Stadt sagten zu dem Dorfvorsteher: »Egal, welche Bedingungen gestellt werden, wir stimmen in allen Punkten zu. Dass sie das Mädchen so lange großgezogen haben, war ja nicht einfach.« Der Dorfvorsteher sagte: »Wisst ihr denn, unter welchen Umständen sie das Mädchen großgezogen haben?« Er war den Tränen nahe. »Ich kann mit ihnen sprechen, doch ob ich Erfolg haben werde, kann ich nicht sagen.«

Der Mann von der Behörde nahm den Dorfvorsteher beiseite und sagte: »Wir haben keine andere Wahl, egal, was bei dem Gespräch herauskommt, wir müssen die Sache zu einem Ende bringen. Dass die Familie das Kind nicht gehen lassen möchte, kann ja jeder verstehen. Selbst wenn man einen Hund aufzieht, empfindet man starke Gefühle für ihn, wie das dann bei einem Menschen erst ist, braucht man ja nicht zu erwähnen! Besprich das einfach mit ihnen. Erzähl ihnen alles – wie die anderen in der Stadt darüber denken und was sie vorhaben. Einen Punkt musst du besonders betonen: Es ist zum Wohl des Kindes!« – »Gut, gut, gut, ich spreche mit ihnen.«

Der Dorfvorsteher ging zu Bronzes Familie. »Da sind noch einmal Leute gekommen«, sagte er. Als der Vater und die Mutter das hörten, schickten sie Bronze sofort zu Sonnenblume, die gerade draußen spielte, und wiesen ihn an, sich umgehend mit ihr zu verstecken. Der Dorfvorsteher sagte: »Ihr müsst sie nicht verstecken. Die Leute sind gekommen, um sich mit euch zu besprechen, die werden niemanden entführen! Außerdem, wo sind wir denn hier? Das ist Gerstenfeld! Würden die Leute aus Gerstenfeld jemals zulassen, dass jemand eines unserer Kinder entführt?« Zu Bronze sagte er: »Geh mit Sonnenblume spielen, das ist schon in Ordnung!« Der Dorfvorsteher setzte sich. Dann sagte er deutlich gegenüber Bronzes Vater und Bronzes Mutter: »Angesichts der Sachlage wird es schwierig, sie zu behalten!« Bronzes Mutter begann zu weinen. In diesem Moment kam Sonnenblume herein. Sie warf sich in die Arme der Mutter: »Mutter, ich gehe nicht weg!« Einige Leute waren inzwischen herbeigekommen. Als sie diese Szene sahen, traten vielen die Tränen in die Augen. Die Mutter sagte: »Niemand kann sie mitnehmen!« Der Dorfvorsteher seufzte und verließ das Haus.

Die Leute, die er unterwegs traf, informierte er: »Sie wollen Sonnenblume mitnehmen! Sie sind gerade im Dorfrathaus.« Innerhalb kürzester Zeit wusste das ganze Dorf Bescheid. Alle, die davon erfuhren, liefen zum Dorfrathaus und umringten es wie eine unpassierbare Mauer. Der Mann von der Behörde stieß das Fenster auf und sah hinaus, er fragte den Dorfvorsteher: »Was soll das?« Der Dorfvorsteher sagte: »Ich weiß auch nicht, was das soll. Warum sind da nur so viele Leute?«

Zunächst verhielt sich die Menge ruhig, doch nach einer Weile fingen die Leute an, zu reden und zu rufen:

»Ihr denkt, ihr könnt sie einfach so mitnehmen? Wo gibt es denn so was auf der Welt?«

»Dieses Mädchen gehört zu uns nach Gerstenfeld!«

»Wissen die denn, wie man dieses Kind großgezogen hat? Die Familie hat nur ein einziges Moskitonetz, im Sommer haben sie Schilfkolben angezündet, um die Moskitos auszuräuchern, und das einzige Netz dem Mädchen gegeben.«

»Als die Großmutter noch lebte, hat sie da zur heißen Jahreszeit dem Mädchen nicht jede Nacht mit einem Schilfblattfächer zugefächelt, bis der Schweiß auf ihrer Stirn getrocknet war, bevor sie selbst schlafen ging?«

»Von dem Tag an, an dem sie in diese Familie kam, hatte man das Gefühl, sie sei eine von ihnen!«

»Das Leben war hart, aber egal wie bitter es auch war, dem Mädchen ging es immer gut.«

»Dieses Mädchen ist wirklich vernünftig. Ich habe noch nie so ein vernünftiges Mädchen gesehen!«

»Die Familie steht sich so nahe! Sie sind wirklich eine richtige Familie!«

Einige der Leute gingen ins Dorfrathaus. Der Dorfvorsteher sagte: »Geht hinaus, geht hinaus!« Sie standen da, ohne sich zu rühren, und musterten die Leute aus der Stadt mit kalten Blicken. Als die Leute aus der Stadt die dicht gedrängte Menschenmenge draußen sahen, erschraken sie. Sie sagten zum Dorfvorsteher: »Wir sind nicht gekommen, um das Kind zu entführen!« Der Dorfvorsteher antwortete: »Ich weiß, ich weiß.« Einer der Burschen, die sich zur Türe hereingedrängt hatten, sagte schließlich laut: »Ihr könnt das Kind nicht mitnehmen!« Laut wiederholten die Leute draußen im Chor: »Ihr könnt das Kind nicht mitnehmen!« Der Dorfvorsteher ging zur Türe: »Was schreit ihr so? Sind die Leute nicht gekommen, um die Sache zu besprechen? Ihr seht doch, sie sind nicht direkt zu Bronzes Haus gegangen, sondern haben mich erst vorgeschickt, um darüber zu reden!« Angriffslustig rief da der Bursche den Leuten aus der Stadt zu: »Ihr solltet schleunigst zurückkehren.«

Der Dorfvorsteher ging ins hintere Zimmer und biss sich auf die Lippen: »Da seht ihr nun, das Kind mitzunehmen, ist schwierig, sehr schwierig!« Was sollten die Leute aus der Stadt tun, jetzt, da sie die Sachlage kannten? Zu dem Mann von der Behörde, der sie begleitete, sagten sie: »Lass uns gehen. Zurück in der Stadt werden wir die Sache dem Vorgesetzten berichten, dann sehen wir weiter.« Der Mann von der Behörde warf einen Blick auf die Menge draußen und sagte: »Für heute bleibt uns wohl nichts anderes übrig.« Er drehte sich zum Dorfvorsteher um und sagte leise: »Diese Sache hier ist noch nicht beendet, das verspreche ich dir!« Der Dorfvorsteher nickte. Der Mann von der Behörde sagte: »Sag den Leuten, sie sollen gehen.« Der Dorfvorsteher ging hinaus: »Geht alle, geht! Die Leute wollen gehen, sie nehmen Sonnenblume nicht mit!«

Als der Dorfvorsteher mit der Delegation aus dem Raum kam, traten die Leute aus Gerstenfeld sehr höflich beiseite.

❦

Kurz nach Neujahr, als die Tage gerade wärmer wurden, kamen neue Gerüchte auf. Der Dorfvorsteher wurde von einem Vorgesetzten vorgeladen. Der Vorgesetzte sagte: »In dieser Sache gibt es keine Diskussionen mehr.« Er gab dem Dorfvorsteher die Anordnung, zurückzukehren und die Familie zu überreden. Sollte er die Sache in drei Tagen noch nicht geklärt haben, dann eben in zehn oder fünfzehn Tagen, egal, wie lange es dauerte, man würde so lange warten. Es sei von oberster Stelle so beschlossen und müsse in jedem Fall erledigt werden. Der Bürgermeister habe diese Sache zu einem großen Anliegen gemacht, zu einem Anliegen, mit dem er feststellen wolle, ob seine Stadt noch Gewissen und Verantwortungsgefühl habe. Die ganze Stadt solle von dieser Angelegenheit erfahren: Ein Mädchen, das in einem abgelegenen Dorf vergessen worden war, kehrte nun endlich in seine Stadt zurück. Doch der Bürgermeister warne immer wieder: Man müsse die Familie unbedingt behutsam überreden, man müsse klar und deutlich mit den derzeitigen Eltern des Mädchens reden, das Kind sei immer noch ihr Kind, aber wenn man an die Zukunft des Kindes denke, müsse man es in die Stadt zurückkehren lassen. Diese Vorgehensweise sei auch ein Bekenntnis gegenüber dem leiblichen Vater. Er glaube, dass die derzeitigen Eltern des Mädchens auf jeden Fall Verständnis haben würden.

Der Bürgermeister hatte auch höchstpersönlich einen Brief an den Dorfvorsteher verfasst, in dem er, stellvertretend für die ganze Stadt, den Leuten aus Gerstenfeld und den derzeitigen Eltern des Mädchens gegenüber seinen Respekt ausdrückte.

Erneut ging der Dorfvorsteher zu Bronzes Haus, wo er Bronzes Vater und Mutter den Brief vorlas. Der Vater sagte kein Wort, die Mutter weinte in einem fort. Der Dorfvorsteher fragte: »Sagt, was sollen wir jetzt tun?« Er fügte hinzu: »Die haben schon recht. Es wäre tatsächlich gut für Sonnenblume. Überlegt einmal, wenn dieses Kind hier bei uns in Gerstenfeld bliebe, was sollte es denn da? Aber was, wenn es in die Stadt ginge? Zwei ganz verschiedene Leben! Jeder weiß, wie unerträglich es für euch wäre, wenn Sonnenblume ginge! Ich weiß es, alle wissen es, auch die aus der Stadt. All die Jahre war das Mädchen bei euch glücklich, egal welche Katastrophen und Schwierigkeiten es gab, oder …? Selbst ein Blinder konnte das deutlich sehen! Eure ganze Familie hat diesem Mädchen ihr Herz geschenkt! Als die Großmutter noch lebte …«, der Dorfvorsteher wischte sich eine Träne ab, »… wenn sie sie an der Hand nahm, hatte sie Angst, sie könnte in Stücke zerbrechen, sie hat sie gehütet wie ihren Augapfel, sie hätte ihr die Sterne vom Himmel geholt.«

Der Dorfvorsteher saß auf seinem Schemel und hörte gar nicht mehr auf zu reden. Der Vater sprach die ganze Zeit über kein Wort. Die Mutter weinte und weinte. Bronze und Sonnenblume ließen sich nicht blicken. Der Dorfvorsteher fragte: »Wo sind denn die beiden Kinder?« Die Mutter antwortete: »Keine Ahnung, wo sie hingegangen sind.« Der Dorfvorsteher sagte: »Wenn sie sich verstecken, ist es auch gut!«

Bronze und Sonnenblume hatten sich tatsächlich versteckt, Sonnenblume hatte darauf bestanden. Diesmal aber hielten sie sich nicht im Schilf versteckt. Die Mutter hatte gesagt: »Im Schilf gibt es giftige Schlangen, da kann man nicht lange bleiben.« Also hatten sie sich auf einem großen Segelboot versteckt, das sie auf dem Fluss treiben ließen. Nur ein einziger Mensch wusste, dass sie sich auf diesem großen Schiff versteckt hielten: Quakfisch.

Quakfisch war mit seinem kleinen Entenhüterboot an dem großen Segelboot vorbeigefahren, da hatte er Bronze und Sonnenblume entdeckt. Quakfisch sagte: »Vertraut mir, ich werde nichts sagen!« Bronze und Sonnenblume glaubten ihm. Quakfisch fragte: »Wollt ihr, dass ich euren Eltern Bescheid gebe?« Bronze nickte. Sonnenblume sagte: »Sag ihnen, dass wir uns versteckt haben, aber sag ihnen nicht, wo!« – »Ist in Ordnung!« Quakfisch stakte seinen Kahn vorwärts und trieb seine Entenschar an. Heimlich informierte Quakfisch Bronzes Mutter, und als er ihr besorgtes Gesicht sah, meinte er: »Ihr müsst euch nicht sorgen, es gibt ja noch mich!« Ganz Gerstenfeld, Groß und Klein, alle hielten sie nun fest zusammen.

Von nun an hütete Quakfisch seine Enten in der Nähe des großen Schiffs. Er sagte zu Bronze und Sonnenblume: »Eure Mutter hat gesagt, ihr sollt euch versteckt halten und nicht hervorkommen.« Das waren aber gar nicht die Worte von Bronzes Mutter gewesen, sondern es war Quakfischs eigene Idee. Als es Zeit zum Essen war, nahm Quakfisch das Essen, das Bronzes Mutter zubereitet hatte, in einem Korb heimlich mit auf seinen Kahn und brachte es ebenso heimlich zu dem großen Boot.

Die Leute aus der Stadt waren wieder gekommen. Diesmal waren sie auf dem weißen Raddampfer des Landkreises angereist. Sie waren zu fünft oder zu sechst und wurden, entsprechend ihrem Rang, jeweils von einer weiteren Person begleitet. Das waren dann noch einmal fünf oder sechs Leute. Darunter waren zwei Frauen, die die Leute in Gerstenfeld bereits kannten, es waren die beiden Frauen, die Sonnenblume damals unter den alten Perlschnurbaum gebracht hatten. Sie waren alt und dick geworden. Als die beiden den Dorfvorsteher erblickten, drückten sie ihm fest die Hand. Sie wollten etwas sagen, doch Schluchzer erstickten ihre Stimmen, Tränen standen ihnen in den Augen.

Der Dorfvorsteher führte sie zur Kaderschule auf der anderen Seite des Flusses, damit sie sie besichtigen konnten. Als die beiden so inmitten des wild wuchernden Gestrüpps standen, fingen sie ganz unerwartet an zu weinen. Schließlich begannen sie davon zu sprechen, dass Sonnenblume in die Stadt mitgenommen werden sollte. Der Dorfvorsteher sagte: »Ich sage euch, wie es ist: Offenbar konnte ich die Eltern des Mädchens ein Stück weit überreden. Wir müssen behutsam vorgehen. Kommt mit mir und helft mir, mit ihnen zu reden. Da sind tiefe Gefühle vorhanden.« Die beiden Frauen wollten Sonnenblume sehen. Der Dorfvorsteher sagte: »Sie haben gehört, dass ihr sie mitnehmen wollt, also hat sich das Mädchen gemeinsam mit seinem Bruder versteckt.« Er lachte auf. »Die zwei kleinen Gespenster, wo mögen sie nur stecken?« Die zwei Frauen sagten: »Wollen wir sie nicht suchen?« Der Dorfvorsteher erwiderte: »Wir haben schon gesucht, sie aber nicht gefunden.« Dann sagte er: »Macht nichts, lasst sie sich doch erst einmal verstecken!«

Als Quakfisch Bronze und Sonnenblume wieder sah, sagte er: »Die Leute aus der Stadt sind da, lasst euch auf gar keinen Fall blicken!« Bronze und Sonnenblume nickten. »Unternehmt nichts, bleibt erst einmal im Boot.« Dann stakte Quakfisch mit dem kleinen Kahn hinter seinen Enten her und den ganzen Weg über trieb er sie unentwegt mit seinen Rufen an: »Quak! Quak! Quak!« Er rief sehr laut. Er wollte Bronze und Sonnenblume, die im Schiff versteckt waren, wissen lassen, dass er in ihrer Nähe war.

Der Dorfvorsteher ging voran und mit den beiden Frauen aus der Stadt kam er zu Bronzes Haus. Der Vater und die Mutter saßen auf ihren Stühlen. Als sie die beiden sahen, starrten sie sie einen Moment lang an, dann standen sie auf. Die beiden riefen: »Schwester, Bruder!« Sie streckten beide Arme aus und schüttelten dem Vater und der Mutter nacheinander die Hand. Sie fanden, dass Bronzes Eltern in all den Jahren, die sie sich nicht gesehen hatten, stark gealtert waren. Als sie die dunklen, verwitterten Gesichter sahen und die Körper, die bereits anfingen, krumm zu werden, fühlten sie unwillkürlich Mitleid. Sie hielten ihre Hände fest, als wollten sie sie nie wieder loslassen. Der Dorfvorsteher sagte: »Also, besprecht das, ich gehe jetzt.« Und damit ging er.

Da waren nun die beiden Frauen, die eine etwas größer, die andere etwas dünner, die eine trug eine Brille, die andere nicht. Diejenige, die eine Brille trug, hieß mit Nachnamen Huang, die ohne Brille He.

Nachdem sich die beiden gesetzt hatten, sagte Frau Huang: »Es sind viele Jahre vergangen, seit wir von hier weggegangen sind. Wir haben oft daran gedacht, herzukommen und Sonnenblume und euch zu besuchen. Doch dann haben wir uns gedacht, dass ihr das hier alles sehr gut schafft, und haben es nicht über uns gebracht, euch zu stören.«

Frau He sagte: »Wir haben oft nachgefragt, wie es dem Kind hier geht, und haben erfahren, dass alles bestens sei. Wir haben darüber gesprochen, aber keiner wollte nach Gerstenfeld fahren. Wir hatten Angst, das Kind oder euch zu belästigen.« Das Gespräch bewegte sich langsam auf das Thema zu, dass Sonnenblume in die Stadt mitgenommen werden sollte. Der Mutter standen die ganze Zeit über die Tränen in den Augen. Die beiden Frauen wollten den Eltern den konkreten und gut überlegten Plan, den die Stadt ausgearbeitet hatte, darlegen: in welche Schule Sonnenblume kommen würde (in die beste Schule der Stadt), in welcher Familie sie leben würde (in Frau Huangs Familie, dort gab es ein Mädchen, das etwa so alt war wie Sonnenblume), wann sie nach Gerstenfeld kommen würde, um den Vater und die Mutter wiederzusehen (die gesamten Winter- und Sommerferien würde sie immer in Gerstenfeld verbringen), und so weiter. Sie wollten den Eltern klarmachen, dass sich die Leute aus der Stadt größte Mühe gegeben hatten und äußerst umsichtig jeden Aspekt berücksichtigt hatten.

Frau Huang sagte: »Sie wird immer eure Tochter bleiben.« Frau He sagte: »Wenn ihr Sehnsucht nach ihr habt, könnt ihr ja auch in die Stadt kommen. Der Bürgermeister höchstpersönlich hat das Gästehaus des Stadtkomitees angewiesen, euch jederzeit aufzunehmen.« Frau Huang sagte: »Ich weiß, dass euch die Trennung schwerfällt. Mir würde es auch schwerfallen.« Frau He sagte: »Das Kind selber will sicher auch nicht gehen.« Die Mutter schluchzte auf. Jede der beiden Frauen legte einen Arm um die Schultern der Mutter und rief: »Schwester!« Und sie begannen ebenfalls zu weinen.

Im Haus und vor der Türe hatten sich viele Leute aus Gerstenfeld versammelt. Frau Huang sagte zu ihnen: »Es ist doch nur das Beste für das Kind!« Die Dorfbewohner waren diesmal etwas milder gestimmt als das letzte Mal, als sie einfach nur stur hatten verhindern wollen, dass Sonnenblume in die Stadt mitgenommen wurde. Langsam begannen sie zu verstehen, worum es den Menschen aus der Stadt ging, welche Absicht sie verfolgten. In dieser Nacht blieben die beiden Frauen im Haus von Bronzes Familie.

Am nächsten Morgen kam der Dorfvorsteher und fragte: »Und, wie steht es?« Frau Huang sagte: »Die Schwester ist einverstanden.« Der Dorfvorsteher fragte: »Sind alle einverstanden?« Frau He antwortete: »Der Bruder ist auch einverstanden.« Der Dorfvorsteher sagte: »Gut, gut, gut! Es ist zum Besten des Kindes. Unser Gerstenfeld hier ist ein armer Ort. Wir werden dem kleinen Mädchen hier nicht gerecht.« Frau Huang sagte: »Wenn es ein feinfühliges Mädchen ist, dann wird es die Güte, die es hier in Gerstenfeld erfahren hat, sein Leben lang nicht vergessen.« Der Dorfvorsteher erwiderte: »Ihr wisst ja gar nicht, wie feinfühlig das Mädchen ist. Es ist einfach zu liebenswert. Wenn Sonnenblume geht, wird ihnen beiden das Liebste genommen!« Er zeigte auf Bronzes Vater und Mutter. Die beiden Frauen nickten unablässig. »Und dann ist da noch der stumme Bruder ...« Der Dorfvorsteher rieb sich seine Nase, ihm schnürte es die Kehle zu: »Wenn Sonnenblume geht, wird er durchdrehen ...« Die Mutter stieß einen Schrei aus und begann zu weinen. Der Dorfvorsteher sagte: »Was weinst du denn, es ist ja nicht so, dass sie nie wieder zurückkommen wird. Egal wo sie ist, sie wird immer euer Mädchen sein. Hör doch auf zu weinen! Das müssen wir jetzt schon so vereinbaren, wenn das Mädchen geht, darfst du auf keinen Fall weinen! Denk doch einmal, ab jetzt hat das Kind eine gute Zukunft, du musst dich freuen!« Mit dem Finger wischte er sich den Augenwinkel. Die Mutter nickte.

Der Dorfvorsteher reichte dem Vater eine Zigarette und gab ihm Feuer. Er nahm selbst einen tiefen Zug und fragte: »Wann wollt ihr denn mit dem Kind losfahren?« Die beiden Frauen sagten: »Das hat keine Eile.« Der Dorfvorsteher fragte: »Der Raddampfer liegt noch da?« Frau Huang antwortete: »Euer Kreisvorsteher und unser Bürgermeister haben das abgesprochen, der Raddampfer muss hier warten, egal wie lange es dauert.« Der Dorfvorsteher sagte: »Also ruft doch schnell das Kind, dass es zurückkommt, und verbringt noch ein paar schöne Tage mit ihm!« Die Mutter sagte: »Ich weiß auch nicht, wo sie hingegangen sind.« Der Dorfvorsteher sagte: »Ich weiß es.« Er hatte bereits das große Segelschiff entdeckt, das auf dem Fluss trieb.

Er brachte Bronzes Mutter in einem Boot zu dem großen Segelschiff. Die Mutter rief: »Sonnenblume!« Niemand antwortete. Die Mutter rief noch einmal: »Sonnenblume!« Wieder kam keine Antwort. »Es ist in Ordnung, komm heraus!«, sagte die Mutter. Da erst öffneten Bronze und Sonnenblume die Türe der Schiffskabine und zwei Köpfe kamen zum Vorschein. Die Mutter nahm die beiden Kinder mit nach Hause.

Die Mutter begann, Sonnenblumes Sachen zusammenzupacken. Was gesagt werden musste, wurde gesagt, was getan werden musste, wurde getan, die Mutter beschäftigte sich unentwegt. Die beiden Kinder standen oder saßen meist beieinander und sahen mit stumpfen Blicken zu. Sie versteckten sich nicht mehr, sie fühlten, dass es keinen Sinn mehr hatte, sich zu verstecken.

Während die Mutter Sonnenblumes Sachen zusammenpackte, sprach sie kein Wort. Sie packte und räumte, doch mittendrin hielt sie plötzlich inne. Die Menschen aus Gerstenfeld hatten diese Tatsache bereits akzeptiert: Sonnenblume würde sie bald verlassen. Ganz unten aus der Truhe holte die Mutter das Jadearmband hervor, das die Großmutter kurz vor ihrem Tod Sonnenblume hinterlassen hatte, und betrachtete es. Sie dachte an die Ohrringe, die die Großmutter getragen hatte, und an den Ring an ihrem Finger und seufzte: »Außer den Kleidern, die sie am Leib trug, hat sie absolut nichts für sich behalten.« Vorsichtig wickelte sie das Jadearmband in ein Tuch und legte es in einen kleinen, geflochtenen Weidenkorb, der bereits mit Sonnenblumes Sachen gefüllt war.

In dieser Nacht schlief die Mutter bei Sonnenblume. Die Mutter sagte: »Wenn du Heimweh hast, komm einfach nach Hause! Die Leute aus der Stadt haben versprochen, dass du nur ein Wort sagen musst und sie bringen dich nach Hause. Wenn du dort bist, musst du brav lernen. Denk nicht dauernd an Gerstenfeld. Gerstenfeld fliegt nicht davon, es wird immer hier sein. Du darfst dir auch nicht dauernd Sorgen um uns machen, uns allen geht es sehr gut. Wenn wir Sehnsucht nach dir haben, kommen wir dich besuchen. Freu dich auf die Reise, wenn du glücklich bist, sind dein Vater, dein Bruder und ich auch glücklich. Schreib uns und ich werde deinen Bruder zurückschreiben lassen. Wenn ich nicht mehr bei dir bin, musst du gut auf dich selber aufpassen. Tante Huang und Tante He werden sehr gut zu dir sein. Als ich sie damals unter dem alten Perlschnurbaum gesehen habe, hatte ich gleich den Eindruck, dass sie liebenswert und gut sind. Folge ihnen brav. Und wenn du nachts schläfst, strecke nicht immer die Arme unter der Decke hervor. Und wasch dir am Abend selbst die Füße, da musst du nicht Tante Huang bemühen. Außerdem bist du doch schon groß, da sollte man sich seine Füße schon selbst waschen, das hätte ich ja ohnehin nicht ein Leben lang für dich machen können! Wenn du auf der Straße unterwegs bist, schau nicht immer in die Luft, in der Stadt gibt es Autos, da ist es nicht wie auf dem Land, wenn du da hinfällst, hast du im schlimmsten Fall den Mund voller Schlamm. Und tob nicht so wild herum wie mit deinem Bruder oder mit Smaragdreif, schau erst, ob das die Leute dort mögen!« Die Worte der Mutter plätscherten pausenlos dahin wie das Wasser in dem großen Fluss vor Gerstenfeld.

In den Tagen bevor Sonnenblume Gerstenfeld verlassen sollte, sahen die Leute aus Gerstenfeld abends oft, wie sich eine Papierlaterne über die Felder bewegte, mal blieb sie beim Sonnenblumenfeld stehen, mal beim Grab der Großmutter. Der Dorfvorsteher kam. Er fragte: »Lasst ihr das Kind gehen?« Bronzes Vater nickte. Etwas besorgt sagte die Mutter: »Ich fürchte nur, dass Bronze sie nicht gehen lässt, wenn es so weit ist.« – »Ist das denn noch nicht mit ihm besprochen worden?« Die Mutter sagte: »Reden kann man viel. Doch

Ihr wisst, dieses Kind ist nicht wie die anderen Kinder. Wenn er sich einmal etwas in den Kopf gesetzt hat, kann keiner etwas dagegen tun.« Der Dorfvorsteher sagte: »Denkt euch was aus, schickt ihn mit einer Ausrede fort.«

Am nächsten Morgen sagte die Mutter zu Bronze: »Geh zu Omas Haus und hol ein Muster für Schuhe ab, ich möchte für Sonnenblume gerne noch ein Paar neue Schuhe machen.« Bronze fragte: »Soll ich jetzt gleich gehen?« Die Mutter sagte: »Ja, geh jetzt gleich.« Bronze nickte und ging. Eilig sagte der Dorfvorsteher zu den Leuten aus der Stadt: »Los, beeilt euch, geht jetzt!« Der weiße Raddampfer, der die ganze Zeit über im Hafen vor dem Dorf gelegen hatte, fuhr nun zu der Anlegestelle nahe Bronzes Haus. Als der Vater Sonnenblumes Sachen auf den Raddampfer brachte, stand Sonnenblume die ganze Zeit über am Ufer und hielt den Arm der Mutter fest umklammert. Fast alle Leute aus Gerstenfeld standen ebenfalls am Ufer. Der Dorfvorsteher sagte: »Es ist schon spät.«

Sanft schob die Mutter Sonnenblume vorwärts, sie hatte nicht damit gerechnet, dass Sonnenblume plötzlich nicht mehr bereit sein würde zu gehen. Sonnenblume hielt die Mutter umklammert und weinte laut: »Ich gehe nicht, ich gehe nicht, ich gehe nicht!« Viele der Anwesenden drehten sich weg. Smaragdreif, Quakfisch und viele andere Kinder begannen ebenfalls zu weinen. Die Mutter schob Sonnenblume weiter. Als der Dorfvorsteher das sah, seufzte er, lief herbei, packte Sonnenblume mit festem Griff, drehte sich um und trug sie zum Schiff. Auf den Schultern des Dorfvorstehers fuchtelte Sonnenblume mit beiden Armen und schrie: »Mutter! Vater!« Und dann schrie sie in einem fort: »Bruder!« Doch ihr Bruder stand nicht in der Menge. Die Mutter drehte sich weg. Der Dorfvorsteher brachte Sonnenblume direkt auf das Schiff, wo die beiden Frauen sie entgegennahmen. Sonnenblume versuchte fortwährend, ans Ufer zurückzugelangen, doch die beiden Frauen hielten sie fest in ihren Armen und sagten immer wieder: »Brave Sonnenblume, brave Sonnenblume! Immer wenn du Heimweh hast, bringen wir dich auf jeden Fall zurück. Außerdem können wir deinen Bruder, deinen Vater und deine Mutter in die Stadt kommen lassen. Das hier wird für immer deine Familie bleiben!«

Langsam beruhigte sich Sonnenblume, doch sie hörte nicht auf zu schluchzen. Der Dorfvorsteher sagte: »Fahrt los!« Die Maschinen setzten sich in Bewegung, und aus dem Schiffsheck kamen unaufhörlich schwarze Rauchwolken, die sich über dem Wasser verteilten. Sonnenblume öffnete den Weidenkorb und nahm das Jadearmband heraus. Sie ging an den Bug des Schiffes und rief: »Mutter!« Die Mutter kam an den Anlegesteg. Sonnenblume gab ihr das Jadearmband. Die Mutter sagte: »Ich hebe es für dich auf.« – »Wo ist mein Bruder?« – »Ich hab ihn zu Omas Haus geschickt. Wäre er hier, würde er dich nicht gehen lassen.« Sonnenblume liefen die Tränen nur so über das Gesicht. Mit lauter Stimme rief der Dorfvorsteher: »Fahrt endlich los!« Er gab dem Schiffsbug einen kräftigen Tritt, die Mutter und Sonnenblume wurden auseinandergerissen. Die beiden Frauen kamen aus der Schiffskabine, eine nahm Sonnenblume an die Hand und blieb mit ihr gemeinsam am Bug des Schiffes stehen. Das Schiff drehte ab, hielt einen Augenblick lang an, man sah, wie am Heck das Wasser aufwirbelte, dann senkte sich der hintere Teil des Schiffes ins Wasser und mit großer Geschwindigkeit verließ es Gerstenfeld.

Bronze dachte daran, wie wenig Zeit ihm mit Sonnenblume blieb, also rannte er auf dem ganzen Hin- und Rückweg. Als er zurück nach Gerstenfeld kam, bemerkte er ganz weit vorne am Fluss das Dampfschiff, das inzwischen zu einem weißen Fleck von der Größe einer Taube geschrumpft war.

Er weinte nicht und tobte nicht, er starrte nur den ganzen Tag lang abwesend vor sich hin und verkroch sich am liebsten ganz alleine in irgendeiner Ecke. Nach einer Weile entdeckten die Leute aus Gerstenfeld, dass er eines Morgens damit begonnen hatte, sich immer hoch oben auf einen Heuhaufen in der Nähe des Flusses zu setzen. Hier gab es einige Heuhaufen, die besonders groß waren, fast wie ein kleiner Hügel, mindestens so groß wie eines der dreistöckigen Gebäude aus der Stadt. Neben diesem Heuhaufen stand eine Pappel. Jeden Morgen kletterte Bronze über den Stamm der Pappel auf den Heuhaufen. Dort saß er dann reglos, das Gesicht nach Osten gerichtet. So konnte er bis an die entfernteste Stelle des Flusses sehen. An dieser Stelle war damals der weiße Raddampfer verschwunden. Anfangs waren die Erwachsenen und Kinder noch an den Fuß des Heuhaufens gekommen, um zu sehen, was er da machte. Doch nach all den Tagen, die inzwischen vergangen waren, kamen sie nun nicht mehr. Nur mehr gelegentlich hob jemand den Kopf, um einen Blick auf den Gipfel des Heuberges zu werfen. Dann sagte er, entweder zu sich selbst oder zu jemand anderem: »Der Stumme sitzt immer noch auf dem Heuhaufen.« Oder er sagte gar nichts, sondern dachte nur bei sich: »Der Stumme sitzt immer noch auf dem Heuhaufen.« Egal ob es stürmte oder regnete, immer saß Bronze den ganzen Tag lang hoch oben auf dem Heuhaufen, manchmal sahen ihn die Leute sogar nachts da oben sitzen.

Eines Tages strömte der Regen sintflutartig herab, ringsum war vor lauter Regen nichts mehr zu erkennen. Die Leute hörten, wie die Mutter nach Bronze rief. Tränen mischten sich in ihre Stimme, sie durchdrangen den Regenvorhang und bewegten die Herzen der Dorfbewohner. Bronze aber stellte sich taub. Sein Haar glich dem Heu des Heuhaufens, es war vom Regen ganz glatt. Es klebte ihm im Gesicht und verdeckte seine Augen. Als das Wasser aufhörte, ihm in Strömen über das Gesicht zu rinnen, öffnete er immer wieder kurz die Augen und schaute auf den Fluss hinaus. Er sah den Regen, das endlose Wasser.

Als es aufgehört hatte zu regnen, sahen die Leute alle hinauf zu dem Heuhaufen. Obwohl Bronze so hoch oben auf dem Heuberg saß, schien er kleiner geworden zu sein.

❋

Es ging auf den Sommer zu, die Sonne blendete. Um die Mittagszeit begannen alle Pflanzen, ihre Blätter hängenzulassen oder einzurollen. Wenn die Büffel auf der staubigen Straße vor dem Dorf vorübergingen, machte es puffende Geräusche. Die Enten hielten sich im Schatten der Bäume auf, den Schnabel geöffnet, während sich die Brust unregelmäßig hob und senkte, wenn sie nach Luft schnappten. Die Leute, die den Dreschplatz überquerten, beschleunigten ihre Schritte wegen der sengenden Hitze. Doch Bronze saß immer noch auf dem Gipfel des Heuberges. Ein alter Mann sagte: »Dieser Stumme wird noch in der Hitze umkommen!« Die Mutter flehte ihn an herunterzukommen, doch er rührte sich nicht. Jeder bemerkte, wie dünn er geworden war, fast wie ein Äffchen. Die Sonnenstrahlen tanzten vor seinen Augen. Der Fluss brodelte und sonderte goldenen Dampf ab. Das Dorf, die Bäume, die Windmühle, die Menschen auf den Schiffen und auf der Straße schienen wie Traumbilder, Schein und Sein verschwammen, alles schwankte, war konturlos, als würde man die Landschaft durch einen enormen Regenvorhang betrachten.

Der Schweiß lief Bronze über das Kinn ins Heu. Vor seinen Augen wurde es abwechselnd golden, schwarz und rot, dann wirbelten alle Farben wild durcheinander. Nach einer Weile hatte er das Gefühl, der Heuhaufen würde beben. Dieses Beben wurde immer stärker und ging schließlich in ein Schwanken über, es war wie das Schwanken eines Schiffes. Irgendwann begann sich sein Körper zu drehen, er sah plötzlich nicht mehr auf den Fluss hinaus, vor seinen Augen lagen die Felder. Die Felder lagen im Wasser, auch der Himmel schien im Wasser zu liegen. Als Bronze wieder nach vorne sah, erstarrte er. Er rieb sich die vom Schweiß beißenden Augen – und tatsächlich: Da kam Sonnenblume! Sie durchschritt den Vorhang aus Wasser, den bisher noch nie jemand durchschritten hatte, und lief geradewegs auf seinen Heuhaufen zu. Doch sie gab keinen Laut von sich. Es war eine völlig tonlose, aber fließende Welt. Schwankend stand er auf seinem Heuhaufen auf.

Es war eindeutig Sonnenblume, die sich da vor dem Wasservorhang auf seinen Heuberg zubewegte. Er vergaß, dass er sich auf dem hohen Heuhaufen befand, und lief mit großen Schritten auf sie zu. Dann lag er besinnungslos auf dem Boden. Irgendwann erwachte er. Gegen den Heuhaufen gestützt, erhob er sich langsam. Er sah Sonnenblume, immer noch lief sie vor dem Wasservorhang dahin und winkte ihm zu. Er öffnete den Mund und mit der ganzen Kraft seines Körpers schrie er: »Sonnenblume!« Tränen stürzten aus seinen Augen.

Quakfisch, der seine Enten hütete, kam gerade zufällig vorbei. Als er Bronze plötzlich so brüllen hörte, blieb er entsetzt stehen. Noch einmal schrie Bronze: »Sonnenblume!« Wenn auch undeutlich, so war die Stimme doch tatsächlich aus Bronzes Kehle gekommen. Quakfisch ließ seine Entenschar stehen und rannte wie besessen zu Bronzes Haus. Während er rannte, rief er den Leuten aus Gerstenfeld zu: »Bronze kann sprechen! Bronze kann sprechen!«

Bronze lief von dem großen Heuhaufen hinüber zu dem Sonnenblumenfeld. Die Sonne brannte vom Himmel herab. Tausende und Abertausende von Sonnenblumen standen auf dem endlos weiten Sonnenblumenfeld und reckten alle gleichmäßig ihre großen, runden Köpfe dem goldenen Rad, das hoch oben am Himmel loderte, entgegen.

美丽的痛苦

NACHWORT

SÜSSER SCHMERZ

In unserer hedonistisch geprägten Gegenwart hinterlässt *Bronze und Sonnenblume* zweifelsohne einen ganz besonderen Nachgeschmack. Es setzt ein Umdenken in Gang. Not und Elend werden definiert und analysiert. Elend kann man nicht verhindern. Es entsteht durch plötzlich hereinbrechende Naturkatastrophen, durch barbarisches Vorgehen von Seiten der Menschheit, es wird durch die Wirren einer einzelnen, individuellen Psyche verursacht ... Tagtäglich werden wir Augen- und Ohrenzeugen solchen Elends – immer dann, wenn wieder afrikanische Flüchtlinge auf staubigen Straßen inmitten von Ödland tot zusammenbrechen, wenn ein Tsunami die Einwohner Südostasiens überrascht und innerhalb kürzester Zeit so viele Leben vernichtet und damit eine funktionierende Welt komplett ins Chaos stürzt, wenn in den Alpen eine Lawine das Lachen eines Menschen schlagartig unter Schneemassen begräbt, wenn es in Chinas Kohlebergwerken wieder zu Gasexplosionen kommt und ein Lebenslicht nach dem anderen sich in der ewigen Dunkelheit abertausender Jahre verliert ...

Können wir da noch glauben, dass dies ausschließlich eine fröhliche, glückliche Welt sei? Zählt das alles nicht? Diese sporadischen, trivialen und doch grenzenlosen und allgegenwärtigen Seelenqualen, sind sie nicht tief und dauerhaft?

Mühen, Stürze, Verluste, unerwartete Wendungen, Vernichtung, Niederlagen, Verlassenwerden, Erdrosseltwerden, Katastrophen über Katastrophen, ein leckes Schiff in den vom Gegenwind aufgepeitschten Wellen ... all das umreißt in etwa das Lebensskript eines jeden Menschen.

Dennoch wollen wir all das am liebsten vergessen. Wir versinken in der Trunkenheit der Gegenwart, in der Leichtigkeit des Hedonismus, der das Vergnügen allem anderen vorzieht. Dieser Hedonismus ist Ausdruck unserer Feigheit, Not und Elend zu begegnen, er ist die unausweichliche Wahl angesichts fehlender Lebenserfahrung und tieferen Verständnisses. Und wir reflektieren das in keiner Weise. Und nicht nur das, wir finden auch noch zahlreiche Ausreden, die eine hedonistische Lebensweise rechtfertigen. Während das heutige China noch über das Elend seufzt, hat es bereits damit begonnen, den Wahnsinn des Vergnügens aufzusaugen. Wir streben nur noch danach, es mit dem den Hedonismus propagierenden Westen aufzunehmen. Inmitten all der Genusssucht, des Luxus und der Prasserei versinkt die Welt in einem Zustand von Leichtigkeit und Oberflächlichkeit ohne jegliche Perspektive für den Geist. Spaß, Spaß und nochmal Spaß, Spaß bis zum Umfallen. Wenn jemand seinem Vergnügen hinterherläuft, ist das natürlich nichts, wofür er kritisiert oder beschuldigt werden kann.

Das Problem ist nur: Wie groß ist die Widerstandskraft dieser hedonistischen Lebensweise, die das Elend komplett ausblendet, wenn es dann doch urplötzlich über einen hereinbricht? Es handelt sich hierbei lediglich um Hedonismus und nicht um Optimismus – Optimismus ist eine Freude, die Elend und Not in aller Tiefe kennengelernt hat, und ist damit eine Freude, die ehrlich und wertvoll ist.

Weil wir die Notwendigkeit des Elends übersehen, den Nutzen, den Not und Elend für unser Leben haben, unterschätzen, die Würde außer Acht lassen, die wir in dem Augenblick, in dem uns Elend begegnet, annehmen sollten, unser Verständnis für die Philosophie des Elends vernachlässigen, können wir uns nur in würdelosester Manier beschweren, sind völlig hilflos und brechen gleich zusammen, sobald wir in Schwierigkeiten geraten.

Im Laufe unseres Heranwachsens gibt es jedoch immer Schwierigkeiten, denen wir nicht ausweichen können. Wenn wir reifen wollen, können wir uns nicht einfach mit diesen Schwierigkeiten arrangieren – wie ein schöner Edelstein, der erst das Schmelzen der Lava und die Explosion der Materie durchlaufen muss.

Sobald ein Kind irgendeinem Druck ausgesetzt ist, entscheidet es sich heute gerne für den einfacheren Weg. Und wir können beobachten, wie diese scheinbar so tiefgründige und menschliche Gesellschaft schleunigst und ohne zu zögern beginnt, die Umstände, die die Tragödie dieses Kindes verursacht haben, ausgiebig zu diskutierten, wenn nicht gar gleich das gesamte Gesellschaftssystem zu verdammen.

Noch nie hat man erlebt, dass sich auch nur einer für die Leidensfähigkeit dieses Kindes eingesetzt oder auch nur einen Gedanken daran verschwendet hätte. Unbewusst verteidigen wir diese Gesellschaft, unbewusst verteidigen wir dieses Erziehungssystem. Diese Gesellschaft, dieses Erziehungssystem bergen sicherlich zahlreiche Probleme, sogar äußerst gravierende Probleme, aber womöglich haben all die Probleme, die wir auf die Gesellschaft und das Erziehungssystem schieben, durchaus ihre Berechtigung. Tatsächlich ist es so, dass keine Gesellschaft und kein Erziehungssystem perfekt sein können. Sollte die Diskussion nicht auch die Frage beinhalten, wie man das Kind zu Verständnis und Anpassungsfähigkeit gegenüber Not und Leid erziehen kann?

Wegen unseres beschränkten Verständnisses von Demokratie, Freiheit und Vergnügen nehmen wir die Rolle derjenigen ein, die, ohne zwischen Richtig und Falsch zu unterscheiden, als Wortführer für ein *glückliches Leben* eintreten. Wir beklagen die Unfähigkeit der Kinder, alltägliche Schwierigkeiten zu ertragen, nur um dann blindlings Vergnügungsparadiese für sie zu schaffen.

Wenn wir über Jugendliteratur sprechen, sagen wir: Jugendliteratur soll vergnügliche Inhalte transportieren. Vor zehn Jahren habe ich diese offensichtlich nicht sehr verlässliche Definition korrigiert, ich meine: Jugendliteratur soll den Kindern Vergnügen beim Lesen bereiten, doch dieses Vergnügen kann durch Komödien wie auch durch Tragödien hervorgerufen werden, manchmal sind Letztere sogar noch wichtiger als Erstere. Andersens Werke sind größtenteils tragisch, sie handeln von Sorgen, Leid und Schmerz, und dennoch sind sie schön.

Weil sich diese Art von zweifelhaften Ideen, die nur das Vergnügen in den Vordergrund stellen, in der ganzen Gesellschaft verbreitet, hat das dazu geführt, dass Andersens Bedeutung für die heutige Zeit in Abrede gestellt wurde, und nicht nur das, es ging sogar so weit, dass manche Leute Andersen am liebsten ins Gesicht gespuckt hätten.

Heute, zu Andersens 200-jährigem Gedenken, frage ich mich tatsächlich, wie viele Leute es weltweit wohl gibt, die Andersen noch gerne ins Gesicht spucken würden.

Wie es aussieht, entwickelt sich auch China zu einer Welt, in der der Hedonismus populär ist. Wer hätte ahnen können, dass gerade das ein starker Beweis für unseren Mangel an Wissen um Elend und für die von uns so gerne bevorzugte oberflächliche Betrachtungsweise ist!

Leid ist nahezu zeitlos. Jedes Zeitalter hat sein eigenes Leid. Mitnichten hat das Elend erst heute begonnen. Die Kinder von heute müssen um ihr eigenes Elend nicht so viel Aufhebens machen, und schon gar nicht müssen sie glauben, dass sie die Ersten wären, die Leid und Schmerz kennengelernt haben. Die Geschichte der Menschheit ist eine Geschichte des Leidens und diese Geschichte wird sich weiter fortsetzen. Was wir brauchen, ist eine unaufgeregte, würdevolle Haltung, wenn wir dem Elend begegnen.

Kurz nachdem ich Bronze und Sonnenblume fertiggeschrieben hatte, las ich in einem Text von Romain Rolland: »Wir müssen es wagen, dem Leid direkt ins Gesicht zu blicken, das Leid zu respektieren! Das Vergnügen verdient zweifelsohne Lobpreisungen, wie kommt es, dass man das Leiden nicht lobt! Vergnügen und Leiden sind Schwestern und beide sind Heilige. Sie ertüchtigen die sich zu voller Größe entfaltende Seele der Menschheit. Sie sind Kraft, sie sind Leben, sie sind Geist. Jeder Mensch, der nicht Vergnügen und Leid uneingeschränkt lieben kann, liebt weder das Vergnügen noch das Leid. Wer sie aber annehmen kann, kann den Wert des Lebens verstehen und kennt die Süße, die der Tod mit sich bringt.«

Das ist in etwa das, was *Bronze und Sonnenblume* sagen will.

GLOSSAR

Drachenbootfest (端午節 duānwǔjié)
Das Drachenbootfest, oder wörtlich übersetzt *Fest der Doppelfünf*, fällt nach dem chinesischen Kalender immer auf den 5. Tag des 5. Mondmonats. Es geht auf eine alte Legende zurück, die sich um 300 v. Chr. zugetragen haben soll: Qu Yuan (屈原 Qū Yuán), ein Mitglied des Königshauses der Chu (楚国 Chǔguó) während der Zeit der Streitenden Reiche, war wegen seiner politischen Meinung all seiner Ämter enthoben und ins Exil geschickt worden. Als er sich in seiner Verzweiflung im Fluss Milou (汨罗江 Mìluó jiāng) ertränkte, sollen sich Leute in Drachenbooten auf die Suche nach ihm gemacht haben. Außerdem warfen sie Zongzi (粽子 zòngzi) ins Wasser, um die Fische davon abzuhalten, seinen Leichnam anzufressen. Noch heute werden zum Drachenbootfest Drachenrennen veranstaltet und Zongzi gegessen.

Kaderschule (干校 = 干部学校 gànbù xuéxiào)
Im Rahmen der Kulturrevolution (1966–1976), die Mao Zedong ins Leben rief, wurden im ganzen Land sogenannte *Revolutionsschulen* errichtet. Die Kader, von denen im Roman die Rede ist, sind zum Teil in Wirklichkeit Künstler und Intellektuelle, die in den Kaderschulen im Sinne der Kulturrevolution umerzogen werden sollten.

Kotau (叩头 kòutóu)
Der Kotau war eine geläufige Grußform im chinesischen Kaiserreich. Dabei geht man auf die Knie und berührt – in der Regel dreimal hintereinander – mit der Stirn den Boden.

Neujahrsfest (春节 chūnjié)
Das Neujahrsfest ist der wichtigste chinesische Feiertag in China und leitet das neue chinesische Jahr ein. Der erste Tag des Neujahrsfestes fällt immer auf einen Neumondtag zwischen dem 21. Januar und dem 21. Februar. Die Feierlichkeiten erstrecken sich über mehrere Tage und enden mit dem Laternenfest am 15. Tag des neuen Jahres.

Schlafwürmchen (瞌睡虫 kēshuìchóng)

Schlafwürmchen werden bereits in der Ming-Dynastie in dem berühmten chinesischen Roman *Die Reise nach Westen* (西游记 Xī Yóujì) von Wu Cheng'en (吴承恩 Wú Chéng'ēn), in der der rebellische Affenkönig Sun Wukong (孙悟空 Sūn Wùkōng) sein Unwesen treibt, erwähnt: Sie setzen sich auf die Gesichter der Menschen und kriechen ihnen in die Nase, woraufhin diese dann vom Schlaf übermannt werden.

Tausendjährige Eier (皮蛋 pídàn oder 松花蛋 sōnghuādàn)

Tausendjährige Eier sind eine chinesische Delikatesse. Dabei werden Enten- oder Hühnereier, je nach Rezeptur, in einem Gemisch aus Sägespänen oder gebranntem Kalk, Asche, Salz, Wasser, Tee und Gewürzen eingelegt. Das Eiweiß verfärbt sich bräunlich und nimmt eine geleeartige Konsistenz an, das Eigelb wird graugrün. Geruch und Geschmack ähneln einem sehr würzigen Käse. Solchermaßen konserviert sind die Eier mehrere Monate lang haltbar. Sie sind eine beliebte Vorspeise oder werden auch gerne zwischen den Mahlzeiten gegessen.

Zongzi (粽子 zòngzi)

Zongzi ist eine chinesische Spezialität, die gerne zum Drachenboofest (端午節 Duānwǔjié) gegessen wird. Dabei wird ein Kloß aus Klebreis zusammen mit verschiedenen Füllungen wie Datteln, Ei, Erdnüssen oder süßer Bohnenpaste in ein Bambus- oder Schilfblatt gewickelt und anschließend gegart.

Chinesische Maßeinheiten

Längenmaße

Cun (寸 cùn)	1 Cun entspricht 3,33 Zentimetern
Chi (尺 chǐ)	1 Chi (= 10 Cun) entspricht 1/3 Meter, also 33,33 cm
Zhang (丈 zhàng)	1 Zhang (= 10 Chi) entspricht 10/3 Metern, also 3,33 Metern
Li (里 lǐ)	1 Li entspricht 500 Metern

Flächenmaße

Mu (亩 / 畝 mǔ)	1 Mu entspricht 1/15 Hektar, also 667 Quadratmetern

Gewichte
Jin (斤 jīn) 1 Jin entspricht 1 Pfund, also 500 Gramm
Sheng (升 shēng) Sheng ist ein altes Trockenmaß für Getreide, 1 Sheng entspricht 1 Liter

Chinesische Kaiser, die erwähnt werden
Wenn ein chinesischer Kaiser den Thron bestieg, wählte er eine Regierungsdevise oder einen Äranamen. Er bestand zumeist aus zwei Zeichen und sollte gewissermaßen programmatisch die geplante politische, militärische oder wirtschaftliche Richtung vorgeben. Kaiser Wu von Han (汉武帝 Hàn Wǔdì, 156 v. Chr. – 87 v. Chr.) war der erste Kaiser, der für die Jahre seiner Herrschaft Äranamen als Zeichen seiner kaiserlichen Macht ausrief. Eine Ära endete normalerweise mit dem Tod oder der Abdankung eines Kaisers. Allerdings konnte ein Herrscher auch mehrere Äranamen während seiner Amtszeit benennen. Das wurde als Zeichen eines starken Willens gedeutet. Eine Regierungsdevise konnte nur ein Jahr oder mehrere Jahrzehnte lang dauern. In jedem Fall diente sie der Zeitrechnung: Möchte man anhand des Äranamens eine Jahreszahl bestimmen, muss man die Jahre seit seiner Ausrufung zählen. So ist eben mit dem 6. Regierungsjahr der Ära Dade das Jahr 1302 gemeint. Wurde ein Äraname von mehreren Herrschern verwendet, musste der Name des entsprechenden Kaisers mit vermerkt werden.

Ära Chunxi (淳熙 Chúnxī), 1174–1189, 5. Regierungsperiode der Südlichen Songdynastie (宋朝 Nán Sòngcháo), 960–1279, 3. Regierungsperiode unter Kaiser Xiaozong (孝宗 Xiàozōng, Reg.: 1162–1189).

Ära Zhiyuan (至元 Zhìyuán), 1264–1294, 2. Regierungsperiode der Yuan-Dynastie (元朝 Yuáncháo), 1280–1368, unter Kaiser Yuan Shizu (元世祖 Yuán Shìzǔ, auch bekannt als Kublai Khan, Reg.: [1260] 1271–1294).

Ära Dade (大德 Dàdé), 1297–1307, 4. Regierungsperiode der Yuan-Dynastie (元朝 Yuáncháo), 1280–1368, 2. Regierungsperiode unter Kaiser Chengzong (成宗 Chéngzōng, Reg.: 1294–1307).

Kaiser Chenghua (成化 Chénghuā, Reg.: 1464 bis 1487, persönlicher Name: Zhu Jianshen (朱見深 Zhū Jiànshēn)), 8. Kaiser der Ming-Dynastie (明朝 Míngcháo), 1368–1644.

ÜBER DEN AUTOR

Cao Wenxuan, Jahrgang 1954, stammt aus der chinesischen Provinz Jiangsu. Während seiner Kindheit erlebte er Armut und Hunger, aber auch die Kraft und Schönheit der Natur. All diese Eindrücke prägten seinen Erzählstil nachhaltig. In den Achtzigerjahren engagierte sich Cao für die Befreiung der Literatur in China, nachdem sie während der Kulturrevolution für ideologische Zwecke missbraucht worden war. Cao, der bereits mehr als 50 Romane und Erzählungen verfasst hat, unterrichtet an der Universität Peking Chinesische Literatur. Heute zählt er zu den herausragendsten Schriftstellern der chinesischen Gegenwartsliteratur. Er hat zahlreiche Preise gewonnen und seine Bücher werden an Schulen als Pflichtlektüre eingesetzt, viele von ihnen gelten bereits als Klassiker.